故事会

2007 · 21

（总第 390-393 期）

合订本

I0553289

STORIES

上海故事会文化传媒有限公司　出品

（00084）

图书在版编目(CIP)数据

2007年《故事会》合订本.21/《故事会》编辑部编.
上海：上海锦绣文章出版社，2007.7
ISBN 978-7-80685-828-8

Ⅰ．2… Ⅱ.故… Ⅲ.故事－作品集－中国－当代 Ⅳ.Ⅰ247.8

中国版本图书馆CIP数据核字（2007）第114146号

责任编辑：朱　虹
封面设计：李宝强

故事会 2007 年合订本 21

（总第 390-393 期）

《故事会》编辑部　编

上海锦绣文章出版社出版

地址：上海绍兴路 74 号

网址：www.storychina.cn

中国图书进出口上海公司发行

地址：上海市广中路88号

电话：36357888

字数 280,000

ISBN 978-7-80685-828-8／G·056

390
2007
SEMIMONTHLY
上半月版
5月
STORIES

欢迎登录本刊主办的"故事中国网"（www.storychina.cn）

故事会
STORIES

2007 年 5 月
上半月·红版

主 编：何承伟
常务副主编：吴 伦
副主编：姚自豪（上半月·红版）
副主编：夏一鸣（下半月·绿版）
本期责任编辑：吕 佳
电子邮箱：lujia411@yahoo.com.cn
红版发稿编辑：
姚自豪 周 吟 郑继文
特约编辑：
范大宇 崔新三 申之珉
美术编辑：李宝强
电脑制作：郭瑾玮
通 联：归依玲
本社办公室电话：021-64375030
上半月刊编辑部电话：021-64332325
下半月刊编辑部电话：021-64336469
（上海市绍兴路74号 邮编：200020）
主管、主办：上海文艺出版社总社

制作、发行总监：张 凯
电话：021-64313938
广告业务：上海故事会文化传媒有限公司
广告总监：张 淮
广告业务：021-34010383
广告投诉：021-64333738
广告经营许可证
沪工商广字3100320050022号
发行：中国图书进出口上海公司

百姓话题

童　趣

小明生病了，母亲带他到医院去打针，回来后小明一直带着哭腔说："我要变成乌龟。"母亲问他为什么要变成乌龟，他答道："乌龟有大硬壳，针扎不进去。"（随　风）

盘　点

一位爱挑剔的太太从百货商店刚开门时就走了进去，她挑了一件又一件商品，却始终没有选到中意的东西，直到商店关门。

这时，一个店员手捧鲜花走到她面前，说："夫人，本店经理让我代他向您表示谢意，请接受这束鲜花。"

"这是为什么呢？"太太很吃惊，"要知道，我可什么都没买啊！"

店员回答："可是，您使我们商店在不关门的情况下进行了盘点。"

（张开勇）

（本栏插图：包丰一）

环视四周

一位盲人拉着一只导盲犬进了家商店，他走到商店中央，抓起导盲犬的尾巴，把它提了起来，随后举着导盲犬在自己头上绕起了圈。

商店老板见了，觉得很奇怪，他走过去对这位盲人说："打扰一下，您需要什么帮忙吗？"

盲人说："谢谢，不用了，我只是想环视一下四周。"

（孙开元）

守规矩

八十岁的老母亲在农村很少看电视，这年春节，她儿子接她到城里住一阵。晚饭后，儿子陪母亲一起看电视。每逢电视里出现男女亲热的镜头，母亲总要背过脸去不看。

有一次看完《新闻联播》后，母亲评论起男女播音员来："看这两个年轻人不但人长得俊，还特别规矩，说了半天话，愣是谁也不看谁一眼。"

（陈　际）

明晃晃的"匕首"

系里两个学生打架，责任完全在先动手打人的一方，系里要求他在年级大会上做检讨。

于是这学生写了一篇很长的检讨书，提到打架细节时，他念道："当时我们正在吃饭，因为一个问题发生争执，我作为一名学生干部，对他一再忍让，然而他却忽然拿出一把明晃晃的东西指着我，于是，我再也无法抑制内心的愤慨……"念到这里，深知内情的辅导员终于忍不住了，冲上讲台问道："明晃晃的东西到底是什么，你说清楚！"

这学生沉默数秒，答道："饭勺。"

（逸　民）

送大红包

贪官包了个二奶，住在城郊一栋别墅里，这事传开后，送红包的人络绎不绝。二奶将每个红包的数目、要求办的事等一一登记入册，不到一年，就有几百万元进账。这天，二奶将存着所有钱的存折包成一个红包，交给贪官"这里有个大红包，你敢不敢收？"贪官问："要办什么事？"二奶说："试用期满，要求转正。"贪官问："谁？"二奶答："我！"

（乾　宾）

铺　垫

儿子问："爷爷刮胡子为什么要先涂上肥皂水？"

爸爸告诉他："这叫铺垫，再刮的话就不痛了。"

儿子听了，马上建议爸爸"你以后也要学会铺垫，别直接批评我。"

（马树强）

紧急救助

一名女职员匆匆忙忙走进办公室，老板问她怎么迟到了，她解释说："太糟糕了，我看到了一场车祸，一个男的被甩出车外，他的腿摔伤了，头部也被划破，流了好多血。感谢上帝，幸亏我学过急救课。"

老板问："你是怎么处理的？"

"我坐在地上，头趴在膝盖上，才没被吓昏过去！"　（孙开元）

急刹车

在一辆奔驰的公共汽车上，一个乘客坐在最后一排椅子上打盹，突然一个急刹车，乘客一下子连滚带爬扑到司机旁边，他站起来后瞪着司机，大家都以为要发生口角了，不料乘客张口对司机说："师傅，你找我有事吗？"

（段冬梅）

织布机

学校组织六年级的同学下乡学农，小强参加活动回来后，对他爸爸说："爸爸，我看农村并不穷，他们还有健身器呢！"爸爸不信。

周末，小强把爸爸又领到了那户农家。爸爸一看，原来那是一个织布机，一个农妇正坐在那里织布呢！

（康玉政）

想不到的服务

为了防止恐怖分子劫机，欧洲某国机场实行了极为严格的安全检查，不仅搜查乘客的行李，连口袋也翻了个底朝天。

登机后，乘客们怨声不绝，都说这检查太过分，只有一位女乘客喜上眉梢。空中小姐对乘客们说："请看这位女士多么理解我们的安全措施。"

女乘客急忙回答："是的，我非常高兴，我的一只耳环不见了足足有一个星期，结果安检人员替我翻出来了。"

（马树强）

八宝鸭

老外杰克来到中国后，对奇妙的中国美食既爱不释"口"又弄不大明白。有一天，一个中国朋友请他到家里做客，还特地做了最拿手的"八宝酿鸭子"招待他。杰克看着这只外表平淡无奇、完完整整的鸭子，实在不明白有什么特别的。

可当朋友用刀切开鸭腹，露出里面装着的红枣、火腿、香菇、糯米等美食时，杰克吓了一跳，瞪着眼睛看了半天，说"你们中国的鸭子就是吃这些饲料长大的？怪不得北京烤鸭那么好吃！"

（汤芳华）

叫我好找

古时候有个人记性极差。一天，他带着小儿子出去玩，一时高兴，便把小儿子举起来，让他骑在自己脖子上。

过了一会儿，他忽然发现儿子不见了，心里立刻紧张起来，逢人便问："你看见我的儿子了吗？你看见我的儿子了吗？"

旁边的人看见了都哈哈大笑，说："哎，你脖子上的那个不就是吗？"

这个人猛地醒悟过来，一把将儿子从脖子上揪下来，狠狠打了一巴掌，骂道："混蛋，叫你别乱跑，你偏不听，刚才你上哪儿去了？"

（李长亮）

特 长

小赵是刚来机关工作的大专生，这天，人事科科长将小赵叫到办公室，把一张履历表递给他填。小赵认真地看了看，伏在桌子上开始一栏一栏地填写起来。

一会儿，小赵把履历表填好了，科长拿过履历表一看，眼睛立刻瞪得像汤圆，只见在"有何特长和受过何种奖励"一栏里，小赵填的是：好汉不提当年勇。

（杨 松）

别样的理由

一名士兵想悄悄地溜出兵营，但被一名岗哨看见了。岗哨让他出示通行证，士兵说："你瞧，伙计，我没有通行证，但我不在乎，我要去城里和女朋友约会，我必须赴约。"

岗哨拦住他，说："如果你坚持往外闯，我恐怕不得不开枪打死你。"

士兵耸耸肩，回答道："我妈妈在天堂，爸爸在地狱，女朋友在城里。不管你怎么做，今晚我都会见到一个亲人！"

（董 行）

本栏欢迎来稿，读者、作者可将有新鲜感、有精彩细节的笑话佳作投寄给我们。来稿一经采用，最高稿费为一则100元。本期责任编辑电子信箱：lujia411@yahoo.com.cn。

洗手间里的

晚宴

□ 周海亮

母亲的苦心

女佣住在主人家附近，她是个单亲母亲，独自带一个四岁的男孩。每天她帮主人收拾完毕就匆匆赶回自己的家，主人也曾留她住下，却总是被她拒绝，因为她要回家照顾儿子。

这天，主人要请很多客人来赴宴，主人和女佣商量，今天她能不能辛苦一点儿，晚一些回家。女佣说当然可以，不过儿子见不到她会害怕的。主人说，那就把他也带过来吧。这时已是黄昏，客人们马上就要到了，女佣急匆匆回家，拉了儿子就往主人家赶。儿子问："我们要去哪里？"女佣想了想，回答说："妈妈带你参加一个晚宴。"

四岁的儿子并不知道，自己的母亲是一个佣人。

女佣把儿子关进主人家的书房，她对儿子说："你先呆在这里，现在晚宴还没有开始。"然后女佣进了厨房，做菜、切水果、煮咖啡，忙个不停。不断有客人按响门铃，主人或女佣跑过去开门。有时女佣抽空进书房看看，她的儿子正安静地坐在那里。

儿子问妈妈，晚宴什么时间开始？女佣说："宝贝不急，你悄悄在这里呆着，别出声。"

可是，不断有客人光临主人的书房，他们并不知道男孩是谁，有的客人亲切地拍拍男孩的头，然后翻看主人书架上的图书，或对墙上的挂画赞不绝口。男孩始终记着妈妈的话，安静地坐在一旁，他急切地等待着晚宴的开始。

女佣有些不安：到处都是客人，她的儿子无处可藏。她不想让儿子破坏这次高雅聚会的气氛，更不想让年幼的儿子过早知道主人和佣人、富有和贫穷的区别。后来她把儿子叫出书房，将他关进了主人的洗手间。

主人的豪宅里有好几个洗手间，女佣把儿子带到主人专用的那个洗手间里，轻轻关上门，然后她打起精神，转身微笑着对儿子说："宝贝，这就是单独给你准备的房间，多漂亮啊！"接着，她指指马桶，说："看，这是你的凳子。"再指指大理石的洗漱台，说："那是你的桌子。"然后，她从怀里掏出两根香肠，放进一个盘子里，对儿子说："这是属于你的，宝贝，现在晚宴开始了！"

盘子是从主人的厨房里拿来的，香肠是女佣在回家的路上买的，她已经很久没有给儿子买过香肠了。女佣说这些话时，努力抑制着泪水。没办法，这个洗手间是房子里唯一安静的地方。

男孩在贫困中长大，他从没见过这么豪华的洗手间。他不认识抽水马桶，不认识漂亮的大理石洗漱台，他闻着洗涤液和香皂的淡淡香气，觉得心满意足。他坐在地上，将盘子放在马桶盖上，盯着盘子里的香肠和面包，为自己唱起了快乐的歌。

心灵的盛宴

这时候，真正的晚宴也已经开始了，主人突然想起女佣的儿子，他问女佣，女佣说她也不知道，也许是跑出去玩了吧。主人注意到女佣躲闪的目光，就在房子里静静地寻找。终于，他顺着歌声来到了洗手间，看到男孩正将一块香肠放进嘴里。

主人愣住了，他问男孩："孩子，你躲在这里干什么？"男孩嘴里嚼着香肠，含糊地说："我是来这里参加晚宴的，现在我正在吃晚餐。"

主人抑制着内心的惊讶，问："你知道这是什么地方吗？"男孩说："我当然知道，这是晚宴的主人单独为我准备的房间。"

主人问："是你妈妈这样告诉你的吗？"男孩高兴地说："是呀，其实不用妈妈说，我也知道，晚宴的主人一定会为我准备最好的房间！"

男孩又指了指盘子里的香肠，噘起小嘴，说："只是，我希望能有个人陪我吃这些东西，好东西要大家一起吃才有意思。"

主人的鼻子有些发酸，用不着再问，他已经明白了眼前的一切。他默默走回餐桌前，对所有的客人说："对不起，恐怕今天我不能陪你们共

领结婚证后男人说的第一句话

◆ 我是被强迫的。

◆ 领完结婚证，外面下雨了，老公看着天说："多少妹妹流下的伤心泪啊！"

◆ 靠这个，离了以后财产是可以平分的。

◆ 再也不用"无证驾驶"了。

◆ 拿回家给咱儿子看看。

◆ 就这样交待了，唉！

◆ 进城容易出城难啊！

◆ 终于可以不用天天陪你了！今天晚上我找朋友打麻将，你自己睡吧。

◆ 怎么结婚证换成这种样子的了？

◆ 总算不怕居委会大妈半夜敲门了……

◆ 你是我的人啦，从现在开始每月工资归我管。

◆ 再进这个门你可就是二婚了。

◆ 老公说"和我保持点距离，大家都是已婚男女，搞出什么事情谁负责！"老婆说："你放心，我会负责任的！"

（推荐者：心 墨）

进晚餐了，我得去陪一位特殊的客人。"

主人从餐桌上端走两个盘子，来到洗手间的门口，轻轻地敲敲门，得到男孩的允许后，他推开门，先把两个盘子放到马桶盖上，然后彬彬有礼地对男孩欠了欠身，说："这么好的房间，当然不能让你一个人独享，请允许我与你共进晚餐。"

接下来，主人和男孩聊了很多。他使男孩坚信，洗手间是整栋房子里最好的房间。他们在洗手间里吃了很多东西，唱了很多歌。不断有客人敲门进来，他们向主人和男孩问好，递给男孩美味的苹果汁和烤得金黄的鸡翅。他们露出夸张和羡慕的表情，后来他们干脆一起挤到小小的洗手间里，给男孩唱起了歌。每个人都很认真，没有一个人认为这是一场闹剧。

多年后男孩长大了，他有了自己的公司，有了带几个洗手间的房子，他步入了上流社会，成为了富人。每年他都会拿出很大一笔钱捐助给穷人，可是他从不举行捐赠仪式，更不让那些穷人知道他的名字。

有朋友问及理由，他说，我永远记得多年前的那一天，有一位富人和他的朋友们，是那么小心、轻柔地维系了一个四岁男孩的自尊。

（推荐者：马玉良）

（题图：安玉民）

中国功夫

□ 赵宏昌

今年三月，作为欧盟在本地区扶贫项目的负责人，我有幸去德国的蒙特卡琳小镇参加了一个会议，会议结束后的当天下午，大会的秘书塔琼斯小姐带着我游览小镇风光。

塔琼斯小姐是个热情开朗的女孩子，我们边走边聊，不觉天色渐渐阴沉下来，一阵寒风吹过，我缩了缩肩膀。这次参加会议，我只带了几件简单的衣服，不料今天突然降温，令我猝不及防。

塔琼斯小姐看了看我身上单薄的衣物，说道："赵，这条街上有几家免税商店，里面有不少名牌服装，很多中国游客一买就是好几件，我也陪你去挑一件吧。"听了这话，我呆了一

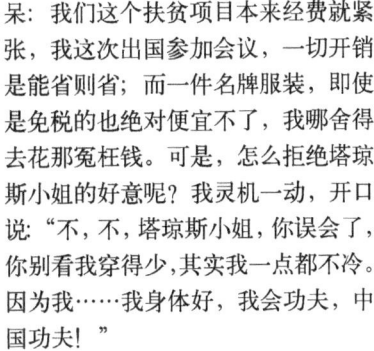

呆：我们这个扶贫项目本来经费就紧张，我这次出国参加会议，一切开销是能省则省；而一件名牌服装，即使是免税的也绝对便宜不了，我哪舍得去花那冤枉钱。可是，怎么拒绝塔琼斯小姐的好意呢？我灵机一动，开口说："不，不，塔琼斯小姐，你误会了，你别看我穿得少，其实我一点都不冷。因为我……我身体好，我会功夫，中国功夫！"

塔琼斯小姐一听"功夫"两字，眼睛顿时亮了，她一把抓住我的胳膊，兴奋地问："赵，你会功夫？"我硬着头皮说："当然，我的功夫还是家传的呢，非常、非常厉害。"塔琼斯听了，漂亮的脸蛋红得像秋天的苹果，嚷嚷着非要我教她，原来，这个外表柔弱的女孩竟是个不折不扣的"功夫迷"。

我想，反正这是在国外，也没啥好顾忌的，于是张口先给塔琼斯小姐编了段顺口溜：天下武功出少林，武当山上有真人，中原八派皆能手，太极八卦十段锦。接着，我仗着从小熟

读武侠小说，什么"九阴白骨爪"，什么"华山论剑"，一通胡吹，把塔琼斯小姐听得一愣一愣的。最后，我郑重其事地告诉她，中国功夫可不是一朝一夕就能学会的，尤其是要成为像我这样的"高手"，非得下十年八年的苦功不可……说着，在小镇那洁净的大街上，我"噌"地摆了一个标准的黄飞鸿的"无影腿"，那姿势把塔琼斯小姐当场震住，待回过神来，她激动地在大街上又蹦又跳，向我连连竖着大拇指，说："厉害，真厉害！"我知道，在这个可爱的女孩子眼里，我已经是一个身怀绝技的武林高手，心中那份得意真是难以言表。

拐过一个街角，谈兴正浓的我们突然听到一阵悠扬的琴声，我和塔琼斯小姐不约而同闭了嘴，循声望去，只见前方不远处，一个六七十岁的德国老头，正举着一把小提琴入神地演奏。周围一个人也没有，地上放着琴盒，还有一顶破旧的礼帽，礼帽里是一些散落的纸币。

看到那些纸币，我明白过来了，这老头是"丐帮中人"，早就听说国外的乞讨者讨钱方式花样百出，现在看来还真有那么回事，我不禁凑了过去。老头的演奏无可挑剔，表情自然，弓法娴熟，每一个音符都像跳动着的精灵。欣赏了一会那优美的乐曲，在塔琼斯小姐赞许的目光里，我轻轻地在礼帽里放了一欧元。

我们正要离开，身后"轰隆隆"一阵响，两辆摩托车开了过来，车上跳下四个打扮得流里流气的年轻人，其中一个嘻嘻哈哈地上前，先把礼帽里的纸币翻了翻，得意地朝同伴咕哝了句什么，接着就把那些纸币往口袋里塞。

抢劫？不会吧，我一双眼睛瞪得老大：抢一个乞丐的钱，这未免太过分、太离谱了！中国有句古话叫：盗亦有道，可这哪还有个"道"的样子？我这人最见不得这个，加上刚刚还在向身边的美女吹嘘自己是"武林高手"，这时候哪能忍着不挺身而出？

"哒！"我大喝一声，拦住了那四个小混混，声色俱厉地说："马上把钱放下，给老人道歉。"那一刻，我神情严肃，杀气腾腾，俨然一派高手风范。那四个小混混显然有点傻了，他们大概做梦也没有想到，在他们的地盘上，我这个"老外"，居然还敢见义勇为、拔刀相助。他们一齐把我上下打量了一番，脸上露出了鄙夷的神情。也是啊，在寒风瑟瑟的街头，衣衫单薄的我看上去确实有点寒碜。很快，那个拿了钱的家伙，往屁股后面一摸，掏出了一把明晃晃的刀子……我下意识地往后退了一步，就在这时，塔琼斯小姐把我使劲往后一拉，双臂一伸挡在了前面。

中国人什么时候要女人去挡刀

子?

我丹田气一提,上前正要动手,塔琼斯小姐那可爱的小嘴一张,一连串的德语已经滔滔而出。德语,我完全是外行,不过塔琼斯小姐说的是什么,我却能猜个八九不离十,她一定是告诉那四个混混,我来自遥远的中国,一身"中国功夫"打遍天下无敌手,这么冷的天,只穿一件单衣也不打紧,就凭他们四个不起眼的小混混,我一伸手就能把他们像捏蚂蚁一样,捏个粉碎。想到这,我也壮起胆气,又往前跨了小半步,并攥紧了拳头,朝他们晃了晃。那四个混混有些害怕,一齐往后退了一步,脸上露出了惶恐的神色。

塔琼斯小姐还在不停地向他们发动攻势,不知道她有没有提到我的"九阴白骨爪"和"无影腿",只听她越说越激动,嗓门也大了许多,而那四个小子脸上的神色一变再变,先前还敢拿眼看我,后来连抬一下眼皮看我的力气似乎都消失了。

看到他们那惶惶不安的样子,我更加来劲,一边做出摩拳擦掌的样子,一边还学着李小龙,嘴里发出一声声长啸。也是巧了,应和着我的喊声,天上突然猛地打了个暴雷,下雨了。

倾盆大雨中,那四个小子彻底崩溃了,为首的那一个,把刚才塞到口袋里的纸币全部掏了出来,一张不剩

地放回礼帽,看我还是一脸的不高兴,赶紧又往自己的口袋里掏。榜样的力量是无穷的,另外那三个也开始往自己的口袋里掏,最后,这几个小子,竟把自己的钱全部掏出来塞到了老头的帽子里……看到这有趣的一幕,我再也忍不住,哈哈大笑起来。四个小子像是抓住了救命的稻草,齐齐地向我欠了一下身子,抹了一把脸上的汗,跨上摩托车风一样逃走了。

我心头无比畅快,昔日那些大侠行走江湖,其威风也不过如此吧?

第二天我就坐上了回国的班机,当然了,这件威风八面的事,回来后

没少在亲友同事跟前大吹特吹。

一个月后，我意外地收到了一封来自德国的信函，说意外，是因为写信的人不是塔琼斯小姐，而是一个名叫卡布的年轻人，请人翻译了信，我才知道，这个卡布，竟然就是那四个混混中的一个，信中写道：

尊敬的先生：

请允许我们向您道歉，并请原谅我们令人羞耻的行为，尽管塔琼斯小姐狠狠地教训了我们，但我们更希望能得到您的谅解，要不，我们会愧疚一辈子的。

那天，塔琼斯小姐告诉我们，您的工作，是专门救助那些生活贫困的人，您为了节省经费、多帮助一些贫困的人，甚至舍不得买一件衣服御寒。这些贫困的人，大多没有固定的收入，常常遭别人的白眼，这些我们都感同身受……我们四个都是在贫民区长大的，说真的，如果我们小时候能得到像您一样的好心人帮助，也许我们现在就不会是这个样子了……

我什么都明白了，脸烫得像火炭在烧：原来，塔琼斯小姐早就看穿了我那天不买衣服的真正原因，她也根本没有提到我的"中国功夫"，换句话说，那四个小伙子根本就不是怕挨我的拳头才逃走的，他们当时的那些奇怪表现，只是因为我的工作，因为我是一个救助贫困的人……

我很快回了信，告诉那四个小伙子，收到他们的信，我非常高兴，中国有句古话，叫"知错能改，善莫大焉"，所以他们的行为是很了不起的，最后，我还告诉他们，有空一定来中国玩，作为他们的朋友，我还会亲自教他们"中国功夫"。

（题图、插图：安玉民）

说大事、小事,普通人的身边事
讲闲话、实话,老百姓的心里话

三个邻居的
故事

舌头和牙齿要打架,为什么?靠得近,越是靠得近越是会有矛盾,一户人家,靠得最近的就是邻居了,一墙之隔,几步之远,春夏秋冬,衣食住行,芝麻绿豆般的事,也会闹出惊天动地的矛盾来,所以邻里之间的"和谐"很重要。今天,我们就来说说这个话题。

•第一个故事•
热乎乎的橘子暖暖的情

陈默从农村来到城市,生活了十几年,一直是普通老百姓,这次他终于排上了队,买了一处五十多平方米的经济适用房,一家三口,高高兴兴地搬了进去。可是,这是个北方城市,冬天十分寒冷,想要舒服地过冬,得交一笔取暖费,按理说,这取暖的钱陈默也掏得出,可刚买了房,他这人又节俭,所以他不想花这钱,好在现在的楼房都是一户一栓,

不交费不开栓不供暖,合情合理。陈默想靠着左邻右舍开栓取暖时的余温过冬,实在太冷的时候,点一下电炉子,完全可以把冬季打发过去。

陈默的这个办法不错,外面虽是雪花飞舞,但点一下电炉子,再靠着邻居家"传递"过来的暖气,这日子也能对付过去了。有一天,陈默的娘从乡下老家来了,她听说儿子住进了新楼房,说啥也要趁着冬季农闲的时候进城看看儿子,看看房子,还要在儿子家住些日子。

老人来的那天提了一筐自家种的

蜜橘,她听陈默说了暖气的事,便沉吟了半天,说:"儿呀,这可不好,这不是偷着占邻居的便宜吗?说啥也得对邻居表示一下心意啊!"说完,老人就要儿子拿些橘子送给左邻右舍。陈默想想也对,但他怕邻居知道他家没打暖气,于是就先把橘子放在电炉子旁烤了一天,晚上下班回来,再把暖暖的橘子装进一个个方便袋,依次敲开四邻的门,站在门外客客气气地说:这是从乡下

老家带来的,自家栽的,没施农药、化肥,让邻居尝尝。几家邻居都客客气气地收下了橘子,再三道谢。

从邻居家回来,陈默觉得亏欠别人的内疚心理好了点。

过了几天,对门的邻居送来两盆花,说是他们家两口子最近经常要出差什么的,有时在家,有时不在,所以,这两盆花暂时寄放在陈默家里,请陈默费心帮着浇浇水,别枯死了,陈默一听,爽快地应承了下来。白天,陈默和妻子要上班,就由陈默的娘给这些花儿浇水。

日子就这么过去了一段时间,有一天,陈默发现那两盆花蔫了,过两天又死了,这是咋回事?一问,他娘说:"咱家冷,我浇水的时候,都把水温了温再浇,好让它们暖和点呀!"天哪,原来是这样!自家的屋子冷,再给花浇温水,忽冷忽热的,那花不死才怪呢。现在说什么都晚了,还是想想怎么跟邻居交代吧。可是怎么交代呢?陈默的娘思量了一会,说:"要不把邻居请到家里,吃顿饭,当面赔个不是,道个歉。"陈默觉得这个法子好,还有啊,既是请客,干脆把楼上楼下的邻居一块请了吧。

第二天,陈默请了假,提前下班,回家点上电炉子,好让屋子暖着,然后进厨房忙了半天,整了一桌菜。邀请的邻居除了楼下的一家临时有事,楼上和对门的两家都来了,他们

16

手里还提着酒和水果。邻里相聚一起，虽然有些生疏，喝着酒，叙谈得倒也融洽。席上，陈默说了自己的娘用温水浇花的事，请对门邻居原谅。

对门邻居听了，惊得目瞪口呆，好半天才开了口："想不到是这样！陈大哥呀，不怕你笑话，我家也没开暖气。你那天送的蜜橘，我一摸是热乎乎的，就以为你家开着暖气呢。后来天冷了，我怕家里的花冻死，才推说我们两口子忙，送到你这里代养着。这事呀，本来是我给你添了麻烦，你还这样客气；那花死就死了呗，只要咱们人好好的，比什么都强啊！"

他这话说完，大家全都笑了起来。三家邻居在一起说着、喝着，尽欢而散。

过了两天，陈默的娘说："我怎么感觉这两天比以前暖和了？"

陈默笑着说："不会吧，都快冬至了，天应该是越来越冷的嘛！"

娘摇了摇头，说："不是的，我天天待在家里，能感觉出来，家里的天棚顶上暖烘烘的。"

陈默听了将信将疑，他搬来了桌子，跳到桌上，伸手摸到天棚，哎呀，这天棚真的比别的地方暖呀！陈默编了一个理由，敲开了楼上的门，一看，他们家原本是铺着地毯的，现在这地毯已经卷起来放在了一边，陈默问这是为什么，那邻居不好意思地笑笑，说："我家开着暖气，地毯掀了，你家

还能暖和点嘛！"

陈默听了，眼窝湿漉漉的。他回家把这事一说，娘一遍一遍地念叨着："谁说城里的邻居不如乡下的邻居呀，咱们受了人家这么大的恩惠，这可怎么是好啊！"

·第二个故事·

当旅游遭遇爱情

这一天，顺风旅行社组织的一个团出发了，那是"海南三亚七日游"，一共二十多人，他们在导游的带领下，当天抵达三亚，下榻在一个度假村的客房里。凑巧的是，这个团的其他人全拉家带口，一家子一家子的，唯独有一男一女两人是光棍，男的是个帅小伙，叫江波；女的是个漂亮妹，叫宁欣。这两人因为都是单身，自然双方会各自留意些。旅游期间，到了景点，别人是一家子一家子的说说笑笑，江波和宁欣当然也自然而然地"组合"到了一起，互相帮助照应，不知道的，还以为他们是一对恋人呢。

这天晚上，旅游团回到度假村，在一楼餐厅用完了餐，这时，江波从宁欣身边走过，偷偷塞给她一张小纸条，宁欣随后躲进卫生间，打开纸条，上面写的是："去听海"。

宁欣心里一动，她回客房洗了澡，梳妆打扮完毕，花枝招展地走出了度假村的大门，踩着又细又软的沙

滩，朝海边而去……

什么叫一见钟情？这就是，不用说，他们偷偷好上了。江波告诉宁欣，他是一家国营工厂的年轻工程师，虽然有众多女孩子追求，但他真正心仪的人，迟迟没有出现，直到他和她相遇；宁欣告诉江波，她是一家公司的打字员，从这次旅游的第一天、看到他的第一眼起，他在她的心上就再也抹不掉了……

从那天晚上起，每天夜里，两人的客房就总会有一间闲着。

美好的日子总是过得飞快，转眼

间，为期一周的旅行结束了，旅行团乘飞机返回市里。在客机上，江波和宁欣并肩坐在一起，两人都满腹心事，后来，还是江波先开了口，他小心翼翼地说："欣欣，我有句话，不知当讲不当讲？"

宁欣轻声说道："你说！"

江波犹豫了好久，硬着头皮说道："我总觉得，我们好像太草率了，我们好像……并不合适。"

宁欣沉默了好一会，也低低地开了口："其实，我也这么想……那么，就把这一页掀过去吧，就当什么事也没发生。"

下了飞机后，他们客气地握了握手，就各奔东西了。

江波的家住在市南锦然小区的46幢301室。说到这里，该把江波介绍几句了：其实，江波两年前就结婚了，而且他也不是什么国营工厂的工程师，而是个小得不能再小的私营汽修厂的小老板，在国营工厂当工程师的是他妻子。这次旅游回来后，他自然不会对妻子说什么，一切照常，日子平平安安地过了一天又一天。

长话短说，有一次，江波从外地出差回来，吃过晚饭，他和妻子一起出门，想到超市买点东西。江波在前，妻子在后，江波刚打开房门，突然看见前边一个女子正在下楼，他猛然转过身来，妻子见他神色异常，忙问："你怎么了？"江波说有点头晕，妻子

18

很体贴，要江波快回家休息。

江波说现在好些了，接着，他又问妻子："刚才下去的那个女的是谁？我怎么没见过她？"

妻子说："你说前边下楼的那个？那是咱们的邻居，刚搬来。"

"她是干什么的？我怎么看着好像有点眼熟。"

妻子带着羡慕的语气说道："听说什么也不干，她老公是大老板，非常有钱，结婚也有几年了，一直养着她，天天玩。"

江波的心里打起了小鼓：刚才下楼的那女子，不是旁人，正是宁欣，而她现在竟然偏偏成了他的邻居，以后天天见面，你说，这往后的日子能"和谐"得起来吗？

·第三个故事·

把电话号码告诉邻居

阿锐和妻子一道在南方做生意，几年下来，终于攒钱买了一套二手商品房，一家人从此过上了城里人的生活。这年春节，一家三口回老家过年，坐了几个小时的汽车后，在另一座小城转乘火车时，十岁的儿子突然叫道："爸，糟了，出门时我忘了关掉电炉子！"

阿锐夫妇一听，都急傻了眼。这取暖用的电炉子有1500瓦，就放在客厅里，想想看，这屋子里一直没人，电炉子就那么燃着，温度一高，没准什么时候就会引燃旁边的东西，这一烧，我的天，不光要烧掉自家的房子，周围的邻居家也得烧个精光……

阿锐夫妇越想越怕，这楼是幢旧楼，没有物业管理，找谁帮忙好呢？两口子平时只顾忙生意，从不交朋结友，城里也没亲戚，再说钥匙就在身上，即使能找上人帮忙，别人也无法进入他的家门。突然，阿锐有了主意打个电话给邻居，让他上楼道里关掉自己家的电闸！阿锐掏出手机正要打电话，猛地又愣住了：虽然在这住了快半年，但整幢楼里，除了和对门的小党夫妇平常相遇打个招呼外，其余的都是老死不相往来，即使是小党，也因为没有实质性的交往，相互没有留下电话号码！

没办法，阿锐只好让妻儿乘火车先走，自己马上搭乘长途车赶回家里去关电炉子。偏巧路上堵车，一堵就是几小时，阿锐急得不行，恍恍惚惚中，他看见自己家的房子烧了起来，整幢大楼被火海淹没……阿锐急出了一身冷汗，赶紧从车上跳下来，绕过堵车的路段，搭乘一辆的士往家里赶……

阿锐心急火燎地赶回家时，已经是半夜了，抬头一看，还好，整幢楼好好的，没烧！他心里悬着的那块石头才落了地，接着，他三步并作两步

百姓话题

往楼上奔去，担心迟一步家里就会烧起来，可让他意外的是，当他打开家门按下客厅的电灯开关时，屋子里却一片黑暗——家里没电！

起初，阿锐以为是客厅的灯坏了，赶紧摸索到电炉子旁，一摸，炉子是冷的，看来，家里停电已经好长

时间了。阿锐觉得奇怪：这是谁做的好事？莫非这人是个神仙，知道我家中正烧着一个危险的电炉子？

阿锐赶紧打电话把这事告诉了妻子，妻子是个聪明人，一听就笑了："傻瓜，谁也不是神仙，这是老天爷长了眼睛，你去看，肯定是保险烧了。"阿锐赶紧跑到楼道里，借着手机光一看，果真如此，自家电闸上的保险丝不知什么时候烧了。

到了这时，阿锐感慨万千：如果保险丝没有烧断，如果远隔千里赶不回来，情景将会怎样？阿锐非常后怕，也非常后悔，他觉得以后一定要和邻里相处好，和邻里之间的"保险"千万不能断！

当天晚上，阿锐是摸黑睡觉的，一是家里找不到保险丝，二是已经大半夜了，没几个钟头好睡了。第二天天一亮，阿锐就去车站赶车，没走几步，突然想起了什么，返身又往楼上走去，他来到小党家门前，伸手敲了敲门，很快门开了一条缝，缝里探出一个小脑袋来，那是小党的女儿，小女孩警惕地望着阿锐，始终不把门敞开。阿锐忙问："你爸妈呢？"小女孩说："他们有事出去了。"阿锐说："能把你家的电话号码告诉我吗？"不料小女孩说道："我妈妈说了，让我不要把电话号码告诉别人。"阿锐苦笑了一声，这样的话，他也对自己的孩子说过呀！人和人之间，都这样防

20

着；邻里之间，都这样隔着，这世界能和谐得起来吗？阿锐随手在一张纸片上写下自己的手机号码，交给了小女孩，笑了笑，说："这是我的电话号码，也许你们用得着。"

阿锐下了楼，直奔车站，下午，他坐上了开往老家的火车。就在这时候，妻子突然打来了电话，急切地问："阿锐，电炉子你关了吗？"阿锐一拍脑门，说"还真忘了。"妻子急了："我知道你是个马大哈，这事我左想右想总觉得有些蹊跷，先别说了，你赶快回去把电炉子关掉，要不然准出大事！"阿锐觉得妻子有些可笑，便说："你大惊小怪什么？保险丝烧了，关不关都一样。"说完，他挂了电话。

谁知没过几分钟，就有一个陌生的电话打进来，对方说："阿锐，我是你对门的小党，你现在在哪？"阿锐说自己在车上，小党说："刚才听我女儿说，你找过我。阿锐，我知道我错

了，你干脆骂我一顿我心里还好受些。"阿锐听得云里雾里，诧异地问道："小党，你怎么了？胡说些什么呀？"

小党说"昨天晚上，我家的电突然停了，跑到门外一看，原来是我家的保险丝烧了，当时家里没保险丝可换，一想你们全家都出门了，不会用电，我就把你家的保险闸给换了过来。"

阿锐听到这儿，如梦初醒，正要说"你换得好"，不料小党却抢在了前头，说："换过之后我又想，虽然你家里人都出门了，但冰箱还要用电呀，所以，我今天特意上了街，买了保险丝，刚才又给你家换上了。"

阿锐一愣："啊，天哪！拜托你，赶快把保险丝给我拔下来……"

千钧一发哪，阿锐惊出一身冷汗：今天要不是给小党家留了电话号码，准出大事！

"热乎乎的橘子暖暖的情"作者：于文君；"当旅游遭遇爱情"作者：常山；"把电话号码告诉邻居"作者：王国玫。

(题图、插图：刘斌昆)

征稿

《百姓话题》是我刊精心打造的一个经典栏目，我们热忱欢迎广大作者来稿。该栏目题材不限：社会热点，人间冷暖，街谈巷议，家事国事，古今中外，天南地北，尤其欢迎富有时代新鲜感、为老百姓所喜闻乐见的题材内容。

来稿要求短小精悍，一般在2000字以内；每篇都需要有一个新鲜、奇巧的核心情节。

本栏目优稿优酬。来稿可从邮局寄发，也可发电子邮件（E-mail地址：yaobianji@126.com），请在信封或电子邮件的主题栏内注明"百姓话题"字样。

有只老鼠没成精

□ 吴 健

大家听多了狐狸精的故事，今天换换口味，给大家讲个老鼠没成精的故事。

明朝万历年间，顺天城外的山岭上有一座破庙，庙里住着一个叫吴辉的破落秀才，这个吴辉除了看书写字，别的什么本事都没有，平日里靠向香客乞讨为生，偶尔也会到附近的田间地头偷些瓜果蔬菜充饥。

这座破庙里住着一群老鼠。人有领袖，老鼠也一样，这破庙里的鼠王有一个宝贝千金，老鼠们都称她为细腰公主。

老鼠多了也成气候，这群老鼠吃饱喝足了总拿吴辉寻开心，咬破他的书，偷走他的帽子，抢吃他的食物，半夜里爬到吴辉头上、身上折腾，把个吴辉气得龇牙咧嘴直跺脚。细腰公主是个心地善良的姑娘，她看不惯手下

欺负这个破落秀才，就到父王那里告下了御状，鼠王下令今后谁也不准欺负那秀才，违令者斩。

一连几日，吴辉夜里睡觉都没有老鼠来捣乱，以前被偷走的帽子也给送了回来。吴辉心想，莫非这岭上有狐仙？是狐仙在暗地里帮助自己？

再说这细腰公主，不知何时，她竟悄悄爱上了吴辉，她常常趴在房梁

上静静地看着吴辉读书，完全忘记了自己是只老鼠。

转眼冬天到了，来庙里上香的人越来越少，地里也没有了蔬果。这天，吴辉半夜里醒来又冷又饿，他哆哆嗦嗦爬起来点着柴火取暖。火光中，他发现自己的小铁锅里竟然满满当当盛着一锅花生和豆子。吴辉起初以为是自己饿晕了，花了眼，他凑上前去再看，可不就是真的，满满一锅的食物！饥寒交迫的吴辉也顾不上多想，一路小跑从庙外的小溪里打来水，给自己熬了一锅杂粮粥。

第二天清早，吴辉爬起来顺着破庙搜寻，真的在台阶下面发现了狐狸的脚印。吴辉沿着脚印查找，在一个隐蔽的地方果然发现一个狐狸的洞穴，他连忙跪在雪地上，口中念念有词，感谢狐仙的救命之恩。

自从这天晚上起，每天夜里吴辉的小铁锅里都会装满各种食物，足够他一天的伙食。

但吴辉不知道，他真正的救命恩人是细腰公主，每天待他熟睡后，公主都要张罗手下给他送粮食。因为要养活吴辉这个大活人，渐渐地，老鼠仓库里的存粮越来越少，鼠民意见很大。这天，鼠王不得不宣布，从明天起停止给吴辉供应粮食。

细腰公主听到这个消息忍不住放声大哭，她心里明白，这就意味着判了吴辉死刑。一连两天，吴辉没有得

到食物，他饥寒交迫，缩在火堆旁边。一连两天，细腰公主也点滴未进，她要绝食，她流着泪对鼠王说，如果秀才饿死了，她也就不活了。

鼠王怎么也不明白，女儿怎么会爱上了人类，而且还是个连自己都养不活的穷秀才，但他最疼爱这个宝贝女儿，最后，鼠王决定让自己的贴身卫队跟随女儿到村子里面给吴辉找食物。细腰公主高兴地抱住父王猛亲几口，鼠王却忍不住苦笑。

吴辉的小铁锅里又开始有了食物，并且更加丰富，有米饭有馒头，有时还会有整块的腊肉。这天，吴辉早上醒来竟然在头边发现一件羊毛坎肩，冰天雪地的，这可是救命的东西呀！吴辉连滚带爬跑到狐狸洞前，泪流满面，磕头作揖。

吴辉的命是保住了，可苦了细腰公主和她的老鼠卫队。村子里的东西哪有那么好偷，那里有猫有狗，还有各种各样的陷阱。不到半月，卫队就牺牲了四名精干的卫兵，细腰公主自己也差一点丧命猫爪。吴辉的粮食都是老鼠的性命换来的呀！可吴辉还在傻乎乎地感激狐狸。

这天，村里的老猫终于掌握了老鼠卫队的活动规律，它悄悄埋伏在卫队的必经之路上。老鼠卫队正趁着夜色向村子行进，埋伏在草丛里的老猫突然一跃而起，一下子咬住了细腰公

主的长尾巴。卫兵们一看公主遭到袭击，不顾危险，蜂拥而上，咬老猫尾巴、抓老猫眼睛、拽老猫胡须……老猫没想到这群老鼠胆子这么大，愣了愣神，细腰公主乘机挣扎着逃脱了。

猫口脱险的细腰公主感觉身后一阵剧痛，扭头一看才知道，自己美丽的长尾巴被老猫吃掉了。

鼠王看到死里逃生的女儿，不禁流下了眼泪，他下令今后再也不准公主去给吴辉找食物。

细腰公主急了，她不能眼看着心上人饿死。鼠王没办法，只好命令卫队每天晚上继续给吴辉觅食，细腰公主却闲了下来养伤。她每天趴在房梁上痴迷地盯着吴辉，有时候竟然连吃饭、睡觉都忘记了。

这天夜里，吴辉睡觉时靠火堆很近，他披着的羊毛坎肩被火引着了，也许是白天读书太累了，吴辉竟然没有感觉到，依然熟睡。这下可急坏了房梁上的细腰公主，她飞步从梁上窜下来，这时火势越来越大，细腰公主突然想到父王曾经说过，灭火需要用水。细腰公主飞快跑到庙外，在雪地上打滚，让皮毛沾满雪水，然后毫不犹豫地扑到火中，在火光中打滚。一次又一次，细腰公主奔跑在雪地和火光之中，火终于扑灭了，细腰公主却被烧得面目全非，昏死在灰烬中。

细腰公主被烧成了残废，变得丑陋无比。她已经爬不上房梁，但她仍

每天让卫兵把自己抬出来，坐在角落里幸福地看着吴辉读书。

冬去春来，又到了科考的日子，吴辉正为路费发愁，却发现包裹边放着白花花的碎银子。

转眼又是一年，新科状元金锣开道，骑着高头大马来到顺天城外的破庙，这状元正是吴辉。吴辉旧地重游，感慨万千，他来到狐狸洞前，摆开香案，跪地感谢狐仙当年的救命之恩。

此时的细腰公主已经变得很苍老，也更加丑陋了。听说秀才考中状元回来了，细腰公主异常兴奋，她慌忙让卫兵把自己抬出洞府。吴辉看这里的老鼠见到自己竟然毫无惧色，回想起当年落难破庙、被老鼠欺负的情景，忍不住怒火中烧，立刻下令把这里的老鼠统统杀死。

这时，细腰公主轻轻摆脱了卫队的搀扶，一步一步艰难地挪向吴辉，面对着这个她惦记了一生的男人，她想哭、想笑、想诉说……

终于，细腰公主挪到了吴辉面前。吴辉从来没有见过这么难看的老鼠，他毫不犹豫地抬起脚踩下去。就在吴辉脚落下的一瞬间，他隐隐约约看到，脚下这只老鼠的眼角竟然挂着晶莹的泪水……

剿灭群鼠后，吴辉下令拆除破庙。不久，他在原地重新盖起一座新庙，取名"狐仙寺"。

（题图：黄全昌）

郑六斤著名品牌

□焦松林

小店请来"代言人"

白马新区刚建成时，极具商业头脑的刘三子就抢先一步，在那里购了间门面房，卖起粮油来。虽说目前新区的住户还不多，可也有四百多户人家，而且小区仍在发展，民以食为天，无论是谁，都得购米买油。果然，一切像刘三子预想的一样，开店之初，生意挺红火。然而，好景不长，刘三子能想到的事，别人也能想到，很快，新区又增加了七家粮油店，刘三子的生意就淡下去了。

刘三子看在眼里，急在心里。粮油利润不大，关键在于销量，为了提高销量，他和妻子兰娟想了不少点子，却都不管用，最后还是刘三子灵机一动：现在做什么都讲名人效应，自己的粮油店也该有个"代言人"。但请谁当这个"代言人"呢，刘三子想来想去，还真给他想到了一个人。这人名叫郑六斤，说起郑六斤来，这个地方无人不知、无人不晓。

白马新区原先是一个村落，郑六斤和刘三子一样，都是这个村子里的人。因为城市发展，全村的土地都被征用了，村子里的房屋也被拆得一干二净，原来的住户，全部被安置到了这个在旧村址上建起的白马新区。

拆迁之初，开发商仗着有后台背景，把拆迁的条件压得很低，村子里的住户都不满意。郑六斤因为能说会

道、又爱打抱不平，被全村人推选出来，去市里上访、要说法。结果，刚走到半路上，郑六斤就被地方派出所给拦住了，所长以拘留为名，关了他半年多才放了出来。

等郑六斤回到家一看，村里的房子几乎全拆了，唯独剩下他自己家的房子孤零零地留在了那里。再一打听，原来郑六斤出去上访，虽然没成，但开发商也怕闹大了难以收场，于是又重新提高了条件，满足了村里人的部分要求，村里人也就顺势答应了，但却没有一个人想到还被关押着的郑六斤。

郑六斤心里那个气啊，这个时候，开发商再次找到了他，给他和大家一样的待遇，不过，房子他得自己拆。

开发商讥笑道："我们不敢拆，怕你又去上访。"

郑六斤有心不拆，可经不住妻子一再催促，只好自己爬上了屋顶。他不愿请邻居们帮忙，因为他打心眼里看不起那些人。谁知，房子拆到一半，郑六斤一不小心从屋顶上掉了下来，摔成了半身不遂，那点安置费全被他送进医院了，只剩下一个空壳安置房。郑六斤的妻子看着这个家没有任何指望，吵着要离婚。郑六斤是个倔脾气，二话不说就答应了，并要求由他把儿子郑小玉抚养长大。就这

样，残疾的郑六斤衣食无源，还要带着个孩子，听说，前不久，郑六斤领着儿子郑小玉进城要饭去了。

刘三子想到这里，不禁乐得一拍手，对妻子说："我有招了！我要把郑六斤从城里接回来，放到我的粮油店里。"妻子兰娟一听傻了眼，她简直怀疑自己听错了，张大了嘴巴不知怎么说才好。

当天下午，刘三子就赶到市里接郑六斤去了。他这样做，完全是胸有成竹：郑六斤落到今天这个地步，全村的人，也就是现在的白马新区的住户都觉得心里有愧。如果自己把郑六斤接到粮油店里，往门前一坐，还有谁好意思换地方去买粮油？

郑六斤听说刘三子要接自己上他家看店面，虽是有些疑惑，可还是高兴地答应了，说什么这也比沿街乞讨强多了。不过郑六斤还有一个顾虑："我家小玉，他……"还没等郑六斤说完，刘三子就笑了："一样，他也在我家吃喝，不就是多双筷子吗？可丑话得说在前头，帮我做事可是没有工资的。"郑六斤连连点头答应了。

就这样，郑六斤坐到了刘三子粮油店的门口。让刘三子想不到的是，郑六斤根本不用他提醒，就明白自己要做什么。比如，郑六斤看到有人提着油壶经过，他马上用锐利的目光一睃，那人本已迈开的步子立即就缩了回来，走进刘三子的店里。

有时，郑六斤还在门口吆喝，一边吆喝一边唱"新鲜大米新鲜油，价格公道物也优嘞！"他这一吆喝，马上就有几位老人走进店里，赔着笑告诉刘三子，家里还有多少米，准备什么时候再来买。

刘三子心里那个得意啊，郑六斤已经成了他粮油店的活广告了。他供郑六斤父子吃喝，就是积德行善；人们见到郑六斤愧疚，就是他的卖点。等他以后开了粮油超市，就用"郑六斤"这几个字做商标，他要把郑六斤打造成著名品牌。

欠啥别欠良心债

一晃两年过去了，白马新区的住户越来越多，刘三子的粮油店也成了这里唯一的一家粮油店。在这期间，刘三子还帮郑六斤打了场官司，状告地方派出所无罪羁押，并且胜诉了，郑六斤获得了五千块钱的赔偿金。现在，刘三子准备大干一场，扩大营业规模，他要像模像样地办家粮油超市。当然，郑六斤不能再用了，因为这里的住户已不仅仅是原先村子里的人，他的生意也要做成五湖四海。村子里的人欠郑六斤的良心债，后来的住户与这事却没有半点关系。他已经免费供应了郑氏父子两年的吃穿用度，也算对得起他们了。

打定了主意之后，刘三子先将郑六斤送回到他自己的房子里，好言劝

道："你身体不便，老是坐在我那里，对身体也不好。"

郑六斤微微一笑"刘老板，我们真人面前不说假话，你想就这样打发我，肯定是不行的。"

郑六斤这话一说，刘三子顿时一惊，请神容易送神难，看来郑六斤不好打发，但自己总不能供他到死，为他养老送终吧？想到这儿，刘三子马上变了脸色，冷冷地说："哦，照你的意思，还真是好事做不得了？我白白养你父子两年，为你打官司，你难道

还想讹我一把不成？告诉你，歪心思你少来，行不通。"

郑六斤不紧不慢地答了句："好啊，你行了善，你是大善人，满意了吧？实话告诉你，你不拿钱让我家小玉读完高中，我们就没完。哪怕是爬，我也要爬到你家超市楼上跳下去，让你的生意做不成。"

郑小玉刚读初一，上到高中毕业还有五年。刘三子心想，这不是无赖吗，自己答应了这事，就意味着还要白白地花去几万块。有心不答应，可见郑六斤说得斩钉截铁，也不由有些害怕，他咬了咬牙，点头同意了。

郑六斤拿出两张纸来，递给了刘三子。刘三子一看，原来这是一纸协议，写的就是刚才郑六斤提出的要求。刘三子心里那个气啊，这个郑六斤，看来是早有预谋，吃定自己了。刘三子铁青着脸，把协议签了，扭头走了出去。

刘三子刚到家，正赶去上学的郑小玉找上门来了，他客气地向刘三子叫了声"叔"，接着递过来一个封好的信封，说是父亲让自己转交的。刘三子想，肯定是刚才那张协议，一式两份，自己那份刚才没有带回来，这个郑六斤让他儿子又送来了。他冷冷地哼了一声，随手把信封丢到了桌子上面。

下午，妻子兰娟来到了店里，见刘三子坐在里面生闷气，忙问出了什么事，刘三子指了指那信封道："什么事？你自己看吧！"兰娟打开信封，取出了里面的信，刚看了几行，突然叫了声："不好，六斤恐怕要寻死，赶紧去看看！"

刘三子听到兰娟这话，吓了一跳，忙接过信来一看，原来那根本不是什么协议，而是郑六斤在交代后事：

"三哥，这两年，说好听点，是我替你看店，其实你是什么用意，不说我也很清楚。村里人欠我的良心债，他们还了两年，不过，没有还给我，而是还给了你。可话说回来，这两年如果不是你收留我们父子，我们很可能早就活不下去了。硬把小玉托付给你，也成了我的良心债……我没办法报答三哥，如果三哥愿意，我郑六斤的名字，可以给你做新超市的品牌，提醒人们，良心欠债，一定要还清。

"小玉有了依托，这个世界我也没什么可留恋的了。我走了以后，你可以给媒体打电话爆料，把这件事炒作得更大，就算是我为你的新超市开张做的最后一次广告吧……"

刘三子没等看完那封信，就一把拉上兰娟，疾步朝着郑六斤家跑去，他不能让郑六斤寻短见，否则，他刘三子就欠郑六斤一辈子的良心债了。

（题图、插图：魏忠善）

天神吻过的
孩子

□ 徐 璟

妻子的心病

徐小明是个有过一次失败婚姻的男人，幸运的是，他的第二次婚姻非常美满：妻子王丽丽年轻温柔，还给徐小明生了个儿子亮亮，唯一美中不足的是，亮亮出生时就有些轻微的唇裂。王丽丽对此颇为泄气，经常带着怨天尤人的口吻问徐小明："为什么这样的事会发生在我们身

上？"徐小明心里也很难过，但还是安慰妻子，说也许这就是所谓的缺憾美吧。

一转眼，亮亮已经六岁了，徐小明发现，当亮亮调皮时，一向温柔的妻子有时会突然对儿子大发脾气，事后她又后悔不已，悄悄哭泣。徐小明明白，儿子的兔唇始终是妻子的一块心病，而且随着儿子年龄的增长，这块心病会越来越重。

这天，亮亮放学回来后特别兴奋，他告诉妈妈："老师说，我和高年级的一个大哥哥长得好像哩！"王丽丽一边做饭，一边漫不经心地答应着。亮亮觉察出了妈妈的冷淡，跳着说："真的！我看见过那个大哥哥了，妈妈你明天来接我的时候，我指给你看！"王丽丽敷衍地点了点头。

第二天，王丽丽去接亮亮放学，

她真的看见了那个和儿子长得相像的孩子，只看了一眼，她的心里就咯噔了一下：实在太像了！当然，那个男孩没有兔唇，但除此以外，两个孩子的眉眼口鼻，处处流露着相似的痕迹，简直就像亲兄弟……亲兄弟？想到这里，王丽丽心头飘过一片乌云：结婚前自己曾再三问过徐小明，有没有和前妻生过孩子，徐小明坚决地否认了，可眼下这个男孩，和亮亮简直是一个模子里刻出来的，难道、难道是徐小明骗了自己？王丽丽决心要查个清楚。

再去接亮亮时，王丽丽就特别留了神，她特地等到了那个男孩的妈妈，那是一个容貌娟秀的女子，年纪和王丽丽差不多。王丽丽主动上前搭讪，对方也早就听说了两家儿子容貌相像的事，两人谈得很融洽。后来，王丽丽索性约她到一处茶坊，那女子亲口告诉王丽丽，自己离过婚，孩子是和前夫生的。

王丽丽阴沉着脸回了家，直到徐小明下班时，她还默默地坐在床头想心事，徐小明察觉到妻子的情绪异常，便搭讪着问："亮亮呢？""在邻居那里。"徐小明"哦"了一声，重重地躺在沙发上。

突然，徐小明耳边响起一声喊："徐小明！"王丽丽的怒吼把他吓得一哆嗦，只见妻子眼睛红红的，站在自己面前，"说老实话，你到底有几个

儿子？那个、那个和亮亮很像的男孩，是不是你和前妻生的？"

徐小明一下子呆住了，这怎么可能？自己离婚前已经和前妻冷战了好久，没有孕育新生命的"前提"，哪里来的儿子？他一把拉过妻子："丽丽，相信我，我只有亮亮一个孩子，那一定是个巧合。明天我去接亮亮，见见那个男孩的妈妈。"

疑窦丛生

第二天，徐小明早早地等在了学校门口。校门口已经聚集了不少家长，徐小明偷偷地打量着他们，虽然明知不可能，但他心里还是挺紧张的，万一有个什么阴差阳错，那个男孩的妈妈真是前妻……他不敢往下想了。

正在胡思乱想，徐小明耳边响起一声清脆的"爸爸"，亮亮出来了。

"亮亮，那个……和你很像的哥哥呢？"

"喏，在那里！"顺着儿子手指的方向，徐小明看到一个和妻子差不多年龄的女子正拉着一个男孩准备离开。那男孩的确和亮亮颇为相似，最大的不同可能就是嘴唇，那是一张多么健康正常的嘴呀，红红的，带着美丽的弧度。再看那女子，徐小明顿时放下心来，他可以肯定，自己不认识她。

徐小明拉着亮亮向那女子跑过

去，一边喊："等一下！"那女子停下来，回过头，可当她瞥见亮亮后，竟慌张地拖着孩子就走。

徐小明一个箭步赶到那女子面前，气喘吁吁地说："别走，我只是想……"

"我知道你要问什么，对不起，我不能说。"那女子打断徐小明的话。听她这样一讲，徐小明顿时疑窦丛生，自己只是想请她当面向丽丽证实自己的清白，她却以为自己要逼她说什么事实真相。难道这当中真有什么不可告人的秘密？

于是，徐小明告诉那女子，由于她和她儿子的出现，自己的家庭莫名其妙地遭到冲击……终于，在一番软硬兼施的劝说下，那女子松动了，她望着徐小明，叹了口气，说："如果你一定要知道这是怎么回事，就跟我回家，见见我母亲吧，她能告诉你想知道的一切。"

徐小明想了想，决定跟她走一遭，他回头看看儿子，却见亮亮已经和那个男孩在一旁像兄弟一样玩闹起来……

到了那女子的家，一位满头银发的老妇人打开了门，她看到徐小明和他身边的亮亮，一下子愣住了。好一会，她就这么呆呆地站着，不说话也不往屋里让客人。过了好一阵子，她终于转过头，问女儿："这就是亮亮吧？"那女子点点头，老人慢慢蹲下

身，轻轻抚摸着亮亮微微裂开的嘴唇，叹道："真是作孽啊……"

亮亮害羞地往后缩了缩，嗫嚅着说："奶奶，我的嘴巴难看……"老人一下把亮亮搂在怀里，颤抖着说："谁说的，我们亮亮不难看，一点也不难看。"老人说话的时候，眼里滚动着泪水。这到底是怎么回事？徐小明更糊涂了。

这时，老人看了一眼徐小明，说"你就是亮亮爸爸吧，你们还是来

了……唉，跟我进来吧。"

三十年前的抉择

进了屋子，老人递给徐小明一张照片："你先看看这个吧。"

照片上是一个少女，可是她的容貌却一点也没有少女应有的娇美，不但眼鼻歪斜，还有着严重的唇裂……

"这张照片是我整容前照的。"那男孩的母亲突然发话。徐小明怔怔地看着她光洁的脸，她整过容？真是一点也看不出来啊。这时，老人走到女儿身边，拉住她的手，缓缓地讲出了一段往事：

三十年前，老人生下了一对双胞胎女儿，其中一个孩子健康美丽，而另一个，面部却有着严重的先天缺陷，眼鼻歪斜不说，还是个兔唇。由于家境贫困，只能养得起一个孩子，母亲含泪选择留下了那个先天残疾的孩子，她知道，只有这样，才能把两个孩子的性命都保住，因为有谁会愿意收留一个先天不足的病孩呢？不出所料，那个健康的孩子很快就被人抱走了，母亲被迫答应永远不去找寻这个孩子。而另一个严重唇裂的孩子在母亲身边长大了，后来她进行了整容手术，结了婚，不久又离了婚，一个人带着儿子和老母亲生活在一起。

听罢老人的诉说，徐小明恍然大悟：莫非，老人当年抛弃的孩子就是自己的妻子王丽丽？难怪亮亮和那个男孩会如此相像，因为他们的母亲本就是姐妹；难怪亮亮会先天唇裂，原来他是继承了阿姨的遗传……

这时，只听老人轻轻地说道："当我听女儿说，学校里有个男孩和外孙很像，但他却有着兔唇的缺陷，而且，那男孩的母亲曾经被别人领养时，直觉告诉我，她就是我失散的另一个女儿……可我没勇气面对她，因为当年我选择了她的姐姐，抛弃了她……但是，作为一个母亲，当时我只能这样做……"说到这里，老人已经泣不成声。老人的女儿轻轻搂住母亲的肩头，对徐小明说道："小时候，我一直对自己的外貌很自卑，可妈妈却告诉我，唇裂的孩子都是神的宠儿，他们的嘴唇就是被天神吻过的印记……"

听到这里，徐小明看看亮亮的嘴唇，眼圈不争气地红了起来……

回到家，王丽丽早就等着了，看到徐小明和亮亮进门，她焦急地问："怎么样，你见到那个男孩和他妈妈了吗？"

徐小明沉默了片刻，突然上前紧紧拥抱了妻子，在她耳边轻轻地说："丽丽，我想告诉你一个故事，你知道吗，我们的亮亮是天神吻过的孩子……"

（题图、插图：魏忠善）

（本栏目欢迎来稿。来稿可从邮局寄发，也可从网上传递。如为电子邮件，请发以下信箱：lujia411@yahoo.com.cn。）

□ 徐勇

带儿子一起搬家

在南方的一座小城里，正大兴土木地进行着城市改造，这不，老城区那一间间年代久远的平房墙上，都画上了大大的圆圈，圆圈里是十分显眼的"拆"字。

老房拆迁一直进展得很顺利，可是这天，却遇到了麻烦：头发花白的李奶奶不同意拆迁。李奶奶住的是两间平房，围着一个院子，院子被李奶奶开垦成了一个小菜园。

拆迁办的领导亲自来了，向李奶奶讲明城市规划，希望她理解和支持，但李奶奶不吭声，就是不答应。

领导有点急了，他找到李奶奶的邻居了解情况，从邻居口里得知，李奶奶是位烈属，三个月前，她那当刑警的儿子在执行任务时牺牲了。邻居叹着气说："可惜啊！多精神的一个小伙子……自那以后，李奶奶就有点恍恍惚惚的。她不肯搬家，不知与这事有没有关系。"

领导听了，有些震惊，老人心中的丧子之痛显然还没有平复，于是，他再一次找到李奶奶，与她推心置腹地谈了好久，请她老人家顾全大局，最后说："您有什么要求，只要我们办得到的，只管提！"

忽然，李奶奶眼圈红红的，嘴唇哆嗦着说出了一句话"我，我想我的儿子！"

领导握住李奶奶的手，轻声说："我们理解您的心情，不过这和拆迁

并不矛盾啊……"李奶奶叹了口气，说："这老房子里有儿子留给我的东西，你们能保证一件不落地给我搬走吗？"

领导这才明白过来，他听邻居说过，李奶奶的儿子工作很忙，平时一直住在单位宿舍里，工作两年多了，只回了几次家，每次带点什么东西回来，李奶奶都看得像宝贝似的。也许是她儿子带回来什么笨重的东西，李奶奶怕自己一个孤老不好搬，才提这样的要求吧。于是领导笑笑，说："您放心吧，不管您儿子留在老房子里什么东西，我们都可以帮您老搬。"

李奶奶听领导这么一说，好像也下了决心，说："真能这样，那，那我就搬吧。"

"没问题！"领导很爽快地答应了，心里想，这有什么难的？

于是，在李奶奶的指点下，领导指挥着工作人员开始一件件地往外搬运东西。最先搬出来的是一张躺椅，李奶奶说，这是儿子领了第一笔工资后买给自己的，好让自己看电视时舒舒服服地靠着。这以后，儿子的工作就越来越忙，后来索性搬去了单位宿舍，再回家已是大半年以后了。

领导好奇地问：您儿子那次回家给您带什么了？

李奶奶没说话，径直走到一个柜子边，轻轻地捧起放在柜上的一个奖杯，她抚摸着高高的奖杯，说："儿子那次回来，就给我带了这个！"说话时，银光闪闪的奖杯映得李奶奶的脸庞特别明亮。

领导忙凑近细看，只见奖杯上刻着一行小字：市公安大练兵比赛，一等奖！领导不由肃然起敬。

这时，工作人员正要将柜子旁边的一个旧轮胎扔到一边去，李奶奶看见后急了："别动！我来搬！"大家不由一怔，这旧轮胎有什么稀罕的？

李奶奶扶起轮胎，说："这是我儿子第三次回家时带回来的。那次他开车进山抓捕逃犯，因为时间紧，出发前没来得及检查车子，结果在半路上，这个轮胎突然飞出好几丈远，车子也一头栽倒在旁边的水沟里。幸好没伤在要紧的地方，儿子特地把这个旧轮胎带回来，说是为了提醒自己，他还要照顾妈妈，什么时候都不能疏忽大意……"说到这里，李奶奶有些哽咽了。

接下来，工作人员开始搬电视、冰箱等一些相对贵重的东西，李奶奶却好像并不关心，她一个人走到菜园里，呆呆地站着，不知在想什么。

终于，屋里的家具摆设都陆续搬上了卡车，领导松了一口气，他招呼李奶奶"您老也一起上车吧，我们带您去过渡房先住一段时间。"

不料李奶奶站在菜园里，一动不动，说："还有一样东西没搬呢！"

还有东西？领导迷糊了，屋里的

东西不是都搬空了吗？这时，只见李奶奶颤巍巍地向菜地的中间走去，在那里，有一个半新的脸盆反扣着。

大家都纳闷了，难道闹了半天，要搬的就是这个毫不起眼的脸盆？只见李奶奶弯下腰，小心地掀开了脸盆。人们往里一看，什么东西也没有！

领导正要询问李奶奶，忽然有个眼尖的人叫了一声："看，鞋印！"大家这才留意到脸盆里扣着的是一双深陷下去的鞋印子。

"这就是我儿子最后一次回家留下的……"李奶奶说着，眼泪流了下来。

那天是大年三十，李奶奶那好久没回家的儿子终于抽空回来了，说要好好陪老娘过个年，李奶奶那个高兴啊！又是和面，又是拌馅，娘俩有说有笑地包起了饺子。天刚擦黑，外面响起了鞭炮声，饺子也煮好了，李奶奶揭开锅盖，正要捞饺子，忽然，儿子的手机响了，是局里打来的，有紧急任务：有人刚刚发现了回来过年的一个通缉犯，此人凶狠狡猾，身上有两宗命案，一直潜逃在外。现紧急抽调李奶奶的儿子参加抓捕行动，要他火速赶到。

儿子放下电话，对李奶奶说了声"有任务"，立马就往外跑，但当时院子的门已经锁上，儿子等不及再去拿钥匙开锁了，灵机一动，穿过菜园，一个弹跳跃上院墙。等李奶奶出来，正瞧见他站在墙头上，调皮地说："妈，等我回来吃饺子！"话音还未落，儿子已经从墙头纵身跳下，不见了踪影。

李奶奶守着饺子，却没有等到儿子回来，她怎么也没想到，这是自己和儿子见的最后一面，是自己和儿子过的最后一个年，没吃团圆饭的年！抓捕逃犯时，勇敢的儿子冲在最前面，穷凶极恶的歹徒在最后一刻拉响了炸药包……

"我舍不得儿子啊！我想他呀！"李奶奶抽噎着，脸上满是伤心的泪水，"这就是那天儿子跳上院墙时踩的鞋印子，我怕给雨淋没了，就用脸盆扣住……只要留着这鞋印，我就觉得他还能回来。想儿子了，我就掀开脸盆看看，看到它，我就像又看到了那天他在墙头上的模样……"李奶奶伸出皱巴巴的双手，轻轻地抚摸着鞋印，顿时老泪纵横。见此情景，在场的人无不为之动容，每个人的鼻子都是酸酸的。

后来，拆迁办的领导特地请人定制了一个特大的花盆，叫人小心翼翼地将那双深陷的鞋印连同下面厚厚的泥土，整个移到花盆里，保留了原样。

李奶奶捧着花盆，忍不住又流下了眼泪……

（题图：谢　颖）

· 大千世界 众生百相 ·

生命的 撞音

□ 孙瑞林

上世纪70年代，有个年轻人叫刘靖宇，在水泥厂上班，是个不折不扣的坏种，上班吊儿郎当不说，还专门拣老实人捏。而厂里最老实的就要属王国华了，他工作勤勤恳恳，话不多说，是个闷葫芦。一开会，领导准保表扬王国华，批评刘靖宇，因此，刘靖宇对王国华恨之入骨，经常想方设法地欺负他。王国华敢怒不敢言，像刘靖宇这种泼皮，就连领导都怵他三分，何况自己？没法子，平时只好躲着他走，尽量离他远点。

这天，刘靖宇又因为迟到受到领导批评，还扣发了当月奖金，王国华却拿了当月的全勤奖。下班后，刘靖宇坐在家里喝闷酒，越想越憋屈，便想到了王国华这个软柿子：对，得想法整治他一下，出出胸中这口恶气。

当时青工住的都是筒子楼，王国华正好住在刘靖宇的楼上。刘靖宇瞟了一眼天花板，有了主意。他抄起地上的拖把，冲着楼顶，"咚咚咚"就是几下。刘靖宇知道，王国华有失眠的毛病，最怕响动。今天如果他下来质问，自己就是没茬，也要找个茬，跟他干一场，最好吵得他一宿不睡，让他明天上班迟到，下个月的全勤奖也就黄了。

可敲打了老半天，楼上没有反应。刘靖宇铆足了劲，又"咚咚咚"狠戳了一阵子，上面还是没有动静。刘靖宇心想，我就不信你能憋得住，于是每隔一段时间，刘靖宇就"咚咚咚"地来几下，一直到12点多，楼上还没动静。刘靖宇也累了，借着酒劲，昏沉沉地睡着了。

就在这天的凌晨3时42分53.8秒，唐山爆发了那场大地震。当刘靖宇醒来时，发现自己腰部以下，已被厚厚的楼板压住了，想动，那是万难。呼救无济于事，伤口正在淌血，生命就在这一点一滴中流逝……刘靖宇本能地意识到自己完了、没救了，对死亡的恐惧笼罩了他的整个心灵。

就在这时，突然，从刘靖宇上面的楼板上，传来了"咚咚"两声，刘靖宇赶紧用力敲着头上的楼板，"咚咚"地回应着，上面又传来"咚咚、咚咚"的响动。是王国华，他还活着！他在跟自己打招呼！

声音通过楼板传递着。敲着敲着，刘靖宇的心情渐渐平静下来，他想起了很多往事，开始反省自己一生的所作所为。刘靖宇觉得，自己最对不起的就是楼上的王国华，他是个好人，就因为他比自己好，自己就那样对他，是嫉妒蒙住了自己的双眼。在这危难的时候，唯一能给自己一点生的希望的，还是这个自己最对不住的人。

每敲一次，刘靖宇就想起自己对

王国华做过的一件坏事。等他把对不住王国华的事都想完，声音还在传递着：楼上敲几下，楼下便回应几下；楼下敲几下，楼上又传来几下……

刘靖宇暗暗发誓，如果自己能活着出去，一定要对王国华说一声"对不起"，一定要改过自新。于是，刘靖宇尽量使自己的头脑保持清醒，慢慢地，在他心中只剩下了一个信念：一定要留着一口气见到王国华，只为了那声"对不起"。他默默叨念着："王国华啊王国华，你我都要挺住啊！"

三天后，楼上的声音渐渐少了，刘靖宇拼命地敲，使劲地喊："王国华，你不能死啊，我还没对你说对不起呢！"可过了不久，索性连一声回应也没了。没有了这"咚咚"声，刘靖宇感到了死亡的临近，他用尽力气猛敲了一阵子后，闭上了眼睛，静静地等着死亡的来临。

不知过了多久，救援的人终于来了，随着上面的楼板被吊起，刘靖宇昏昏沉沉地感到，自己是在一个灯火通明的夜晚被救起的。当他再次清醒过来时，发现自己已被安排在临时医院的一个单间里，这在当时可是一种高规格的待遇。他清醒后问的第一句话就是："王国华老哥怎么样了？"护士冷冷地说"他在别处。"然后，再也不回答他的任何问题。

几天后，一个干部模样的人来到

刘靖宇的病床前，他审视了刘靖宇一会，终于沉着脸开口了："你到底做了什么坏事，老实交代！" 刘靖宇愣了一下，一一说出了自己过去的种种劣迹，干部模样的人摇摇头，沉思了片刻，单刀直入地问："你主要交代一下，你对楼上的王国华做过什么？"刘靖宇想到地震那天晚上自己干的损事，便如实说了，可干部还是不满意。刘靖宇有些不耐烦了，说："我说的都是真的，不信你们就把王国华叫来，现在我只想对王国华说声对不起，没有他的鼓励，我也许早就死了。"

干部模样的人仔细打量了刘靖宇一番，似乎相信了他的话，慢吞吞地说："王国华已经死了，他在临死前还救了你，用自己的血在楼板上写了：'下面的人还没死。'救援的人看到这几个字，才连夜冒雨挖掘的。以后，你可要好好做人啊！"

二十年后，刘靖宇成了市里有名的企业家，他经常向身边的人讲述这个故事，他说，是王国华让他学会了做人，没有王国华，就没有他刘靖宇的今天。

但刘靖宇不知道的是，当年那位干部保守了一个秘密：

当年，随着救援工作的持续进行，救援队的工作人员都已经极度疲倦，救援进行到第五天的时候，人们对还能在废墟中发现幸存者已不抱什么希望。清理到水泥厂职工宿舍楼的三楼时，天已经黑了，空中还飘起了细雨，大家准备清理完三楼就休息，明天再继续清理。这时有人掀开一块楼板，大叫一声："有人！"大家过去一看，只见一个男人趴在地板上，双手都磕出了血，模糊一片，可以想见他当时的绝望心情。医生过去检查了一下，无奈地摇了摇头。

人们用铁锨把这男人翻了个个儿，正想合力把他扔到运尸车上去，突然，又有人叫起来："这里有血书！"人们凑过去一看，只见那块地板上用血写下了几个大字："老天不公！下面的坏人怎么还不死！"

"下面还有人，快挖！" 二楼的楼板被慢慢移开了，刘靖宇就这样得救了。上面的那个男人自然就是王国华，如果没有王国华留下的那几个字，刘靖宇起码要等到第二天才会被发现，而他能不能挺到那时候，可就很难说了。当时，人们的警惕性都很高，大家都以为刘靖宇做了多大坏事，便对他实行了就医监控。

据医生讲，其实王国华的伤还不如刘靖宇的重，他本可以活下来的，但他却死了，是绝望和怨恨让他失去了活下去的勇气；而刘靖宇，因为要说那声"对不起"，却活了下来，并因为那位干部善意地隐瞒了一个"坏"字，让他始终对生活满怀感激……

（题图：谭海彦）

好想听你叫声"爹"

□ 杨显硕 供稿

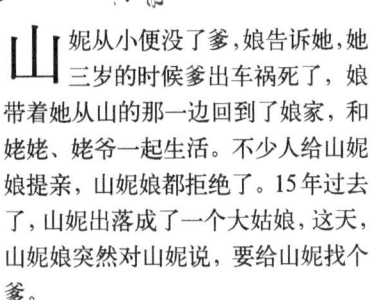

山妮从小便没了爹,娘告诉她,她三岁的时候爹出车祸死了,娘带着她从山的那一边回到了娘家,和姥姥、姥爷一起生活。不少人给山妮娘提亲,山妮娘都拒绝了。15年过去了,山妮出落成了一个大姑娘,这天,山妮娘突然对山妮说,要给山妮找个爹。

听了娘的话,山妮吃惊地睁大了眼睛,这决定对山妮来说太突然了,但她看到娘那已经花白的头发,想到这些年娘一个人拉扯自己受的苦,还是低下头,说:"娘,俺听你的。"

第二天,山妮娘就去了县城的婚姻介绍所,回来时太阳已经快落山了,夕阳映着山妮娘那张笑吟吟的脸,山妮好像又看见了年轻时的娘。山妮问:"娘,咋样了?"山妮娘说:"看上了一个,是山那边的一个光棍,到县城里打工的,年龄也相仿。"山妮说:"娘,人你可要看准了。"山妮娘笑着说:"放心吧,闺女,过些日子就让他来,行吗?"山妮低下头说:"俺听你的。"但山妮心里开始忐忑不安起来。

半个月后,山妮娘还真把那个人领回了家。那天,山妮一进屋就看见凳子上坐着一个四十多岁的男人,娘和姥姥、姥爷正在陪他说话。山妮明白,这就是娘领回来的那个人,她一时间怔在了那里。

那个男人一见山妮,便直勾勾地拿眼盯着她。山妮娘咳嗽了一声,站起来对那个男人说:"这就是我闺女。"然后对山妮说:"这是你刘有义

叔叔。"山妮满脸通红，低声叫了一声"有义叔"，刘有义赶紧答应了一声，但目光还是没有离开山妮，山妮顿时感到浑身不自在。

从那以后，刘有义便正式倒插门到山妮家了。山妮娘让山妮管刘有义叫爹，山妮叫不出口，因为在她心里已经没有"爹"这个称呼了；还有一个原因就是山妮觉得刘有义不太正经，有事没事的总是愣愣地盯着自己。有一回山妮娘不在，山妮在屋里看电视睡着了，一睁眼就见刘有义正站在床边看着自己呢，把山妮吓了一大跳。而且刘有义总是给山妮买东西，讨好山妮。山妮很反感，但是看着娘整天欢欢喜喜的样子，她也不好跟娘说，怕娘伤心。后来，山妮实在忍不住，就把这事和同村的二柱子说了，山妮和二柱子是青梅竹马，她有什么事，都不瞒二柱子。

一天，山妮正和她娘在屋里做针线活，突然一个邻居气喘吁吁地跑进来，说："山妮娘，二柱子和山妮爹在村口打起来了。"山妮娘俩赶紧放下活计跑了出去。只见村口围了一群人，二柱子和刘有义已经被人拉开了，刘有义的嘴角被打出了血。

山妮娘像疯了似的抓挠着二柱子，一边骂道："二柱子，你个小兔崽子，你凭什么打他！"二柱子也不还手，气呼呼地说："他，他对山妮要流

氓！"二柱子的话一出口，大伙都愣了。山妮娘转回身看了看山妮，山妮赶紧低下了头，心里埋怨二柱子，怎么把悄悄话说出了口。

山妮娘愣了片刻，突然转过头大骂二柱子："你胡说八道，不得好死！"刘有义把山妮娘拉到了一边，劝道："别生气，他还是个娃哩。"

以后几天，山妮娘都没给山妮好脸色看，山妮很委屈，她更加讨厌刘有义了。不过，刘有义倒是收敛了一些，不再总盯着山妮了，但山妮看得出来，他还是在找机会讨好她。刘有义越讨好山妮，山妮就越讨厌他。

这时，又有媒人来给山妮提亲了，说的是邻村一个后生，人长得好，家境也殷实。山妮不愿意，山妮娘急了，说："你到底要找什么样的，那个二柱子有什么好？家里连个瓦房也没有，还打过你爹。"山妮见山妮娘知道了自己的心事，低着头什么也没说，只是狠狠地瞪了刘有义一眼。

晚上，山妮听见她娘屋里有吵嘴的声音，好像是二柱子穷什么的。第二天，山妮看见娘的眼圈有些红，而刘有义已经到山上的煤矿去挖煤了。

山上有一个私人开的小煤矿，需要不少挖煤的，为了挣点钱，二柱子也在这里挖煤。二柱子看见刘有义也来了，狠狠地瞪了他一眼。两个人谁也没说话。

为了能早日盖上大瓦房娶山妮，

二柱子没日没夜地挖煤，经常是大家都从井下上来了，他还在井下。这天，和往常一样，大伙都从井下上来准备吃饭，而二柱子还在井下。突然从井下传来"轰"的一声，塌了。大伙在井口拼命地叫喊二柱子，可没有回音。没人敢下去，因为谁也说不准会不会再次发生塌方。

乡亲们闻讯都赶了来，山妮站在井口，眼泪哗哗地往下流，嘴里喊着："二柱子，二柱子！"看没有人敢下去，山妮一咬牙，直向着井口奔去，这时，一只大手拉住了她。山妮回头一看，是刘有义。刘有义对山妮说："我去看看。"他让大家找来两根长绳，一根系在自己身上，手里拿着一根，向井下滑去。

过了好久，绳子晃了两晃，这是刘有义的信号，大家使劲拽绳子。慢慢地，浑身是血的二柱子出现在大家面前。正当大伙庆幸的时候，井下又传来了"轰"的一声。刘有义还没上来呢！井边的山妮娘一下子昏了过去。

刘有义被救上来的时候已经奄奄一息了，大家把他送进医院。他时而清醒，时而昏迷。大夫对山妮娘说，人不行了，趁他这会清醒，看还有什么遗言吧。山妮娘听了，直哭得死去活来，山妮的姥姥、姥爷也在一旁，老泪纵横。

这时，刘有义睁开了眼睛，对山妮娘说，自己快不行了，让山妮叫自己一声爹吧。山妮娘哭着点了点头，她把山妮叫进病房，说："闺女，快叫一声爹吧。"山妮看着刘有义那期待的目光，眼泪流了下来。她感激刘有义救了二柱子，但她还是突破不了自己的心理障碍。就在她犹豫的时候，山妮娘声嘶力竭地喊了一声："你倒是叫啊！他是你亲爹啊！"说着便号啕大哭起来。

山妮惊呆了，她惊疑地看了看号啕大哭的母亲和躺在床上的刘有义，问姥爷：这到底是怎么回事？

山妮的姥爷流着泪，对山妮说："你三岁那年，你爹娘带着你到城里

特别服务

□ 张东兴

有个护士，技术不太好，"转战"了好几家医院都被撵出来了。这天，她百无聊赖上街转悠，突然看到一家网吧门前赫然贴着一张启事，上书"招聘护士一名"。护士心里奇怪：网吧要护士干什么，总不能让我在键盘上扎一针吧？奇怪归奇怪，腿却不由自主地迈进了网吧大门。

找到老板，护士第一句话就问：

"你们是要护士吗？"

老板点点头："没错。"他把护士领到网吧隔壁的一间小屋，解释说："我这半间屋闲着，就开了个小诊所。"护士一听，赶紧说："您是要我坐堂看病啊？那可不成，我学的是护

玩，一个醉汉看你长得可爱，非要抱你，你爹不让，两个人就打了起来。那个醉汉突然从怀里掏出把刀挥舞着，眼看刀锋都快要划到你脸上了，你爹从地上捡起块砖头打了醉汉的头上，没想到把醉汉一下打死了。你爹被判了15年的刑，本想和你娘离婚，可你娘不同意。为了不给你背上一个杀人犯父亲的名声，他们约定说，你爹死了，烧毁了你爹的一切东西，你娘也搬回了娘家。你娘每次去城里，都是看你爹去了。现在你爹出狱了，还是顾及你的名声，于是就想了这么

个办法，让你名正言顺地叫他爹。他那样盯着你，是因为多少年没见你，喜欢你啊！他去山上挖煤，也是为了给你和二柱子的婚事攒嫁妆钱啊，可你，你怎么连声'爹'也不能叫呢！"

山妮顿时感到天旋地转，她看着脸色苍白的刘有义，"扑通"一声跪在了床前："爹！"山妮从心底喊出了这个字。刘有义的脸上露出了满足的微笑，他颤抖着手轻轻地抚摸着山妮的脸颊，然后那手慢慢地滑落了下去……

（题图、插图：安玉民）

理，不会看病；练的是扎针，还老扎不准地方。"

老板说："不用你看病，这个诊所为我网吧的客人提供特别服务，服务项目就扎针一项。凡是网吧的客人，凭我的纸条就能到这儿免费扎针。"

护士奇怪地问："扎针？扎什么针，针剂可不能随便乱打啊！"

老板神秘地笑笑，小声说："扎什么无所谓，扎不准地方也好办，你只要误差不太大，不给他扎到坐骨神经上就算对得起他们啦。"

护士简直不敢相信天底下还有这种事，但现在工作难找，自己又缺钱，这么好的机会难得，于是她答应第二天来上班。

第二天一早，护士来到诊所，上午十点的样子，她迎来了第一位顾客。这是个十五六岁的少年，小脸蜡黄，精神萎靡。护士问他怎么了，他拿出网吧老板写的纸条，说没怎么，就是想扎一针。护士问："那你用什么药？"少年说："什么药都不用，就这么往手脖子上干扎一针就成。"

护士大奇，心想，光听说吸烟吸毒上瘾，还没听说打针上瘾的呢，这真是皮子痒了，干扎一针我还怕什么？护士这么想着就一针下去。少年没头没脑地说了句："这下我可放心了！"摁上脱脂棉球，粘上胶布就走。

护士正在纳闷，谁想后面接二连三又来了七八个少年，都是差不多年

纪，差不多脸色，还都是干扎针，不用药。护士有点坐不住了，心想，这到底是哪门子的服务项目？不行，我得看个究竟。

护士隔着窗玻璃，看见那些少年上了路边等候的一辆破面包车，再看司机，竟然就是网吧老板！等老板的车一开动，护士立即出门招手上了一辆的士。面包车跑得不快，走走停停，不时地靠边停车，放下去一个少年。到了一所中学，最后一个少年也下车了。护士等面包车开走，自己也下了车，悄悄地跟上那少年。

只见那个少年大大咧咧走到学校门口，一个老师伸手拦住了他，问："为什么迟到？"

少年一举手腕上的棉球，说："感冒了，输了一瓶液。"

"撕开棉球我看看。"

少年面无表情地撕开棉球。老师说："自己吐点唾沫，擦擦那个针眼，我看看真的假的？"

护士心想，这老师还挺专业，让学生自己用唾沫擦针眼，既不传染疾病，还有杀菌作用。她这才明白，原来老板开这个诊所，就是为了让这些少年混过这一关，好没有后顾之忧地通宵上网，这还真是一项少见的特别服务啊！想到这儿，护士一咬牙，决定给有关部门写信：这样的工作，给的钱再多，她也不能干！

（题图：顾子易）

想当保安不容易

□ 海 岛

这年，市里最大的金店要招聘一批保安，待遇好、福利高。刚从武术学校毕业的刘小飞一路过关斩将，经过三轮考试杀入重围，只要能再通过最后的这次面试，他就可以如愿以偿了，但这似乎并不容易。

刘小飞踏进面试的小房间，手心里全是汗，他坐在那张看起来颇有些古怪的椅子上，对面的三个考官开始轮流向他提问。幸好准备得充分，刘小飞兵来将挡，水来土掩，但是，等到那个留着山羊胡子的考官提问时，刘小飞的脑子突然"嗡"的一下，竟没听清对方说了什么，山羊胡子又大声地重复了一遍，但刘小飞依旧没有听清，当然也就谈不上回答了……

考核结果终于出来了，刘小飞没想到自己竟然顺利过关。

穿上制服，腰里佩上警棍，刘小飞兴奋极了，他暗暗发誓，一定要好好工作，争取干出点成绩来。

在刘小飞当上保安的第三天，他逮着了一个好机会。

那天，刘小飞正在总店门口巡查，迎面走来一个提包的胖子，他一脸紧张的神色，看到刘小飞全副武装的模样，不知怎地，竟转过身撒腿就向店外跑去。刘小飞一看有问题，穷追不舍，一直追到腿肚子转筋，胖子才口吐白沫倒在了地上，这家伙胸部起伏得像扯一口破风箱，喘着粗气连连向刘小飞讨饶："兄、兄弟，你放、放了我吧，你要是放了我，我这提包里的东西，都是你的……"

提包里的东西？刘小飞走过去，把包打开一看，我的妈呀，里面有一小堆钻石，正闪着耀眼的光芒。刘小飞小心翼翼地捡起一颗，对着亮处照了照，嘿，是真货，不知这胖子是怎么从金店里偷出来的。好家伙，这么多钻石，少说也值百十来万吧？

这是一条偏僻的巷子，一个人也没有，刘小飞看着手心里满满一把璀璨夺目的钻石，胸口突然狂跳起来，他猛吸一口气，稳定了一下纷乱的情绪，大声对胖子说："你骗谁呀，我前脚提包走人，你后脚就到公安局告状，你当我是傻瓜？跟我玩这把戏，你老实点吧……"

刘小飞说着就上前要拽胖子，不料胖子冷不防从腰里抽出一把刀子来"既然你不给老子活路，老子就跟你拼了……"说着猛扑过来。刘小飞在武术学校是优等生，身手敏捷无可挑剔，他闪身躲过，随手拔出了腰里的警棍，那胖子不知疯了还是咋的，竟挥舞着刀子向刘小飞直冲了过来，刘小飞慌乱中趁势对着胖子的头脸猛击了几下，胖子被打倒在地，脑后顿时流出了汩汩的鲜血，就像是关不上的水龙头……

刘小飞呆了，胖子被自己打死了，接下来怎么办？

巷子里依旧一个人也没有，看着那一包耀眼的钻石，刘小飞的心口不可抑制地再次狂跳起来——这可是普通人一辈子不吃不喝也赚不到的啊，马无夜草不肥，人无外财不富，这可不就是外财？为这么多的钱冒险，值了！当保安还不是为了混口饭吃，自己有这么多钱，再也不用干这鸟差事了。

打定主意，刘小飞的手不抖了，心不慌了，他觉得这是自己一生做过的最正确的决定……说干就干，他将那个提包往背上一抢，就要逃离这个是非之地，可就在转身的一刹那，他像见了鬼一样，两腿再也迈不开步子：只见保安大队长王伟就站在自己面前，正两眼一眨不眨地瞪着自己，那犀利的双眼里闪着寒光，仿佛已经看透了自己的五脏六腑。

刚刚巷子里还不见一个人影，怎么王伟突然就出现在了身后？刘小飞来不及多想，迅速拔出了警棍，一步步逼近了王伟，可王伟似乎并没有把他放在眼里，一边牢牢盯着刘小飞，一边把手伸向了腰间。刘小飞用眼角一瞥，天啊，王伟腰里竟然别着一把枪！先下手为强，后下手遭殃，绝不能让他碰到那把枪，要不，自己就全完了。

刘小飞把心一横，一不做二不

休，他一个虎跃把王伟扑倒在地，夺过他腰间的枪，接连扣动扳机，"砰砰"两声枪响，王伟胸口溅血，也像那个胖子一样失去了宝贵的生命，但刘小飞不敢马虎，他又在两人的尸身上补了好多枪……

得马上离开这个是非之地！拎着装有钻石的提包，刘小飞朝着巷子的深处发疯一般猛跑，就如同一条丧家之犬。他一边跑一边想，只要能逃离这儿，自己就能大把花钱，吃香的、喝辣的，荣华富贵享之不尽。

可是，那条巷子不是一般的长，刘小飞狂奔了半个多小时，竟然还没有跑到头，而且巷子深处好像越来越黑了，刘小飞顾不了这些，这个地方他熟，这条巷子他也常走，再跑一会准跑得出去。刘小飞脚步如飞，又跑了好久，真是奇怪，竟然还是没能跑出那条窄窄的巷子，怎么回事？难道自己进了一条鬼巷？

刘小飞肩上扛着钻石，这包钻石给了他无穷无尽的力量。我就不信这个邪！他加了一把劲，越发像一支离弦的箭……但是，那条巷子真的好长，而且它变得越来越黑，越来越黑，最后黑得伸手不见五指了，刘小飞终于慌了，他左突右冲就是找不到出口。看来真是鬼巷啊，刘小飞全身的汗毛都竖起来了。突然，他眼前出现了两团火光，他疯跑过去一看，那两团火竟是两颗正在燃烧着的人头，仔细看，可不正是大队长王伟和那胖子的头？那人头被烧得"嗞嗞"地响，龇牙咧嘴对着刘小飞笑……

刘小飞的神经终于再也承受不了，他大叫一声晕死了过去。

不知过了多久，刘小飞听到有人在轻轻地有节奏地呼叫他的名字，随着喊声，他缓缓睁开了眼睛：只见四周一片光亮，好了，这下得救了，但是他很快发现，自己竟然坐在一张椅子上，而他的对面，还是面试他的那三个考官，这是怎么回事？刘小飞闹不明白，他完全傻了。

那个留着山羊胡子的考官拍拍刘小飞的肩："小伙子，很遗憾，本次面试你被淘汰了。"

刘小飞这才明白过来，自己其实一直坐在这里，刚刚发生的一切，竟然只是一场长达半个小时的催眠！

原来，为了能聘到经得起考验的保安，本次面试，金店的管理层特地请来了全国最优秀的催眠师，他们用催眠术为每个考生"度身定制"了一个场景——被催眠者会像梦游一般，把自己在这个"场景"里的一举一动展现在考官们的面前，而任何人在催眠状态下都是不会设防的。

这真是一次相当巧妙的面试，刘小飞是这次奇特面试的第一人，幸好他被淘汰了……

（题图：谭海彦）

抱你一辈子

□ 赵 风

爱人是珍宝，可人们往往等到失去后，才猛然醒悟：原来无价之宝曾经就在自己身边。

媳妇是个傻大个

朱老三个头不高，但长得白净，人也聪明，心眼活络，当村里人还在土里刨食时，他就在村头摆了个杀猪卖肉的摊子，日子过得比一般人家要红火得多。村里村外好些漂亮姑娘都想嫁给他，可朱老三一个也看不上眼。后来还是朱老三的娘做主，让他娶了邻村的凤花。朱老三一见凤花是个比自己高出半个头的傻大个，心里就老大不乐意，可老娘偏说庄户人家过日子，大个头好，做事麻利。朱老三拗不过老娘，只好硬着头皮把凤花娶进了门。

凤花进门后，果真做事麻利、手勤脚快，进门第二年，老三娘死了，后事全是她里外操持，办得中规中矩。村里人都说朱老三好福气，可朱老三一见凤花那粗脚大手，心里怎么也热不起来，成天板着个脸。凤花却像一点也没往心里去似的，还是整天乐呵呵的。

朱老三原以为日子就这么凑合过下去了，没想到这年，朱老三为家里盖新房的事，竟和隔壁的细狗打了起来，还把凤花给砍伤了。

原来，当地盖房有个风俗，排在

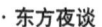

右边的房子叫龙头，排在左边的叫龙尾，这龙尾是不能高过龙头的。细狗的三间老式土平房在右，现在朱老三要盖三层楼房，不用说，肯定要大大高过龙头，这一来细狗不干了。

这天，细狗见朱老三的新房盖到了两层还没封顶，便冲进朱老三院中。几个匠人正往楼上抬水泥预制板，细狗"噌"的一下跳到那预制板上坐下来，不准他们往楼上抬。刚好这时朱老三手提杀猪刀回家吃饭，一见院中情景，气得鼻孔冒青烟。乡下盖新房，那可是天大的喜事啊，哪容别人跑来闹事、触霉头？朱老三冲细狗吼道："你再不下来，老子一刀劈了你！"细狗把头一抬、眼一翻，说"你敢！"朱老三气昏了头："你看老子敢不敢！"说着，就把杀猪刀举了起来。

这时，正在厨房炒菜的凤花听到动静，连忙冲了出来，将朱老三死死地抱住，细狗乘机就想去夺他手中的杀猪刀。朱老三气得大吼一声，用力一甩，把凤花摔到地上，又朝细狗冲了过来。眼看就要闹出人命，凤花惊出一身冷汗，急忙从地上爬起来，伸手便往细狗面前一挡，朱老三一个收势不及，那刀就结结实实地砍在了凤花的右臂上。

凤花的右臂被砍折了，朱老三气恼她多管闲事，把她送到镇上医院，交给医生和护士就回村了。

可是，就在第二天早上，朱老三突然发现家里出了怪事。

这天早上，朱老三一觉醒来，发现自己竟睡在床前的地上。这是咋回事？记得自己明明睡在床上，如果是不小心从床上滚到地下，那应该一会儿就会冻醒的，可自己咋会赤条条地睡在地上一直不醒呢？

不求回报的爱

朱老三带着满腹疑问来到肉案前，刚开张不久，村里一个小伙子赶到铺前，气喘吁吁地说："老三叔，凤花婶子都快死了，你还有闲心在这里卖肉？"

朱老三匆匆来到医院，才知道凤花进院没多久，就由于伤口感染，并发了败血症。走进病房，朱老三见凤花睁着一双无神的大眼望着门口，似乎早就在盼望他的到来。

凤花哆哆嗦嗦地伸出手，把朱老三拉在床边坐下，喘息着说："老三，你、你总算来了，我……要走了，你别难受，是我不小心碰到刀上，不怪你……"朱老三没想到，凤花见到自己后的第一句话非但没有责怪，反而还安慰自己，看着凤花憔悴的脸色，朱老三一阵辛酸。这时，凤花喘了口气，又接着说："当年，我第一眼看到你，就喜欢上了你，可我知道，你、你并不喜欢我，我走了以后，你再找个称心的，只是你的病……病……可

就……"话未说完,凤花就头一歪,咽了气。

老婆死了,朱老三懵了,他愣愣地立在病床边想着凤花的话:我的病?我有啥病?

没想到安葬完凤花后,怪事真的来了,朱老三每天早上醒来,发现自己不但睡在了地上,身上还加盖着厚厚的棉被,倒好像是自己故意要打地铺似的。一连三天,天天如此。这是咋的了?莫非这就是凤花临终时说的"病"?朱老三搔搔脑壳,决定去看医生。

朱老三搭车来到县医院。医生为朱老三做了详细的检查,说没啥病,注意休息就行了。朱老三无可奈何地回了村。

不久,村里人就都知道朱老三得了个怪病,众人议论纷纷,有人说,这是朱老三的老婆在阴间报复他,凤花多好的人哪,为了不让老公闹出人命,把自己的命都搭上了,说到底,凤花就是死在朱老三的手上。朱老三听了众人的议论,心里也很懊恼,但脸上还是做出一副满不在乎的样子。

这天,细狗来到朱老三摊前买肉,他指着猪屁股上的瘦肉说:"来两斤。"朱老三一见细狗就有气,但顾客上门,生意不能做。朱老三把肉称好,细狗嘻皮涎脸地望着他发笑,却一直不掏钱。朱老三把杀猪刀往案板上一拍,吼道:"你笑个啥?还不快给

钱。"细狗一边慢慢地往外掏钱,一边说:"老三哥,听说你得了个怪病,怎么也治不好,要是我帮你治好了,你该怎样谢我?"

朱老三鼻孔里冷哼一声,说:"你狗日的没个正经,你能给我治啥病?"

"要是我真能治呢?"

朱老三怔了怔,说:"要是你真能治,这两斤肉一分钱都不要。"

"这可是你自己说的,到时说话

要算数啊。"细狗把掏出来的钱重又装进兜里，然后正色说："我说老三哥，其实你这病一不用求医问药，二不用烧香敬佛，你只要到凤花嫂子坟前多烧一点纸钱，包你百病全消。"

"放你娘的狗屁！"

细狗笑着说："老三哥你别恼，等我把话说完，信不信由你。"

原来，昨天半夜细狗起来上茅房，路过朱老三家后窗下，突然听到屋里有女人说话的声音。细狗好生奇怪，心想，凤花嫂子死后还不到一个月，难道老三哥就耐不住，勾搭上了别的女人？

细狗蹑手蹑脚来到窗前，借着月色朝里一望，不由大吃一惊，原来里面真有个女人，但这女人不是别人，正是朱老三死去的老婆凤花！

细狗清清楚楚地看见，朱老三躺在地上呼呼大睡，凤花吊着膀子一边给他盖被窝，一边喃喃地说："老三哪，你打小就有个梦游的毛病，你娘怕你担心，一直没敢告诉你。我来你家后，你娘告诉我说，你每次梦游完后，总睡地上。你小时候，是你娘把你抱回床上的。你长大后，你娘渐渐抱不动你了，她就希望你今后能找个大个子的媳妇。后来，我就接了你娘的班，每天晚上，我总要等你梦游完，把你抱回床上后才能入睡。但我的右臂断了后，我一只手再也抱不动你

了，你哪能不睡在地上？这冰天雪地的大冬天，万一你冻病了可咋好啊！现在我只能每天半夜溜回家，给你盖盖被子，老三哪，你可千万别怪我啊！我的手在阳间没治好，本来我想到阴间再接着治，可在阴间没钱也治不了病啊！要是有钱，我的手治好了，我才能继续抱你啊……"说着说着，凤花已是泪流满面，而窗外的细狗看着、听着，只觉得心头一阵阵热……

朱老三听完细狗的话，顿时目瞪口呆，本以为是细狗瞎编了来戏弄自己的，可细狗说得有鼻子有眼的，一时倒难以判断。而且，自凤花死后，自己的确一直未到她坟前看一眼，更别说给她烧纸钱了。想到老婆生前的种种好处，想到她在地下还没钱治好手伤，朱老三的眼眶红了……

第二天，朱老三歇了肉案，提着一大包纸钱来到了凤花坟前。朱老三在凤花坟前长跪不起，"咚咚咚"地把头磕得山响，然后把一大包纸钱都给烧化了。回家后，朱老三还把堂屋的佛像撤了，在香案上换上了凤花的遗像。

还真别说，细狗的话虽然不知是真是假，但自打朱老三从坟上烧完纸钱回来后，他的毛病竟全好了。每天早上起来一看，他发现自己都是稳稳当当地睡在床上哩！

（题图、插图：谭海彦）

根据美国作家瓦尔特·法利原作改编

上帝派来的
天使

□孙宝成　编译

19世纪末，在美国的西南边陲有一个小镇，那里的居民大多是前来淘金的牛仔，他们住在木头小屋里，有空时就到临街的小酒吧里喝上两杯。

遗憾的是：平静的生活被一个外号叫做"高个儿皮特"的人打破了。这个人好逸恶劳，一年中只当几个月的牛仔，其余的时间全都用于赌博。他玩牌时常常作弊，谁不满意，他就掏出随身携带的那把柯尔特手枪杀谁，他甚至枪杀了镇上的治安官。

镇上的人们走投无路，最后悬赏2万美元，只要有人能把高个儿皮特从镇上赶走，或者把他送入坟墓，就能得到赏金。

重赏之下必有勇夫，一个又一个外乡人赶来领取这笔赏金。可惜，他们全都留下来了，因为高个儿皮特把他们送进了镇上的公墓。

寒风刺骨的一天，公共马车带着一个与众不同的乘客来到镇上，他个子很高，面容憔悴，头戴帽子，身穿浅黑色上衣，竖着白色衣领。这个人自称是传教士丹，他说他不想在镇上逗留，只是代表上帝来筹集一笔修建教堂的钱。目前，他已经凑足了修建教堂的大多数款子，打算通过玩牌来筹集余款。他说，上帝在梦中告诉他，他只需一夜便可赢得其余的钱。

传教士从容地走进赌场，在一张牌桌前坐下。围桌而坐的还有三个玩

家，他们是镇上的两个常客迈克和汤姆，另外一个就是高个儿皮特。

前两局是迈克和汤姆获胜，第三局赌金加大，高个儿皮特赢了这一轮，而传教士一直是输家。

趁着洗牌，高个儿皮特轻佻地对传教士说："看来，今晚你的上帝需要帮忙了。"传教士大度地笑笑，突然说："我挺喜欢你的枪，我看看行吗？"

屋子里骤然静了下来，高个儿皮特的笑容消失了，他凶狠地说："先生，你听着，除了我自己，没人摸过我的枪。"

"噢，我没别的意思。"传教士咧嘴笑着，"你知道，我不是普通的人，我是上帝的使者。平时我也不喜欢枪，可我听说你擅长用枪，我只是出

于好奇，想看看那个惹祸的家伙。"

或许是传教士的声音中流露着钦佩之意，或许是上帝插手缓和了高个儿皮特的情绪，出乎众人意料之外，高个儿皮特从皮套里抽出柯尔特手枪，放到了桌上。传教士拿起枪，看看枪管，又在手里轻轻地掂了掂，估计一下重量，翻来覆去地仔细研究着。突然一不小心，手枪"啪"地从他手中滑到了地板上。

高个儿皮特跳起来，尖叫一声把椅子推到身后，但是传教士动作比他还快，一弯腰，捡起枪，并用衣襟和衣袖将枪擦干净。"实在抱歉。"他说着，把枪还了回去。

"抱歉总比死掉好！"高个儿皮特吼叫着，收回枪并把它放回枪套，然后一屁股坐下。到这个时候，屋里的人才都松了一口气。

赌局继续进行，随着赌金加大，赌钱的速度似乎加快了。很快，赌客迈克推桌起身，说道："我吃不消了。"现在牌桌上剩下三个人，包括高个儿皮特和传教士，接下来多数时间都是高个儿皮特在赢，他面前的钞票和硬币堆得如同小山。

传教士所有用于盖教堂的钱都飞快地落入了高个儿皮特的手里，终于，在

黄昏来临之际，最后的叫牌结束，高个儿皮特把钱都赢到了手。他伸胳膊拿过酒壶，"咕嘟嘟"地喝着威士忌，一边把钱装进口袋。

这时，传教士突然发话了，他柔和而坚定地说："先生，等一会儿，你从头到尾都在作弊，你若是现在把那些钱拿走，你便犯了盗窃罪。"

高个儿皮特一听，立刻想伸手掏枪，但想到传教士没有带枪，便只是摸着枪把，恐吓地说："我没有作弊，我也不能让人说我作弊，传教士也不能说！"

传教士声音不高，但很坚决："是吗？那就让上帝来判决吧。你愿意到大街上去公平合理地决斗吗？"

高个儿皮特冷笑着说："你连枪都没有，你甚至不会开枪，怎么决斗？"

传教士却眯起了眼睛，坚定不移地说："我不是你的对手，这肯定没错。可是，上帝说我今晚应该得到那些钱，我就不能让他说话不算数。在场的哪位愿意借我一支枪？"

酒吧招待递给传教士一把手枪，然后两个人在街道的两头相对而站。有一小群人扎堆观看，他们知道高个儿皮特的枪法实在太好了，鲁莽的传教士根本不是对手。但他们还是来了，主要是出于同情，来声援一个即将为自己的教堂而死去的传教士。

两个人仿佛站了很久，各自都做好举枪的准备。随后枪声响起，人们看到传教士那高大的身躯倒在了地上，人群中的女人们发出了痛苦的喊声。

高个儿皮特吹去枪管冒出的烟，露出一副觉得很无聊的神情。他把手枪放回枪套，动身回酒吧。就在这时，他发现传教士的身体动了一下。

到目前为止，每逢决斗，高个儿皮特都是一枪便置人于死地，传教士怎么还会喘气？高个儿皮特无比好奇地看着，只见传教士慢慢站了起来，用借来的手枪瞄准。这样一来，高个儿皮特只好再次向他开枪，传教士如同被砍倒的树干那样，脸朝前直接栽了下去。

高个儿皮特用持枪的手擦去前额的汗水，不眨眼地盯着传教士的身体。但是，他料想不到的事情又发生了，人们看到传教士挣扎着再次站起身，在场的人全都屏住了呼吸。

这次，高个儿皮特甚至没有给传教士瞄准的机会。他平生第一次露出害怕的表情，举枪就射，随着两声枪响，传教士又扑倒在地。

人们纷纷从街上聚集过来：一个人竟然屡次死而复生，这场决斗肯定有着神奇莫测、匪夷所思之处。他们想，或许传教士真的和上帝对过话？显然高个儿皮特心里也是这样想的，他面色苍白，脚步迟缓地走向尸体，还没待走近，传教士竟然又挣扎着跪

起来，随后站起了身。这次他伸出了手，像是在说："你欠我的钱。"

传教士忧郁的眼神刺穿了高个儿皮特，高个儿皮特惊慌失措地做出回应，这次他瞄准了传教士的头部。这是他的最后一颗子弹。

枪声响过，传教士的手"啪"的捂住前额，身体转了一圈，这才脸部朝下跌倒在尘埃。所有人此时都静止不动，只有一阵风吹起了传教士黑色外套的一角。高个儿皮特全身抖个不停，简直无法把目光从尸体上移开。人们看看他，又看看尸体，不知道还会出现什么不可思议的事情。他们从未见过高个儿皮特如此恐惧，也没有目睹过一个死人复活。

这时，尸体的腰部稍稍动了动。

一只鸟，不，那是一只鸽子，从尸体的身下挣脱开来，"咕咕"地轻声叫着，拍着翅膀飞入阴云密布的天空，消失在人们的视野之外。

镇上的人和高个儿皮特目瞪口呆，他们都相信，那鸽子一定是上帝的信使。高个儿皮特开始晕头转向地朝后退，可刚刚走了十步远，这时传教士的尸体抽搐着，慢慢地伸展开来，站立起来。

"你要去哪里?"尸体的话音不光沉闷，还带着回声，如同来自坟墓深处，"把上帝的钱还给我。"

高个儿皮特简直魂飞魄散，他发出了类似被掐住脖子时的那种恐怖的尖叫声，丢下了枪，沿着街道撒腿就跑，转眼便消失得无影无踪。

目瞪口呆的人们眼睁睁地看着他逃掉，这才心惊胆战地回头看传教士。此刻，传教士笔直地站着，面对人群，露出了狡黠而友好的微笑。他突然又不像一个死人了，虽然他的前额上有血，可他只用衣服袖子擦了一下，血就神秘地消失了。

"这是一个你们搞不明白的难题。"他重新用朋友般的声音说，"请不要为我担心，除非你们不想拿出为除去卑鄙的

喉血之咒

□ 顾文显

有个财主叫姚为仁，他家产富有，并有武举人的功名。这天，姚为仁心情不错，亲自下乡查看苗情。走到一个村庄，姚为仁看到河边有一个少女在洗衣服，一见此女，他几乎呆住了，忙让家人探听这是谁家的女娃，生得如此娇艳。家人打探清楚，回来禀报：此处名唤翁家庄，洗衣少女乳名扣儿，乃翁老汉所独生，老汉妻子早殁，靠打鱼维持父女生计，不曾赊欠姚家一文银钱，也不曾租用姚家一分田地；而且翁老汉性情刚烈，不畏权势，是个难对付的主儿。

姚为仁回到府上后，苦思冥想，

高个儿皮特而许下的赏金。"

镇上的人们高高兴兴地把赏金给了传教士。他没有全都拿去，只拿了一半，其余的留给了镇上的教堂。

从那天起，人们再也没有听到过高个儿皮特的消息，有传言说他一口气跑到了新墨西哥州，当了一名农夫，再也不摸枪了。人们忍不住要谈论一个人如何被打了五枪，却如同根本没被射中似的每次都站了起来。可是，没有一个人胆敢让传教士解释真相。他离开了镇子，留下了一个谜。

其实，这很简单，传教士丹并不是真的传教士，而是一位才艺高超的魔术师。他在牌桌上把高个儿皮特的枪弄掉在地上后，换了一把装着空弹的枪，放出白鸽只是为了增强效果。他的行为尽管让人们付出了赏金，却给他们解除了无穷的忧患。

至今，还有人说，从地上一次次站起来的不是传教士，甚至不是一个死人，而是上帝派来的天使。

（推荐者：司志政）

（题图、插图：佐　夫）

终于想出一条毒计，他从外地雇了一个后生，只说是他的本家侄儿，愿向扣儿求亲。后生相貌出众，谈吐不俗，翁老汉自是满意，当下缔结了婚约。

吉日很快就到，姚为仁让那后生将扣儿迎娶进门，当夜酒酣人散，入洞房的却是姚为仁。他自以为得计，心想：我将生米煮成了熟饭，只消事后好生待你父女，谅你们也没有什么可说的。果然，扣儿失身后并不啼哭吵闹，姚为仁好言抚慰，许了不少愿，心中也就放松了戒备。哪想到新婚第三天，夫妻俩要回门了，姚为仁一觉醒来，却发现扣儿已吊死在房中！

金银再多，出了人命，姚为仁也不免惊慌失措。正不知如何是好，就听大门外面擂鼓似的砸门，家丁打开院门，只见翁家庄来了数十口人，为首的翁老汉手拿扣儿写的血书，高喊："姚为仁，你还我女儿性命！"这时，早有人闯进院子，搭梯爬到姚家正屋的房顶，在上面压上了"坟头纸"，门前也有人摆设祭物、烧起纸钱，把姚府当作了一座坟！

姚为仁一见，暗暗叫苦！谁能料到这扣儿如此有心计，表面顺从自己，暗地却悄悄将血书传回了娘家。但他有钱有势，事既出了，也自信不惧哪个，便装出一副笑脸，冲翁老汉深深一躬："岳父大人，令爱突生短见，小婿肝肠寸断，正要安排人报丧，

不想您老人家却率众找上门来了。咱先不论你父女是否早有预谋，敲诈于我，我眼前得先顾死的，妥善安排后事才好。岳父有什么要求，只管金口大开，小婿无不从命。"

"呸！你这个禽兽，我有什么要求，我只要你给我那从小没娘疼的扣儿偿命！"翁老汉两眼血红，从怀中抽出一把亮闪闪的杀猪刀，对着姚为仁就刺！姚为仁心中大喜，想：这可是你自己送过来的把柄，别怪我心黑。他原是身怀武功之人，对付一个打鱼老汉不过是小菜一碟。他顺势躲过刀，一伸手捏住翁老汉持刀的手，往前一带，往回一别，那刀就割在了翁老汉自己的喉咙上，刀身直达喉管。

在翁家族人的惊叫声中，翁老汉倒在地上，插着刀的伤口冒着气泡，竟然一滴血不流，在场的人都吓呆了！愣了片刻，翁家族人从姚家卸下一扇门板，抬着翁老汉去了县衙。

姚为仁见当真吃上了官司，便将管家叫到跟前，低声吩咐："不要心疼银子，这官司一定要打赢。今年有好几个神卦替我算过，都说我往后还有二十年好运，神不得侵，鬼不敢近，区区一个渔夫，能奈何我？"他让管家捡过翁老汉的那把杀猪刀，说："你轻轻在我项上划一下，就咬定是他行凶在前，我夺刀自卫在后。"

管家哆哆嗦嗦好不容易才在东家喉间划出大半圈似出血似不出血的口

子，姚为仁于是带着刀和那道伤痕去县衙自首。

知县姓崔，刚到任不久，见翁老汉脸色苍白，喉管外露，其状惨不忍睹。崔知县简单问了案情，见翁老汉圆睁二目，面部抽搐，痛苦万状，就躬身安慰道："本县也通医道，你既已伤成这般光景，就是扁鹊华佗再世，也断无生理。本县一定秉公执法，决不轻饶凶手，你就放心去吧。"

不料，翁老汉居然将双手抬起，伸四指捏住喉管断处，嘴里断断续续发出声音："我定要看姚贼下场！"

此时，姚为仁已被带上公堂，口口声声咬定姓翁的行凶在先，他是被迫夺刀自卫，慌乱中划断了翁老汉的喉管。崔知县冷笑道："你是哄骗书呆子，还是以为我收了你的银子？你自己看，你喉间那刀痕，分明是人小心翼翼比画着割出来的，哪里像争斗所伤？"姚为仁瞠目结舌，只恨自己计划不周，只好闭口不言。此时，他感到脖子上的伤痕刺痒难耐，这真是自作自受哇！

知县很快做出判决：革除姚为仁功名，以骗婚致死人命和斗殴重伤他人二罪并罚，判秋后斩决，将姚为仁打入死牢，文书上报。

姚为仁的管家奉主人之命，大把大把地抛银子，但崔知县不收，其他人更不敢收。姚为仁在死牢里仰天长叹：难道神卦都不灵了吗？我可是还

有二十年好运哪！

再说崔知县，他一心整肃民风，伸张正义，眼看刑部文书即将批复，那时姚为仁可就死定了。哪承想当今皇上忽然生了太子，下诏大赦天下，姚为仁死刑赦免，发配远方充军。三个月后，这土豪竟买通流放地的主管官吏，提前释放，前喇叭后锣鼓，坐着大轿，耀武扬威地回到了家乡，气得崔知县直跺脚："天不灭曹，我奈其何？"

崔知县亲自去翁家庄探视翁老

汉，只见他气若游丝，却仍然活着，看到知县，翁老汉两眼流出泪来，伸出两个手指头，捏住喉管断处，还是那句话"我要看姚贼下场。"

崔知县长叹而退，国法都奈何不得，姓姚的真是时运壮了。

再说姚为仁回到府上不过三天，恰逢他五十大寿，于是广发请束，大摆宴席，以示庆贺。替他卜过卦的几位先生被请到了首席，众人推杯换盏正喝得兴高采烈，突然，院门被撞开了，翁家人簇拥着翁老汉冲入院内，那翁老汉已经像一尊蜡像，全身没丝毫血色，见到姚为仁，他两眼喷火，双手捏住喉管，喊出一句："一年后，我定来抹你的脖子！"说罢，张开嘴，一腔污血喷了姚为仁满脸满身，翁老汉轰然倒地，死了！

在姚为仁眼里，翁老汉早就是个"死人"了，他只出了些殡葬费，又给了翁姓族人诸多好处，事情也就不了了之。姚为仁不禁得意非常："人有十年壮，鬼神不敢傍，哈哈……"

打那以后，姚家太平无事。转眼又是一年，巴结姚为仁的亲友纷纷来府上祝寿，姚为仁喝了几盅酒，想到去年此时翁老汉临死前说的话，再看看自己，体壮如牛，最近还要娶一房小妾呢，他不禁哈哈大笑，顺手从兵器架上摘了一把新磨的钢刀，指向天空，狂呼道："翁老头儿，你不是要抹我的脖子吗？"上百个祝寿的人在场，任多凶恶的厉鬼，也不敢露面啊，姚为仁借着酒劲又喊"你不敢来，我来替你割下。"说罢，他装模做样地用刀背在头颈上拉了一下。哪晓得这刀背也有棱角，去年姚为仁作假在项上划下的伤口一直似合不合，痒着呢，给刀背这一划，登时一阵钻心剧痛袭来，他的刀竟然失手掉在地上……

众人慌忙扶姚为仁去太师椅上休息。不料姚为仁这一坐下，就再也无力起来。过了大半天，只听他一声惨叫，仰起头，一用力，那喉咙伤处猛然断开，浊血狂喷，脑袋居然跟翻书页似的翻向椅子背后，只有半截喉管连着！众人见状，吓得四散奔逃……

崔知县闻讯后赶到现场验尸，他一看心里就明白了，这死鬼用的刀背上，早沾积了大量磨刀锈垢，这东西剧毒无比，刚才渗入了旧伤处，而那旧伤表面无恙，其实一直没有愈合，伤口里面早已溃烂，被刀背上的锈垢一染，里外伤势相接，才使得姚为仁断头而死。

可是，为了规劝百姓，崔知县硬说是翁老汉的喉血之咒为自己雪了恨，并下令，日后再有算命卜卦蛊惑百姓者，当按妖言惑众论处。

一连几年，在崔知县的治理下，这个县的淳朴民风又回来了，崔知县也被升任为知府。

（题图、插图：黄全昌）

不该说的
千万别说

□ 范大宇

重金收买

顾建奎是清末民初的京城名厨，他打15岁入这行当学徒，到65岁退职还乡，整整干了半个世纪。既然是名厨，那顾建奎的拿手菜是什么？不怕您笑，菜他一个也不会炒，他是专门做烤鸭的。有人说了，这烤鸭谁不会做，不就是把鸭子架到果木上一烤吗？错，大错特错！干什么都有诀窍，这烤鸭看似简单，实则有大学问，要不，偌大中国怎么才出了一个"全聚德"呢。正因如此，才引出后面的故事来。

话说顾建奎还乡后的一天中午，他正在屋里打盹呢，就听见外面乱哄哄的，一下子搅了他的好觉。顾建奎趿拉上鞋就往外走，可还没迈出大门，就见有人闯了进来。进来的有三四个人，为首的是个四十开外的男子，有点谢顶，有点发福，一双小眼睛滴溜溜地会说话。那人离顾建奎还三丈远，就拱手作揖，高声说："您就是顾老爷吧？久仰久仰！"

顾建奎打眼一看，不认识，心里冷笑，想：我一个伙头军大师傅，有什么值得你这么抬举呀？

那人恭恭敬敬地递上一张名刺，顾建奎扫了一眼，乐了，那上面写着：中华民国政务院，黑龙江省某某县，著名九州大饭店，老板姓刘名二蛋。

顾建奎说："你找我有什么事儿

就直说吧！"

刘二蛋乐了，说"顾老爷就是直爽，我呢也就不藏着掖着了。我是九州大饭店的老板，我们店的看家菜就是北京烤鸭。可是不瞒您说，我们怎么做都差着点火候，所以，这生意是越来越冷淡。"

顾建奎端起架子，捻着胡子说："北京烤鸭北京烤鸭，得用北京填鸭，知道吗？湖鸭、柴鸭，甚至野鸭都不行。"

那刘二蛋点头如鸡啄米，听顾建奎说完，才"嘿嘿"一笑，说："我们一直用的是正宗北京填鸭。浸泡、涂抹，用料都是上等货，烤鸭时都用果木，一根杂木也不用。可是怪了，不论怎么做，都达不到外焦里嫩的火候。武火、文火、阴阳火，什么方法都试过了，外面一层都烤糊了，可里面还生着呢……"

话说到这儿，顾建奎已然明白了，他瞥了一眼刘二蛋，摇摇头，慢慢地吐出一句外交术语："对不起了，无可奉告！"

顾建奎为什么一口回绝？因为他离开饭店时老板有交代：千万别把行里的秘密泄露出去。本来世上好多东西，就像是糊了一层窗户纸，一捅就破，要是天下人全明白了，行里人还怎么混饭吃呀？不该说的话别说，这是行内的规矩。为这个，临别时老板还给了他不少的"封口费"。

刘二蛋自然也明白其中的道道，他今天是有备而来的，看看到了火候，他冲那些跟他来的人努努嘴，那几个人就悄悄退了出去。刘二蛋这才上前一步，将一个沉甸甸的包袱放在顾建奎的面前。

顾建奎扫了一眼，气哼哼地问："你要干什么，收买我？"

"岂敢岂敢。"刘二蛋眯着小眼睛说，"我刘二蛋也是在江湖上行走的人，岂不知江湖的规矩？这事儿你知我知天知地知。您给了我，小的半个字也不会往外吐，您呢，白白得了小的孝敬您的……嘿嘿，三千大洋。"

什么，三千大洋？顾建奎一下子惊呆了：自己干了一辈子也没有挣过这么多钱呀，临别时老板给的"封口费"也只有五十块大洋啊！

刘二蛋凝神盯着顾建奎，看他头顶上汗珠都冒出来了，知道这事已经有九分成了，不由心中暗喜。他将那三千大洋往顾建奎面前又一推，说："爷，这钱现在归您了。"

顾建奎闭上眼，似乎自言自语地喃喃道："先往鸭子里面注水，内蒸外烤……"说罢，挥挥手，独自躺下，像是大病了一场一般。

虽说只是这一句话，却将烤鸭外焦里嫩的诀窍一语道破。刘二蛋拍拍自己的脑袋，苦笑着骂了自己一句："妈的，这么简单！怎么就没想到！"

刘二蛋走了，可顾建奎却怎么也

睡不着了，他知道自己犯了行内的"天条"，将不应该说的秘密泄露给了外人，他决定：离开生他养他的这块故土，远走高飞，隐姓埋名。

人为财死

好个顾建奎，别看已是过了花甲之人，干起事儿来却是雷厉风行。第二天，他就在村里消失了，连夜回到了北京城，在宣武门外菜市口用80块大洋买下了一处三进三出的四合院。

一切都安置停当后，顾建奎才轻松地喘了一口气。这天傍晚，他从"又一顺"饭庄要了三个菜，在自己的新家自斟自饮起来。醉眼迷离中，他突然看到进来三个人，顾建奎一惊，以为自己眼花了，揉揉眼再看，是进来三个人。他浑身一颤：大门上好了，他们是怎么进来的？正惊疑之间，那三人已经走到他的面前，对他抱拳一笑，说："是顾爷吧？"

"你们是……"

为首的那人说："我们是'又一顺'的，刚才我们老板认出您来了，这是我们老板的福气。我们老板的另一家分号正在做着烤鸭的生意，可是不知怎么，就是做不好，外面的烤糊了，里面的肉还生着呢，这不，老板差遣我们上门讨教您来了。"

顾建奎这才松了口气，嗔怪道："有你们这么上门问事儿的吗？"

那三人一个劲儿赔笑脸，说"小

的们不懂事儿，该掌嘴！"

顾建奎虽然知道来人的目的，可是他绝不会再说出烤鸭的秘密了。那三人似乎看出他的心思，为首的从怀里掏出一张纸，对顾建奎一晃，说："爷，我们不白要您的东西。喏，这是五千大洋的银票，只要告诉我们这烤鸭如何能做得外焦里嫩，这钱就是您老的了！"

五千？顾建奎目瞪口呆，他掐掐

大腿，不是白天做梦吧？自己这是交上什么好运了，就这点烤鸭的本事，现在竟成了摇钱树。五千，加上那三千，就是八千，足够自己吃几辈子的了。奶奶的，说一次是说，说一百次也是说。罢、罢、罢，我就再做一次违规的事儿，明儿就卷包袱走人！离开北方，去苏州去大上海养老，叫你们这辈子谁也找不着我！

想到这儿，顾建奎就仗着酒劲儿，把那往鸭子里注水再烤的秘密又说了一遍。岂料他说完了，那三人竟无动于衷，互相看看，摇摇头。为首的那人冷笑了一声，说："爷，这个，我们早知道！"

顾建奎愣了，以为自己听错了，什么，你们早知道？既然知道，还跑我这儿逗什么闷子来了？

那为首的从口袋里掏出一包粉末似的东西，往顾建奎的酒里一倒，说："爷，对不住了，您老把它喝下去吧！"

顾建奎傻了，结结巴巴地问："这是什么？"

三人大笑，说："毒药啊！"

"兄弟，咱们往日无冤，近日无仇，你们干什么要……"

"爷，没辙。我们是端人家的碗，受人家的管。您老到了阴曹地府也别找我们哥几个的麻烦，我们是听吆喝的。"说着，为首的就端起那酒碗，立逼着顾建奎喝下去。

顾建奎不想死，他的好日子才开头呀，可那三个彪形大汉像催命无常似的，在他的身边死死盯着。顾建奎后悔呀，后悔自己不应该贪财，可是，到现在说什么也晚了。他只是不明白，这"又一顺"也算是家大字号的饭庄了，怎么做事儿这么不仗义，从自己嘴里套出了烤鸭的秘密后又要杀人灭口呢？

万般无奈之下，顾建奎只好闭上眼，一咬牙，一狠心，"咕咕咕"地喝下了那碗毒酒。

顾建奎喝下毒酒后，五内俱焚，不一会儿就气息全无。这时，门帘一挑，进来个人。谁呢？刘二蛋。刘二蛋翻翻顾建奎的眼皮，笑了一声："爷们儿，对不住了！你怎么吃进去的，还得怎么吐出来呀！"接着，对那三人说，"快，把那三千大洋找出来！对了，还有那张名刺。别留下任何痕迹。"

半个月后，因为臭味熏天，邻居告发，警察才发现在宣武门外一个四合院里死了个人，这人是干什么的，哪儿的人，都查不出来，只知道是中毒而死。好事儿的《小小晚报》记者登了一篇花边新闻："宣武门外又一凶案，谁是苦主至今不知。"

朋友，记住：不应该说的千万别说啊！

（题图、插图：谢　颖）

父亲失踪了、打手追上门、自己成了通缉犯……一天之内，高中生兰大伟的生活天翻地覆。为了查明真相，他只身走上了寻找父亲的道路，这是一条遍布危险和艰辛的荆棘之路……

□ 尹全生

为了父亲的冤仇

1. 闯王藏宝

这年初冬的一天下午，雾山县城发生了一桩大案，南郊派出所除留下两人值班外，其他人都被紧急抽调到案发现场。留下的两个人中一个是正式警察，另一个是派出所临时找来帮忙的治安员，这治安员小名顾四，负责看管一个当天中午才被抓进来的嫌犯，这嫌犯名叫兰大伟。

下午四点钟光景，顾四去给兰大伟送开水，他从"号子"的小窗把开水递进去，兰大伟在里面却迟迟不接，说："你要是真关心我，就给我一把刀吧！"顾四隔着小窗问："你要

刀干什么？"

"我实在不想活了！"兰大伟打量了一番既没穿警服也未佩带警衔的顾四，说，"你就是不给我刀，待会儿我也要撞墙自杀的！"

顾四正梦想着转为正式警察，要是自己看管的嫌犯有个三长两短，"转正"梦想就彻底破灭了，因此顾四十分紧张，问兰大伟为何有轻生的念头。兰大伟欲言又止、欲止又言，最后还是让顾四把一只耳朵伸进小窗内，说"你可知道'闯王藏宝符'？"

顾四一愣："'闯王藏宝符'？"

闯王李自成的归宿是历史上的一

大悬案，几百年来，先后有"湖北九宫山遇害说"、"湖南夹山寺出家说"、"甘肃青城隐居说"……但史学界对此始终没有定论。前不久，有人又在媒体上发表考证文章，对李自成的归宿提出了新说，认为李自成当年兵败后，率余部来到雾山县深山老林中，隐姓埋名，后被内部叛军杀害；李自成撤离北京时，携带了大量金银珠宝，藏匿于雾山密林中。这一来，"闯王藏宝"的传闻不胫而走，有人说，闯王把金银珠宝的埋藏地点刻在竹板上，称为"闯王藏宝符"，收藏在罐子里。李自成被杀后，不知情的叛军就地掩埋了闯王，被一同掩埋的还有装着"闯王藏宝符"的罐子。现在谁能找到"闯王藏宝符"，谁转眼就会成为旷世巨富！

"闯王藏宝符"的传闻在雾山县被炒得沸沸扬扬，这一带谁不晓得？这时面对顾四的发问，兰大伟犹豫再三，最后终于咬着耳朵对顾四说："'闯王藏宝符'在我手里！"

顾四惊得目瞪口呆，一时说不出话来，兰大伟却在一旁长吁短叹："数不清的金银财宝等着我去拿，我却只能呆在这里受牢狱之苦——心里这个难受啊，真还不如死了的好！"

顾四好久才回过神来，从头到脚把兰大伟打量了几遍，问："你、你哪来的'闯王藏宝符'？"

兰大伟说，那年秋天，上游山洪暴发，自己在县城外的大河边发现了一些已经腐朽的木头器物，看样子是上游的古墓被洪水冲毁、墓中之物随水漂流而下了。这些器物中有两个"漂流罐"，自己捞起其中一个，打开封口一看，发现里面有块竹板，上面赫然刻着"闯王藏宝符"！

兰大伟说着说着，眼泪都要出来了："我有血案在身，谁知道要判多少年，这'藏宝符'多半没用了啊……"

县城外的大河，就是从雾山腹地流出来的，这正是新近流传的"雾山隐匿被杀说"中李自成的藏身之地！顾四两眼放出光来，他信誓旦旦、巧言令色，说从今往后就把兰大伟当亲弟弟相待，若是变卦，天打雷劈，最后终于取得了兰大伟的信任。两人说好，由顾四根据"闯王藏宝符"上的线索去找金银珠宝，找到后二一添作五，兰大伟的那一半由顾四代为保管，直到他刑满释放。

顾四大喜过望，赶紧探问"闯王藏宝符"的下落，兰大伟探头张望了一番，缩回脑袋后咬着耳朵告诉顾四："闯王藏宝符"就藏在他家床下的一个"漂流罐"里！说完，他掏出自己家的房门钥匙，交给了顾四。

顾四问清了兰大伟的家庭住址，对另一个警察编了个借口，说要离开一下，便穿上棉大衣，骑摩托车绝尘而去。

顾四是个缺心眼的人吗？是个听

见锣响就爬杆的猴子吗？不，他的心眼比蜂巢的窟窿眼还多，对兰大伟的话他也是将信将疑，不过，这就如同人们买彩票，尽管中彩的可能连"万一"都说不上，但人们还是抱着侥幸心理，有枣没枣先打三竿再说。

兰大伟的家在乡下，离县城二三十公里，骑摩托车来回不过个把小时。那会儿，西北风裹着雪粉儿吹得正紧，村道上不见人迹。顾四找到兰大伟家，将信将疑地掏钥匙试着开了门，又将信将疑地在床下寻找，嗨！床下还真的有一个上了釉的瓦罐！顾四仍然是将信将疑，伸手到罐子里面掏，这一掏果真就掏出一块竹板来，那竹板约30厘米长短，上面刻有文字，首先牵住顾四眼珠子的，是"闯王藏宝符"几个字！

到这时候，顾四对兰大伟的话可就再没丝毫疑心了，他在心里喊起来：发了、发了！我就要成旷世巨富了！可是接着再看，顾四就傻眼了：竹板上的文字是竖着刻写的，有一大半不认识，认识的只是"王土木金马"之类的偏旁。横看竖看，顾四死活弄不懂这行文字的意思，无奈之下只好丢弃了罐子，将竹板装进大衣口袋，马不停蹄地又回到了派出所。

这当儿正是下班时间，顾四趁另一个警察回家吃饭的时候，溜进"号子"，掏出"藏宝符"，问兰大伟是怎么回事。兰大伟解释道：当年李闯王

为提防他人盗宝，刻"藏宝符"时，仿照秦、汉时期"虎符"的做法，分左右两部分，分别藏匿于两个罐子内；"藏宝符"上的文字骑于中缝刻写，因此，只有左右两部分合符之后方可通读。兰大伟说："你拿到的'藏宝符'只是左半部分，上面都是半拉字，当然看不出子丑寅卯了！"

顾四这才恍然大悟，同时也急眼了："那右半部分在什么地方？"

兰大伟叫顾四不要急，接着又解释道：当时"漂流罐"有两个，另一个被一个六十岁上下的瘦老头捞去了。起初谁也不知道罐子的金贵，可

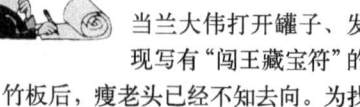

当兰大伟打开罐子、发现写有"闯王藏宝符"的竹板后，瘦老头已经不知去向。为找寻"藏宝符"的右半部分，他奔波了几个月才打探到瘦老头的下落，不料正在这时，一伙来历不明的人找上门来，逼他交出"藏宝符"的左半部分，兰大伟料定对方是瘦老头的人，只得以死相拼，接连砍倒两人。"我就是因为这桩血案才被抓进来的呀！"

听到这里，顾四的眼睛又亮了："这么说，你知道瘦老头的下落？"

兰大伟说："我虽不知道他姓啥名谁，但他的住址我已经摸得一清二楚。"顾四乐得直拍大腿，要兰大伟快讲，兰大伟说，那瘦老头的家就在县城内，他说不清具体的街道、胡同、门牌号，但一路过去寻到家门不成问题……顾四不等话音落地，就让兰大伟陪他走一趟，指认瘦老头的家，兰大伟听了手摇得像电扇叶片："我有罪在身，私自离开，一旦被人发现，要罪加一等呀！"

顾四说眼下派出所只有他一个人当班，两人骑一辆摩托车快去快回。如此好说歹说，兰大伟还是不愿意，顾四急了，他知道嫌犯在派出所留滞的时间不能超过24小时，之后一移交到看守所就"鞭长莫及"了。财迷心窍的顾四将"藏宝符"装进大衣口袋，一把拖住兰大伟出了派出所。他在前面驾驶摩托车，兰大伟坐在后座指引道路。这时天已经完全黑了，刺骨的西北风吹冰水似的往人身上泼。兰大伟穿着单薄，冻得直打哆嗦，他说坐在摩托车上活生生要冻死人，不愿再往前行了，顾四无奈，只好把自己的大衣脱下来给他穿上。

根据兰大伟的指引，摩托车拐进了一个路灯稀少的小胡同。经过一个露天的公共厕所时，兰大伟要进去方便，顾四屁股没离摩托车，脚踮着地在厕所外面等待，他左等右等不见人出来，便走进厕所察看，不料兰大伟早没了踪影……

2. "血栓"的形成过程

兰大伟摆脱顾四后，迅速扒上了一趟货运列车，远逃他乡躲了起来。

兰大伟为啥要逃？是想甩开顾四、独自去找瘦老头吗？不，并不是兰大伟背信弃义，他实在是不得不逃：他捞到一个"漂流罐"是真，而"瘦老头"和另一个"漂流罐"则子虚乌有，全是兰大伟顺口编出来的，他压根就不知道另半块"藏宝符"在什么地方。他之所以要这么挖空心思、施展手段逃跑，是因为他急着寻找父亲的下落。

兰大伟母亲早逝，他与父亲相依为命，这年，他在县高中读书，父亲为了多挣点钱，托熟人介绍，进了罗三手下的旅游公司干杂工。提起这个罗三来，在雾山县那可是赫赫有名，他是本地最大的"企业联合体"的老总，资产过亿，父亲去打工的这家旅游公司，就是罗三最近新开起来的。

一个星期天，兰大伟到旅游公司的施工点找父亲取生活费，不料父亲不见了，而且连铺盖衣物也没了踪影。兰大伟向其他农民工打听，可问谁，谁都闪烁其辞，说不出个所以然来。兰大伟不得已找到罗三询问，得到的回答是：他父亲半个月前就辞掉工作离开了！

这怎么可能呢？一周前父子俩还见过面，父亲说公司拖欠工资，估计再等三五天才可能发薪……可罗三怎么说父亲半个月前就辞职了？

父亲就这么莫名其妙地失踪了！兰大伟与罗三争执过后，心里闷闷地回到家，刚进门就被两个打手堵在屋里。那两人照着兰大伟劈头盖脸便打，兰大伟以死相拼，抄起菜刀，将两个打手砍成重伤，逃出了屋子，藏匿半年后被抓获。

兰大伟估计那两个打手多半是罗三派来的，看来父亲的失踪不简单，如果就这么被判了刑，等自己从大牢里出来，黄花菜都凉了。为了找到父亲，查明真相，兰大伟才利用家里的半块"闯王藏宝符"，加上编出来的瘦老头的故事，真真假假，终于骗得顾四带自己跑出了"号子"……

兰大伟在外乡东躲西藏，一晃就是三年。这期间他四处打听父亲的下落，可是音信全无。兰大伟想，要想发现真正有价值的线索，还得回事发地 老家雾山县。他估计现在追捕的风头已过，几经辗转，扒上了一趟长途大卡车。车牌号码告诉他：这辆大卡车将要途经自己的家乡。

兰大伟不敢直接回家，他把落脚地点选在本县的一个旅游区，这个旅游区也就是所谓的李闯王当年的藏身地，位于县城南边。

太阳快落山时，蒙着雨布的大卡车接近了雾山县城。兰大伟估摸着绕过县城后天差不多就要黑了，司机也该停车吃饭了，那时他就可以悄悄溜下大卡车。不料大卡车偏偏在这时停了下来，兰大伟从雨布缝隙里往外一看，前面挤满了一望无际的汽车，国道上塞车了！

不过，兰大伟做梦也想不到，这次严重塞车的肇事者正是当年他父亲的老板、雾山县首富罗三！

当天中午，罗三开着自己新换的"宝马"绕县城兜风，驰过这个刚刚开张的收费站时被拦住了，一个叫小翠儿的收费员要罗三掏五元过卡费。

五元钱对罗三来说连九牛一毛都算不上，可是，他以前开车经过本县的其他收费站时，从来都是免收过卡费的。在雾山县这地方，国道上乱设卡、乱收费常遭人们质疑，但罗三对此却颇有好感：其他车被拦阻收费，

而罗三的车畅通无阻，这种感觉是千金难买的!

可是眼下，罗三的"宝马"也被拦阻了，因此他很不情愿出这五元小钱，他对小翠儿说："这收费站是新设的，你这收费的妞儿也是个雏儿——不认识我的车，你也该知道我是谁吧？"

小翠儿是个农村姑娘，寒窗苦读到中专毕业，这是她第一天走上收费工作岗位，当然不认识罗三，更不晓得他是什么人物。小翠儿满脸是笑，态度十分和蔼："收费站有明文规定……"

罗三乜斜着眼睛轻蔑地冷笑着："王八的屁股——龟腚（规定），怀孕王八的肚子——内部应该还有其他龟腚（规定）吧？"他的意思是：收费规定是针对普通老百姓的，而对于特

权人物、达官显贵，收费站应该还有内部规定——给予免费放行，可小翠儿听不懂他的"黑话"，迷惑地眨巴着眼睛问："您是说……"

罗三仍然乜斜着眼睛轻蔑地冷笑："你们领导难道没对你做其他交代？"

小翠儿这才算听明白了："我们领导是有过交代，除军车、警车外，就是县领导的车……"

其实，这时候罗三原本已经掏出了一张五元的钞票，听了这话他又把钱拿了回来："什么？县领导可以享受免费，为什么要我出钱？"

小翠儿又从收费窗口探出头来，看过车牌后说："县领导的车牌号我都做有记录，记录里面没有您的车牌号。"

罗三火了："你要知道，包括县长在内，这个县所有吃皇粮的，一年中有半年是靠我养活的! 他们有资格享受免费，我为什么就没资格？"

罗三的"企业联合体"，麾下有旅游公司、房地产开发公司等十几个企业，每年上交的税金，几乎占这个国家级贫困县企业税金的一半，因此他才会说出这样牛气的话。在罗三眼里，那些靠自己"养活"的县领导过卡可

以享受特权，而自己却要被拦阻交钱，那真"是可忍孰不可忍"了！

坚持"原则"的小翠儿哪知道这么许多？她还是不放行，罗三也就不再说什么了，他还是掏出了钱，但他递给小翠儿的已不是一张五元面值的钞票，而是一张百元大钞，同时恶狠狠地甩过去两个字："找钱！"

找钱天经地义，找钱后应该说事情就算了结了，可罗三的心里却怄得难受。二十多年前，他还是个靠偷鸡摸狗、坑蒙拐骗混日子的社会渣滓，大罪不犯小罪不断，但这家伙钻中小企业改制的空子，官商勾结，套贷巨款贱买了雾山县的几家企业，才吹气似的暴发起来。如今，罗三已是雾山县财政收入的"台柱子"，就是县里的头儿们和他称兄道弟，他有时也可以爱理不理了！因此，罗三认为过卡是否交费绝不是个钱的问题，而是个身份问题，是社会地位、社会层面上的问题！如果这时罗三打个电话给县里的头儿，免收过卡费肯定是不成问题的，但他没有这么做，对于他来说，张嘴求人早已成为历史，他要用另外一种方式，来显示自己呼风唤雨的能耐、翻江倒海的本事，来炫耀和强化自己的社会地位，来补偿自己巨大的"精神损失"！

罗三开车兜了一圈又来到收费站，还是乜斜着眼，冷笑着问小翠儿是不是还收费。小翠儿知道他这是找

事儿，但脸上仍堆着笑："还是五元——谢谢您的合作。"

罗三又掏出一张百元大钞递过去，阴阳怪气地回敬道："丫头，我们会好好合作的！"

离开收费站后，罗三把车停到一个鱼塘旁边，拨通了自己办公室主任的电话，气呼呼地下达指令：下属企业的所有车辆立即停止正常运输，把车开到国道收费站，10分钟一个来回从收费站穿梭而过，过卡费由司机到企业财务部预借，过后一概报销……他还特地强调"预借的过卡费，必须都是百元大钞；每一次过卡，必须付百元大钞，违者一律视作重大责任事故严肃追究！"

指令下达完毕，罗三又打电话招来一帮带着酒菜的手下和舞厅三陪小姐，在鱼塘边临风把酒、谈笑风生，开始钓鱼取乐了。

转眼间，罗三调遣来的近百台轿车、卡车，纷纷在国道收费站往返"穿梭"，司机都用百元大钞交过卡费；收费站的零钱很快"找"完，没有办法再找钱，不找钱车就堵在那里！

自从"李自成归宿新说"、"闯王藏宝在雾山"等文章见诸媒体后，几经炒作，到雾山旅游区猎奇、淘宝的人数剧增，这条国道上的车流量也随之加大，一塞车后果极其严重；而且，不少人开车有个共同的毛病：遭遇堵车后不是排队等候疏通，而是见缝插

针往前挤，都想先走，结果是谁也动弹不得。罗三调遣来的车在收费站随便那么一堵，转眼间十几公里路面就完全塞死，一条坦坦荡荡的国道就这样陷入瘫痪，共和国的一条"血管"就这样形成了"血栓"……

3. "寄死窑"里的奇遇

天渐渐黑了，堵塞在国道上的车前不见头后不见尾，兰大伟猫在车上寻思：恢复通车也许还要一两个小时，自己在这里待得久了容易露出蛛丝马迹，思来想去，兰大伟决定提前下车，步行到一个叫蛤蟆湾的村子，而后抄小路潜至旅游区。他辨明了方向，悄悄溜下大卡车，窜上了一条田间土路。

明月把宁静的原野照得亮堂堂的，兰大伟走到蛤蟆湾已是拂晓时分，他累得实在走不动了，被迫改变计划，打算在蛤蟆湾一带歇息一天。蛤蟆湾紧靠绵延起伏的雾山，距县城五六十里路程，离兰大伟家也不太远。兰大伟小时候在蛤蟆湾读过书，因此对这一带情况相当熟悉。

打算归打算，可住宿地点却让兰大伟犯愁：村中没亲没故的，一个负罪在逃之人，当然不敢贸然到村民家借宿；眼下正是初春时节，寒气逼人，荒山野地怎能成眠？兰大伟灵机一动，想到了附近山脚下、土岗上随处可见的"寄死窑"。

所谓"寄死窑"，就是人在里面等死的土洞。远古时候，这一带有个奇特的民俗：凡是年满六十岁的老人，就主动与儿女们"分居"，独自到自家专用的窑洞中去等待死期降临，儿女们平时送些吃喝过去就算是尽孝了。老人死后，儿女们便将其尸体移出安葬，"寄死窑"再留给后人使用。现在，这一民俗早就废了，但破败不堪、无人问津的"寄死窑"还残留不少，是藏身、避寒的好去处。

兰大伟绕过村落，在山脚下找到了一个掩在荒草中的"寄死窑"。窑洞冬暖夏凉，里面相当暖和，他往地上铺了些杂草，倒头便睡。连续几天几夜的担惊受怕、颠簸跋涉，他身心疲惫到了极点，往地铺上一躺，醒来已经是日落西山、暮色深沉了。

兰大伟醒来后饿得头晕眼花，正准备出去寻找吃食，外面突然传来由远而近、窸窸窣窣的响动——好像是人在荒草中走近的脚步声！

该不是警察来了吧？兰大伟急忙又躲进了窑洞深处，警惕地往外张望。窑洞外夜幕初降，窑洞内已黑暗如夜。这时，一个女人的身影闪进了"寄死窑"，并且径直往窑内走来！毕竟是作案在逃的嫌犯，兰大伟心里发虚，想溜出去却已经来不及了，只好潜伏在窑内黑暗处观察动静，心想：一个女人，入夜后到这荒废的"寄死窑"来干什么？该不是路过找厕所、找进我的"卧室"里来了？

那女人走进"寄死窑"后并没有解手，而是在地上坐了下来。借着窑外微弱的光线，兰大伟看见那女人掏出了个矿泉水瓶似的东西，而后就听见"咕咚咕咚"的喝水声。他暗暗叫起苦来：坏了坏了！看样子这女人也是无家可归、准备在这里过夜呀！

过了一阵，那女人却呜呜咽咽地哭诉开了："妈呀，哥哥呀，我不告而别离了家，这就要永远离开你们了，我是没脸活在人世上了……"

兰大伟听着听着，渐渐明白：这个不速之客要走绝路！大概她是怕亲人接受不了自己死亡的打击，才选择悄无声息地在人间消失，选择了"寄死窑"作为自己的绝命之地，使亲人以为她不过是失踪了！

对方的声音越来越微弱，梦呓似的念念叨叨，说着说着就歪倒在地铺上了！兰大伟这才明白，这女人刚才喝下的一定是农药之类的东西，看样子她现在是生命垂危了！兰大伟顿时慌了手脚，情急之下他摸到了对方的身体，摇晃呼喊，可对方没有任何回应。

兰大伟一时竟忘了自身的安危，背起寻短见的女人跑出了"寄死窑"，他想把女人背到蛤蟆湾抢救，可跑了不到一半路程，兰大伟就栽倒了——他早饿得头晕眼花，实在背不动了。

兰大伟只好把寻短见的女人放到地上，自己继续往村子里跑，一路呼喊着："有人自杀啦！"

寻短见者不是别人，正是国道收费站的小翠儿。

原来塞车事件最终惊动了县里的头儿，县领导亲自赶到现场处理，罗三接受了"赔礼道歉"，小翠儿被立即开除。

小翠儿中专毕业，找到这份体面工作不容易。然而上班才一天，她就在毫无过失的情况下被炒了鱿鱼。卷铺盖回家后，小翠儿越想越觉得没脸见人，越想越感到自己冤枉委屈，一时想不开就选择了自尽这条路。

这时，小翠儿的哥哥正在满村子

找人，听到兰大伟呼喊后，一把将其拉进家门，慌慌张张问了个大概，而后便带村民将小翠儿抬到了本村的医疗站。

小翠儿哥哥手忙脚乱的只顾救人，一时竟把兰大伟忘了。这倒正合兰大伟的心意：他最怕暴露了自己。小翠儿被救走后，兰大伟偷拔了几个萝卜充饥，随后又钻进"寄死窑"内睡觉。在逃期间他几乎没有睡过一个囫囵觉，他打算在"寄死窑"中，把三年欠睡的觉补回来。这一睡下去他又睡成了一头"死猪"。

兰大伟一睡过去就开始做梦，梦见自己被警察围住无法逃脱，便向警察哭诉起自己只身寻父的冤情，可是哭诉了半天，警察说法大于情，还是要给他戴手铐；兰大伟自知反抗没用，老老实实地把手伸着。手铐上手后越铐越紧，就像要把手腕铐断似的……兰大伟被疼醒了，醒来迷迷糊糊一看，自己的双手并没戴手铐，却是被一根带子牢牢捆着！

难道是恶梦成真了？兰大伟大吃一惊，眨巴眨巴眼睛再看：窑洞内竟然一片光明，光明来自于一个手电筒；那电筒已卸了罩子，蜡烛似的竖在地上；"蜡烛"旁边站着一个蓬头垢面的人！

兰大伟惊出了一身冷汗，企图爬起来逃跑，却被身边那人一脚踹翻；随着这一脚，窑洞里响起了让人耳熟的声音："想不到吧？你小子最终还是落到了老子手里！"

惊魂未定的兰大伟仰面倒在地上，定睛再看，他简直不敢相信自己的眼睛：站在自己面前的，竟然是当年放走自己的治安员顾四！

当年，顾四进厕所后找不到兰大伟，口袋里装有"闯王藏宝符"的大衣也被穿走了，他才突然意识到自己上当了！他肠子都要悔青了，牙齿都要咬碎了！人犯逃跑可不是小事，一旦被查出私放人犯，他是要蹲大狱的！顾四害怕受牢狱之苦，给派出所来了个不告而别，也远逃他乡，和兰大伟一样在外东躲西藏三年才潜回故乡；到家后一看妻子跟别人跑了，房子被妻子卖了，顾四连个临时藏身的地方也难找，走投无路的他来到蛤蟆湾，打算找一处"寄死窑"躲藏几天，看看风声动静再做打算。

正所谓"冤家路窄"——这一带山脚下、土岗上的"寄死窑"比比皆是，可顾四偏偏就选中了兰大伟住的这个！他入夜后走进窑洞，打亮电筒一照，里面居然睡着一个人！再从头到脚一打量，这个人居然是兰大伟！

4. 情仇难了

仇人相见分外眼红，顾四摸出随身带的刀子，恨不得当时就把兰大伟给捅了！可是转念一想：这小子是带着半块"闯王藏宝符"逃走的，如今那物件在什么地方？他既然有"藏宝符"在手，为何也落魄到这般田地？

"闯王藏宝符"的传闻在雾山县已风行多年，至今越发盛行，说不清有多少人都在做着"藏宝符"的梦。尽管顾四成了丧家之犬，但三年来从未放弃过对"藏宝符"的幻想。眼下他已走投无路，若是能找到"藏宝符"，那可就绝处逢生了！

于是顾四打算先问个明白再说：如果能得到这小子的半块"藏宝符"，再把瘦老头的另一半也弄到手，自己这几年的罪也算没白受；如果这小子所谓的"藏宝符"只是一出骗局，再置他于死地、报仇雪恨不迟。

顾四怕兰大伟醒来后不好对付，就用刀割断了兰大伟的挂包带子，蹑手蹑脚地去捆他的双手。兰大伟缩作一团侧身睡着，两只手因寒冷握在一起，顾四先用带子套住他的双手，而后突然发力捆绑。那时，睡梦中的兰大伟还以为是警察在给他戴手铐呢……

此时顾四见兰大伟被自己踢翻在地，便冷笑开了："你再忽悠啊？再跑啊？独吞了'藏宝符'，你小子怎么还落难在此呀？"

兰大伟一看，顾

四穿着破烂、蓬头垢面，手里还拿着刀子，满脸杀气地站在面前，顿时明白了个八九不离十。他一动不动地躺着，慢慢地说："我既然落到这田地，也就和你实说吧：当年我之所以逃跑，确实是想单独找到瘦老头，独吞'闯王藏宝符'。可是如今，我心里的酸甜苦辣呀……"

顾四仍然在冷笑"忽悠，接着忽悠！"

兰大伟一边挣扎着坐起来，一边大脑飞速地运转，想着怎么才能再编一套话哄住顾四，终于他有了主意，于是显出一脸诚恳的神情，平静地向顾四解释起来：当年，自己本想去找那瘦老头，不料瘦老头酒后失言泄漏了秘密，被几拨黑道上的家伙盯上了。为躲避杀身之祸，瘦老头以打工仔身份，躲到旅游区基建工地藏身。

等自己前去寻找瘦老头时，他却已经从工地失踪了，生不见人死不见尸，连铺盖衣物都不见了，"闯王藏宝符"就这样被他神秘地带走了。"要不然，我早成旷世巨富了！"

兰大伟说完，长叹了一声，他情急之下为了把谎话编圆，不自觉地把父亲的遭遇融合到了瘦老头的故事里。不料顾四听完，禁不住身子一抖，蹲下身子追问："你说的那瘦老头，长得什么模样？"

兰大伟愣了一愣，答道："他……瘦瘦高高，留着大胡子，脖子上还有一块青胎记……"兰大伟说的哪里是瘦老头，分明就是在形容父亲的容貌，三年来，父亲的笑脸多少次出现在他的梦境里啊！

想不到，顾四听完后脸上顿时浮现出惊喜的神色，他拍手笑道："哈哈，老子知道瘦老头在哪，老子知道他的下落！这真是得来全不费工夫啊……"

这话使兰大伟心里猛然一震：瘦老头的事全是自己瞎编出来的，他的长相也是自己照着父亲的模样胡扯的，这顾四怎么可能真的见过瘦老头？莫非、莫非他见到的就是自己的父亲！

兰大伟的心跳一阵加快，暗自祷告：天可怜见，让顾四见到的就是我爹，让我父子团圆。他定了定神，问

顾四："那个瘦老头，他、他现在在哪里？"问话的时候，兰大伟只觉得自己的声音都发颤了。

顾四看兰大伟一副紧张的样子，越发相信瘦老头手里的确有另一半"藏宝符"，他冷笑一声，说："你先别管他在哪，只要你告诉我，眼下你的那一半"藏宝符"在哪里，我自会带你去找瘦老头，到那时，咱们双符合一，可就要发大财了……"

兰大伟听了，心里却一片冰凉，他知道，只要自己一说出"藏宝符"的下落，心狠手辣的顾四一定会立刻杀了自己灭口，然后独自去找"瘦老头"。父亲的下落刚有了眉目，这个关键时刻，自己可不能死啊……怎么办？情急之下，兰大伟信口胡诌，说自己偷偷返乡后一直躲在这里，由蛤蟆湾的未婚妻悄悄送吃送喝，那半块"藏宝符"也藏在未婚妻家里："你现在要是把我松绑，我立马就去把它取来。"

"我再信你这一次，不过，老子要和你一起去取！"吃过亏的顾四当然不会再轻易上当，他不但没有为兰大伟松绑，而且还以绳子作"脚镣"拴住了兰大伟的双脚，使其能走不能跑，然后，他把刀子在兰大伟脸前晃悠着说："如果你敢玩花招，咱们的新账老账就用刀子'噗嗤'一声了断！"

兰大伟别无选择，只好答应了他的要求。顾四收起电筒，用刀子押着

兰大伟向村子里走去。

三四里的乡间小路，兰大伟心里的小鼓也一直敲了三四里：村里唯一可以求助的是萍水相逢的小翠儿哥哥，进村后只有去敲他家的门了。可是进了他家该怎么办？对了，进门后我突然回身反抗，那时，身强力壮的小翠儿哥哥肯定会出手相助……

如意算盘拨着拨着就拨到了小翠儿家门外，兰大伟回身让顾四松绑，顾四却先冷笑着说出了一句话，这句话当时就断了兰大伟死里逃生的路："我不会上你的当——如果一同进了你未婚妻家，我独狼是斗不过群虎的！"

兰大伟试探着问："那你说怎么办？"

顾四恶狠狠说道："你自己进去，老子就在门外等着！"

兰大伟一听，差点没笑出声来：自己进去后，先让小翠儿家人给自己松绑，而后一不做二不休，与小翠儿家人一道，返身出门共同对付顾四。心里这么想着，他就用被绑着的手敲响了小翠儿家的门。

这时，顾四却跨上了门口的一台推土机。那推土机是小翠儿哥哥傍晚从工地开回来的，当时寻找小翠儿匆忙，连钥匙都没来得及拔，就在自己家门口停着。

顾四跨上推土机后压低嗓门，说："老子过去摆弄过这玩意儿，你小

子进去后，20分钟内不拿'藏宝符'出来，我就一脚油门踩下去，铲个墙倒屋塌，不把你和未婚妻全家碾成肉酱，也要把你们全活埋在屋里！"这话一说完，他便发动了推土机。

兰大伟怎么也想不到顾四还有这一手，顿时惊出一身冷汗：大马力的推土机对付一座普通民房，简直是摧枯拉朽！这家伙是走投无路、狗急跳墙的亡命徒，有什么是他做不出来的呀！

这时已经接近夜里12点，小翠儿和哥哥却还在灯下说话，谈论着这两天来发生的事情。小翠儿服用了过量安眠药，因抢救及时很快脱离危险回了家。到家后小翠儿哥哥才想到救命恩人兰大伟，可找遍了村里村外也没找到人，兄妹俩正念叨着这事呢。

听到敲门声和发动推土机的轰响声，小翠儿哥哥不知道出了什么事，开了门正要查看究竟，兰大伟却先一头撞了进来。他不容小翠儿兄妹开口，先示意他们马上给自己松绑，而后压低嗓门，急匆匆道出了自己面临的险境："我是万般无奈才求上门来的。眼下，咱们只有先从窗户逃出去再想办法了！"

可是，小翠儿家房子的窗户都装着防盗网，大门是唯一的出口！

很快，20分钟过去了大半，即使打电话报警，等警车赶来后，房毁人

亡的惨剧只怕也已经发生了！

松了绑的兰大伟见状眼都急红了，要返回室外与顾四拼个鱼死网破，不料小翠儿却一把拖住兰大伟，同时叫哥哥赶紧到厨房里去。兰大伟以为小翠儿要哥哥到厨房里去拿菜刀，更是惊得满脸煞白："硬拼使不得！推土机正堵着门，那家伙一脚油门踩下去……"

不等他把话说完，小翠儿哥哥已进了厨房。兰大伟悔恨得直拿拳头擂自己脑袋："蠢蠢蠢！这不是让人家一家子陪我同归于尽吗？"

5. 漫山遍野的"勿忘我"

就在兰大伟痛心疾首的时候，推土机的轰鸣突然停了下来，取而代之的是顾四的惨叫！

原来，这一带屋里屋外都挖有红薯窖，小翠儿家屋子内外的红薯窖是相通的！小翠儿哥哥受妹妹启发，用"地道战"的办法来到室外，从顾四身后发动了突袭。小翠儿哥哥以前在部队当过侦察兵，收拾一个顾四简直是老鹰对付一只病鸡。

当兰大伟和小翠儿破门而出、打手电看时，顾四已被拖下了推土机，被小翠儿哥哥反剪了双手，狗吃屎趴在地上哀号。

三个人连推带搡将顾四揪进家门，在明亮的灯光下这么一打量，小翠儿哥哥先是疑惑地直眨巴眼睛，眨着眨着他的眼睛就瞪直了，他问顾四："你、你可做过罗三的保镖？"

顾四打量着小翠儿哥哥，也是一愣："你、你可在旅游公司干过保安？"

原来，顾四早年是推土机司机，不久成了罗三的保镖，后来因故被罗三开除，很快又混上了治安员的饭碗。而小翠儿哥哥刚从部队复员那会儿，难辨黑白，在罗三的公司里当过保安，这样，两人就曾有过一段"露水"交道。

一见意外遇到了熟人，顾四如同抓到了救命稻草，又是鼻涕又是泪的，求小翠儿哥哥放他一马："我是走投无路、财迷心窍才出此下策呀！"

这时，在兰大伟的眼里，顾四已经不是一个蓬头垢面的亡命徒，而是一把打开父亲下落的活钥匙：他曾是罗三的保镖，那么他所知道的瘦老头，多半就是自己的父亲！这家伙的肚里肯定有牛黄狗宝！如何把他的牛黄狗宝掏出来？还是得打"藏宝符"这张牌。因此兰大伟松开拳头，接着顾四的话说："爱财不算过错，错的是你不带我去找瘦老头的'藏宝符'，却逼我交出另一半，你好吃独食儿！"

小翠儿哥哥在一旁听了一会儿，便敲起了边鼓："你们两个拜把子的兄弟能劫后重逢，是前世缘分哪！眼下你们同病相怜，要是能把两半'藏宝符'合成一处，我们也能跟着沾些光啊！"

小翠儿也早看出了眉目，她假意冲哥哥发火道："我反对你们同他瞎掺和！他一个在逃犯，又在窑洞里劫持绑架、胁迫勒索、夜闯民宅……我们还是明天到公安局告发的好！"

顾四一听就慌了神，兰大伟趁势对他说："你还不快说，瘦老头到底在哪？不然我也保不了你啊！"

"要我说可以，不过……"顾四翻了一阵眼珠子，"拿到了瘦老头那一半'藏宝符'，金银珠宝咱们怎么分？"

兰大伟先是一怔，继而一拍胸脯道："你我二一添作五！"

顾四的眼睛还在眨巴："空口无凭，咱们是不是立个字据？"

小翠儿哥哥从地上跳起，拿出纸笔交给顾四，顾四撸起袖子便写字据，小翠儿兄妹算是旁证人，两个当事人各按上了朱红手印，字据一式三份，当事人和旁证人各持其一。

天亮之后，兰大伟迫不及待地催着顾四带自己去寻瘦老头，小翠儿兄妹俩不放心，也要求跟着一起去。

一行人走在路上，兰大伟想到或许马上就能见到父亲了，只觉得心里一阵阵发慌，他问顾四："瘦老头到底在什么地方，离这里远吗？"顾四一摇脑袋，说："不远，就在这了。"说着，他竟把兰大伟他们引进了山脚下的另一个"寄死窑"。

难道自己辛苦找了三年的父亲竟然在这？兰大伟愣了一下，抢先一步跨进窑洞，只见阴暗的窑洞里空荡荡的，没有一丝生气，根本不像有人落脚的样子，一种不祥的预感袭上了兰大伟的心头。这时，小翠儿兄妹也进了窑洞，小翠儿哥哥打量了一番四周，一把抓住了顾四的衣领："好小子，你敢骗我们，这哪有人？"

顾四轻轻推开小翠儿哥哥的手，冷冷地道："别急呀，人嘛，就在这下面……"他用手指了指地下，然后拿起随身带来的铁锹，挖了起来。

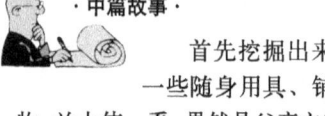

首先挖掘出来的是一些随身用具、铺盖衣物，兰大伟一看，果然是父亲之物，继续再挖，就看到了一具遗骨……兰大伟两眼一阵发黑，差点晕了过去：原来父亲已经不在了！

顾四却一点也没注意到兰大伟他们的异样，一边挖，一边嘴里还念叨着："这死鬼就是瘦老头了，老实告诉你们，他的尸首、铺盖衣物，当年正是老子亲手埋的，谁叫他得罪了罗三罗大老板呢，那不是找死吗……唉，我要是早知道他身上有'藏宝符'就好了，呆会挖出了那半块，你们可要守江湖规矩，不能反悔啊……"

顾四这几句话一说，兰大伟心中如明镜一般，他一下子明白了事情的前因后果，这话还得扯回三年前：

李自成归宿是历史上的一大悬案，鬼精的罗三从这中间看到了商机，为拉动雾山县的旅游业，谋取暴利，他浑水摸鱼，先是组织人在山区伪造了闯王藏身地遗迹，之后又雇"枪手"杜撰所谓的考证文章，称雾山为闯王的遗宝埋藏地，向社会撒下弥天大谎。作为"制假"工程的一部分，他还让人刻写了"闯王藏宝符"，密封在罐子里埋藏。

兰大伟父亲当时在罗三的旅游公司打工，受指派四处埋藏破罐子烂碗，而埋藏这些物件的目的，以及罐子中装有何物，他却一无所知。当兰大伟捞到"漂流罐"，带回家报喜时，父亲发现，这罐子正是他前不久亲手埋的！再看罐子里面的"闯王藏宝符"，父子俩才恍然大悟。随后，兰大伟把罐子随手丢到了床铺下，父亲则向工友透露了罗三的秘密。

听到风声后，罗三气急败坏：自己精心策划的整套骗局，连老婆、二奶都没让知道，这"商业秘密"怎么被农民工给捅破了？他立刻以这个民工违规抗命为由，指派顾四害死兰大伟的父亲灭口，之后又移尸灭迹，连人带铺盖衣物一起埋掉……

当天下午，兰大伟和小翠儿兄妹押着顾四，向县城走去，他们此行的目的，一是投案自首，二是报案。有了顾四这个人证，还有字据、父亲遗物做物证，他们有信心让罗三之流得到法律的严惩。

去县城的路上，兰大伟对小翠儿说，自己有罪在身，蹲监狱肯定是免不了的："我这一关进去说不定要多少年……"

尽管相处短暂，但同仇共恨已使两颗年轻的心紧紧连在了一起，相互给予的帮助更使他们产生了终生相守的渴望。小翠儿含情脉脉地注视着兰大伟，说："我在监狱外等着你，等你一万年，勿忘我！"

正是初春时节，漫山遍野都是淡蓝色的"勿忘我"……

（题图、插图：杨宏富）

78

都是最后一句

惹的祸

大李最近有一个重大的发现——当人们发生冲突的时候，原因并不在于各自都说了些什么，原因是什么呢？是大家说的最后那句话，大李把它称为"多余的最后一句话"，可别小瞧这个发现，这可是他用"血的教训"换来的：

那天，大李坐公交车去办事，车上人不多，但也没有空位子，有几个人还站着，吊着拉手晃来晃去。

一个年轻人，干干瘦瘦的，戴个眼镜，身旁有几个大包，一看就是刚从外地来的。他靠在售票员旁边，手里拿着一张地图在认真研究着，眼里不时露出迷茫的神情，估计是有点儿迷路了。他犹豫了半天，终于很不好意思地问售票员："去颐和园应该在哪站下车啊？"

售票员是个短头发的小姑娘，正剔指甲缝呢，她抬头看了一眼外地小伙儿，说："你坐错方向了，应该到对面往回坐。"要光说这些话也没什么，但是售票员可没说完，她说了那"多余的最后一句话"。

"拿着地图都看不明白，还看什么劲儿啊！"售票员姑娘眼皮都不抬地说。外地小伙儿可是个有涵养的人，他"嘿嘿"笑了一笑，把地图收起来，准备下一站下车换乘去。

这时候，旁边有个大爷可听不下去了，他对外地小伙儿说："你不用往回坐，再往前坐四站换904也能到。"

要是大爷说到这儿也就完了，那还真不错，既帮助了别人，也树立了乐于助人的良好形象。可大爷哪儿能就这么打住呢，他一定要把那"多余

的最后一句话"说完,只见他瞥了一眼售票员,张口说道:"现在的年轻人哪,没一个有教养的!"

大李想,大爷这话真是多余,车上年轻人好多呢,打击面太大了吧!这不,站在大爷旁边的一位小姐就忍不住了:"大爷,不能说年轻人都没教养吧,没教养的毕竟是少数嘛,您这么一说我们都成什么了!"

这位小姐穿得挺时髦,两根细带子吊个小背心,脸上化着鲜艳的浓妆,头发染成火红色。可她这话说得还真不错,不像没教养的人,跟大爷还"您、您"的,可谁叫她也忍不住非要说那"多余的最后一句话"呢!

"反倒是像您这样上了年纪、看着挺慈祥的,一肚子坏水儿的多了去了!"

要没人出来批评一下时髦小姐是不正常的,这不,一个中年的大姐说话了:"你这个女孩子怎么能这么跟老人讲话呢,要有点儿礼貌嘛!你对你父母也这么说话吗?"大李想,大姐批评得多好!果然,把女孩子的爹妈一抬出来,女孩子立刻就不吭气了。

要说这事儿就这么结了也就算了,大家说到这儿也就完了,大家该干吗干吗去。可不要忘了,大姐的"多余的最后一句话"还没说呢!

"瞧你那样,估计你父母也管不

了你,打扮得跟小姐似的!"

后面的事大家就可想而知了,简单地说,出人命的可能都有……

这么吵着闹着车可就到站了。车门一开,售票员小姑娘说:"都别吵了,该下车的赶快下车吧,别把自己的正事儿给耽误了。"当然,她也没忘了把"多余的最后一句话"给说出来:

"要吵统统都给我下车吵去,不下去我车可不走了啊!烦不烦啊!"

烦不烦?烦!不仅她烦,所有乘客都烦了!整个车厢这可叫炸了窝了,骂售票员的、骂外地小伙儿的、骂时髦小姐的、骂中年大姐的、骂天气的、骂自个儿孩子的,真是人声鼎沸,甭提多热闹了!

就这么乱了半天,那个外地小伙儿一直没有说话,这时估计他实在受不了了,只听他大叫一声:"大家都别吵了!都是我的错,我自个儿没看好地图,让大家跟着都生一肚子气!大家就算给我面子,都别吵了行吗?"

听到他这么说,当然车上的人都不好意思再吵了,声音很快平息下来,少数人轻声嘀咕了两句,也就不说话了。但不要忘了,外地小伙儿的"多余的最后一句话"还没说呢:

"早知道你们这地方的人都这么不讲理,我还不如不来呢!"

想知道事情最后的结果吗……大李那天的事情没有办成,他先到派出所录了口供,然后到医院外科把头上

编读聊天室：众手浇开故事花

在故事中国网的论坛里读到这样一则帖子，是一位读者讲述他购买《故事会》的经历：

"那天我到火车站接人，当时身上只剩5块钱了，花了2块钱到火车站，看见火车站对面有卖快餐的，刚好3块钱一份，我就想去吃个快餐，路过旁边一书报亭，我就琢磨，今天几号了？这期的《故事会》该出版了，就不由自主地走过去，一看，真的上市了，当时啥都没想，递过去3块钱拿了一本《故事会》，连找我的钱都忘拿了。然后我一个人呆在候车厅，慢慢地看着，虽然看到一半时感觉很饿，但是也很满足，因为，我第一时间看到了相伴我三年的《故事会》。接到朋友，朋友都笑我傻。我一边和朋友吃着饭，一边给朋友讲着《故事会》里的笑话。那一刻，真的很开心。"

读到这个帖子，真的让人感动。有这样的铁杆读者，编辑也很开心。由此想到一个问题：人们为什么读故事？实际上很大一部分就是为了开心。开心就好！这也给了编辑、作者一点启示：你编（写）的故事能给读者带来开心吗？

先解决这个问题，再来谈那些高深的思想性、艺术性。

这一期的"幽默故事"《想起来》、《找到有奖》等，都挺有意思，希望您读了以后能开心一笑；而"第一推荐"《都是最后一句惹的祸》，让人笑过以后还能有所回味和思考。

有的朋友可能特别爱读"悲情故事"，那也没关系，这期我们为您安排了"故事中国网文精粹"《有只老鼠没成精》、"东方夜谈"《抱你一辈子》、"中国新传说"《天神吻过的孩子》等，看的时候，可别忘了准备面巾纸啊！此外，以悬念和情节见长的故事有"外国文学故事鉴赏"《上帝派来的天使》、"中篇故事"《为了父亲的冤仇》等，希望它们能伴你度过一段美好的时光。

的伤给处理了一下。

大李头上的伤是在混战中被售票员小姑娘用票匣子给砸的——大家可别认为我们的大李也参与了打架，他是去劝架来着！他呼吁大家都冷静一点儿，有话好好说，又没什么大事儿，何必非要打个头破血流。

不过，大李"多余的最后一句话"是这样的，他指着售票员小姑娘说："不就是因为她不会说话吗？你们就当她脑子有毛病，跟她计较个什么劲儿呀！"

（推荐者：肖连源）

（题图：安玉民）

父 爱

有对夫妇生了一对连体女婴。医生建议，要尽早作分离手术，但风险比较大，可能会有一个孩子保不住。夫妇俩看着睡梦中的孩子为难了，两个孩子都如此可爱，怎么办？

最后夫妇俩还是答应做手术。动手术那天，夫妇俩在手术室外焦急地等待。他们的心揪得紧紧的……手术结束了，一个孩子平安活了下来，但另一个却夭折了。在孩子坟前，妻子痛哭不已，丈夫却没有流一滴眼泪。妻子哭着责备他，丈夫艰难地张了张嘴，只见血从他的嘴里流了出来。

有时，父爱就是如此深沉和热烈。

（推荐者：郑 苏）

挖掘孩子的潜力

一天深夜，一个声音传进了小女孩的卧室，将她惊醒。那个声音不断地在窗玻璃上刮擦着，又响亮又刺耳，十分可怕。透过窗帘，小女孩隐约地看到一个影子在黑暗中移动。她非常好奇，便想像着各种可能的解释。过了良久，她悄悄从床上爬起来，向父母的卧室走去，摇醒母亲，喊道："妈妈，有个天使正在擦我的窗户。"

母亲立刻意识到家里可能来了小偷，但她略一思索，对女孩说："一个天使？太好了，亲爱的，你替我向他问个好。"母亲的应答不仅没有打击小女孩，还使她对自己的想像充满了信心。

这个女孩就是苏·基德，她长大后成为一位深受读者欢迎的女作家，处女作《蜜蜂的秘密生活》曾畅销了80多个星期之久。

孩子的潜力是多种多样的，当这些潜力探出头时，家长应及时分辨并积极给予鼓励和呵护，帮助他们点燃自己的心灵之灯。

（作者：李荷卿；推荐者：蓝献伟）

一万倍的一万倍

银行里有一部提款机，邻近小区的居民常来取款，有一位抱着小宝宝的少妇吸引了银行工作人员的注意。

宝宝大概一两岁，在母亲怀里也不安分，小手伸出去，把屏幕拍得"砰砰"直响。少妇怕宝宝把提款机敲坏了，蹲身将他放到地上。操作完了，低头一看，宝宝早摇摇晃晃地走出好几步远，少妇赶紧迎上去，一把抱起宝宝才匆匆跑回来。而此时，提款机早已"嘎嘎"地吐出纸币，在出币口上搁了好一会了。

银行里向来人多手杂，工作人员好心地提醒少妇："你最好先把钱收好再抱孩子，万一人家把你的钱抓了就跑，该怎么办？"

少妇连声道歉"对不起，家里没人，我不能把宝宝一个人丢在家里，只好带过来了，我也是怕宝宝摔跤……"

工作人员失笑："只一两分钟时间，宝宝出事的可能性只怕还不及钱被抢可能的万分之一呢。"

少妇将宝宝的小脸在自己脸上轻轻一贴，柔声说："可是对我来说，宝宝比钱，更重要一万倍的一万倍呀！"

（作者：叶倾城；推荐者：格永泉）

真正的原谅

有一次，发明大王爱迪生和他的助手们制作了一个电灯泡。那是他们辛苦工作了一天一夜的劳动成果。

爱迪生让一名年轻学徒将这个灯泡拿到楼上的另一个实验室。这名学徒接过灯泡，小心翼翼地走上楼梯，生怕手里的这个新玩意儿滑落。但他越是这样想，心里就越紧张，手也禁不住哆嗦起来，当走到楼梯顶端时，灯泡最终还是掉在了地上。

爱迪生没有责备这名学徒。过了几天，爱迪生和助手们又制作出一个电灯泡。做完后，爱迪生连考虑都没考虑，就将它交给了那名曾把灯泡掉在地上的学徒。这一次，这个学徒安安稳稳地把灯泡拿到了楼上。

事后，有人问爱迪生："原谅他就够了，何必再把灯泡交给他拿呢？万一又摔在地上怎么办？"爱迪生回答："原谅不是光靠嘴巴说说的，而是要靠做的。"　（编译：王永生）

（本栏插图：安玉民）

学写作文，可以从读故事开始

想起来

□郭振宇

有个叫李大壮的学生，反应有些迟钝，听笑话时总是在别人笑过之后好一阵才想起笑，同学们都管他叫"木头"。李大壮对这个外号很反感，他多次找到班主任刘老师，让刘老师出面制止。刘老师便下令：以后谁再喊李大壮"木头"，就罚他去操场跑十圈。

这一天，刘老师忘记了自己电子邮箱的密码，她试了很多数字都不对，正着急呢，李大壮走了进来。刘老师病急乱投医，赶紧招呼李大壮帮忙。

李大壮坐在电脑前，看了看，说道："好办，设密码时邮箱会让你设定一个问题，就是为了日后取回密码，您想想到底设的是什么问题，咱们试一试。"

刘老师试着说了几个问题，但都不对，李大壮提示道："您想一想，您设定的问题一定是印象最深的人和事，会不会和您的学生有关？"

一句话提醒了刘老师，她一拍大腿，说："我想起来了，那个问题是：我班最憨的学生是谁？"

李大壮忙把这句话输进了电脑，接着问道："那问题的答案是？"

刘老师沉吟了一下，有点尴尬地说："要不，输入你自己的名字吧。"

李大壮脸涨得通红，但还是将自己的名字输了进去。过了一会，电脑显示回答错误，李大壮很高兴"答案不对，最憨的学生不是我，您再好好想想，他到底是谁？"

刘老师万般无奈，只好说："会、会不会是你的另一个名字？"李大壮很迷惑："哪个名字？我只有一个名字呀！"

刘老师叹了口气，拍了拍李大壮的头，很不好意思地说道："一会儿老师出去跑十圈，你输入'木头'吧……"

扮靓高手

□ 桂加齐

小美工作的公司里美女如云，而时尚的小美是大家公认的"一枝花"，姐妹们都向她看齐。

最近，公司里又新来了个女孩子，这女孩天天都换新衣服，没有一件重样，令大家好不羡慕。

经过几天的观察，大家发现，这女孩经常光顾公司附近一家叫做"玫瑰服装店"的小店。姐妹们一商量，"紧紧跟上"。于是，一场无声的"美丽大战"就此拉开了序幕。

小美也开始在这家小店里买衣服，可要做到装扮天天不同，不花血本是不行的。于是，小美瞒着未婚夫，动用了那笔准备结婚的钱。不知不觉，储蓄花得差不多了，就在小美快坚持不住的时候，那个女孩举起了"白旗"，小美注意到，她已经有好几天都只穿同一套衣服了。

小美正在纳闷，突然传出消息，公司将举行一次盛大的舞会，小美猜测：那女孩这几天没买新衣，一定是在攒钱购置舞会上穿的礼服，好一鸣惊人。不行，我不能让她比下去！小

·幽默世界·

美用订婚戒指抵押，换了一套绝对惊艳的晚礼服！

公司的舞会开始了，小美的出现激起了舞会的高潮，可那个女孩却始终没有出现。

小美不禁向一个人事处的同事打听，那女孩怎么缺席了？同事说："她啊，她昨天辞职了，开心哦，老公在国外等她过去举行婚礼呢。"

小美恍然大悟："她有钱，怪不得天天换新衣。"同事笑了，说："哪里，她业余开了个服装店，因为要去国外定居，店要盘空，才到我们公司当'模特'，她的店就在我们公司边上，叫什么玫瑰……"

小美听了，只觉一阵头晕……

真是太巧了

□ 王如意

王庆江的儿子该上小学了，王庆江也就是一介平民，但为了能让儿子上好一点的小学，他还是硬着头皮带孩子出了门。

王庆江带着儿子来到教育局，上学的程序他早打听好了，教育局审查，学校审核，校长签字，然后交钱就成了。

走进教育局大门，一见到小学教育科的李科长，王庆江顿时浑身不自在，原来这李科长竟然是自己工作后谈的第一个女朋友。没办法，为了孩子，他只好红着脸上前搭话："李科长，你好！"

李科长一抬头，脸也红了，手足无措地说："怎么是你啊，有事吗？"王庆江结结巴巴地说："孩子上学的事，麻烦你给看一下。"

李科长低下了头，小声地说"你孩子都上学啦，现在好学校资源有限……"尽管这样说，李科长最后还是一锤定音，"好吧，那就去中心小学吧。"

王庆江心里一阵狂喜，中心小学那可是县里最好的学校，自己做梦也没想到儿子能上这个学校啊！

拿了介绍信，王庆江急急忙忙带着儿子赶到了中心小学，教务处的老师叫他去找孙校长。王庆江来到校长室门口，敲了敲门，里面传出一个温柔的女声："请进。"

王庆江推门进去，刚叫了声"孙校长"，便呆在那里，孙校长竟然是他大学时代相恋了两年的女友！

孙校长愣了一下，但她很快镇静下来，笑着问："你怎么来啦？快进来！"

有了前一次的"经验"，王庆江已经摸到了些门道，他大方地说明了来

找到有奖

□ 胡 波

银行每月的月末有一笔奖金，给当月综合表现最突出的一位员工，具体给谁，由各分行的行长推荐。怀特行长怕得罪人，思前想后，心生一计：何不用扑克牌摸彩发奖？

于是每到发特别奖的日子，分行里就有了这样一番景观：怀特先把一

张黑桃A的扑克牌藏在营业大厅的一角，然后把全体员工召集起来，宣布完奖金数额后，说："谁找到黑桃A奖金就归谁，预备、开始——"话音刚落，就见员工们一个个如扑向母狗争吃奶水的小狗娃，你推、我扛、他撞……片刻后，有人大叫黑桃A找到了，怀特就把装有奖金的信封交给"中奖者"，自己也从中找到了当庄家的乐趣。

这天又是一个发特别奖的好日子，怀特刚把全体员工召集起来，忽然大门一开，闯进来两个蒙面持刀的

意，还顺嘴奉承了几句孙校长"比当年还漂亮"的话，孙校长笑着就把字签了。

王庆江办齐手续，领着儿子兴冲冲准备回家。儿子高兴地说："老爸你太厉害啦，中午我请客。"儿子手里有点压岁钱，不知和谁学的，一高兴就请客。

王庆江带着儿子进了一家餐厅，刚坐下，就听一个女人怒冲冲对他喊

道："关门啦，不营业！"

王庆江回头一看，真是太巧了，这老板娘竟是他高中时代的初恋女友！王庆江慌忙拉了儿子就跑了出来，儿子不解地问："老爸，刚才那俩女的一看见你就害怕，这个女的怎么不怕你啊？"

王庆江没搭理儿子，心想，你小子懂什么，前面那俩是她们蹬的我，这位可是我蹬的人家！

歹徒。"抢劫！"其中一个歹徒大叫一声，一屋子员工顿时全傻了眼，不敢挪动半步。

两个歹徒冷笑着向柜台走去。正在这千钧一发的时刻，怀特忽然急中生智，一声大吼"今天发放奖金用新办法，黑桃A，就在他们两个身上！"顿时，员工们争先恐后地扑向两个劫匪，两人顿时被扑翻在地，员工们饿狼似的撕扯着他们的衣衫……

两个歹徒费了九牛二虎之力才挣脱人群，夺路逃出，这时，他们的身上都只剩下一条破烂不堪的内裤，两人一边逃，一边还惊慌失措地大叫："抢劫了！抢劫了！"

一个月后，又到了发特别奖的日子，近来存款额猛增，奖金自然也增加了不少。怀特宣布完奖金的数额，员工们个个摩拳擦掌。怀特正要指出藏有黑桃A的区域，突然大门一开，进来两个全副武装的"警察"，来者不是别人，正是上次那两个歹徒，这次，他们是来复仇的。

这两个"警察"动作非常快，进来后也不说话，直奔怀特而去。大家还没弄明白怎么回事，怀特已经被戴上了手铐，两个"警察"说："各位不要紧张，怀特涉嫌贪污渎职，我们现在要带他去警所问话。"

员工们一时摸不着头脑，但奖金还没有拿到，大家自然不肯离去，都带着愤怒的表情，直勾勾地盯着两人。

两个劫匪本来想先狠狠地教训怀特一顿，出出胸中的恶气，然后再顺手牵羊发笔横财，可眼下两人被员工们看得慌了神，便决定：钱可以不抢，但仇不能不报，于是两人拽着怀特就向门外走。

怀特不愧是一行之长，虽然身陷险情，却临危不乱，眼看他就要被两个假警察拉出大门，说时迟那时快，只见他深吸一口气，大喝一声："黑桃A在我们三人身上，找到有奖！"

话刚出口，员工们就像条件反射一样扑向了三人。顿时营业厅里衣衫横飞、鬼哭狼嚎……

片刻后，路人们看见银行里跑出两个只穿内裤的男人，他们嘴里惊魂未定地叫喊着："又抢劫了！又抢劫了！"

（本栏题图、插图：顾子易 王 俭）

您手中有没有得意之作？本刊辟有二十多个原创性栏目，如中国新传说、我的故事、情感故事、东方夜谈、幽默世界、16岁故事、海外故事和中篇故事等；您读到或听到什么有趣事可以和大家一起分享吗？3分钟典藏故事、第一推荐、外国文学故事鉴赏和快乐辞典等都是本刊推荐性栏目。热忱欢迎来稿，可从邮局寄发，也可从网上传递。邮寄地址：上海绍兴路74号《故事会》杂志社，邮编：200020；如为电子邮件，本期责任编辑信箱：lujia411@yahoo.com.cn。

2007年《〈故事会〉最有影响力的故事》征文启事

四大奖励措施　稿酬外追加千字1000元奖金

　　为鼓励多出优秀作品,《故事会》杂志社决定继续举办2007年"最有影响力的故事"征文大赛,并对优秀作品实行四大奖励措施:

　　1. 入选作品除在杂志上发表外, 还将收入《〈故事会〉2007年最有影响力的故事》一书。2. 入选作品可得两笔稿酬: 在《故事会》杂志发表的作品, 首发稿酬每千字400元; 获《〈故事会〉最有影响力的故事》优秀作品奖, 再追加每千字1000元。3. 入选作品均颁发奖励证书。4. 本刊将邀请有关作者参加第十二届"故事创作研讨班"、优秀作品改稿会以及年底的颁奖大会, 所有费用均由编辑部承担。

　　征稿范围: 1、具有现实感、新鲜感且可读性强的中短篇(包括超短篇)原创作品; 2、故事性强、有口传性、能引起读者兴趣的推荐作品。

　　超短篇(如幽默故事)的字数一般在1500字以内, 短篇(如中国新传说)的字数一般在5000字以内, 中篇故事的字数一般在15000字以内。

　　来稿方法: 1. 从邮局寄发, 请在信封上注明"征文大赛"字样, 本刊地址: 上海市绍兴路74号《故事会》杂志社, 邮编 200020。2. 从网上传递, 可寄以下信箱: wulun@vip.sohu.net, 请在主题上注明"征文大赛"字样; 也可直接与有关责任编辑联系,本期责任编辑的信箱是: lujia411@yahoo.com.cn。

 ·本刊信息传真·

老茶馆里品故事　优秀作品月月评

　　五一长假即将来临, 祝您节日快乐! 请您评评这期《故事会》(本期期数: 09)里的故事吧。

　　哪篇故事的情节最吸引您——最佳情节奖(奖项编号1)

　　哪篇故事让您觉得最有趣——最佳情趣奖(奖项编号2)

　　哪篇故事让您懒得看, 还抽空倒了杯水——最佳广告时段奖(奖项编号3)

　　评选方式: **编辑短信306+奖项编号+期数+故事篇名所在的页数**, 比如: 你想选本期第35页起刊登的那篇故事为最佳情趣奖, 只要发送30620935到3883752(移动用户)/9866752(联通用户)就可以了。每次评选只要1元钱, 您就有机会拿走茶馆本期的特色奖品——最新大片DVD光碟共10张哦! 本次活动另设一等奖1名, 奖金800元, 二等奖5名, 奖金100元, 参与奖200名, 各获精美礼品一份。

　　评选结果和中奖读者名单可以上故事中国网(www.storychina.cn)查询, 您还可以对本期作品发表意见哩!

　　客服电话: 010-6786 8800(移动)、010-8298 8818(联通)

　　阅读彩信版《故事会》, 移动编辑短信81发送到80013981——用手机享用丰盛的故事大餐, 获赠精选图铃, 每月4期哦! 信息费: 5元/月。

《绝对小孩》：朱德庸20年最好玩的一本书　最新全彩系列四格漫画即将出版

给那些不想成为大人的小孩以及那些想成为小孩的大人！

如果……

如果世界是颠倒的，那有多可怕。①

如果世界是黑白的，那有多可悲。②

如果世界是倾斜的，那有多可笑。③

如果世界是相反的，那有多可爱。④

哇！儿子，你真棒，又考了一个零分。

颠倒

一岁的我……①

三岁的我……②

五岁的我……③

现在的我……④

391

2007
SEMIMONTHLY
下半月刊

5月
STORIES

欢迎登录本刊主办"故事中国网"（www.storychina.cn）

故事会
— STORIES —

2007年5月
下半月刊·绿版

主　编：何承伟
常务副主编：吴　伦
副主编：姚自豪（上半月·红版）
副主编：夏一鸣（下半月·绿版）
本期责任编辑：王雅静
电子邮箱：wyjing833@sohu.com

绿版发稿编辑：
夏一鸣　鲍　放　邢　悦　朱　虹
特约编辑：
范大宇　崔新三　申之珉
美术编辑：李宝强
电脑制作：郭瑾玮
通　联：归依玲
本社办公室电话：021-64375030
上半月刊编辑部电话：021-64332325
下半月刊编辑部电话：021-64336469
（上海市绍兴路74号 邮编：200020）
主管、主办 上海文艺出版总社

制作、发行总监：张　凯
电话：021-64313938
广告业务：上海故事会文化传媒有限公司
广告总监：张　淮
广告业务：021-34010383
广告投诉：021-64333738
广告经营许可证
沪工商广字3100320050022号
发行：中国图书进出口上海公司

特别的庆祝

汤姆在新兵训练期间，睡的是硬板床，吃的也很糟糕，因此，他做梦都想要睡家里柔软的床褥，吃母亲做的可口饭菜。这天，训练一结束，汤姆便急着赶回家。

回到家，全家人热烈地迎接他，母亲更是兴高采烈："你小时候最爱露营了，所以我们决定全家去露营，为你庆祝！"　　　　（郑　凯）

才艺表演

甲：我今天终于登上舞台，成了观众瞩目的焦点。

乙：啊，没想到你这么风光，你表演了什么节目？

甲：小李飞刀。

乙：你什么时候会耍飞刀了？

甲：噢，不，我不要飞刀，我是靶子。　　　　　　　　（周　丹）

（本栏插图：包丰一）

一言误事

甲：你昨天去找工作，找到了吗？

乙：没有，我说错了一句话！

甲：你说错了什么？

乙：招工的问我会不会做这种工作，我说"这种工作我闭着眼睛都可以做"。

甲：这话没错呀！

乙：可他要找的是个守门人！　　　　（老　猫）

丈夫的警告

丈夫买了一辆新车，十分爱惜，他知道妻子是个车迷，但驾驶技术不行，所以说什么也不让妻子用。

一天，丈夫经不住妻子的软磨硬泡，终于答应让她开一圈。妻子正准备出发，丈夫漫不经心地提醒道："路上小心啊，如果出了事，报纸会登出你的年龄的！"

妻子一听到"年龄"两个字，立马跳下了车。　　　　（小　凯）

需要我帮忙吗

杰瑞、麦克、米勒在湖边钓鱼，一个天使突然出现在他们面前，问："你们需要帮忙吗？"

三人见是天使，都惊得说不出话来，杰瑞最先反应过来，他恭敬地问天使："我被炮弹炸伤过，后背一直都很疼，您能帮我解除痛苦吗？""没问题。"天使说着摸了一下杰瑞的后背，杰瑞立刻感到后背不疼了。

麦克戴着厚厚的眼镜，他问天使："我的视力很糟糕，戴着眼镜都不管用，您能帮帮我吗？"天使微笑着点点头，拿下麦克的眼镜往湖里一扔，麦克立刻就发现眼前一片清晰。

当天使转向米勒时，米勒忙摆手阻止道："别碰我！"天使一愣，问："你难道不需要我的帮助吗？"米勒说："不需要，我还得领伤残抚恤金呢！"

（远　远）

唱的什么歌

甲：今天路上两车相撞，两个司机吵得不可开交，我唱着歌从那里经过，谁知被他们给骂了一顿。

乙：岂有此理！唱歌也挨骂？你唱的什么歌？

甲：我当时正在唱《相逢是首歌》。

（冷　空）

教　训

小李有个坏习惯，抽完烟总是往地上一扔，然后再用脚使劲踩几下。

这天，小李和朋友们去海滨浴场游泳，游完泳后，大家在沙滩上一边散步一边抽烟，好不惬意。突然，只听小李"啊"的大叫一声，朋友们循声望去，却见小李正龇着牙、抱着脚乱跳。大家不禁乐了：原来小李又乱扔烟头，只不过这次惨了点——他踩烟头时没穿鞋。

（杨保民）

钓 鱼

汤姆出门钓鱼,可坐了一整天,一条鱼都没钓到,只好收起鱼竿,悻悻地回家。路过附近的海鲜店时,他扯着嗓子对卖鱼的老板说:"老板,给我挑四条鲶鱼,最好个头大一点。"

老板一看是汤姆,便问:"为什么一定要大的?"

"我想告诉我妻子那是我钓的鱼。"

"噢,是这样,那我建议你买罗非鱼。"

"为什么?"

"你妻子今天早上来过了,她说让你买罗非鱼,晚餐她就想吃这个。"

(孙开元)

热敷的理由

一个人摔了一跤,伤了肩膀,便去医院看病。

医生检查后说"肿得很厉害,我建议你热敷一下,一星期后再来。"

"热敷?"那人大喊起来,"我祖母总是叫我冷敷的。"

"别管你的祖母是怎么说的,"医生也被激怒了,"我的祖母告诉我要热敷。"

(韩雨卿)

足球比赛

某公司的广告部和研发部每年年底都要举行一次足球比赛。在今年的比赛中,广告部被研发部"修理"得很惨。为了挽回一点面子,广告部在公司的公告栏上贴了一张喜报,上面写道:

在本年度所有比赛中,广告部以仅输一场的骄人战绩喜获年度亚军,在此表示热烈祝贺!而研发部战绩不佳,在本年度所有比赛中仅胜一场。

(苗 苗)

奇怪的陈列

顾客:"你们这里的商品陈列真怪,怎么把萨克斯管同手枪放在一起?"

店员:"这有什么奇怪的?只要有谁买萨克斯管,过不了多久,他的邻居准来这里买把手枪。" (东 航)

警察的建议

马克搬进新居，可住了不久，家就被盗了。前来查看的警察建议他安个防盗门，马克立即照办，可谁知没过多久，又有小偷光顾他家。

警察又建议道："在所有窗户外装上铁栏杆，铁条要结实，间距要窄些，千万不能马虎。"

这次马克行动更迅速，可是没过多久，马克家第三次被洗劫。

马克无奈地问："还有什么办法吗？"警察想了想，摇摇头说："还是把房子卖掉，离开这鬼地方吧！"

（董　行）

好大的风

游客们到一个牧场旅游，见这里的风很大，便问牧场主说："每天刮这么大的风，你们怎么站得住？"

牧场主笑着说："因为我们都已经适应了这里的风，你看这里的人啊牲口啊，都学会斜向风口站着。"

游客们点点头："原来是这样。"

"不过也有例外，"牧场主补充道，"去年秋天，有一次大风吹着吹着突然停了，结果这里所有的人和牲口都立刻直挺挺地摔在了地上！"

（小　孙）

骨　肉

一个人走在路上，突然扑上来一只狗，咬了他一口。这人疼得眼泪直流，于是抬起脚就要踢狗。哪知狗含着泪可怜巴巴地对那人说："你踢吧，反正我肚里已经有了你的骨肉！"

（黄　欢）

能力测验

下班后，比尔见鲍伯一个人在酒吧里喝闷酒，便问他怎么了。

鲍伯有气无力地说："今天公司对我们进行了一次能力测验，看每个人最适合什么工作。"

"噢，那测试结果显示你最适合什么？"比尔问。

鲍伯叹气道："失业。"

（董　行）

（本栏目欢迎来稿。来稿可从邮局寄发，也可从网上传递。如为电子邮件，请发以下信箱：wyjing833@sohu.com）

光明的

小小生了一场大病，导致双目失明，医生说做手术起码要五万元，而且还不一定能完全治好，小小的爸爸妈妈彻底失望了，就在小小五岁那年，把他丢弃在一个陌生的地方。

那天很冷，小小虽然穿着厚厚的棉衣，可还是觉得冷，不禁蹲在地上大哭起来。这一哭惊动了许多人，大家围着小小叹道："可怜这孩子的眼睛瞎了，以后可怎么过呀！"

小小很害怕，他一个劲儿地叫着"妈妈！"可是直到他嗓子喊哑了，爸爸妈妈也没有来，小小这才知道爸爸妈妈不要他了……

不知过了多久，小小感到一双温暖的大手伸了过来，握住他冰冷的小手，紧接着就听那人说："孩子，起来吧，跟我走。"

小小问："你是谁？"

"你叫我叔叔吧。"

"叔叔我们去哪？"

"回家。"叔叔说。

小小拉着叔叔的手一直走到一个温暖的地方。叔叔说："我们到家了，以后这就是你的家了。"

从此，小小有了一个新家。叔叔慢慢地让小小熟悉这个新家，告诉他床在哪里，碗橱在哪里……

平时，叔叔去上班，小小便呆在家里。叔叔怕小小寂寞，还给他买来了许多玩具：有会跑的汽车，有能发出声音的冲锋枪……小小虽然看不见，可他听得见，他觉得那是世界上最美的声音。

在叔叔的照顾下，小小渐渐长大了，除了眼睛看不见，其他都很健康。

这天，小小突然跑过来问："叔叔，我长得什么样子啊？"

叔叔笑着说："你长得很好看，就像电视里的小帅哥！"

"电视里的小帅哥？"小小没看过电视，更不知道那里面的小帅哥长得什么样，不禁嘴里喃喃地说："我要是能看见该多好啊！"

叔叔听了，用那双粗糙的大手抚摸着小小的脸，疼爱地说："你不是听医生说，五万元就能做手术，治眼睛吗？我正在努力地挣，不管治好治不好，我们一定要试试。"小小躺在叔叔温暖的怀里，轻轻地点点头。

终于有一天，叔叔兴奋地告诉小小钱已经攒够了，可以做手术了！

手术很成功，小小摸着缠在眼睛上的绷带，兴奋地嚷着："等我拆掉绷带，我要看花，看草，看彩虹……"叔叔笑着说："好，好。"

日子一天天过去，终于等到了拆绷带的这一天。医生正准备动手，叔叔突然说："请等一等。"他拉起小小的手，说："孩子，如果你看到的东西不是你想象的样子，你会失望吗？"

小小想了想，说："不会的。"说话时，他紧紧攥着叔叔的大手。这下，叔叔才放心地点点头，示意让医生继续拆下去。

其实小小心里紧张极了，随着绷带一层层揭开，他的心也越跳越快。当医生把最后一层绷带拆掉时，小小仍然害怕地闭着眼睛。

终于，他深吸一口气，慢慢地睁开双眼。他的世界从来没有这么明亮，他按捺着激动的心跳，看着周围的一切——有穿着白大褂的医生，有眼中满是关爱的护士，有脸上挂着泪水的病友，还有……小小侧过头，不禁呆住了，他的身边竟坐着一个盲人，只见盲人双眼深陷，脸上却满是慈爱。小小的呼吸越来越急促了，当他顺着自己的胳膊一直往下望时，他发现，自己正攥着盲人那双粗糙的大手……

（作者：良 子；推荐者：叶 柄）

（题图、插图：安玉民）

石头上树

□ 杨汉光

老李家的房子后面有一棵柚子树，中秋节过后，树上的柚子渐渐成熟了，金黄的柚子挂满枝头，谁看了都要嘴馋。老李生怕哪家的孩子偷吃柚子，一有空就到屋后去转转。

这天一大早，老李来到屋后，远远就看见柚子树上吊着一个袋子。袋子挺沉，把树枝都拉弯了。老李走到树下仔细一瞧，发现袋子里竟装着一块石头。

这是怎么回事？老李很纳闷，可看那弯弯的树枝上柚子都快触到地面了，才猛然醒悟过来：肯定是哪个小孩为了偷柚子方便，才把石头吊到树上去的。"我倒要看看是哪家的孩子这么胆大！"这么想着，老李就悄悄躲到旁边观察。果然，没过多久，一个小女孩就来到树下，像兔子一样探头左右看看，见旁边没人，就飞快地摘了一个柚子，掖在怀里。这时，老李大喝一声："站住！"从隐蔽处冲出来，一把揪住小女孩的衣领。

小女孩冷不丁被抓住，立即就吓哭了，瘦小的肩膀颤抖着，吓得说不出话来。

老李仔细一看，这不是"小不点"吗？小不点是外乡人，去年跟母亲来到这里，因为长得比同龄孩子矮小，邻居们都叫她"小不点"。小不点的母亲叫阿秀，刚来的时候，母女俩没地方住，老李看她们孤儿寡母很是可怜，就将家里一间闲置的旧平房腾了出来，免费让她们住。

因为有孩子拖累，阿秀无法进工厂打工，她就晚上包粽子、做龟苓膏，白天拉到路口去卖。阿秀不忘老李对她们母女俩的照顾，隔三差五的挑选上好的粽子和龟苓膏，让小不点送去。两家互相帮衬，关系处得很好。

老李见是小不点，不但没有没收她偷摘的柚子，还给她多摘了两个。不过，老李怕小不点学坏，所以这天晚饭后，他又特意带了两个柚子来到了阿秀母女住的小屋。

一进门，老李就把手里的柚子递给小不点，小不点开心地叫道："爷爷又给我们送柚子喽！"说着把柚子像宝贝一样搂在怀里。阿秀见是老李来了，赶忙放下手里正在包着的粽子，让老李坐下，不好意思地说："让您破费了，早上小不点就说您给了她三个柚子，您这又送来了。"

老李问："小不点告诉你说早上的柚子是我送的？"

阿秀点点头。老李皱了皱眉，把阿秀拉到一边，把早上小不点偷柚子的事告诉了她，又语重心长地说："我知道你一天很辛苦，可是孩子的教育也不能放松啊。"

阿秀没想到女儿竟敢偷恩人的柚子，气得浑身发抖，走过去甩手就给了小不点一巴掌，吼道："说，你为什么偷爷爷的柚子？"

小不点正抱着柚子，闻着柚子的

香甜，被妈妈这么一打，才想起早上的事来。她捂着被打疼的脸，眼泪汪汪地说："妈妈，你总是说再卖一天粽子就买水果给我吃，可你都卖五十九天粽子了，还没给我买过一次水果，你说话不算数！"

老李心里一颤，摸着小不点的头说："你怎么记得这么清楚？"

小不点指着墙壁说："我都记在上面呢。"

只见墙上密密麻麻地画着许多横线，老李的眼睛湿润了，他拉过小不点，疼爱地说："爷爷以后天天买水果给你吃。"

正在包粽子的阿秀，此时也忍不住"呜呜"地哭了起来……

这样过去好几天，这天一大早，天还未亮，老李就转到了屋后。他惊奇地发现，柚子树上又吊上了一块石头，而且比上次那块重得多，小不点不可能把它吊到树上去的，而且树上的柚子一个没少，显然不是为了偷柚子，那么这人到底是谁？他想要干什么？

老李正纳闷，忽然发现有个人朝这个方向走来，老李赶紧闪到一边。只见这人看了看四周，就急急忙忙地去解吊石头的绳子。

老李怕惊动对方，大气都不敢出，等那人把绳子解下来后，才大喝一声："谁？"

只听一个女人惊慌失措地说：

"大叔，别喊，是我。"

老李走近一看，惊得目瞪口呆，这人竟然是阿秀！"阿秀，你老实告诉大叔，这到底是怎么回事？"

阿秀低下头说："大叔，我告诉你，你可不能告诉别人。"老李点头说："我绝对不会告诉任何人，你说吧，干吗要把石头吊到树上去？"

阿秀把额前的头发捋到耳后，叹息说："唉，我命苦啊！父母早早就去世了，留下我和弟弟，弟弟考上大学的时候，交不起学费，把我给急坏了……"

老李打断阿秀的话："你扯那么远干什么？我只想知道你为什么把石头吊到柚子树上。"

阿秀说："正因为当时给弟弟凑学费，我今天才会把石头吊到你的柚子树上呀。"

老李实在不明白凑学费跟吊石头有什么联系，但还是让阿秀慢慢讲下去。阿秀说，就在她无计可施的时候，有人悄悄来问她愿不愿意替一个老板生儿子，如果愿意，老板可以给五万元，阿秀一咬牙，就含着眼泪答应了。她不敢让弟弟知道这事，就离开家乡，谎称出门打工……

第二年，阿秀生下一对龙凤胎，可老板夫妻竟只要儿子，要把女儿扔掉。阿秀哪里舍得，死活不让他们扔，说自己愿意把女儿带走。老板夫妻趁机说阿秀可以带走女儿，但条件是原来约定给的五万元只能减半。

老李听到这里气愤地说："你是上了老板夫妻的当了，他们看准你心肠软，故意用这种办法少给钱。"

阿秀摇摇头："我当时没想那么多，只知道孩子是我的心头肉，就算他们一分钱不给，我也不会让他们扔掉的。后来，我带着女儿，四处奔波，遇见您有了免费的住处后，才安定下来。这几年，我已经渐渐忘记了老板一家，哪想到前几天我刚好看到老板娘买菜，她拉着的那个小男孩就是我的儿子啊。"

说到这，阿秀已泣不成声，她说想抱抱那个孩子，可老板娘连碰都不让她碰一下，就牵着小男孩匆匆离开了。阿秀忍不住远远尾随他们，一直跟他们回到住所。没想到他们住的三层小洋楼，就在自己住的平房对面。

从此，阿秀一有空就向对面张望。一天晚上，她发现对面阳台上的灯亮了，一个小男孩跑到了阳台上，阿秀知道那就是自己的儿子。她一阵激动，可再想看得清楚些，视线却被老李的柚子树挡住了，阿秀灵机一动，就把一块石头吊在了树上，将最浓密的那根树枝拉低了。等她再回到屋里向那边的阳台上望时，果然看得很清楚，而那个小男孩也正站在阳台上向这边张望呢，那晚她激动得一夜没睡。

阿秀抹了一把眼泪说："后来您发现了石头的秘密，小不点又顺手偷摘了您的柚子，我就没敢再拿石头压树了。可昨晚阳台的灯又亮了，我知道儿子就在阳台上，我实在是忍不住，就又在树上吊了一块石头，本想赶在您起床之前把石头拿下来，没想到就被您发现了……"

阿秀的故事讲完了，老李已经听得泪流满面。

当天，老李就把柚子树砍掉了。

（题图、插图：安玉民）

◆ **圆规：** 一生努力追求完美，却最终自我封闭。

◆ **钉子：** 理解了锤子的用心，也就不再计较挨打的疼痛。

◆ **路：** 越是泥泞，越能留下深深的足印。

◆ **瓦：** 不经过烈火焚烧，成不了风雨中的强者。

◆ **日光灯：** 宁愿忍受高压的折磨，也要给人间带来光明。

◆ **白云：** 点缀了天空，但给大地留下阴影。

◆ **锯子：** 伶牙俐齿，专干挑拨离间之事。

◆ **石磨：** 卧在固定的轨道，注定一辈子在原地打转。

◆ **钟表：** 可以回到起点，但已不是昨天。

◆ **哈哈镜：** 歪曲事实，为的是博取别人的欢心。

◆ **拉链：** 总以为自己做得天衣无缝，其实是在被别人操纵。

（推荐者：陈 星）

幽默告示

◆ 纽约一个儿童游乐园大门口的牌子上写着："成年人必须在孩子的陪同下方可进入。"

◆ 一个向公众开放的英国古堡，入口处贴着一张告示："主人该使客人有宾至如归的感觉，而客人应该注意这里并非家里。"

◆ 柏林一家花店门口写着："送几朵花给你爱的女人，但也不要忘了你的太太。"

◆ 肯尼亚某天然动物园的告示中规定："凡向鳄鱼池内投掷物品者，必须自己捡回该物品。"

◆ 美国科罗拉多一家酒馆挂出这样的告示牌："您情绪低落吗？来看看我们吧！"

◆ 瑞士某旅游胜地的告示牌写着："爱花的人让花留在山上吧。"

◆ 伦敦一家旅馆在所有盥洗室里贴着这样的告示："客人们，请把您的歌藏在心里，因为我们的墙壁并非像您想象的那样厚实。"

◆ 加拿大阿尔伯特州某公园入口处，有这样一块告示牌："请不要打扰里面的小鸟，它们在此避难。"

◆ 墨西哥一边境小城的入口处，悬挂着一则醒目的交通告示："司机们请注意：本城一无医生，二无医院，三无药品！"

（推荐者：韩雨卿）

我是一个白领，有着不菲的收入，可是我的脖子上永远挂着一条廉价的珍珠项链……

珍珠项链

□ 赵桂花

为乡亲，要骗不能骗

六年前，我从旅游学院毕业后，只身一人来到南方一家旅行社做了导游。虽然我很受游客的欢迎，但是旅行社的马经理却不满意，嫌我没给旅行社多创收，并想因此解雇我。我明白，在这里"多创收"，就意味着要骗游客掏腰包多购物，只要狠下心，我也会。我不想失去这份工作，就央求马经理再给我一次机会。

马经理点头答应了，但是他警告说："如果再干不好，我就真不客气了。"

第二天一早，我跟司机老王会合后，一起到火车站接了团。这个旅游团是农民团，成员基本上都是北方农村的老头老太太。带队的村长五十多岁，看样子见过一些世面，一见面，就殷勤地给司机递烟，又跟我说："导游同志，在家靠父母，出门靠导游，我们这些人啥都不懂，这次全靠你了。"

我说："大叔，您放心好了，我一定让大家享受一次愉快的旅行！"

村长乐了，大声宣布，"大家伙都听好了，接下来几天，人人都得听这闺女的。"

就这样，我们一团人开始了旅游

观光。

风景区美景如画，再加上我生动活泼的解说，游客们游兴大发。大煞风景的，是后面的购物。

第一天下午的购物地点，是水晶馆。本来，我以为这些农村老头老太太消费水平不会高，大家进去也就是看看。没想到，我完全低估了这些人的购买力，有三个老太太，竟然都看中了一款标价三千多块的水晶项链，其实，那款项链是合成水晶做的，成本不过二百块钱，可那些老太太哪里知道，都围在柜台前讨价还价起来，最终，三条项链说成七千五，眼看就要成交了。

我跟司机老王站在一起，把这一切看得清清楚楚，老王乐得冲我直挤眼，意思是说如果成交，这回扣可不少。我却急了，暗暗后悔刚才下车的时候没有提醒大家买东西要慎重。情急之下，我背着老王，把村长拉到一边，跟他耳语了几句。村长听完，一溜小跑就过去了。不用说，这笔生意自然黄了。

老王眼看到嘴的鸭子就这么飞了，心里这个火呀。本来，他也没想到是我在背后搞的鬼，可上车后，那几个老太太却对我千恩万谢。这一来，就露了底。结果，在回宾馆的路上，老王的胖脸阴得就跟沾了水的破抹布——不成颜色。他将车开得飞快，颠簸得满车人大呼小叫。

为工作，不骗也要骗

当天晚上，老王就跟我翻了脸，他质问我："你知道你这么做让旅行社、让我、还有你自己，损失了多少钱吗？"我向他解释，说："黑谁也不能黑农民呀，看到他们，我就想起我老家的乡亲，看着他们受骗，我于心不忍。"

老王气道："你少吓唬我，那都是老皇历了，你以为现在农民没钱？没钱人家能出来旅游？真是咸吃萝卜淡操心，看你回去怎么向旅行社交待。"

他这一说，我想起出发前马经理对我的警告，不由也有几分后悔。我向老王保证，明天大家购物，我绝对不会再管了。

没想到第二天，却由不得我了。那些大爷大妈都长了经验，到了购物点后，若是看中了什么东西，掏钱之前都会主动跑到我这里，一脸信任地问："闺女，大娘信你，你说这玩意儿是真的假的？"或是："闺女，你说，这玩意儿值不值这么多钱？"

我不由左右为难，说真话吧，肯定砸了生意，可要是昧着良心说谎话，那自己岂不是就变成骗人的帮凶了？想来想去，我只好笑一笑，不置可否，或者说一句"我也不太懂"。大爷大妈们也都不糊涂，马上就明白了我的意思，把话传下去说：导游说这玩意儿不值。

老王看在眼里，脸都气绿了。接下来的两天，他阴沉着脸，一句话也不和我说。

旅游的最后一天，老王终于开口了："小赵，你算没算过，这一趟你替旅行社赚了多少钱？你真的打算就这样回去向马经理交差？"

我在心里一默算，暗道坏了，这几天，虽然安排的购物点都去了，可大家基本上没购物，这样回去，肯定要被炒。

老王像是知道我心里在想什么，说："小赵，现在还有挽回的余地。今天下午咱们不是要去珍珠馆吗？你就尽力鼓动他们多买珍珠，越多越好。"

"这不还是骗人吗？"我有气无力地说。

老王撇撇嘴，双手一摊："小赵，我这可全是为你考虑。说实话，我心里也是蛮喜欢你这种正义感的，可是，我们这行的游戏规则就是这样。你想一想，游客损失点钱是损失，你丢了工作难道不是损失？"

这句话戳到了我的软肋，我犹豫了一会儿，说："可是，王师傅，我真不忍心看着大家去受骗挨宰呀。"

老王眼珠一转，说："那你就不要看着呀，待会儿游览完景点后，你就说要去落实大家回程的火车票，由我一个人带他们去珍珠馆。你不就可以眼不见心不烦了？"

我权衡了一下，感觉工作还是不能丢的，就下了决心：反正前几次我已帮他们不少了，最后一次就看他们自己的造化吧。想到这里，我叮嘱王师傅说："这样吧，待会儿你把他们领到南海珍珠馆去，虽然他们给的回扣低一些，但货比较正宗，可千万不要去对面的大洋珍珠馆，它太黑。"

老王一口答应，说没问题。

遇两难，骗人骗自己

下午，游览完最后一个景点，我向游客们解释道："最后，我们要参观的是珍珠馆。因为我现在要去落实大家返程火车票的问题，所以就由老王师傅带大家参观。在那里，大家可以

顺便买一下旅游纪念品，我特别推荐一种有代表性的特产，那就是珍珠，它高贵典雅……"

老王笑眯眯地听着，暗暗向我竖起了大拇指。

我一个人回到宾馆躲了起来。本来以为眼不见心不烦了，可是，整整一个下午，我的心一刻都没有安稳过，焦灼、不安、自责——既盼望大伙多花钱，让自己回去交得了差，又盼望大伙爱惜兜里的钱，别上当受骗。各种情绪交织，就像把心架在火上烤着一样，倍受煎熬。

好不容易熬到了天黑，游客们终于回来了。老王到我房间里找我，一进门，他就伸出五根手指头，咧开大嘴说："小赵，他们买了超过这个数的珍珠。五万多呀！"

我也不知该高兴还是该难受，不安地问："怎么这么多呀？"

老王得意洋洋地说："他们都说，小赵导游推荐的东西，肯定错不了。哈，现在看来，前几天你帮他们还真是帮对了，这一来，他们都对你信任无比，掏起钱来那叫一个痛快呀！你这招高，这叫做放长线钓大鱼。回去后，马经理肯定要表扬你。"他只顾高兴，也没注意到我的脸色已经变得很难看，继续说，"光村长一个人就买了两条珍珠项链，一条四千块，一条一千块！真舍得花钱呀！"

我看着他满面的红光，忽然想起交代他的事，忙问："是在南海珍珠馆买的吧？"

老王神色略显不安，我顿时明白了，肯定是去了大洋珍珠馆，这么说来，那条价值四千元的项链，顶多值

几百块！我气极了："王师傅，咱们不是说好去南海珍珠馆的吗？"

老王无所谓地说："南海珍珠馆也好不到哪里去，反正都是挨宰受骗，在哪里挨宰不一样？"

我的脸顿时涨红了，可细一想，他说的何尝没有道理呢？自己下午躲起

来的目的，不就是让游客去受骗吗？自己有什么资格埋怨老王呢？

为良心，再也不能骗

晚上，我们将游客们送到了火车站。本次旅游正式结束。

我跟游客们挥手告别，那些大爷大妈们却都依依不舍，上来拉着我的手闺女长闺女短的。村长挤到前面，感激地说："闺女，这几天多亏了你，大伙玩得很开心，太感谢你了。"

我心中有愧，忙说："都是我应该做的，有做得不好的地方，还请大爷大妈们多多原谅。这次，算我对不起你们。"最后一句话，大概只有老王能听懂里面的意思。

村长轻咳一声，说："你看，这几天，要不是你，我们的损失可就大了。大伙少花了那么多冤枉钱，却连累你受了不少委屈。"

我忙说："我没受委屈呀。"

村长看了司机老王一眼，欲言又止。我明白了，自己一路上跟老王的争执，一定都被他看到眼里去了。

村长从包里拿出两个小盒子，说："为了感谢你们，大伙商量了一下，凑钱买了点小礼物给你和王师傅，请你们千万不要嫌弃。"

对于导游来说，游客们临别赠送纪念品的事情很平常，估计也是不值多少钱的玩意儿，我和老王也没在意，接过来随手放到了兜里。

返回的路上，我一路想这次带团，虽说良心上有点不安，但毕竟工作可以保住了。

老王一边开车，一边掏出那个小盒子："我倒要看看这帮老农民送的是什么高级宝贝。"说着，就打开了盒子，立刻，他奇怪地"咦"了一声。

我好奇地探过头去，只见盒子里是一条看起来很精美的珍珠项链。我对珍珠项链也有几分了解，看这条项链的材质、做工，成本应该在百元上下，用它当纪念品，算是不错了。我问："王师傅，你怎么了？"

老王沉默了一会儿，才说："这就是村长下午花一千元买的那条项链。"

我吃了一惊，忙取出村长送我的纪念品，打开一看，果然也是一条珍珠项链，虽然材质比老王的那条稍微好一些，但成本也高不到哪里去。我的心沉了下去，颤声问老王："这是不是花了四千块的那一条？"

老王懊悔不迭："真没想到，他是买了送给我们的，早知道这样，我就领他们去正规的地方买……"

虽然我从心里喜欢导游这份工作，可是我知道，戴着这串项链，面对那些身陷骗局的游客时，我无论如何也不能做到无动于衷了。所以，回去后，我主动辞了职。

从那时起，这串普通却又珍贵的项链，就一直挂在我的脖子上了。

（题图、插图：谢　颖）

花红胜血

□ 徐树建

青山镇上住着一对母子，母亲勤劳善良，儿子懂事孝顺，母子俩日子虽过得清苦，倒也幸福满足。

又是一年春暖花开时，见山上的雪已融化，儿子便收拾好行囊，告诉母亲自己想进山收购药材，再拿回镇上来卖。母亲一听就变了脸色，她知道深山险恶，怕儿子遭遇不测，但她也知道，儿子一旦拿定主意怕是九头牛也拉不回来了。于是沉吟了半晌，点头说："你要进山也可以，但一定得答应娘一个条件！"说罢，转身从柜子深处掏出一个手帕，打开，是三粒种子，黑乌乌暗沉沉的，像生铁铸就的一样。

母亲字字用力地说："你把这三粒种子带上，记住，每到一户人家住宿，必须趁主人不注意时把这三粒种子种在那家的屋前屋后，第二天离开时，再把这三粒种子挖出来带上，到下一家还是这样做。答应娘，你一定要做到！"

儿子见母亲如此叮嘱，便点头答应了。他将手帕包好，小心放入包裹。

第二天一大早，母亲将一块玉佩戴在儿子的脖子上，又将昨日的话仔细叮嘱了一番，这才让儿子上了路。

一晃十多天过去了，再一晃一个月过去了，儿子既没回来也没让人捎个口信，母亲渐渐变得不言不语，从早到晚只是一动也不动地守在门口，向大山的方向眺望。仅几天的工夫，母亲的头发就全白了。这天，镇上的人见母亲收拾好一个包裹准备进山，想要阻止，却听母亲坚定地说："是我放儿子进的山，我就一定要把他找回来！"

母亲知道儿子进山的线路，她一路走来，也不知道走了多远，终于见到了进山以来的第一个村子。母亲顾不上歇脚，找到一个人多的地方，就从包裹里拿出一幅画挂在树上，然后就一声不吭地坐在旁边。

村里人见来了这么一个奇怪的大娘，挂上了一幅画，都好奇地围上来看，却见那画上是一朵花，花瓣展开如碗大小，颜色鲜红胜血，花瓣层层叠叠围着中间一柱娇嫩的花蕊。画上还有一行字：求购"血里红"，十两银子一朵。

大伙一下子惊叹开了，一朵花居然值十两银子，只是谁都没见过这种花。大伙围观一气、咂嘴一气，看这画旁的大娘不言不语，便压低声音嘀咕道："这位大娘莫不是个疯子吧？"

一晃过去了两天，没有人拿花来换银子，母亲叹了口气，小心地把画卷好，又向大山更深的地方走去。

一路上，母亲只要见到村子，不管大小，都要挂上画，等几天，看是否有人卖花。她饿了就吃随身带的干粮，渴了就讨一碗水喝，累了就靠在树上打个盹。

时间一天天过去，母亲也不知道

走了多远，经过了多少村落，只觉山势越来越险峻。她知道越是险峻的山里越有珍贵的药材，儿子就越有可能来过。

这天母亲来到了一个偏僻小山村，小山村地势险峻，仅有的十几户人家星星点点地散落在陡峭的山崖上。母亲看到这村里没什么店铺，只有村头一间小小的杂货铺，她想村里的人家肯定都会来这里买东西，如果把画挂在这里，村里人都能看到。于是她便在小店旁的树上挂上画，然后照例坐了下来。

一天过去了，两天过去了，村里的十几户人家基本都来过小店，看过画了，可没有一人说自家有画上的花。母亲的心一点一点往下沉，看样子这回又落空了，还要继续往山里走，只是自己的身体越来越差，常常坐下就起不来，头晕眼花老半天。这几天，她更是夜夜梦见儿子，她想，与儿子相聚的日子应该不远了。

这天，母亲一边吃馒头，一边琢磨：如果还没有人来卖花，就得动身到下一个村子了，来日无多，不能再耽误时间了。正在这时，耳边传来一个小孩的声音："咦，这不是我家里长的花吗？"

母亲惊得一抖，手中的半个馒头"噗"地掉在了地上。她抬头一看，只见一个七八岁的小男孩正歪头打量着画。母亲颤抖着声音说："娃啊，你家

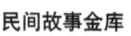

真有这样的花吗？你可别骗婆婆啊！"

小男孩听了，又把脑袋凑到画前，仔细看了看，然后用力点点头说："没看错，我家后院里的红花跟这花一模一样！"

小男孩走后，母亲赶忙起身，因为起身时太急，竟重重跌了一跤，蹭破了脸，流出血来，可她顾不上擦血，只是紧紧地盯着那小男孩，直到小男孩的身影消失在山坡的那一面。母亲爬到高处一看，只见山坡后只有孤零零的一户人家。

母亲当下有了主意，她收好画，立马下山去找当地知府。好在知府是个清正廉洁的好官，听了母亲的叙述，立马派了两个捕快随母亲前去查案。

没过多久，母亲就带着捕快来到这个小山村，三人直奔山坡后那户人

家。门前一个孩子正在玩耍，正是母亲那天碰到的男孩。那家里的男人一见捕快来了，脸色刷地就变了，家里的女人更是吓得抖了起来。

母亲也不言语，像疯了一样直奔后院。一进后院，迎面正是三朵艳红如血、朵开如碗的花，微风乍起，花儿突发出"呜呜"的声音，像个久违的游子要一头扎进母亲的怀里呜咽一样。母亲"哇"的一声大哭起来，双手捧花，悲痛地说："儿啊，母亲终于找到你了！"

母亲哭着对捕快说："请你们搜查这家，一定会搜到一块绿色的玉佩，上面刻着'恒寿恒昌'。"

话音未落，只见那男人"霍"地跳起身就要跑。捕快上前一步，一把将他摁倒在地。而那家里的女人，竟"扑通"一声瘫坐在地上，指着男人大哭起来："你这天杀的，我早就说过不要干伤天害理的事，你偏要干，现在遭报应了！"

捕快一听话里有话，立即动手搜查起来，果然搜到一块玉佩，和母亲说的分毫不差。母亲一看，伤心欲绝地说：

"这就是我儿随身佩戴的玉，是他临动身前我在菩萨面前跪了整整一夜求来的护身符，不想玉还在，人却……我就知道他们杀了我儿子后肯定舍不得扔掉玉的！"

说着，母亲突然咆哮起来，奔上前揪住男人的衣襟，撕心裂肺地喊道："说，我儿子在哪？"说完竟身子一软昏了过去。

捕快赶忙扶住母亲，好半天，母亲才睁开眼。捕快忍不住问："大娘，你是怎么知道你儿子在这家被杀的？"

母亲心如刀绞，哑着嗓子说："儿子临动身前，我给了他三粒花种，这种子方圆百里是没有的。我叮嘱儿子，无论到哪家投宿一定要偷偷地把这三粒种子种下，第二天再挖走。现在你们看见的这三朵花儿就是那三粒种子长出来的，我儿子没有挖走种子，肯定就是在这家被害了！"

捕快听了恍然大悟，那男人见无法隐瞒便全招了，原来那天，山里来了一个年轻人来他家里投宿，他见那人身上带了银子，当下就起了杀心。可他哪里知道这人已在后院悄悄埋下了三粒种子。

母亲听过，顿时痛苦得如万箭穿心，突然她一咬牙、一跺脚，将那玉佩高高举起，狠狠朝地上砸去，颤抖着声音说："我的儿，母亲来了——"说着，便"哇"地吐出一口鲜血，倒在花上。

这时，那鲜红的花瓣突然飘落下来，刹那间落红如雨，像一位年老母亲的血泪在飞……

（题图、插图：黄全昌）

·本刊信息传真·

故事中国网举办宠物故事大赛

由故事中国网(www.storychina.cn)与宠物之家（www.mypethome.com）联合主办的"它们和我们"宠物故事征文大赛已经展开，如果你是一位宠物迷，或者对流浪小动物充满爱心，欢迎你把自己和小动物之间有趣、感人的故事写出来，同时把你心爱的宠物照片放到网上秀一秀，和《故事会》的广大读者分享。《宠物秀》报为参赛者准备了丰富的奖品，优秀作品还有机会登上《故事会》哦！来稿可以发送到pet@storychina.cn，征文截止时间为5月18日。详情请登录www.storychina.cn查询。

"它们和我们"
宠物故事征文大赛

主办方：

协办方：   特别鸣谢：

 ·中国新传说·

有个烟头
在作怪

□袁　翼

一个烟头一场祸

有一对中年夫妻，妻子叫宛雪，丈夫叫李贤，几年前两人双双下岗。下岗后，宛雪在小区开了家小诊所，由于她看病周到，人缘也好，所以诊所的收入还不错；李贤呢，出去打拼了几年，现在自己开公司也当上了老板。更惹人羡慕的是，夫妻俩结婚二十多年，一直卿卿我我，恩爱如初。

这天一大早，宛雪收拾好家里，正要去诊所上班，丈夫突然回来了。

李贤神情疲惫，没精打采的，像是坐夜车累的。宛雪惊喜地扑进丈夫怀里，勾住他的脖子，娇嗔道："讨厌！回来也不先打个电话，不会是想我想坏了脑子吧？"

李贤有气无力地说："我忙得陀螺转，哪有时间想你啊！不过，你做的煎蛋面，我倒是常常想起，这会儿就特别想呢！"

丈夫一向爱贫嘴打趣，宛雪扑哧一笑，没多想什么，立马进厨房忙乎起来。

一会儿，宛雪就做好一碗香喷喷的煎蛋面，端到李贤面前。没想到李贤却一把推开，冷冰冰地说"我先问你一件事，你老实回答我。"

宛雪见丈夫脸色突然阴沉下来，诧异地问："怎么了？"

李贤盯着宛雪的眼睛，冷冷地问："这两天，家里是不是来过男人？"

丈夫的话，问得宛雪的心怦怦乱跳。

家里确实来过一个男人，那男人是宛雪看病时认识的，彼此很谈得来。因为丈夫很忙，常常两三个月不回家，宛雪难免孤独寂寞，而那男人却温柔体贴，常来陪宛雪说话。渐渐地，宛雪对那男人有了说不清的感情。昨天晚上，那男人醉醺醺地来了，聊着聊着，竟一时冲动把宛雪抱到床上。宛雪也是意乱情迷，居然没怎么推拒。幸亏在这节骨眼上，楼上王老头喝多了酒，打电话要宛雪快去给他打吊针，宛雪才推开那男人。要不，她现在真无地自容了。

宛雪想，丈夫是个眼里揉不进沙子的人，万万不可跟他竹筒倒豆子，孤男寡女的也说不清。况且，自己爱丈夫，一向规矩本分，从没想过背叛他，今后远离那男人就是了，何必给丈夫心中留下阴影呢？还是不说的好！

念头闪过，宛雪镇定下来，干脆地说："没有啊！"

李贤嗓门大了，追问道"果真没有吗？"

宛雪心虚发怵，避开丈夫咄咄逼人的目光，小声咕哝道："没有就是没有嘛……"

这下，李贤火了，脸色铁青，"啪"地一拍茶儿，愤怒地说："好！既然没男人来，那么我问你，这烟灰缸里的烟头是哪来的？"说着将一个烟头，递到宛雪面前。只见那烟头是普通黄色过滤嘴，抽得还剩下一半。

宛雪没了退路，只得将错就错，红着脸掩饰道："这烟头……是我早上收拾院子时捡起来的。楼上往下乱扔烟头，过去又不是没碰到过。"

"捡的？捡的为什么不直接丢到垃圾桶里？这不是脱裤子放屁，多此一举吗？你遮遮掩掩地跟我撒谎，一定是干了什么见不得人的丑事！"

李贤越说越激动像一头激怒的狮子，抢起桌上的玻璃水杯，狠狠地摔在地上，刺耳的碎裂声令人心惊肉跳。

这下，宛雪也有些害怕了，小声说："我，我没撒谎，确实是楼上扔的呀。"

"有鬼没鬼，你心里有数！既然你说烟头是楼上丢的，咱们这就去问问！"说罢李贤一把抓起宛雪的胳膊，把她拉进院子，向楼上喊："楼上的，大家听好了，是不是哪位向我家院子里扔烟头，这事关系到我老婆的清白，请扔烟头的人，跟我说明一下！"喊罢，李贤又冲宛雪吼道，"如

果你没撒谎，那就应该有人承认！否则，咱俩也算完了！"说罢，他一甩手，走回客厅。

宛雪万万没料到丈夫会这样，见周围的住户纷纷站在阳台上看热闹，她羞得恨不得钻地缝。这里住的都是熟人，丈夫这么闹下去，爱嚼舌头的

人要是再添油加醋地渲染一番，自己今后还怎么做人？她哭着跑回屋里，泣不成声。李贤似乎也觉得自己做得过分了，垂头坐下，表情复杂，默默无语。

宛雪把自己关进卧室，泪如雨下，心如刀绞。自己的美满婚姻，难道就这样给毁了？她一万个不甘心哪！丈夫的性格她清楚，要想挽救自己的婚姻，除非有好心人，站出来帮她作证。可谁愿意往自己身上揽事呢？真是谁扔的，躲还躲不及呢，何况是主动做冤大头？

可出乎意料的是，不一会儿，就有人敲门进来了。

一家不和众人劝

来人是三楼的小芳，只见小芳手里夹着一根燃着的香烟，赔着笑脸对李贤说："大哥，真是对不起！都怪我一时大意，惹你误会了，我是特意来道歉的！"

小芳解释说，烟头是她昨天夜里随手从窗口丢下去的。还表白说，要是因为自己乱丢的一个烟头，伤害了一对恩爱夫妻的感情，她会愧疚一辈子的。

李贤瞥了小芳一眼："是吗？我记得你过去好像不抽烟呀！"

"不，我其实是抽烟的！"小芳说着慌乱地吸了一口烟，呛得咳嗽了起来，她解释说自己过去确实不抽烟，

自从去年一气之下离婚后，心里常闷得慌，就学会了抽烟，"唉，现在回头想想，只怪自己不懂得珍惜，一时冲动。感情的事，还是冷静一点的好……"

小芳还想继续打圆场，李贤却抬手打断了她："你的心意我明白，我呢，也希望这只是个误会。对了，你扔的烟头，是不是和你手上这支一样，过滤嘴也是加长的？"

宛雪在卧室听得真切，她急坏了，那过滤嘴其实并不是加长的，丈夫是在下套啊。

果然，小芳上当了，迫不及待地说："是呀，是呀，我一向喜欢抽这种加长的！"

李贤一声冷笑"好了，谢谢你的好心！不好意思，我刚才说错了，那个惹祸的烟头，其实是普通过滤嘴！这烟头一定不是你扔的，你记错了，请回吧！"

此时，早已候在门外的王老头听得焦急不安，他想了想，回家取了把菜刀插在屁股后面，急切地推门进去了。

这个王老头，六十多岁了，二十多年前离了婚，至今仍然孤身一人。听说他原先是个热心肠，性格刚烈，因为差点砍死了一个拆散他家庭的男人，蹲了监狱，几年后，他出来后就变了一个人，孤僻冷漠，沉默寡言。现在，他居然也出头了！李贤心中不由

一动。

王老头一进门，就黑着个脸，忿忿地批评李贤："我说你们啊，美满的一对，幸福的一双，咋就生在福中不知福，不晓得珍惜呢？犯得着为一个烟头这么闹腾吗？我告诉你，那个烟头是我扔的！"

王老头说，昨天晚上，他喝多了，回来后在阳台上抽了一支烟。烟是路上一个熟人给的，他根本没注意到过滤嘴是长是短，是粗是细，只记得在阳台上抽完后就顺手丢下了楼。后来酒劲上来了，就打电话叫宛雪去给他打吊针。王老头气呼呼地说完，口气突然软下来，说："你呀，可不能胡乱猜疑。"

按说，事情有了合理的解释，李贤应该息事宁人。谁知他一根筋，悻悻地说，不是他不通情达理，这世上的事，能含糊的，自然可以含糊；该认真的，就一定要搞它个水落石出！

李贤越说嗓门越高，态度坚决地一挥手："宛雪，再绕弯子也是白搭，既然你背叛了我，就别怪我无情无意！我们好聚好散，还是离吧，这就去离！你提什么条件，我都可以答应！"

听到这话，王老头又急又气，脸红脖子粗，满头大汗。突然，他抽出菜刀，痛心地说："好，祸由我起，没想到一个小小的烟头，竟然成了你们夫妻间解不开的疙瘩！千不怪，万不

怪，只怪我这个老头子抽烟的手指讨厌！"说着竟举起菜刀，向左手的食指和中指砍去……

李贤大惊，下意识地一个箭步冲上去，抓住了王老头的手，可是刀刃下还是渗出了鲜血，李贤万万没想到事情会发展到这一步，他惊惶地叫道："王大爷，您，您这是……何苦啊？！"

王老头咬着牙，说"不这样证明

给你看，你又怎么会相信？"

李贤只觉心头一阵热浪涌来，慌忙叫道："宛雪快拿药！"

宛雪在卧室里看得真切，早已惊得目瞪口呆，听李贤叫她，才反应过来。很快，宛雪找来了纱布和药品，给王老头检查伤口。看没有伤到筋骨，才松了口气。望着王老头受伤的手指，宛雪又流下泪来。

李贤站在旁边，一时间心潮起伏，震撼不已，他见宛雪又在流泪，便走过去递给她一条毛巾，轻声说："对不起，都是我不好。"

好一会儿，宛雪才接过毛巾，她擦了一把眼泪，望着王老头，哽咽道："王大爷，谢谢，谢谢您！"

一家团圆百家兴

见两个人和好了，王老头激动得满脸发光，说话都哆嗦了："祸是我闯的，只要你们能和好，就是丢了我这条老命也值，谢什么！你们能信任我，听我的劝，老头子应该……谢你们啊！"

宛雪热泪盈眶，再也克制不住了，双手捂着脸哭道："不，我知道烟头不是您丢的！其实，我根本没在院子里捡什么烟头！昨天晚上，家里确实来过一个男人，那烟头是他丢下的！只怪我一念之差，没跟李贤说实话！"

宛雪坦白了她和那个男人的事

情，她缓缓地抬起头说："我错了，夫妻间不该隐瞒什么！要是还藏在心里，我会一辈子愧疚的！李贤，我对不起你，你要是不能原谅我，我也不怪你！"

"不，我不怪你，也没资格怪你！要说对不起的，是我啊！"李贤满面羞愧地说，"宛雪，其实，这个烟头与谁都无关，是我，是我自己偷偷放进烟灰缸里的！"

"什么？"宛雪目瞪口呆，"你……为什么？"

"我想离婚。"李贤垂下了头，抱着脑袋，痛苦地讲起来。

原来，就像许多俗套的故事一样，李贤疯狂地爱上了公司里一个叫小敏的女人，而小敏也对李贤流露出爱慕之情。李贤提出要和小敏结合的想法，可小敏不忍心伤害自己的丈夫，心里矛盾重重，一直婉言拒绝他。李贤认为小敏犹豫不决的原因，是怀疑自己的真诚，只要自己先和宛雪离婚，小敏就一定会离婚嫁给他。所以他就导演了这样一出戏。那个烟头，不过是他为离婚而设计的一个道具、一个导火索而已……

说罢，李贤幡然悔悟道："真没想到，我厌倦的婚姻，在周围人的眼里却是这么珍贵！更没想到，为了挽救我的婚姻，王大爷竟然要砍断自己的手指！我这才醒悟，要不真会酿成终生大错！王大爷，您是我和宛雪的大

恩人啊，我一辈子感激您！"

"不，你千万不要这样说，我……担当不起啊！"王老头异常激动地说，"既然你们夫妻都能坦诚相见，我也实话告诉你们，我这么做，并不完全是为了你们夫妻，也是为了救另一个家庭——救我的儿子，救我的媳妇啊！"

李贤和宛雪愣住了。王老头沉重地叹了口气，解释说："李贤，你说的那个小敏，就是我的儿媳妇！"

王老头说，他儿子其实早已察觉李贤和小敏之间的关系，并为此而痛苦不堪，只是因为深爱小敏，所以一直隐忍不发。王老头了解儿子的脾气，要是小敏真的和他儿子离了婚，以他儿子的性子，真不知道会发生什么事情，他真怕儿子会走自己的老路。

说到这里，王老头如释重负："现在我放心了，你们夫妻和好无事，我儿子的家庭也就不会破裂，他也不会再走我的老路了！帮人就是帮自己啊！有时候，一个家庭保全了，几个家庭也就太平了！"

王老头一席话，声音不高，却字字如钟鸣，在李贤夫妻心中震荡不已……

（题图、插图：谭海彦）

（本栏目欢迎来稿。来稿可从邮局寄发，也可从网上传递。如为电子邮件，请发以下信箱：wyjing833@sohu.com）

不许点 "黄" 菜

□ 白 驰

黄老板年已五十，但风度魅力不减当年，再加上兜里的票子多，黄太太对他那是一百个不放心，生怕老公有了钱就不老实。

就拿吃饭这事来说，黄太太一向不允许老公私自请女下属吃饭。不过，这一回情况特殊，黄老板过五十大寿，三个女下属随了厚礼，却因为出差，没能赴宴，所以黄老板事后提议单独补请一顿，黄太太不好怎么反对，但一定要亲自到场。黄老板巴不得老婆到场，省得以后耳根不清。

这天，三位年轻漂亮的女下属，如约来到酒店的包间。黄老板先挑了几道精致小菜，然后大大方方地请三位美女各点一道大菜。美女们扭扭捏捏，又彼此推辞起来。

黄太太这下坐不住了，其实自打三位美女进门，她就看不顺眼了，心说吃饭又不是相亲，何必一个个打扮得花枝招展，跟狐狸精似的？这会儿，见她们在老公面前搔首弄姿的，黄太太赶紧板起脸说："我家老黄很忙，你们不要推来推去的，小心闪了细腰。叫你们点，你们只管'老老实实'地点就是了！别在乎价钱，关键是菜要'干净'！"

黄太太把"老老实实"和"干净"两个词的字音咬得特别重。美女们不约而同"老实"了，立刻正襟危坐；只是"干净"的含义，一时都还有些吃不准。

黄老板微微一笑，道："别客气嘛，这样吧，你们三人按年龄，从大到小，依次点吧！"

小唐年龄最大，只好仓促上阵。她脑瓜一转，就拿定主意：黄老板爱吃鸡，就点鸡吧。但是据说一般的鸡，肉里有激素什么的，可能不符合黄太太说的"干净"的标准，但是野鸡应该不存在这个问题吧？她一扫菜单，干脆地点了这店里的招牌菜——"野鸡迎客"。

黄老板是这里的常客，吃过这道菜，笑眯眯地点头说："好！这道菜我最喜欢！野鸡就是野鸡，味道就是不一样！"

小唐一听，得意极了，可黄太太却毛了，狠狠瞪了老公一眼，恶狠狠地说："哼！'野鸡'好什么？我一听就恶心！现在的男人咋就这么贱啊，老是想着些不干净的东西，小心吃出病来！"说着瞥了小唐一眼。"野鸡不就长着几根招眼的长毛吗？扯下来，还不如土鸡呢！还是换土鸡吧，干净！"

小唐长得性感，又正好长发披肩，颜色挑染得很花哨，她听出了黄太太的弦外之音，脸刷地红了。

黄老板一阵尴尬，赶紧转移话题"土鸡就土鸡吧。小田，你继续！"

小田的心突突直跳，紧张万分。这黄太太也太敏感了！荤菜那方面她是不敢再想了，风险太大，比如点

"鸭"什么的，搞不好又会触动黄太太的神经，让自己下不了台。干脆换个角度点素菜，听同事说，黄老板酷爱这里的一道特色菜"老汉馒头"，菜名既朴实又"干净"，就点这道菜！

"菜名可以，"黄太太认可道，"不过，这道菜我还没吃过，不晓得咋样？"

"挺好，挺好的！其实就是白面大馍！"黄老板见太太情绪正常，松了口气，赶紧卖力地比划起来，"块头这么大，白白软软的，可热乎了！这道菜最特别的地方，是它的馍馅！馍馅里装着特制的奶酪，吸一口，味道那个香甜啊！再吸一口，那真是……"

黄太太再也听不下去了，气得脸都白了："你个老流氓，'吸'你个头！要是再吸下去，你怕要返老还童了！什么'老汉馒头'，我看应该叫'老不正经'！整天惦记着吃这玩意，不花心才怪！换！换薄皮煎饼！"

小田羞得恨不得找个地缝钻进去，她心里那个悔啊。这黄太太的想象力真是太可怕了，居然由这道菜，联想到了女人胸部！

不过也难怪黄太太多心，她自己胸前是一马平川，而那小田又恰好丰满有致，黄太太想这两人不是成心耻笑我吗？

黄老板没想到点菜点出了这么大

的麻烦，脸上火辣辣的，忍气吞声地打圆场："好，好，这里的煎饼也很不错！小张，最后该，该你了。"

小张浑身一哆嗦，结结巴巴地说："我也不看菜谱了，随便点一道吧。就点第六页第六道，六六大顺，图个吉利。"小张最小，也最机灵，她盘算着：即使倒霉碰上什么不"干净"的菜，黄太太也不该怪我吧？

黄老板翻开菜谱那一页一看，

呵，原来是清蒸小杂鱼！他想，老婆一向喜欢吃鱼，菜名也很"安全"，便长长地吁了口气，蹦到嗓子眼里的心总算回到了肚子里。

黄老板哈哈大笑，讨好地向太太夸赞说："真是无心插柳柳成阴啊，这小张的运气还真不错！要说这道清蒸小杂鱼，那可是酒店里的'一绝'哩！绝对地道的野生小杂鱼，鲜美可口极了！"黄老板叫来服务生，特意叮嘱道："告诉你们老板，这小杂鱼我不要大的，给我挑小的，我喜欢小的，越小越好，越小才越有味道！"

话音没落，只见膀大腰圆的黄太太"噌"地站起来，拍了一下桌子，左手叉腰，伸出右手，像握着一把手枪，点着黄老板的鼻子吼道："好个屁！姓黄的，你那点花花肠子，老娘一清二楚！小杂鱼，不就是'小'吗，不就是年轻一点吗？还'越小越好'呢！嫌弃老娘老了，想老牛吃嫩草了啊？呸呸呸！瞧你姓黄的什么德性！真是狗嘴里吐不出象牙，喜欢的菜，道道都这么'黄'！成心想气死老娘，好换小的啊？做你的白日梦！你要是再敢动歪心思，看老娘我一枪不崩了你！"

黄太太的"枪"还没响，黄老板身子晃了晃，像中了弹一样，"扑通"倒在了餐桌底下。

咳，黄老板的高血压病犯了！

（题图、插图：谭海彦）

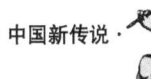

窗外有阳光

□ 吴相阳

窗外的响声

这几年，李二在鞋厂做工挣了些钱，终于说成了一个媳妇，名叫桂玲。李二让桂玲见过年高体弱的老爹，就请邻居田七帮忙，和了泥，刷了墙，把迎着日头的东面正屋收拾了一番，做了新房，和媳妇欢欢喜喜地住了进去。

夫妻两人在新房没温存几天，李二就被老板急着叫回去，赶一茬活。李二走之前嘱咐媳妇先在新屋里住下

来，把有些痴呆的老爹照管着，等他在城里挣够钱，就把她和老爹接出去。说起来，李二对他爹还算不错，前两年自己进城打工脱不了身，就托付邻居田七帮着照看，现在媳妇进门，李二就让媳妇来照管老爹。

可蹊跷的是，这李二下晌刚走，到了晚上，桂玲正要上床睡觉，就听到窗外响起了"噗嗒噗嗒"的声音。声音先是很远，若有若无，后来就在窗根下，震得窗户玻璃"哗哗"直响。桂玲一个人在偌大的新房里，吓得心儿怦怦乱跳。这几年，山里林子大了，灰狼棕熊之类的时常出没，会不会是野兽冷不丁撞下山来？桂玲蜷缩在被窝里，大气都不敢出，过了好半天，那声音才消失，桂玲缓过一口气来，连

衣服都没敢脱，就在床角蜷了一夜。

桂玲原以为这只是山里的野兽偶尔下山觅食，撞到了她家的墙角发出的声音，谁知一连几天晚上，窗外都传来"噗嗒噗嗒"的响动，而且桂玲听出来了，这声响并不是野兽发出的，而是有人在窗外走动。谁会深更半夜在一个新婚女人的房外这样走动呢？桂玲终于忍不住让人给李二捎个信，让他赶紧回家一趟。

恰巧李二要赶的活，干得差不

多了，他就向老板请了假，心急火燎地赶回了家。桂玲一见丈夫，便钻进他的怀里把这几个晚上的遭遇说了出来。李二火冒三丈地说："哪个王八羔子吃了豹子胆，抓住他，看我不打折他的肋骨——"

李二说完话，就到新房的窗下勘察现场去了，窗下的泥土上果然是凌乱的脚印。李二一眼就看出这其中的蹊跷"这家伙穿的鞋很少见，这鞋印不是胶鞋布鞋，也不是皮鞋运动鞋留下的，这人倒挺贼。不过，兔子斗不过野猫，只要他今晚来，我就一定抓他个现行。"

奇怪的靴子

这一晚，李二就匍匐在新房的窗下，可一直等到鸡叫三遍，也没听到窗外那"噗嗒噗嗒"的脚步声。李二拍拍发昏的脑门，忽然明白过来：自己回家肯定已被那个家伙看见了，他还能往枪口上撞？看来得和那家伙玩个心眼儿。李二看看窗外黑乎乎的树影子，有了主意。

趁着天色未明，他取出过去狩猎用的"绊马索"，放在窗外的地上，用土和杂草掩盖好。又唤醒桂玲，告诉她要确保今晚"狩猎"成功，还必须让村里人知道他又进城了，所以等天色大亮，自己还要再出门一趟。可桂玲却犹豫了，说："要是抓不着就算了，要不，咱换个房，以后别在这房里呆？"

李二摇摇头，"不查出那小子的贼心贼胆，没个了结，终归不是个事儿。"

终于等到天色大亮，李二拿起包，就往外走。刚打开门，就见邻居田七正抽着烟蹲在大门口。

田七老实木讷，是个实在人，两家成了邻居后，一直相互帮衬。李二见他守在门口，忙问："田七老哥，你守在大门口，有啥事吗？"

"听说你回来了，就等在这，不过，也没啥大、大事……就是你爹……"

"我爹？我爹怎么了？"

"没啥，我，我就想要是弟媳照顾不过来，就把大叔接到我家住，我家也还宽敞……"

"田七哥，你的心意我领了。当初我要进城做工，没法把老爹带在身边，就托付你老哥费心照管，我心里一直感激不尽呢。可现在，娶了媳妇，还要把老爹丢你那，这传出去就不好了！"见田七点着头，李二又说："田七哥，你要没啥事了，我还急着进城做事……"说罢就走出了大门。田七望着李二的身影，犹豫了一会儿，也转身去了村头。

不用说，李二在村子晃了一圈，又从山林的小路悄悄返回来了。

终于等到了午夜，这时候，只听见黑漆漆的窗外又响起"噗嗒噗嗒"

的声音，李二听得身上起了一层鸡皮疙瘩，他做好准备，单等脚步声临近，好让窗外的机关发挥作用，来个"圈中捉羊"。

不一会儿，那"噗嗒"声越来越响，李二感到是时候了，他把从墙洞穿进来的绊马索的线头机关一按，只听"扑通"一声，那人应声倒地。

"终于逮到你了！"李二让桂玲打开灯，自己抄起一根木棍，冲了出去。可等他来到窗下，却见那个黑影早已向西边窜出老远。李二追也不是，不追也不是，顿时来火了：这绊马索捕获野兽向来一捕一个准，今儿个怎么失灵了呀？李二借着屋里的灯光，想看看是不是绊马索出了问题，走近一看，只见绳圈上套着一只长筒鞋子，看来是那家伙手脚麻利，来了个金蝉脱壳。

李二弯下腰，取出那鞋仔细一看，竟是一只长筒破水靴，这样的靴子可是稀罕货，它多是乡下和泥用的，现在市面上早就没的卖了。

看着看着，李二心里一惊：这只破靴子不就是田七的吗？他那天帮忙和泥装饰新房时还穿过呢！像这样分量沉沉的和泥靴，全村就田七的那一双。李二连忙将靴子底套在原来留在窗下的脚印上，果真一丝不差。李二心中的火噌地冒了起来：田七呀田七，亏我平时还喊你声大哥，把你当兄弟，想不到你竟会这样不安分，你

夜里穿上那和泥靴，故意制造"恐怖"，是不是妒忌我，想吓死我老婆啊？

李二再也忍耐不住了，他拿起那只破水靴，气冲冲往田七家赶，媳妇桂玲也看出了眉目，她担心丈夫惹出什么事来，也一路跟了过去。

揪心的呻吟

田七家就在李二家的西头，李二

直奔过去，见田七家木门紧闭，火气更旺，用手中的破鞋敲打着大门，高声喊着："田七，你没了老婆，就想别人也没老婆啊？你给我滚出来！"

正喊着，就见大门"吱呀"一声开了，开门的是田七的儿子小六，小六说："李二叔，你这是喊啥呀？这么大的声音，深更半夜听着怪吓人的，进屋来说吧。"

李二向来喜欢这个爱读书又聪明的小六，便压着火和桂玲一起进了小六的睡房。快到房门口，李二低声说："小六，你回房好好休息吧，明天还要早起上学。你把你爹叫过来，李二叔有要紧事问他。"

"我爹他没在家，有啥话对我说也行，你看，我都成大人了。"

"没在家？小六，你可不能骗你李二叔，我今天明明还碰到他呢。"

"他真没在家。他留下话说去城里买药了，可到现在都没回来，我还在担心呢，睡不着，就继续做点练习。"小六说着，指了指桌上的一摞书本。

李二扬扬手中的破水靴，说"小六，你仔细看，这是不是你爹的那双和泥靴？它怎么深更半夜会跑到我家窗下？你别瞒着你李二叔，你爹今天在家里——"

李二正要说什么，就隐隐听到"咳吃"的叫唤声，他一个激灵：一定是刚才田七匆忙逃跑的时候，扭伤了身子骨，这时候实在忍不住痛，叫出声来。他对小六说："嗨，你爹都叫出声来了，不信你听？"

这时候，房子静了下来，"咳吹"声也更清楚了，可李二脸却刷地红了，原来这声音是从窗外传进来的，方向正是他老爹住的那间屋，那呻吟声断断续续，在夜里听着格外惊心。

直到这时小六才开口说："李二叔，这下你该明白了吧，这是李爷爷的声音。李爷爷住的这小屋在西头，晒不到太阳，又矮又潮湿。一到晚上，潮气上来，他的关节疼，就忍不住叫唤出来，我住这靠东头的房子，窗户对窗户，晚上学习时就听得清清楚楚——"

李二一怔，低下了头，原来老爹以前是住在东头的正屋里的，那屋亮堂，太阳光时常照射进来，老爹不用出屋，就能晒到太阳，可是为了收拾他和媳妇的新房，李二就把爹安置到那西头的小屋。两间屋隔得远，老爹夜晚的呻吟声他们自然听不见。桂玲站在旁边，也感到脸上有些烫。

小六弹弹身上的泥土，说："你们一定是追查这些天谁在你们的窗外捣蛋的吧，其实就是我。一人做事一人当，我爹不知道，和他没有一点关系。"

李二吃惊地问："你小小年纪，为啥要这样做？给我当面说不行吗？"

"爹说，你结了婚，心窍都快迷住了，说了咋能听进心？"小六指指窗外，对李二说："你听，老爷爷的呻吟声不当面听，能揪心吗？我爹今天就是进城给老爷爷买药去了。"李二听着，不禁心头一颤。

小六越说声越高："老爷爷向来对我好，我就是不想让他在这小屋里遭罪，不想看到你们霸占了他原来的房子。我知道我爹老实，不会说你们。但我咽不下气，所以我就穿上了爹的大水靴。这靴子分量足，动静大，让你媳妇也听听这揪心的声响……我知道，她是你的心头肉，不用点特别的法子，你们东头的房子是腾不出来的……"

李二听到这里，手中的破水靴"啪"地掉在地上，他牵过桂玲有些发凉的手，急忙向屋外走去，夜里天凉的时候，他还真的没去西头的小屋看过爹，这次他要好好去看看爹，明天再请田七兄弟帮着把宽敞的新房分成两间，让爹也住进去，晒晒窗外射进来的阳光……

（题图、插图：魏忠善）

《故事会》绿版编辑部各编辑邮箱：
夏一鸣 gshxym@163.com
邢　悦 simyyue@126.com
王雅静 wyjing833@sohu.com
朱　虹 zhong98305@sina.com

血胭脂

□ 亦无伤

传说有一种胭脂，是用已故者的血液制成，谁涂了这种胭脂，就会变成死者生前的模样……

血色胭脂

凤凰山脚下的小镇里有个吴员外，他有个极漂亮的女儿叫秀儿。

这天早上，秀儿出了门，来到街口，就看到一个脸上有疤的老太太，正叫卖针线之类的杂物。秀儿在老太太那儿买了一些针线，正要走，却见那老太太拿出一瓶胭脂，怜爱地说："姑娘，试试这胭脂吧，你搽上肯定更漂亮的。"秀儿经不住老太太的劝说，便将那瓶胭脂也买了。

秀儿一回家，便欢欢喜喜地将胭脂涂上了，照照镜子确实好看。哪知第二天早上起来，她却觉得脸上发烫，对着镜子一看，只见脸上出现了一大块青斑，秀儿吓得一声惊叫。

吴员外看到女儿脸上的青斑，也吃了一惊，他让女儿好好想想是吃了什么，还是碰了什么不干净的东西。秀儿这才想到自己是擦了老太太卖的胭脂才变成这样的。吴员外赶忙派人去街口寻那疤脸老太太，可哪里找得到。

秀儿见没有找来人，不禁一阵绝望，哭着说："这个样子还不如死了算了！"说着捂着脸跑回房中，将门一关，任谁叫也不开门。吴员外好不着

急，生怕女儿出事，忙命人将宝山叫来。

宝山是秀儿的未婚夫，两人青梅竹马，情投意合，吴员外已经准备给两人定亲，哪想这会儿出了这样的事情。

宝山一来，忙拍门喊道："秀儿，开门，我是宝山！"

只听屋里，秀儿哭着说道"我不要见你，我这么丑，你不会要我了！"宝山急得大叫："不管你变得多丑，我都不会不要你的！老天作证，如果我宝山变心，就天打五雷轰——"宝山还要发毒誓，却听门"吱呀"一声打开了，秀儿红肿着眼睛，一头扑进宝山的怀里，哭着说："以后我还怎么见人啊！"说着又"呜呜"哭了起来。

吴员外见女儿出来了，一颗心也放回肚里，他请来了镇里所有的郎中，可都说看不好这怪病。

不过三天，秀儿就几乎变成了另一个人——两边的脸颊已成青黑色，原本光洁的皮肤也变得凹凸不平。

到了第四天，吴家来了一个人，这人黑纱蒙面，声称自己能治好吴家小姐的病，吴员外带着那人来到秀儿的闺房。见到秀儿，那人才揭开面纱，秀儿一看大惊："你不就是那个卖胭脂的老太太吗？"

吴员外好不愤怒，质问那老太太为何要害秀儿。

那老太太却笑着说："我不是害她，是救她呢。如果秀儿不变成这样，你们吴家会大祸临头。"

"大祸临头？"

老太太点点头，说："我就在你家里住着，如果十天之后，秀儿安然无恙，我会让秀儿恢复容貌。"吴员外虽有些不信，但也没有办法，只得先让老太太住着。

哪知第二日午后，就听庄子外一阵喧哗，一伙人敲锣打鼓地来到吴家门前。只见十几条大汉背着明晃晃的大刀，抬着一顶花轿，大叫道："我们大王听说你家秀儿美如天仙，想娶她去做压寨夫人，如果答应的话，就收了聘礼上轿；如不答应，就杀光你们全家。"

吴员外一见这伙人，不禁出了一身冷汗。他知道最近凤凰山上出了一伙强盗，领头的是一个外号叫李如虎的人，这些人就是李如虎的手下。

这时，吴家上下已慌作一团，宝山想出去拼命，吴员外拉住他说："让他们看看秀儿现在的模样，也许这些人就会走了。"

老太太摇摇头，说："他们不会相信，今天不带走人，他们不会放过大家的。放心吧，你们把秀儿交给我，我跟着她上山，我有办法再把她好好地带回来。"

这时，老太太拉过宝山问："你愿救秀儿吗？"宝山红着眼点点头："只

· 意料之外 情理之中 ·

要能救秀儿，让我死都愿意！"老太太就将他拉到内室去，两人说了一阵，然后出来叫大家开门迎客。

这伙强盗早等得不耐烦了，将聘礼和新娘的喜服放下，便嚷嚷着说："莫耽误时间，让新娘快些准备！"

老太太给秀儿穿上新衣，又用红巾蒙了头，这才扶她上了轿。强盗们抬起人要走，老太太说"我是新娘的奶娘，一定得在身旁才行。"强盗看她只不过是一个老太婆，就答应了。

血债血还

来到山上，这里已是一派喜庆的景象。李如虎见人已带来，就高兴地宣布拜堂成亲。不多时，酒宴也开始了。

秀儿被人引进了新房，老太太寸步不离地在她身旁，劝慰她不要害怕，并嘱咐她不待李如虎掀头巾，万不可让他看到自己的脸。

天色暗了下来，外面的人都已喝得东歪西倒。只听"咣"的一声门响，李如虎带着一身酒气进了新房，他冲老太太摆摆手说："现在没你的事了，你出去吧！"

却在这时，就听"啪"地一声，房梁上窜下一条黑影。那人手里拿着一把刀，对着李如虎的脑袋就砍了下去。

这李如虎却不慌不忙，左手一挡，右脚一踢，将那黑衣人连人带刀踢了出去。李如虎怒吼一声："你是谁？"

只听那人大喝一声："谁抢了我的秀儿，我就跟他拼命！"说着又冲了上来。

秀儿闻声，掀起头巾一角，看是宝山，不由惊得叫出声来，她知道宝山没有武艺，竟然敢潜到这土匪窝来。老太太也没想到宝山会进来，急忙喊道："你不是他的对手，快走！"但宝山哪里肯听，又冲向李如虎。

李如虎哈哈一笑，右掌一拍，正

拍在宝山的胸口，宝山顿时口吐鲜血。

李如虎一阵得意："今天谁碍着我的好事，我就让他死！"说罢又举起手掌。

秀儿躲在床幔后，将这一切看得清清楚楚，她大声喊道："你杀了他，我就自尽，你什么也得不到！"李如虎一听，突然收回手，闪身让过宝山的拳头，反手在他后脑一拍，宝山的身子就倒了下去。

李如虎笑道："新娘子的第一句话，我不会不听的。好！我不杀他，如果你肯好好服侍我，明天就放他下山去。"说罢就将秀儿从床幔后拉出。秀儿吓得直往后退，李如虎大笑道："从今天起，你就是这山上的压寨夫人了，难道还羞于见大王吗？"说着，将秀儿头上的红巾一把扯去。

头巾落下，李如虎面色大变，惊慌地退后两步，失声叫道："你，你没死？"与此同时，老太太抽出一把尖刀，对着李如虎的胸膛扎了过去。李如虎惊叫一声，身上的鲜血喷了出来，跌坐在地上，指着老太太惊声问："你，你到底是谁？"

老太太怒声道："我是向你索命的人！"

李如虎定睛一看，似乎想起了什么，他指着秀儿惊恐地说："她怎么会坐在这儿，我明明是杀了她的。今天我娶的是秀儿！"

"不错，她就是秀儿！"

原来，这老太太的女儿当初就是被李如虎抢了去，哪知被抢后不久就害了病，面容被毁。李如虎觉得不吉利，竟将她女儿杀了。老太太为了替女儿报仇，便毁了容四处学艺，几年后，她得到了一种神秘胭脂的配方，就是用死者的血配制胭脂，涂到活人的脸上，不久活人就会变成死者生前的模样。好在老太太保存着女儿的血衣，用上面的血制成了血胭脂。她打听到李如虎要抢吴家的秀儿，这才将血胭脂卖给了秀儿。她跟着秀儿上山，就是要接近李如虎，找机会下手……

李如虎捂着伤口，挣扎着问："你从哪学来这么邪门的方法？"老太太道："只要能杀了你，就算是再邪门的方法我也一定学得到的！"说罢，抓起一把椅子就向李如虎头上砸去，只听"啪"地一声响，李如虎的脑袋便出现了一个血窟窿。

老太太放下凳子，走上前，正要去探李如虎的鼻息，却听李如虎叫道："就算我死，也要杀我的人一起死！"说着突然拔出插在胸前的刀刺在老太太的身上。

李如虎死了，老太太也跌倒在地，她指着秀儿的脸，只说了一句："你的脸——"就断了气。

秀儿哪见过这样的场面，她惊叫一声，便昏了过去。

爱人血泪

等秀儿醒来时，她已经躺在家里了。原来，老太太在出门前，就让宝山拿着迷药偷偷上山，趁乱将迷药放在酒坛中，迷倒那些强盗。又交代吴员外，等天黑后带人上山擒拿强盗。可是宝山救人心切，竟偷偷进入洞房，想要与李如虎拼死一搏。

众人上山时，只见强盗都迷迷糊糊倒了一地。大家将这伙强盗全绑了起来交到官府，也把昏迷的秀儿和宝山送回家中。

可是老太太死了，谁也无法给秀儿恢复容貌了。秀儿睁眼望着大家，不吃不喝，也不言语，只是定定地躺在床上。宝山怕她想不通，就一整夜都守在门前。第二天一大早，宝山醒来就发现门大敞着，看屋里已没了秀儿的踪影，宝山稍一考虑，便跑上了他和秀儿常去的那个小树林。

果然，刚来到树林中，宝山就看到有个人在树上挂绳子，欲寻短见，走近一看，正是秀儿。宝山急忙冲过去，将她抱下。秀儿见是宝山，哭着说："我变得这么丑，再也不是从前的秀儿了，你还是让我死吧！"宝山紧紧地抱着她，说："不，我不会让你死的，不管你变成什么样子，我都爱你，好好待你一辈子。"说着，一串泪水不觉滴落在秀儿的脸上。

秀儿突然感到脸上有一种清凉的感觉，这么多天，她一直都觉得双颊热得发烫，从没感到如此清凉。她不由又抱紧了宝山，让他的泪淋湿了脸庞……

秀儿跟着宝山回了家，第二天，她就发现脸上的青斑变淡了，皮肤也平滑起来，不久，她竟奇迹般地恢复了原来的模样。

人人都说秀儿福大命大，所以毒自然消除了，只有秀儿知道是爱人的泪救了她。

（题图、插图：刘斌昆）

母亲的珠宝

这天早晨，哥哥和弟弟正在玩耍，母亲康妮过来告诉他们，下午将有一个贵妇人来家里做客，并会展示她漂亮的珠宝。

兄弟俩听了很兴奋，都想看看那些漂亮的珠宝是什么样子。

下午，那个贵妇人来了，只见她浑身都是美丽的珠宝，看起来高贵极了。

弟弟感叹地对哥哥说："她是我见过的最漂亮的人。"

哥哥点点头说："我也有这种感觉！"

兄弟俩羡慕地看着客人，又看看自己的母亲——他们的母亲只穿了一件朴素的外套，身上没有任何贵重的饰品。

那贵妇人说："再让你们看看我其他的珠宝吧！"说着，她又打开一个盒子，只见里面放着各种各样的宝石：红的、蓝的、绿的……这些宝石在阳光下闪着耀眼的光芒，美丽极了。

兄弟俩目不转睛地看着，喃喃地说："要是我们的母亲也能够有这些东西该多好啊！"

贵妇人炫耀完自己的珠宝之后，自满而又怜悯地说："告诉我，康妮，你真的这么穷吗？什么珠宝都没有吗？"

康妮坦然笑道："不，我当然有珠宝，而且我的珠宝比你这些更贵重。"说着她把两个男孩拉到自己的怀里，微笑着说："他们就是我的珠宝，难道他们不比你的珠宝更贵重吗？"

这两个男孩——特贝瑞斯和卡尔斯，后来成为罗马伟大的政治家，他们永远不会忘记当时母亲脸上骄傲的表情以及深深的爱意。

（**作者**：雅 琴；**推荐者**：袁 强）

不赶时间

有一个老太太打算去纽约旅游，航空公司的服务人员在电话中向她说明了票价和时间。

"你说不到3小时就可以到纽约吗？"老太太问。

"是的，只要2小时45分钟。"

老太太想了想，说："那我还是搭火车吧，还可以看看路上的风景。"

"但是坐飞机可以节省很多时间。"服务员说。

老太太笑着回答："是啊，我像你

这么大的时候就开始节省时间，现在我要好好利用一下了。"

年轻时，你会觉得一天很短，一年很长；但到了老年，你就会觉得一年很短而一天很长。

有些时候多花费一些时间反而是珍惜时间，因为在这些过程中，我们得以从容体会美好的事物和放松的心情，并且享受生活中出乎意料的际遇。

（推荐者：韩正东）

他家生活非常拮据，父亲常年在外打工，母亲是个清洁工，工资微薄，每月很少能有节余。

10岁生日那天，他担心母亲会因为没有能力为孩子过一个美好的生日，而感到伤心和愧疚，于是，他故意很晚才回家。原以为母亲已经睡下，没想到母亲一直在等他。

母亲先给他煮了一碗香喷喷的长寿面，看他热乎乎地吃完，才拿出送给他的生日礼物，一本《安徒生童话》。

要知道这是他一直渴望得到的一本书啊，每天他都会趁人少的时候跑到书店悄悄看一会儿。母亲怎么知道他想要这本书呢？

他兴奋地接过书，母亲却带着歉

母爱没有盗版

意说:"这是我卖废品的时候,从废品站换的,但是这是盗版书,不过不碍事,里面的内容和正版书上都是一样的。等以后有钱了,妈妈再给你买一本正版书。"

晚上,他躺在床上,翻看着那本盗版书。看着看着,他的呼吸急促起来,泪水止不住涌出眼眶。这是什么样的书啊:书中的每一个错字,都被母亲抹去,然后一笔一画地改过来,书中的每一处缺漏,都被母亲一点一点补全。

捧着书,他明白了什么叫"母爱"。

(推荐者:叶 柄)

原来可以这样看

一次,艾嘉去看演出,旁边坐着一个老人,老人是盲人。盲人也能看演出?艾嘉正在疑惑,那老人"看"了艾嘉一眼,说:"姑娘,你能给我讲讲舞台上的东西吗?"艾嘉点头说:"好的。"

音乐响起来了,老人说"这音乐真好听,乐师是什么样的?"艾嘉一看,乐师在舞台一侧,而她此前一直没有注意到。艾嘉说:"乐师一共有五个人,三个年轻人,一个中年人,一个老年人。他们盘腿坐在那里,穿着宽松的白衬衫黑裤子,扎着鲜红的腰

带。有一个人在敲打小鼓,另一个人在弹一个木制的弦乐器,其余三个人在拉奏一种像大提琴一样的奇怪乐器。"

老人笑了,问:"这些奇怪乐器是用什么做的?"艾嘉细看了一下说:"木头……不过,球形的共鸣箱是用整个椰子壳做的。"艾嘉说到这不禁一愣,心里也不禁对这种乐器感到好奇:我怎么一直没有注意呢?

就这样,在整个表演期间,艾嘉一边看,一边为老人描述所看到的场景,艾嘉描述得越多,发现的东西也越多:从舞台设计到布景的颜色,从舞蹈演员们飘扬的黑发,到乐师演奏时全神贯注的表情和动作,就连报幕员那嘴角的浅笑她也注意到了。

演出结束了,老人起身,握着艾嘉的手说:"你让我看到了一场真正的演出,谢谢你。"

老人走了,艾嘉的心却久不能平静,其实想说谢谢的人是她——是老人帮助她看到了以前不曾看见的美好事物。

(作者:乔 叶;推荐者:吴国志)
(本栏插图:安玉民)

学写作文,可以从读故事开始

看谁更像

海明威

□ 曲育乐

"我是海明威！"

卡梅隆是个公司小职员，薪水只够维持基本开销，而他最大的梦想就是能过上有钱人的生活。这天，他看到一则新闻：第十九届"海明威模仿大赛"，将在佛罗里达州举行。与往年不同，今年是海明威诞辰一百周年，所以获胜者的奖金高达一百万美元。卡梅隆看得眼睛都直了，一百万啊，有了这一百万，不就能过上自己梦想的生活了？

卡梅隆兴奋地找来海明威的相片，乍一看自己和海明威还真有几分相像，可要想获胜，现在这样肯定还不行。想到那百万奖金，卡梅隆决定去整容！

卡梅隆拿出了自己所有积蓄，走入整容医院。数日后，当他揭去纱布，看着镜子中自己的脸时，他不由兴奋起来："我就是海明威！"

一切准备就绪，卡梅隆出发了。不出他所料，这次来参赛的选手特别多，几轮筛选过后，大部分参赛者被淘汰，只有为数不多的几个人留了下来，卡梅隆就是其中之一。他将剩下的选手打量了一遍，心中不免有些得意：这些人虽然长得有几分"海明威"像，可都不是自己的对手。然而，当他的目光扫过最后一名选手时，心中不由"咯噔"了一下：这人长得太像海明威了，不仅形似，而且神似！

46

毫无疑问，这人将是自己夺冠路上的拦路虎。卡梅隆想：为了参加这次比赛，自己花光了所有的积蓄，要是被这人拔了头筹，先前所有的努力就全打水漂了。不行，一定要赢！

卡梅隆打听到，这人名叫比尔，是个自由职业者。走出比赛现场，他就开始接近对方。不过半天，两人就成了无话不说的好朋友。决赛前的这天晚上，卡梅隆约比尔去喝酒。比尔正闷得发慌，便欣然前往。

两人来到一家偏僻的小酒吧，要了啤酒，对饮起来。卡梅隆心不在焉和比尔交谈着，心里却焦急万分。连干几杯之后，比尔终于有了反应，小声对卡梅隆说道："我到洗手间方便一下！"说着，站起身来，急匆匆朝洗手间走去。

卡梅隆长出一口气，机会终于来了！他四下打量一番，见没有人注意，便麻利地从口袋中拿出一包白色粉末，倒进比尔的酒杯，用手指搅动了几下，白色粉末很快溶入酒中。卡梅隆自言自语道："你就好好睡几天吧。"

几分钟过后，比尔回来了。只见他盯着吧台旁一个金发女郎，咂咂嘴说："喝酒怎么能没有女人陪？怎么样，有没有胆量和我一起过去，请她喝一杯？"卡梅隆一瞪眼"这有什么不敢的！"于是，两人站起身来，端着酒杯朝金发女郎走去。

哪知还未靠近，一个龇着金牙的壮汉就站到了女郎的身旁，冲他们挥了挥拳头，女郎看了他们一眼，也轻蔑地笑了起来。两人见状，好不尴尬，只得又回到原位。卡梅隆举起酒杯，笑着说："没关系，我们自己喝也一样！"说着，便和比尔碰杯，他一边喝，一边看着比尔也灌下了杯中的啤酒……

一切就像卡梅隆计划的那样，比尔不久就趴在桌子上呼呼大睡起来。卡梅隆付过账后，便扶起比尔，跌跌撞撞地出了酒吧，开车将他拉到一个废弃的工厂。

卡梅隆把比尔扔在厂房的地上，又顺手搜走了他身上的财物，包括手指上那个超大号的金戒指，然后找来一张破毯子，盖在他身上，喘着粗气说道："哥们儿，对不住了，你在这里多睡几天，等我拿了冠军，得到了那一百万，再来好好感谢你！"说完，头也不回地走出厂房，消失在茫茫夜色之中。

第二天一大早，卡梅隆一起床，就听到有人在议论，有家工厂发生了火灾。他一看报纸，不由惊出了一身冷汗：发生火灾的那家工厂，就是他藏比尔的地方！照片中，浓烟遮天蔽日，工厂早已化为了一片废墟。

卡梅隆拍着脑袋一想，昨天晚上，他曾在工厂里抽过烟，难道是他无意中丢的烟头，引发了这场大火？

这样说来，比尔是必死无疑了：当时，他正在昏睡，身上还盖着厚厚的毛毯！卡梅隆不觉一阵惊恐，可是，很快他就冷静下来：他送比尔去工厂时，并没有人看见，现在比尔早就烧成了灰，警察根本不会怀疑到他头上。想到这里，他的心里又释然了。

"抓的就是你！"

决赛在"邋遢乔"酒吧举行，经过比试相貌，朗诵海明威的作品，才艺展示等几个环节，卡梅隆最终以压倒性的优势胜出。

站在高高的领奖台上，卡梅隆举起了金灿灿的奖杯，脸上写满了得意。正在这个当口，一帮警察突然出现在颁奖现场，不由分说，将卡梅隆铐了起来，带到警局。

卡梅隆做梦也没想到，警察会这么快找到自己！他装出一脸的无辜，质问道："你们凭什么抓我？我犯了什么法？"为首的警察正色道："卡梅隆先生，还记得半年前的那起珠宝盗窃案吗？""盗窃案？"卡梅隆被问得一头雾水，不停地摇头。

警察瞪了他一眼，继续说道："好吧，那就让我提醒你一下……"

原来，半年前，佛罗里达州的一家珠宝店，发生了盗窃案，店内的珠宝被洗劫一空。警察找来了当晚的录像带，画面上果然出现了那个小偷，只是他身穿黑衣，面罩黑纱，根本无法看清他的脸。有意思的是，就在小偷往麻袋里装珠宝时，他脸上的黑纱突然脱落。虽然他很快又将黑纱蒙上，但警察还是看清了他的脸：这人长得酷似文坛巨匠——海明威！

可是，长得像海明威的人成千上万，大海捞针式的抓捕，谈何容易！后来，有人建议道，可以与有关部门协商，让他们增加今年"海明威模仿大赛"的奖金，从而吸引更多的人前来参

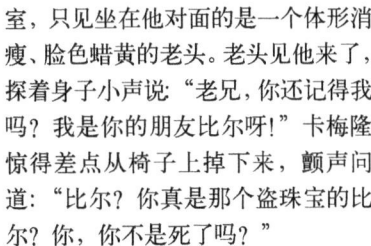

赛。到时候警方秘密介入，暗地排查，说不定就可以抓住罪犯。见别无他法，警方只得同意了这个抓捕方案。

比赛这几天，警方一直在暗地做工作，却一无所获。可就在刚才，就在卡梅隆举起冠军奖杯的时候，他们惊喜地发现：卡梅隆手指上戴的那个金戒指，就是珠宝店的失窃物！

听警察讲到这里，卡梅隆已是冷汗淋漓。他做梦也没想到，自己机关算尽，想要从比尔手中抢走冠军，到头来却引火烧身，成了一只可怜的替罪羊！卡梅隆想向警察说明真相，可冷静下来一想，现在比尔已死，如果警察相信他是无意中引发了大火，那也是个过失杀人罪；如果警察不相信他的话，那就是谋杀呀！

与谋杀相比，盗窃罪显然要轻一些！主意拿定，卡梅隆就像一只泄了气的皮球，承认道："珠宝盗窃案是我做的……"

"我要谢谢你！"

卡梅隆当然不知道失窃珠宝的下落，自然被法官从重处罚。时光荏苒，转眼卡梅隆在监狱里已呆了好多年。糟糕的环境，非人的待遇，让他受尽折磨。

这天，卡梅隆正在昏暗的牢房内发呆，狱警突然走过来对他说，有人前来探望他。卡梅隆很奇怪：入狱之后，他已是众叛亲离，早和外界断了联系，谁还会来探望自己呢？

卡梅隆疑惑地来到探望室，只见坐在他对面的是一个体形消瘦、脸色蜡黄的老头。老头见他来了，探着身子小声说："老兄，你还记得我吗？我是你的朋友比尔呀！"卡梅隆惊得差点从椅子上掉下来，颤声问道："比尔？你真是那个盗珠宝的比尔？你，你不是死了吗？"

老头叹口气，艰难地说道："没错，我真是比尔，而且还活着！这次来探望你，就是想告诉你一个埋藏心底多年的秘密，也好了却我的一桩心愿……"

原来，当年比尔盗得珠宝之后，很快拿到黑市上交易。没想到，却被另一伙人盯上，不但抢走了珠宝，还差点要了他的命。走投无路之际，他看到了电视上那则"海明威模仿大赛"的广告，就想来试一试。

比尔的警惕性很高，刚到比赛现场，就发现有点不对劲儿，有大批便衣警察在暗地活动。不用说，这些人都是冲着他来的。比尔当即准备离开。可就在这个时候，卡梅隆却出现了！从他的言谈举止中，比尔知道了他的用意。于是，就将计就计，随他来到了酒吧。

那天，比尔并不是想上洗手间，而是想看看，卡梅隆到底要干点什么。果不其然，比尔离开之后，卡梅隆就开始往他的酒杯中放东西。比尔

2007年《中国最有影响力的故事》征文启事

四大奖励措施　稿酬外追加千字1000元奖金

为鼓励多出优秀作品,《故事会》杂志社决定继续举办2007年"最有影响力的故事"征文大赛,并对优秀作品实行四大奖励措施:

1. 入选作品除在杂志上发表外,还将收入《〈故事会〉2007年最有影响力的故事》一书。2. 入选作品可得两笔稿酬:在《故事会》杂志发表的作品,首发稿酬每千字400元;获《故事会》最有影响力的故事"优秀作品奖,再追加每千字1000元。3. 入选作品均颁发奖励证书。4. 本刊将邀请有关作者参加优秀作品改稿会以及年底的颁奖大会,所有费用均由编辑部承担。

征稿范围: 1. 具有现实感、新鲜感且可读性强的中短篇(包括超短篇)原创作品; 2. 故事性强,有口传性,能引起读者兴趣的推荐作品。

超短篇(如幽默故事)的字数一般在1500字以内,短篇(如中国新传说)的字数一般在5000字以内,中篇故事的字数一般在15000字以内。

来稿方法: 1. 从邮局寄发,请在信封上注明"征文大赛"字样,本刊地址:上海市绍兴路74号《故事会》杂志社,邮编:200020。2. 从网上传递,可寄以下信箱:wulun@vip.sohu.net,请在主题上注明"征文大赛"字样。此外,重点作者的稿件可直接与有关责任编辑联系,本期责任编辑的信箱是:wyjing833@sohu.com。

一看那些白色粉末,就知道是安眠药。为了逃过这些药,他鼓动卡梅隆去请金发女郎喝酒。也就是在那个时候,他把自己的酒杯,和吧台上的另一个酒杯调了包。比尔不动声色地喝下那杯酒,然后就开始装睡。

卡梅隆简直不敢相信自己的耳朵:"这么说那把火……"

"哈,那是我故意放的,"比尔得意地说,"我就是想让警察以为我死了。没想到,你却不知死活把我的戒指戴到了比赛现场,再加上你酷似海明威的相貌,所以警察把你当作了

我。可我想不通的是你为什么会认罪?"

"我以为是我杀了你……"卡梅隆脸色苍白地讲,"可是,可是如果这些都是真的,你怎么还敢到这里来探望我?"

比尔狡黠地一笑,说道:"因为我的癌症已到了晚期,医生说,我最多还有半个月的时间。这次来看你,就是想谢谢你,谢谢你为我去坐牢,让我在自由的世界里,又风风光光地多活了几年……"

(题图、插图:佐　夫)

□ 刘自忠

果汁

分你一半

十一月十一日是光棍节，朱大伟没有女朋友，这样的节日自然是属于他的，可郁闷的是他连个光棍哥们都没有，想找人一起喝杯酒都找不到。于是，下了班他一个人简单地吃了顿饭，就慢慢地朝家里走。

路过一条小巷，朱大伟就听得巷子里面人声嘈杂。他想：这里的住户很少，平时不见有什么动静，今天怎么这么热闹。朱大伟一阵奇怪，就循着声音走去。走近一看，才发现声音是从一个酒吧里传来的。

他常常走过这里，没见这里有酒吧，怎么今天就突然冒出来了呢？朱大伟走进酒吧，好奇地望着四周，只见迎面的墙上挂着一块牌匾，写着几个龙飞凤舞的大字"半人间"。朱大伟走到一个角落，要了一杯果汁酒。正要喝呢，就听一个女孩说道："你的果汁酒能分我一半吗？"

朱大伟抬起头来，只见一个漂亮的女孩，端着一杯水，正冲他甜甜地笑着。朱大伟说："可我这种果汁酒，度数很高的。"女孩一笑"我知道，光棍节独自一人跑到酒吧，当然是买醉了。我也是一个人来的，你能不能分给我一半？"看来这女孩还真有趣，朱大伟就笑着说："当然可以。"

女孩说了声"谢谢"，便拿起他的酒杯，与自己的杯子碰在一起，晃了一阵，又还给了他。朱大伟接过自己的杯子，不觉瞪大了双眼，只见杯子

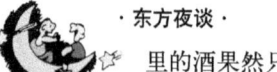

里的酒果然只剩了一半，另一半是水，两种液体不是分上下两层，而是左右各占一边。一半金黄，一半透明。再看姑娘的杯子，也跟自己一样。

女孩不理会他吃惊的眼神，只是一笑："如果在沙漠里只剩下一杯果汁，你会分我一半吗？"说着便将自己杯里的酒一饮而尽，然后放下杯子出了门。朱大伟这才回过神来，还以为是做梦呢，可一看面前的杯子仍是半边是酒半边是水，不禁一阵迷糊。

这时，酒吧里的调酒师正盯着他面前的杯子，一脸的惊奇。朱大伟就问："这女孩是谁？"调酒师摇摇头说："我也不认识，她一进来就要了一杯水。看样子，她调酒的本事比我强多了，改天得跟她学一学。"

朱大伟不知自己是怎么回去的，只知道一闭眼，脑里全是女孩的影子。第二天天色将暗，他就来到这家酒吧里，要了一杯果汁酒，等待女孩再出现。可是他坐了很久，都没有看到女孩，难道她今晚不来了？正猜测着，就听到一个女孩问道："你的果汁酒能分我一半吗？"

朱大伟闻声，抬头一看正是昨天的女孩，立即笑道："请坐下吧，何必分一半呢，我请你喝一杯！"女孩笑了笑，说"可我只想要半杯，行吗？"他立即说："当然可以。"女孩也不客气，到吧台要了一杯水，来到他面前，拿起装果汁酒的杯子又是一阵轻摇，两个杯子都变成一半酒一半水了。

女孩又说了声"谢谢"，将杯里的果汁酒一饮而尽，对他甜甜一笑，放下杯子走了出去。朱大伟只觉得晕乎乎的，等女孩出了门，才想起自己还不知道女孩叫什么，住在哪。可等他追了出去，早已不见了女孩的身影。朱大伟想，看来只好等明晚了。

到了第三天晚上，天上黑云翻滚，风呼呼地刮着。朱大伟下班后仍旧来到了这家酒吧，要了一杯果汁酒，坐在角落里。

大概是风太大了，这晚一个客人都没有，不多时，就听"轰隆"一声惊雷，倾盆大雨落了下来。他估计女孩一定不会再来了，正看着窗外的大雨发呆，就见门旁闪过一个影子，那女孩又走了进来。

女孩来到他面前，笑道"这样的天气，你还到酒吧里来，是不是在等我？"朱大伟不由红了脸，立即低头道："你调酒的手法太神奇了，我想多看一看。"酒吧里的调酒师也拿过一杯水来说："我也想跟你学一学呢。"女孩接过杯子，嘻嘻一笑，又拿起了他的那杯果汁酒。

就在这时，屋外又是"轰隆"一声大响，女孩手一抖，杯子"叭"地掉在地上。接着又是"咔嚓"一声响从屋顶传来，朱大伟抬起头看，却见屋顶裂开了一条大缝。他大吃一惊，抓住女孩的手说："快走，这里危险！"便朝着门的方向冲过去。

可还没等他们冲出去，前面的墙已经塌了下来，接着屋里的灯全都黑了。他拉着女孩想往后闪，就觉得头被什么东西狠狠地砸了一下，然后就什么也不知道了……

不知过了多久，朱大伟渐渐地醒了过来，只觉肚子饿得难受，嗓子像要冒烟似的。再看周围，黑漆漆的一片，四周安静极了，没有一点声响。他动了一动手，感觉在抓着一个人，这

才想起是与女孩一起被困在酒吧里的。他慢慢坐了起来，轻轻摇了摇身边的女孩，女孩没有动弹，只是喉咙里发出微弱的声音"水——水——"

朱大伟小声说"坚持住，会有人来救我们的，马上就有水了。"说罢，他蓄积浑身的力量，费力地大喊一声"救命"，可嘶哑的声音根本传不出多远。朱大伟一阵干咳，许久才缓过劲来。这时女孩又轻喊着"水——水——"

朱大伟握着女孩的手，心想这可怎么办，外面一点声音都没有，看来还没有人发现他们。突然，他想起这是一个酒吧，应该有一些饮料的。这么想着，他忍着疼痛，一点点挪动身体，四处摸索着。

可他们被困的空间实在太小了，他摸索了一阵，却什么也没有找到，身边都是碎石烂砖，根本无法出去。他想不通明明是被雨淋垮的房子，地上为什么没有一点水渍。这时又传来女孩微弱的呼唤声："水——水——"要救她，一定要救她，这么想着，朱大伟开始用手扒着身边的石块，这时他的指尖突然碰到了一个瓶子，凉凉的，朱大伟一阵欣喜，再一使劲，扒出瓶子，果然是一瓶饮料。

朱大伟扭开瓶盖，一阵橙汁的香味飘了出来。他摸索着爬到了女孩身旁，扶起她的头，将瓶口放到女孩的

嘴边。女孩慢慢地喝了几口，这才长舒一口气。

他摇了摇瓶子，感觉还有半瓶，正要喝，他突然意识到这恐怕是他们能找到的唯一的半瓶水，如果全喝下去，就什么都没有了，而救援人员不知什么时候才能赶到。想到这，他轻轻碰了碰瓶口上残留的果汁，润了一下干裂的嘴唇，又将瓶盖扭上了。

女孩喝了果汁，精神也恢复了些，就坐了起来，大声求救，可声音只是在这狭小的空间里回荡。

朱大伟叹息一声道："你不用喊

了，没人知道我们在这的。"女孩问："我们到底被困了多久了？"朱大伟摇摇头："我也不知道，但我想，时间一定不短了。"

两人都觉得有些累，便静坐下来，相互靠着说话。朱大伟是第一次和女孩靠得这么近，他只觉得一阵激动，心跳得厉害。交谈中他这才知道女孩叫赵晶晶，但至于她的身份和为何每天到酒吧里问他要半杯果汁酒，赵晶晶却不肯说。

赵晶晶说："我们一时是没法出去了，不如你给我讲些故事吧，或者说一说你的过去吧，一定有好多趣事的。"朱大伟笑了笑便慢慢讲了起来。

也不知说了多久，朱大伟感到一阵困意袭来，又睡着了。

模糊中他又听到女孩的声音："水——水——"他想说话，却觉得自己的嗓子也似乎要裂开了，一摸身旁，那半瓶果汁还在手边。朱大伟拿了过来，打开盖，只是将瓶口在唇边沾了一下，又将瓶口放到赵晶晶嘴边，让她慢慢喝了下去。

赵晶晶喝下了这半瓶果汁后，又醒了过来，她轻声问："你竟然将省下的半瓶水全给我了？"朱大伟哑着嗓子说："我是男子汉，保护女孩子是应该的。"赵晶晶叹息一声："你真是个好人，谁找到你这样的人，真是福气。"

赵晶晶对他说了一个故事，她有

一个好友，和男朋友出去旅游，在沙漠里迷路了，最后两人只剩下了一袋水，眼看着两人都难以支持下去，男友竟然趁她昏倒之时，拿着那袋水独自走了。后来，男友被人救了，女孩却再也没活过来。

赵晶晶说完故事，叹息一声，又对他说："你把水全给我喝了，自己也支持不了多久的，我们得想办法出去。你是个好男人，她跟着你，我也放心了。"说罢，她站了起来，用力推着四周的墙。朱大伟觉得她说的话有些莫其名妙，还想问清楚，就听"呼"地一声，只觉身后的墙往后倒下，自己也随着滚了出去。等他站起来时，发现自己正站在废墟上，天上太阳火辣辣地照着，嗓子也不干了。小巷里正好有人走过来，他大声喊道："还有人被困在里面呢，快来救人啊！"

一听说有人被困，路人立即报了警，可等救援人员来到，将这里全翻遍了，也没发现其他人。朱大伟只觉得奇怪，这条巷子就只倒了这一间房，现在清理干净了，不可能有人的，那赵晶晶又到哪去了？

大家问朱大伟是怎么被压在里面的，朱大伟便说了昨晚的经历。众人听了更是惊奇，这只是一间空房子，根本就没有酒吧，何况昨晚屋子倒塌时，天也没有下雨，只是刮了一阵大风。房主就是因为房里根本没有值钱的东西，所以看到房子倒了也不急，

只想有时间再来收拾，哪想到里面竟然还有一个活人。

朱大伟无法不相信大家的话，因为从清理的现场也可以看出，里面根本就不曾有酒吧，那么昨晚他又是如何进来的，他自己也糊涂了。

事情就这样过去了，朱大伟也恢复了正常的生活，就在他快要将这件事忘记的时候，有一天，老总突然带来一个女孩给他介绍说："朱大伟，这是我们公司刚来的职员，以后就让她跟着你熟悉工作吧！"朱大伟吃了一惊，不由叫道："是你，赵晶晶？"女孩子看了朱大伟一眼，笑着说："对不起，我是赵莹莹，你认识我姐？"

部门里就他们两个单身的，同事们有事没事都拿他们说笑，两人也渐生好感，没多久真成了一对。朱大伟说起那天和赵晶晶被困的事，赵莹莹说："不可能，我姐姐两年前就死了。"

原来，两年前，她姐姐和男友一起出去旅游，在沙漠里迷路了，等救援人员找到时，男友被救活了，可她姐却死了。据姐姐男友说，他们被风沙吹散，他在沙漠里找了几天，也没找到她姐姐。

朱大伟只觉得脊背发凉，难道是赵晶晶知道自己将要认识她妹妹，这才来查看他的人品的？可他却没有将这想法说出来，因为他知道，就算说了也没人相信。

（题图、插图：安玉民）

编读往来：你的问题我来答

山西读者丁家宜：《故事会》封面或单页上都有一个"老人"的形象，编辑老师能不能介绍一下？

绿版故事会：完全可以。这个"老人"的原型叫"说书俑"，是东汉时期的作品，距今至少有1800多年的历史了，描摹的是汉代说唱表演艺术的事。你看它："情动于中，而行于言"，"手之舞之，足之蹈之"，表情丰富，形象生动，精彩地再现了古代说唱艺人击鼓说书的情景。作为国宝级艺术珍品，此"说书俑"现被中国历史博物馆收藏。

1995年，《故事会》杂志社以此为原型制作刊徽，并登记注册。自此，它作为杂志的一个有机部分出现在千百万读者中间。

湖北读者王宜：我很喜欢"游戏空间"这个栏目，常常乐不思蜀，迷途忘返，但也有不满足的时候。就说今年3月"巧取鸡蛋"的游戏吧，我觉得答案有些不妥。我认为，用盐水让鸡蛋浮起来也应该算是使用工具，而且，不用工具也不能将玻璃瓶底打破吧？

所以，我想了一个更好的办法：手握玻璃瓶迅速向上举起，然后再用力向下，利用惯性让鸡蛋从瓶中滑出来，这时只要接住就可以了。

绿版编辑部：谢谢您的意见。您所提的方法很好，比原答案更加简单、实用。再次感谢您的热情参与，欢迎大家继续关注这个栏目。

北京读者秦勇：电影艺术中常用"大特写"来表现人或物，故事作品能不能采用？

绿版编辑部：当然可以。借用到故事写作中来，特写法是指对人或物的某一部分进行细致的描写，以使某一特征或细节得到强化，吸引读者的注意力，如杨清江在《夺命的垄断》中对"蓝鸟"冲出桥面的一段描写（见《故事会》2004年11月下），运用的即是特写的描写技法。

不过运用此法应当注意：第一，不可写得太平，要集中笔力写得不同凡响；第二，不要用得太滥，要在关键之处浓墨重彩。

江苏读者王永赋：记得几年前咱们杂志发表过冯骥才的故事《三盗》，尽管写的只是小偷的角色，但冯先生还是用他的如椽之笔把人物写得鲜灵活现，今后杂志上能不能多登载这类作品？

绿版编辑部：谢谢你还记得这则故事！确实，好的故事不但要把情节写得一波三折、曲折多姿，还要写出让人击节感叹的人物来。"文学是人学"嘛。我们从下期起将陆续推出"俗世奇人"系列（如锁王、赌王、面王、琴王、虫王、泥鳅王等），奇人奇事，妙手绝活，借用冯先生的话，就是："码头上的人，不强活不成，一强就生出各样空前绝后的人物，但都是俗世奇人；故事里的人，不奇传不成，一奇就演出匪夷所思的事情，却全是真人真事。"题材不限，时代背景不限，希望大家踊跃投稿。投稿专用信箱：gshxym@163.com。

（本栏目欢迎读者提问，如采用，即致薄酬。）

画谜

□ 安 婆

这天，画家苏子游春归来，回到家中，还未坐下，就见老仆人抓来一个蓬头垢面的人，说不知何时溜入院中。

苏子上前一看，只见那人不过是个少年，一脸病容。

那少年一见到苏子，就"扑通"一声跪下，一边哭一边磕头喊"救命"。

苏子大惊，忙问："你是何人？我如何救你？"

只听少年哭着说道："我爹是赵文通，是他嘱咐我来找你的！"

苏子一听，好不奇怪。原来这赵文通本是他的至交，两人交往甚密，后来因为两人在诗文画作上见解不同，才慢慢疏远，已有多年未往来，今天他的儿子怎么会突然找自己救命。

苏子忙问："到底出了什么事？你爹为何让你找我？"

少年摸了一把眼泪说："知府梁人松说我爹藏有'反诗'，已将我爹问斩，家里的其他人也被抓了起来，只有我一人逃了出来。官府现在正在通缉我。"

苏子听闻大惊，老仆人更是变了脸色，二话不说，拎起少年就要往门外拖。

苏子叹息道："留下他吧！"

老仆人大惊，说，"老爷啊，这可是死罪呀！"

"死罪就死罪吧，"苏子说，"你我都是半截身子入土的人了，还有几年

可活？难道你怕了？"

"老爷哪里的话？您当老爷的都不怕，我这做下人的还怕？"老仆人说着，就要拉少年起来，不料少年却跪着不起，老仆人急了，吼道："你这小死鬼，快跟我去洗洗身子，这么臭烘烘的跟老爷说话，算什么事儿？"

听到这里，那少年才站起身来，跟着老人洗涮去了。过了一会儿，老仆人领那少年出来了。苏子一看，那少年长眉细眼，面色白净，和赵文通简直是一个模子刻出来的，想到赵文通已经被害，苏子不禁一阵叹息。他让少年坐下，细细道来事情的经过。

少年说，他爹是被梁入松陷害的，为的就是他们家的那批古字画。

"咳，"苏子长叹一声道，"当初我就劝你爹少与梁入松来往，此人生性歹毒，手段狠辣，你爹却笑我担心太多，哪想现在就出了这等事情！"

"出事的时候，我爹说这天下只有你能救我的命，只有你能帮我报仇雪恨。"少年哭泣道。

"此话不假，"苏子将少年拉到里屋，问道，"你爹和我本是挚友，知道这些年我们为何没有来往吗？"

少年摇摇头。

苏子告诉他，他爹赵文通是位很有名气的古字画收藏家，可就是太贪心——恨不得将天下的古字画全部收归自己所有，还有就是太小气，一些名字画，从来不肯轻易示人。苏子很看不惯，便想搞搞他的恶作剧。一次，

他从赵文通那里借得十幅古画，赏鉴三个月，代价就是将自己收藏的《五马图》送与赵文通。赵文通喜不自禁，以为赚了便宜。其实，苏子还给他的是仿制品，而赵文通竟然没有看出来。两年后，苏子将那些正品看够了，才向赵文通道出实情。后来赵文通对此事一直耿耿于怀，自此，两人也就少了往来……

"当初你爹骂我造假害人，我今天就造一个假，救救他的孩子。"苏子说着，拿起笔，在少年的脸上涂起鸦来。

老仆人在外面等了许久，见屋子里悄无声息，忍不住推门进去。看见苏子和一个陌生人坐在一起，就东张西望地问："老爷，那个……小死鬼呢？"

苏子呵呵一笑，指了指身旁那陌生人。那陌生人站起来，对着老仆人深施一礼。

老仆人不禁愣住了。那少年本是面目清秀的俊朗书生，而面前这人却是一对浓眉，脸上几点黑痣，模样很是粗犷。

"这造了假人，必得还有一个假名吧。"苏子想了想，说，"你就叫苏化吧。以后跟我潜心学习画技，报仇的事情，我不提，你休要说！"

从此，那苏化每日认真学画，苦心钻研。苏子也从此闭门谢客，尽心指导，两人情同父子，苏化也以"义父"相待。

三年过去了，这一日，苏化遵照苏子的要求，对着院里一株开花的海棠，画一幅"闹春图"。苏化从早上一直坐到晚上，也没能把这画画出来。苏子十分生气。

苏化委屈地说："义父，这海棠花眼看就要败了，如何画得出'闹春图'来？"

苏子冷笑道："一叶知秋，一花知春，面对一树的海棠花，竟然无从下笔，你真是白费了我的心思。"

苏化"扑通"跪在苏子的面前，哭泣道："义父啊，徒儿只见满纸鲜血，脑中是梁人松可憎的嘴脸，哪里看得见春色啊！求师傅快快教我报仇本事吧！"

苏子看着苏化那悲痛的样子，叹息一声，将他扶起来，说道："什么时候你眼中只有春花盛开，耳朵里只有雀鸟啼叫，笔下春意盎然，纸上风光无限，你的报仇之日，也就到了！"

苏子的话，让苏化思忖了许久。从此，他认真学画，再也不想报仇的事情。

这年春天，苏子不慎感染伤寒，见自己时日不多，便把苏化叫到自己的床前，郑重地告诉他，他已经可以去实现报仇的愿望了。没过几个月，苏子就因病去世。苏化埋葬了义父，又请老仆人照管好苏宅，然后，便在安州销声匿迹……

又是一年春天，春满京城。此时的梁入松，也是春风得意。梁入松喜好收集字画，正是用这些字画，不久前打通官路，一路高升。梁入松打听到雍正很喜欢宋徽宗赵佶的字画，便四处暗访，然而搜寻多日，找到的却只是些仿伪之作，心情很是郁闷。

这天，梁入松一身布衣打扮，又

在古字画店里觅宝，正逛着，忽见街角一处围着一大群人，梁入松十分好奇便凑了过去，走到近前，就听人群中间有人嚷道："谁不知道宋徽宗是位花鸟高手啊，你这画，落寞老头，苍茫雪原，哪里会是宋徽宗的，我看是假冒的吧！"

梁入松一听大惊，赶忙挤到前面，只见人群中站着一个卖画人，一对浓眉，脸上几点黑痣，模样粗犷，手中拿着一幅画卷。再细细看那画卷：冰雪原野，一落寞老头，孤立一草房前，拄杖远眺……梁入松激动得差点惊呼起来。

那卖画人环视一周，喝道："谁能识得这画，我半卖半送！"

梁入松问道："一半是多少钱？"

卖画人伸出五根指头："五百两银子！"

人群中一片哗然，说这人疯了，一幅画竟然要价五百两银子。

卖画人也不理会，又叫了一遍，却无人应答，他又把价码降至四百两。这时候梁入松再也忍耐不住了，拿出银子，买下那幅画，当夜入宫，呈给雍正皇帝。

梁入松拿了画来，展开在雍正面前，说这画是他刚刚高价购得，因为是绝世珍品，不敢自赏，所以即刻拿来呈给万岁爷。不料雍正看了看，冷言道："宋徽宗乃是花鸟圣手，什么时候画起雪原老头来了？"

梁入松解释说，这幅画的背后，隐藏着一段鲜为人知的历史。宋徽宗被囚禁了九年，日日以泪洗面。一次，他忆起往事，放声大哭，恰被五国城统领看到，遂被打了几十鞭子。之后宋徽宗悲恸万分，要来笔墨纸张，作了一幅画，画毕，将衣服剪成条，结成绳，悬梁自尽。

"这就是那幅画，"梁入松指着画上的雪原和落寞老头说道，"如果久观此画，就不难读出'彻夜西风撼破扉，萧条孤馆一灯微。家山回首三千里，目断山南无雁飞'这其中的悔恨、哀怨和凄凉了。"

雍正听了，不住地点头，面露喜色，叫把画留在宫中，细细把玩……

却说梁入松回到府中，激动得睡不着觉，迷糊中，他仿佛看到自己连升三级，做了一品大员，蟒袍加身……正做着美梦，突然听得一声"圣旨到"。梁入松以为美梦成真，一个筋斗跪倒在地，欣喜接旨，谁知道接住的却是"万恶不赦之罪"。

原来雍正皇帝得了那画后，很是高兴，招了后宫嫔妃前来和自己一起品赏。谁知道在灯火之下，那画上竟显现了一段诗文。一个后妃看清楚了，大声念了出来，可念了两句，就吓得浑身哆嗦，不敢再念下去。原来那首诗说的是雍正如何改诏夺宫，如何暴敛，如何不得善终……

雍正大怒。

梁入松知道自己是被人坑了，但是再怎么申辩叫屈，也无济于事。脑袋掉地的时候，他也没想起来害他的是谁。为官几十年，他结的仇怨太多了。

抄斩了梁入松后，雍正的火气也熄了，他觉得画下面竟然可以隐藏字迹，实在是奇怪，于是便决定探一下其中的秘密。一日，他叫人大明烛火，将画挂在墙上，自己坐在对面，凑近仔细观赏。看着看着，那些字迹慢慢显现了出来，随后又慢慢隐去。雍正正觉得好玩有趣，突然发现那些白雪在慢慢变色，先是黄色，随即粉红色，然后变成了一片红色，有如鲜血。再看画中老者，面容渐渐清晰，细一端详，他面色大变，原来那画中之人，竟然是他自己……

此时，画上的那些鲜血开始"啪嗒啪嗒"地滴落下来。雍正吓得差点跌倒在地。他定定神，咬咬牙，抓起烛台，再凑近那画，只听得"轰"的一声，那画喷起一股黑烟，燃烧起来。

等到一群太监赶过来时，那幅画早已烧成了灰烬，空气中还弥漫着一股淡淡香味，闻了叫人头疼欲裂。此时的雍正，已倒在地上……

雍正的死，给后世留下一个难以破解的谜，有人说他被刺杀的，有人说他病死的，也有人说他是中毒死亡的……

（题图、插图：黄全昌）

玩的就是
心跳

□柴兴志

听说过"赌玉"吧？裹在石头里的玉料只切开一个小口，露出表面的一小片玉来，谁也不知道里面是精华还是糟粕，谁开的价高就归谁。买家们靠的是眼力和运气，有道是黄金有价玉无价，破产发财只在一念之间，那玩的就是心跳！

1．天上掉宝贝

范新是个敦实厚道的小伙子，他开了一个机械加工小作坊，日子过得还算舒坦。

这天，大约半夜时分，范新和女朋友小叶从夜总会里出来，刚刚下了台阶，突然听到夜总会楼上"乒乒乒乓"大乱起来。范新吃惊地抬头看时，只见楼上的玻璃窗"咣当"一声被砸碎，一件黑糊糊的东西飞出来，"噌"正巧砸在范新的头上，砸得他一个趔趄。范新抓住那东西一看，竟是一个皮包。没等他反应过来，又听楼上"砰砰"两声枪响，顿时，人们惊叫着从夜总会里往外逃，范新吓坏了，拉上小叶撒腿就跑。

两人跑了一阵，范新听见越响越近的警笛声，就拉着小叶钻进一个小巷，抄近路跑回自己的机械加工作坊，锁上门，喘匀了气，才想起了手里的皮包。

范新小心地拉开皮包，先看到里

面有一叠百元钞票，拿出来数了数恰好一千元，再看包里还有一叠图纸，范新一眼就看出这是加工零件用的图纸。范新心里琢磨：这丢包人难道是同行？这时，小叶又从包里掏出了一个黄澄澄的东西，原来是一个鸽蛋大的胸坠。

胸坠金黄透明，可以清楚地看到里面有一颗像心一样红红的东西。黄澄澄的胸坠里含着颗红彤彤的心，煞是好看，小叶乐得直拍手，赶紧把它挂在了自己的脖子上。

又是钱又是胸坠，简直就是天上掉下来的馅饼，范新想到夜总会里的枪声，心里感到忐忑不安，他怕馅饼变成了灾祸，便提出把皮包送交派出所，小叶一听就噘起嘴来，双手捂住胸前的坠子，脑袋摇得像拨浪鼓，一连串地叫着："不交不交就不交！"范新拗不过小叶，只好叮嘱小叶把胸坠放在衣服里面，千万不要拿出来显摆。小叶一听又噘起了小嘴。

范新和小叶虽然交往不过半年，但他已经深深爱上了小叶。小叶在一家超市当收银员，长得娇小俊俏，就是好打扮，虚荣心比较强，爱耍点小性子，平时范新总是由着她的性子来。这时，他见小叶不听劝，心想：算了，反正也不是偷来的，被人发现物归原主也就是了。

听听外面已是夜深人静，范新送走了小叶，藏好皮包上了床，可心里总是不踏实，翻来覆去许久难以入睡。

第二天早上，范新刚刚抬起卷帘门，就见一个一头黄发，尖嘴猴腮的人一弯腰钻了进来，范新吓了一跳，定睛一看原来是"万能胶"。

这个"万能胶"，在这一带可是大大的有名，可谁也不知道他的真名实姓，由于这家伙混迹于黑白两道，消息灵通善于钻营，发现挣钱的机会就能粘住不放，故而得了这个绰号。万能胶暗中干的什么谁也不知道，明里只知道他是靠当中介拉皮条为生。他曾经多次给范新介绍过生意，今天可能又是揽了加工活。

万能胶果然拿出来一个小零件，说："照这样加工五十个。"范新问："怎么没有图纸？"万能胶"唉"了一声："别提了，昨晚他妈的……"说到半截突然停住，接着又打个哈哈说，"你这样的老手还用图纸？照葫芦画瓢呗，定金一千元……不过今天手头不方便，完了工一起给你。"

一听没有图纸和一千元定金，范新心里不由一动，赶紧说："老主顾了，没关系。"万能胶笑着拍拍范新的肩膀："抓紧干，干好了还有活儿给你。"说完一摇二摆地走了。

万能胶一走，范新立即拿出那个皮包，用卡尺量了零件的尺寸，又翻开图纸一张张对照，没翻几张就对上了号。范新不由心里一惊：这个皮包

就是万能胶的!

范新想万能胶可不是善类,昨夜夜总会发生的事,很可能跟这个皮包有关系,如果让这个家伙发现皮包在自己手里,麻烦就大了!这么一想,范新赶紧打电话告诉了小叶。哪知小叶却满不在乎:"是他的又怎么样?天知地知你知我知,咱们不说谁知道?"范新拿小叶没办法,只得再次叮嘱她把胸坠藏好,小叶烦了,"啪"地挂断了电话,范新无可奈何地叹了口气,只得放下电话打开机器准备开工。

范新作坊所在地是远近闻名的机械加工一条街,生意竞争激烈,可范新舍得下本钱,购置了车、磨、刨、铣设备,论手艺也是一流,没有什么活儿能难得住他。万能胶拿来的这个零件,没有图纸他也能凭经验判定原来

的尺寸,现在有了图纸更好办了,范新复制了一张草图,藏好原来的图纸,选定材料就干了起来。

快到中午的时候,街东头加工作坊的朱胖子拿来一个零件,说他今天揽下了一件麻烦活儿,零件既没有图纸又有磨损,他在这方面没有经验,请范新帮忙测一下尺寸。

按说同行是冤家,可范新却常常帮助同行们解决难题,他接过零件看看,觉得有些眼熟,马上想起了皮包里的图纸。难道这零件也是万能胶给的?范新想问朱胖子,可话到嘴边,又咽了下去,因为行里的规矩是不好打听别人的主顾的。于是,范新让朱胖子先回去,自己研究一下给他画张草图,朱胖子千恩万谢地走了。

范新拿出图纸一找,果然对上了号,不禁气愤起来:人家都是一客不烦二主,可万能胶这家伙竟把一套加工活儿分给两家去做,分明是要搞什么新产品,生怕泄露了秘密,信不过自己!

可气归气,范新还是按照图纸画好草图给了朱胖子,而他自己只用了两天时

间就加工好了五十个零件。万能胶验货付款后又拿出了一个零件，还要范新照样子再加工五十个。万能胶走后，范新又在图纸里对上了号，画好草图刚要开工，朱胖子又拿着一个零件来了，范新只好又帮他画草图。

忙到了晚上，小叶风风火火地跑来了，一进门就拿出那个胸坠，高兴地叫道："咱们得了宝贝了！"

原来，小叶家旁边有一家古玩店，她跟店老板很熟悉，便拿着胸坠请店老板做鉴定。店老板告诉她：这个胸坠是琥珀雕成的，而琥珀是几千年形成的松脂化石。当松脂从树上分泌出来时，会粘住一些昆虫和种子之类的小东西，它们随着松脂不断地滴落被裹在了松脂里面，由于和空气隔绝，裹进去的昆虫和种子也会千年不腐，不仅具有科研价值，同时也是很罕见的古玩珍品。

小叶问店老板琥珀里的红心是什么，老板说可能是植物的果实，也可能是天然形成的红宝石，但越是看不透的稀罕物儿就越吸引人，就像玉料行里的"赌玉"，买家花钱玩心跳，到底是什么要剖开来才能知道。

老板要买这个琥珀坠，一个劲儿要小叶开个价，小叶才不跟他玩什么心跳，一溜烟就跑到作坊来了。

小叶只顾高兴，可没注意到范新已是脸色大变：这琥珀坠如此珍贵，万能胶岂能弃之不顾？于是范新警告

小叶，再也不要把胸坠拿给别人看，万能胶肯定会想尽一切办法到处寻找，这种心跳可不是好玩的，玩不好就会引火烧身。

听了范新的话，兴高采烈的小叶像被浇了一头冷水，老大不情愿地把坠子塞进领口里，怏怏而去。

2.被窃遇帅哥

小叶刚走，朱胖子就来了。

朱胖子告诉范新：前天晚上夜总会发生了一起枪击案，据说是两个人为了争夺一件东西在包间里打了起来，他们掀翻了桌子，打碎了玻璃窗，还开了枪，等警察赶到时，已经人去屋空，只发现钉在墙上的一把飞刀和两个弹壳，因为是大案，警察们正在抓紧寻找目击者。

范新一听，暗暗吃惊：他们争夺的东西很可能就是琥珀坠！万能胶就是参与枪击的案犯，琥珀坠就是枪击案的焦点，现在的琥珀坠无异于一颗炸弹，随时可能爆炸。

等朱胖子拿了草图走后，范新越想越害怕：这个琥珀坠已经给古玩店老板看过了，难保消息不会泄露出去，小叶戴在身上实在太危险了！范新马上叫来了小叶，给她讲了朱胖子说的事，劝她把胸坠摘下来，哪知小叶不肯，还说："你真是兔子胆，我藏在领口里谁能看见？"范新说："这不是胆子大小的问题，不怕一万，就怕

万一！"小叶撒起娇来"我不嘛，人家戴着它浑身都爽！"此事非同一般，范新再不能由着小叶的性子来了，他生气地说："真不懂事，惹了祸你就不爽了！"说罢揪住胸坠硬给摘了下来。

小叶生气了，噘着嘴摔门就走。他本以为范新会追出来哄她，可范新怕小叶口无遮拦，当街吵嚷出琥珀坠来，刚要追又站住了。小叶一见更生气了，头也不回地直奔公交车站。

公交车来了，小叶见范新还是没追来，就气鼓鼓地上了车，偏偏今天

的乘客特别多，挤得小叶东倒西歪，好不容易到了站，车站上的几个人不等车上乘客下来就往上挤，小叶刚刚挤到车门，忽听有人大声叫道："我的手机掉了！"

小叶低头一看，自己脚下果然有只手机，她刚要抬脚躲开，一个男人突然扑上来抱住了她的腿，喊道："是我的，别踩呀！"小叶穿的是短裙，突然被陌生男人抱住光腿，她又羞又气地尖叫着拼命挣脱，就在她弯下腰推搡那个男人的时候，另一个男人飞快地剪断了她脖子上的铂金项链，抓在手里，身子一缩下了车。

小叶刚把抱腿的男人推开，猛听一声大喝："抓小偷！"只见身旁一个身材高大的小伙子跳下车，紧追几步，一把抓住小偷的手腕，用力一扭，疼得小偷"啊啊"叫着松开了手，手心里露出了一条铂金项链，小叶看那项链很眼熟，一摸脖子，自己的项链没有了，她急得一边往车下挤一边尖叫："项链是我的！"小伙子听到叫声一回头，小偷趁机飞起一脚踢在他的小腹上，小伙子"哎哟"一声，抱住小腹，弯下腰蹲在了地上。

小偷逃跑了，小叶顾不上去追，只是急忙蹲下来问小伙子："踢得重吗？我叫急救车吧？"小伙子摇摇头，嘴里长长吐出一口气，揉了揉肚子站起来，冲着小叶一张手，手心里正是那条铂金项链。

小叶感动地望着小伙子，只见小伙子身材高大，剑眉星眼，典型的帅哥猛男一个。小伙子见小叶只是呆呆地望着自己，上前拉起小叶的手，把项链放在她的手心里，微微一笑，然后转身就走。小叶急忙叫住他："别走呀，我还没谢你呢，总得给我留个名字吧？"小伙子笑了："这点儿小事算什么，我姓童，可能比你大几岁，你就叫我童哥吧。"说完摆手又要走。

小叶见路旁正好有一家咖啡屋，就坚持要请他喝咖啡，童哥见盛情难却，就随她走了进去。

两个人边喝边聊，童哥告诉小叶，他是一家大商场的保卫部长，抓小偷是家常便饭，刚才那种偷项链的方法叫"抱腿剪绺"，抱腿的人和剪项链的人是同伙，专门在拥挤的商场和公交车上作案，他不久前就抓住过两个"抱腿贼"，所以在车上一眼就盯住了剪项链的小偷，如果不是被小叶那声尖叫分了神，保证又是一次人赃并获。

小叶听了佩服极了，她在超市也看到过保安抓小偷，两个人这样一来就有了共同语言，越聊越投机，还互相留了电话号码。这时范新打来电话，让小叶回作坊吃饭。小叶气还没消，又跟范新吵嚷起来。童哥趁机到柜台埋了单，向小叶挥挥手就出了门。等小叶追出咖啡屋时，童哥已经上了出租车，冲她做了个打电话的手势走了。

小叶怅然若失地望着童哥坐的出租车远远而去，望着望着，小嘴又噘起来了，她认定是范新的电话让童哥走的。这么一想，小叶的火气更大了。回到作坊，她把一肚子闷气都撒在了范新身上，怪范新没有送她，害得她在公交车上被小偷抱了腿，蒙了羞，若不是有人见义勇为，自己的项链早就丢了。

范新听了，却心里一惊，他想到的是琥珀坠。这小偷抱腿偷项链，是巧合还是冲着琥珀坠来的？

范新把自己的怀疑对小叶说了，而此刻小叶心里想的是童哥，只是心不在焉地"唔唔"应付。范新要她问问古玩店老板，是否对人讲过琥珀坠的事，如果没有的话，请老板一定保密……小叶越听越不耐烦，想起童哥的威猛形象，听着范新老太婆似地絮叨，撇着嘴斥道："疑心病！兔子胆！真没见过你这样的男人！"

小叶说罢，饭也没吃，赌气走了，此后一连几天没来作坊，范新打电话她也不接。

3. 作坊夜惊魂

范新知道小叶又在要小性子，她在气头上说啥都没用，他打算把万能胶的活儿忙完了再去哄她。哪知三天后，范新刚把这活干完，万能胶又拿出一个零件要他加工。范新接过零件苦笑道"你有多少活儿一起拿出来呗，干吗这样零零碎碎多耽误时间？"万能胶忙说："怎么是我的活儿？我是给人家做中介，怎么干人家说了算。"范新"哼"了一声："我知道这是在搞什么新产品，连加工图纸都不给，怕泄露机密对不对？"万能胶点点头："你明白就好。"

万能胶走了，范新拿出图纸当然又对上了号，他现在也不想弄明白这是啥产品了，只觉得为人处世要讲信誉，于是就开始仔细加工起来。他一直干到半夜才歇手，当他去放卷帘门时，突然"嗖"地钻进来两个人，没

等他看清来人的面貌，就觉得眼前突然一黑，一个黑布袋套在头上，接着，脑袋上就挨了重重一击，就什么都不知道了……

不知过了多久，范新渐渐恢复了知觉，他的眼已被黑布蒙上，只听到有人正在屋里翻箱倒柜，他试着动了一下，发现自己的手脚被牢牢捆住了，嘴也被胶带封住了，他只好一动不动继续装昏。过了一会儿，就听一个人骂了起来："他妈的！真是一人藏物万人难找啊！"另一个声音说："咱把这小子弄醒，拿刀子逼他交出来！"

话音刚落，一盆水"哗"地浇在了范新头上，范新知道自己醒过来绝没好果子吃，他就一动不动地装昏装到底。

两人见范新没反应，一个人走过来把刀尖顶在范新的腿上，一点点地往肉里扎，这种扎法比猛刺一刀更损，疼得范新肌肉紧绷，全身挺得像一根棍儿，这样一来倒更像昏死的样子，眼看鲜血直流，范新还是一动不动，拿刀的歹徒发毛了："刚才那一棍子是不是打重了？闹出人命就麻烦了！"另一个家伙也有些慌了，伏在范新胸前听了听，说："心还在跳，没死，咱快走！"说着，两个家伙就慌慌张张地逃跑了。

听见脚步声远远而去，范新才打着滚儿滚出门外。这时恰好朱胖子吃

了夜宵路过这里，看到倒在地上的范新，急忙替他松了绑，撕开胶带。范新生怕小叶也会遇到危险，没顾上报警先拨了小叶的电话。

此时，小叶正跟童哥在歌舞厅里翩翩起舞呢，看来这个童哥真的喜欢上了小叶了，这已经是第二次约她出来吃饭跳舞了。童哥不但花钱大方，舞跳得也是一流，他带着小叶旋转如飞。小叶正跳得如痴如醉时，手机响了起来，小叶一看是范新，又来气了，干脆不接，可手机却一个劲儿地响，小叶烦了，一赌气就关了机。童哥看在眼里微微一笑，又搂着小叶跳了起来。

直到两人分手的时候，小叶还是恋恋不舍，童哥吻了她一下，拿出一个小盒子放在她的手里，小叶忙迭地打开一看，原来是一颗玉胸坠，乐得她还给了童哥一个香吻。小叶看着玉坠又想起了琥珀坠，不由脱口而出："可惜我那个胸坠……"话说了一半又咽了下去。童哥笑着把小叶揽在怀里，说："有什么话不能跟我说呀？"小叶陶醉在童哥宽阔的胸怀里，忍不住把琥珀坠的来龙去脉讲了出来。

童哥听了只是摇头："你在给我讲故事吧？"小叶忙说："什么讲故事呀，这是真的！"见童哥还是摇头，小叶撒娇地捶着童哥的胸脯说："你等着，我一定让你亲眼看看！"

两个人出了歌舞厅，童哥把小叶送上了出租车，车子开了，小叶才想到打开手机，可是手机刚打开，就收到了一条短信："范新受伤，速来市医院！"发信的竟是派出所。小叶大吃一惊，慌忙叫司机掉头直奔医院。

小叶赶到医院时，范新已经缝合了头上和腿上的伤口，两个警察正在了解案情，看到小叶来了，便问她有没有发现什么异常情况，小叶摇摇头。因为在案发现场也没有发现异常情况，警察便嘱咐他们回去清点一下被抢财物，有情况及时报告，然后就走了。

范新见小叶平安无事也放心了，不一会便疲乏地睡着了。

小叶坐在床头，看着受伤的范新，摸摸胸前的玉坠，心里不知该怎么办。她喜欢范新勤劳本分，可不喜欢他唠唠叨叨胸无大志，觉得跟着这样的人只能平平淡淡过一生。而童哥哥，英俊潇洒，温柔体贴，又事业有成，正是自己梦想中的白马王子……

然而，她和范新确实有感情，实在舍不下，可邂逅帅哥，只怕机会失去不再来，何去何从呢？小叶心里的天平摇摆起来……

第二天早晨，范新惦记着作坊，就详细地跟小叶交代了一番，让她回家查点被抢的财物。

小叶回到作坊，只见里面一片狼

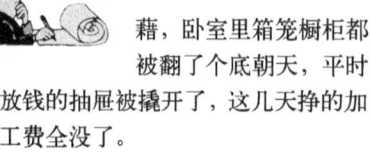

藉，卧室里箱笼橱柜都被翻了个底朝天，平时放钱的抽屉被撬开了，这几天挣的加工费全没了。

小叶再来到工作间，只见工具箱的盖子敞开着，里面的各种工具、图纸和零件被翻得撒了一地。小叶按范新所说，从工具箱的角落里找到一个油腻腻的旧纸盒，掀开盒盖，找出皮包，琥珀坠就在里面。小叶笑了，心想：范新真精明，这两个笨贼恐怕做梦都不会想到，没有上锁的工具箱里会藏着宝贝。

看着琥珀坠，小叶想起了童哥，忍不住给他打电话说了作坊被抢的事。童哥听了大吃一惊，忙问丢了啥东西，小叶说："你来看看就知道了。"童哥说："等着我！"

童哥很快赶到了，进门就把小叶紧紧抱在怀里，轻轻抚摸着小叶的头发叹道："真险啊，幸亏我请你去跳舞了，要是你也在作坊里……"小叶撒娇地说："你有功，奖励你一个好东西！"说着拿出琥珀坠一晃，"你看这是什么？"

童哥接过来仔细看了看："真是好东西，谢谢奖励！"说着就一缩手放进了衣袋。

小叶慌了："你当真呀，拿出去要惹麻烦的！"童哥笑了起来："看把你吓的，逗你玩呢，我一个大男人要这东西有啥用？"然后拿出坠子还给了小叶。

小叶含情脉脉地盯着童哥的眼睛说："我不是舍不得琥珀坠，我爱的是里面的那颗心……"童哥笑了："我明白，可现在不是时候，范新刚受了伤，咱们不能乘人之危，你说对吗？"小叶点点头："我听你的。"

4. 情急露狰狞

小叶回到医院，告诉范新作坊的情况。范新这才放了心，他通知派出所说只丢了几百元钱，没有其他损失。可范新的心里有数，他猜想上次"抱腿"和这次抢劫很可能都是万能胶主使的。万能胶可能从古玩店得知琥珀坠落入了小叶手中。

这么一想，范新紧张了，他知道万能胶决不会就此罢手，于是一再嘱咐小叶一定要小心，如果发现可疑情况就马上报警。

小叶一听害怕了，她悄悄给童哥打电话，说了自己的危险处境，童哥听了要小叶只管放心，说他早就知道万能胶是个无恶不作的坏蛋，早就想收拾他，现在他竟敢欺侮自己的女朋友，这次一定要狠狠教训教训这个坏家伙。小叶听了心里甜滋滋的，而她心里的天平也倾斜了：看看人家童哥，这才是敢作敢为的男子汉！

虽然有了童哥的保证，小叶还是有些害怕，她总觉得身后有人跟踪，每天走在路上都要东张西望。这天晚

上回家，刚走出医院，小叶就发现有辆轿车不紧不慢地跟在她后面，小叶顿时紧张起来，加快了步伐，而那轿车也突然加速，“吱”的一声，停在她身边，小叶吓得刚要叫喊，再一看，开车的原来是童哥！

“冒失鬼，吓死我了！”小叶噘起小嘴娇嗔道，童哥笑着打开车门：“我怕你心烦嘛，来带你去兜兜风。”小叶正有满肚子话要说，乐得赶紧上了车。

车子开上了环城快速路，童哥抚摸着小叶的秀发，深情地说：“真的好想你呀，你想我吗？”小叶撒起娇来：“没良心的，你想让我把心掏出来吗？”童哥笑了：“不用掏，只要你帮我个忙就行。”小叶奇怪了：“我能帮你什么忙呀？”

童哥说：“我调查了万能胶，发现他正在让范新加工一批零件，很可能是开发一种新产品，知道吗？这就是商业机密，只要你想办法找到图纸，用手机拍下来发给我，咱们就能挣一大笔钱。”

小叶一惊：“你？你是……商业间谍？”童哥哈哈大笑：“哪儿有那么多间谍呀，这是私人企业之间的竞争，万能胶又不是好东西，让他吃点亏也是报应！”他顿了顿又说，“这事我不能出面干，只能拜托你了。你要防备万能胶盯你们的梢。这么干，也是为了咱们的利益，你不是盼着买新房吗？错过了这个机会就再难找了。”小叶用力点了点头。

小车兜了一圈，童哥把小叶送到街口，掉转车头迅速开走了。小叶左右前后看看，又绕个圈子从后面的小门进了作坊，锁上门找出图纸摊在桌子上，打开台灯刚要拍照，忽然觉得这么偷偷摸摸会不会是犯罪呢？如果是犯罪的话，不如把琥珀坠卖了，估计也够买新房了。

想到卖琥珀坠，小叶又有些舍不得了，她拿出琥珀坠对着灯光欣赏，黄澄澄的琥珀好像比以前更透亮了，那颗红彤彤的心也像在一闪闪地跳动，它真的是颗红宝石吗？

就在小叶入神的时候，门锁无声地转动起来，左转转右转转，只听“喀哒”一声响，房门被轻轻推开了。万能胶像个幽灵闪进作坊，悄悄地来到小叶身后，猛地一把抢走了她手里的琥珀坠，小叶吓得“哇”地跳了起来，一看是眼射凶光的万能胶，立刻闭上了嘴。接着门口又进来两个汉子，一左一右挟住小叶。

万能胶“嘿嘿”冷笑道：“果然是你们拿走了我的琥珀坠，说！皮包是怎么到你们手里的？”事到如今，小叶只好如实说了捡包的经过。万能胶又问：“你是怎么和姓童的搞到一起的？”小叶撒谎“一起跳舞认识的。”万能胶看看桌上摊开的图纸喝道：

"胡说！我盯了你们好几天了，想活命就说实话！姓童的送你来干什么？"两个汉子把刀子一晃："快说！"小叶见了，吓得脱口而出："他让我把图纸拍下来。"

万能胶哼了一声，抓起图纸和琥珀坠放进皮包。他眼珠转了转，看到工具箱里还有一些用过的图纸，就抓起来扔在桌上，对小叶说："你就给他拍这个！"小叶哆哆嗦嗦地问："这……童哥能相信吗？"万能胶嘻笑着拍拍小叶的脸蛋儿："你鬼迷心窍了吧？别以为姓童的是好人，琥珀坠就是他和老子一起抢劫来的，我们为争它差点儿拼了命，他能把琥珀坠给你？他其实拿坠子哄着你玩呢，为

的是让你给他拍图纸！嘿嘿，你还要跟他玩感情呀？他最拿手的就是骗财骗色！"说完，万能胶冲两个汉子一摆手："咱们走！"

万能胶走了，小叶的脑子里全乱套了，左思右想想不出别的办法，只好胡乱拍了几张图纸的照片发给了童哥。

童哥发现图纸是假的怎么办？小叶越想越害怕，她知道再也不能瞒着范新了，于是，打了车匆匆赶到医院，对范新讲了认识童哥的经过。当她说到刚才被万能胶拿走图纸和琥珀坠时，范新大惊失色道："大祸临头了！"

范新觉得事情是明摆着的，童哥就是在跟万能胶争夺琥珀坠。他俩明争暗斗愈演愈烈，最后的摊牌已不可避免。而自己和小叶已卷入其中，他俩无异于坐在了火药桶上，就算是万能胶高抬贵手，童哥一旦知道图纸是假的，又岂会放过他俩？

小叶从心里不愿意相信童哥是个坏人，在她的印象里，坏人们总是形容猥琐面目可憎，

而童哥英俊潇洒，又是大商场的保卫部长，怎么会突然变成了坏人？难道自己真的是中了美男计？

小叶这时才想起要验证一下童哥的身份，她马上给童哥所在的商场打了电话，电话接通了，人家说根本没有什么姓童的保卫部长。小叶呆了，顿时觉得浑身发冷：好一个有情有义的童哥，原来跟万能胶是一路货！万能胶是豪夺，派人来抢劫作坊，童哥是巧取，"抱腿"就是他导演的一场戏！

小叶又羞又怕，又悔又恨，委屈地扑进范新的怀里哭起来。范新心疼了，把她紧紧抱着，安慰说："不怕不怕，知道受了骗就行，反正琥珀坠和图纸都被万能胶拿走了，童哥如果来问就说实话，让他跟万能胶要去，让他们狗咬狗！"

话虽如此，但防备还是要做。范新决定明天就出院，他告诉小叶这几天不要来作坊，上下班也要多加小心。小叶担心范新的安全，让他在手机上设置了一个空白短信，如果发生意外，按一下快捷键就能发到小叶手机上，表示有情况，小叶收到就马上报警。

5. 图穷匕首现

范新出院回到作坊，装做自己啥也不知道，继续加工好了零件，通知万能胶来取货。万能胶来了，也不动声色，看到范新头上裹着纱布在赶工，还挺高兴地表扬范新："这就对了，明哲保身嘛，自己多挣钱才是正经。"说罢就结算了加工费，然后又拿出一个零件，对范新说这是最后一件，希望越快越好。

当天晚上，范新正在赶工，朱胖子来了，他挺不好意思地拿出一张图纸和一个大约二十厘米长的小钢管，也说这是最后一件活了，可这东西实在太复杂，还是要请范新帮忙。

范新一眼就认出朱胖子手里的图纸正是万能胶抢去的，心里气恼透了，就嘟囔道："有图纸又有样品，照图纸加工呗，有什么复杂的？"朱胖子说："你看看钢管里面，我有那个本事吗？"范新一看就愣住了：钢管内壁有膛线！

懂枪械知识的人都知道，只有炮筒枪管里才需要膛线，膛线也叫来复线，其作用是使子弹出膛后自转飞行，这样才能提高射程，保证射击的精度，根据这根钢管的尺寸，显然就是手枪的枪管！看朱胖子的模样，看来他是不懂枪械知识，范新也不敢说破，只好答应试试看。

打发走了朱胖子，范新锁上大门，决心要搞清万能胶加工的到底是什么东西。范新干活一向仔细，所有他经手加工过的零件，都要留草图，一旦零件不合格也好查找原因，免得发生纠纷。所以，虽然万能胶抢走了图纸，但那些零件范新都留着草图，

而且连朱胖子的草图范新也都留了一份。

有了草图就好办了，范新马上动手干了起来，忙到了半夜，所有的零件都加工好了，这样一来，他就看出有的零件像枪柄，有的像扳机，有的像套管……范新按自己的感觉开始组装，他一件件地试，装了拆，拆了装，当最后完成时，就跟电视里报道过的私造枪支对上了号：这是一支仿"六四"手枪！

范新终于明白万能胶为什么要把一套活儿分给两家做，他就是防止别人发现他私造枪支。可是这是五十套零件呀，组装好就是五十支手枪，他造这么多枪想干什么？范新又想起了电视里的报道，黑道上的人私造枪支，能获得几十倍的暴利，这足以让万能胶铤而走险，而他自己也无意中成了私造枪支的罪犯！

范新吓坏了：这个活儿决不能干！第二天一早，他就去了朱胖子的小店，把枪管和图纸一起还给了朱胖子，说他自己实在加工不出这么复杂的零件，并劝朱胖子把这份活儿退给货主。

没等朱胖子再说什么，范新放下枪管图纸就走了，朱胖子无奈，只好打电话给万能胶，说自己技术太差，实在干不了这个活儿。万能胶恼火地骂道："这点儿活都干不了，你他妈怎么在这行混饭吃？"朱胖子争辩说："有钱谁不想挣？连加工街有名的范师傅都干不了，你让我怎么办？"万能胶吃了一惊："你找范新帮忙了？"朱胖子唔了一声，万能胶不响了。

晚上快关门的时候，万能胶带着两个汉子突然闯进范新的作坊，他们一进屋就放下了卷帘门，两个汉子拔出尖刀，虎视眈眈地盯着范新。范新见状心想，如果万能胶放过自己便罢，如果他一定逼自己加工枪管就先接下来，等他们一走就报警。

万能胶冷笑着打开皮包，拿出枪管和图纸"啪"地往

桌上一拍，说："我的范师傅，现在知道加工的是啥了吧？"范新点点头。

万能胶自问自答："我为啥要造手枪？一是为赚钱，二是为了对付姓童的！真巧呀，你捡了我的皮包又接了我的加工活，知道你现在的处境了吧？想活命就给老子干活儿！"

范新的手机放在桌子上，但他拿不到，无法通知小叶报警，眼下刀子顶着自己的后腰，不答应万能胶，性命难保。范新急中生智，马上想到了一个缓兵之计，在加工时故意给他制造点麻烦，拖过一时算一时。

很快，第一只枪管加工好了，万能胶从皮包里拿出了一套以前加工好的零件，熟练地组装起来，很快一支手枪成型，他装上弹夹，"喀嚓"顶上子弹，哈哈大笑了起来："我的范师傅，知道私造枪支是什么罪吗？我也不用杀人灭口了，现在你是我的同伙了，卖完了这批枪老子给你提成！"

万能胶得意地掏出琥珀坠："现在有了枪老子不怕姓童的了，嘿嘿，咱先下手为强，正好用用你的切割机，今天就玩一把心跳！"随即他喝令范新，"把它给我剖开！"

范新也想知道那颗红心到底是什么，他马上打开了切割机，把琥珀坠固定在卡口上，小心翼翼地慢慢推进。琥珀坠轻轻触上了飞转的刀片，突然"吱"的一声喷出一股白烟，冒出一股烧焦的塑料味儿。万能胶一

愣，马上叫停，只见琥珀坠的切口融化了，软耷耷粘在了刀片上。

"假的？！"万能胶又惊又怒，嚎叫道："我说它怎么比以前透亮了，原来是他妈的塑料的！好一个姓范的，看不出你做假也有一套！"说着，恶狠狠地拿枪顶住范新的太阳穴，"快说！真坠子在哪里？"

范新也愣了，瞪着假坠子半晌说不出话来。万能胶张牙舞爪地吓唬了一阵，见范新仍愣着没反应，看样子也不像是装傻，就缓和了语气问："你好好想想，除了你和小叶，还有谁接触过琥珀坠？"范新一下子想了起来，忙把小叶给童哥看过琥珀坠的事说了。万能胶一听，大叫一声："上当了，琥珀坠被姓童的掉包了！"

正在这时，范新放在桌子上的手机响了，万能胶抢过手机，读了来电显示的号码，便问范新"这号码是谁的？"范新照实说："是小叶。"万能胶哼了一声"说曹操曹操就到，听听她说什么！"于是，他拿手机放在范新耳边，自己也把耳朵贴上去，接通了电话。

小叶惊慌地告诉范新："童哥来电话了，他发现图纸是假的，这家伙气疯了，说咱们跟万能胶合伙骗他，要我马上把真图纸搞来，否则就要把咱俩一起干掉，你说怎么办呀？"万能胶捂住手机，命令范新"你告诉小

叶琥珀坠是假的！让她给姓童的回电话，就说这是一报还一报，想要真图纸就拿真坠子到作坊来换！"范新照他的话说了，小叶还想再问什么，范新打断了她："别管我，你不要到这里来……"

万能胶关了手机，拿着手枪，吹口气，冷笑起来："哼哼！摊牌的时候到了！"

6. 血腥的心跳

万能胶让范新继续加工枪管，命令两个汉子埋伏在作坊门后，自己坐在桌旁悠闲地抽起烟来。范新手里加工着零件，心里紧张极了，眼睛不时地瞟瞟桌上的手机，他知道摊牌时刻的凶险，也知道这正是把这些恶魔一网打尽的好机会，只是他不能确定小叶能不能理解他刚才电话里的暗示。

范新正想着，大门"吱呀"一响，童哥进来了。他看了看万能胶，瞥了一眼他身后的两个汉子，从容地把手里的遥控器朝万能胶晃了晃，又掀起上衣露出捆在腰间的几个纸筒，然后径直走到桌旁坐下，冷笑着说："想钓我？哼哼，我也一直盯着你呢，冤家早晚要见面，你说吧，想同归于尽还是想谈谈？"

两个汉子见童哥腰里捆着炸药，顿时吓得面如土色，范新也停下了手里的活儿，怔怔地望着他，万能胶却轻松一笑说："当然是先谈谈啰，你手

里有琥珀坠，我手里有这个，"他说着伸出藏在桌子下面的手，亮出了那支仿"六四"，"看吧，成品已经出来了，它比琥珀坠实用吧？"

童哥瞥了一眼手枪说："这本来是咱俩合伙的生意，就因为琥珀坠翻了脸，你那旧枪没准头，我的飞刀落了空，在夜总会谁也没占到便宜，再斗下去也是二虎相争必有一伤，不如今天做个了断。"万能胶点点头："行！你说怎样了断？"

童哥很干脆："咱们还是玩一把心跳，"他掏出琥珀坠放在桌上，"你猜这里面的红心是什么？"万能胶转转眼珠："不管是啥，反正不是红宝石！"童哥点点头："好，如果不是红宝石，我拜你为大哥，今后一切都听你的，如果是红宝石呢？"万能胶一拍桌子："今后你来当大哥！"

童哥发誓："天地在神灵在，说瞎话必遭血光之灾！"

万能胶发誓："上有天下有地，说瞎话一辈子蹲监狱！"说罢，拿起坠子递给范新："把它剖开！"

范新接过琥珀坠，固定在卡口上打开了切割机，童哥和万能胶探过头来，两个汉子也伸长了脖子，所有人的眼睛都紧紧盯着飞转的刀片，范新轻轻摇动手柄，琥珀坠触到了刀片，只听"吱"的一声，就闻见一股淡淡的松脂味儿，是真的琥珀！

几个人的眼都瞪圆了，眼看刀片

渐渐接近了红心，范新停了车。万能胶和童哥几乎同时喝道："不许停，接着割！"范新指指琥珀坠："你们看，这样割就会把红心割坏，应该先在外围割一圈儿，割透了再掰开。"万能胶和童哥对视了一眼，同时点了点头。

范新这么做其实是为了拖延时间，他缓缓摇动手柄，一点点地慢慢切割，来来回回掉转着割，直到坠子四周都割透了，他才停了车。万能胶看看童哥，童哥向他点点头，万能胶就去拿琥珀坠，不料就在他低下头的瞬间，童哥突然飞起一脚，踢掉了他的手枪，窜上去一手掐住万能胶的脖子，一手举起了遥控器，对着正要冲上来的两个汉子喝道："往后退！再敢上来一步我就引爆！"

两个汉子吓得连连倒退，范新也跟着退到桌子旁边，趁机飞快地把手机抓在手里，装做吓坏了的样子，一头钻到了桌子底下……

作坊里的空气仿佛凝固了，只听到几个人急促的呼吸声，范新悄悄按下了快捷键，可他忘了发送成功会有提示。只听"嘟"的一声，手机一响。两个汉子以为童哥按下了遥控器，吓得"啪嚓"卧倒在地，童哥一时也懵了，万能胶趁机一掌打飞了童哥手里的遥控器，扑过去抓起地上的手枪，对准童哥扣下了扳机。只听"嘭"的一声闷响，接着"哇"的一声惨叫，一个人倒下了，可是倒在地上的不是童

哥，而是万能胶，只见他满脸是血，正捂着眼嚎叫，几个人都愣住了。范新趁机一把抓起落在桌子上的遥控器，高举起来大叫："都不许动！谁敢动咱们就一块上天！"

两个汉子吓得钻到了桌子底下，范新举着遥控器向大门移动，童哥却刷地撕开衣襟，横身挡住了他的去路："想跑呀？嘿嘿，少跟老子玩这套，你按键吧！"

范新犹豫了，童哥看了看捂着眼呻吟的万能胶，捡起扔在地上的手枪，一看就笑了起来："哈哈，炸膛了，

这枪造得不合格呀！"

范新一听也明白了，自己加工时缩小了枪管的直径，子弹射不出去，把枪膛炸开了。

童哥摆出了亡命徒的架势："怎么样？都不敢陪老子上天吧？"又冲范新喝道："放下遥控器！"边说边向范新逼过来。

正在这时，作坊后面的小门突然被猛地撞开，几个警察举枪大喝："警察！不许动！"两个汉子急眼了，掀翻桌子就逃，那翻起的桌子砸向范新，范新下意识伸手一挡，桌子撞上了他手里的遥控器，只听"嘟"的一声，童哥腰里"嗞"地喷出一股浓烟，转眼间，小作坊就笼罩在了烟雾里……

在一阵吃喝搏斗声中，范新跌跌撞撞地跑出作坊，才看到警察已经封住了大门，抢先跑出来的两个汉子已经束手就擒，童哥被浓烟罩着看不清路，像个没头苍蝇东碰西撞，撞在了一台机器上，脑袋上撞开一个大口子，他捂着血淋淋的脑袋冲出来，正好被警察逮个正着。

警察解下了童哥腰里的"炸药"，扔在地上还在"嗞"地冒烟，大家看清楚了，什么炸药呀，原来是舞台上做云雾效果用的发烟剂！

小叶看见了范新，扑上来紧紧抱住他，紧张地问："你没事吧？"范新顾不上跟她多说，指着作坊里大叫：

"快！万能胶还在里面！"

这时，烟雾已经散了，万能胶双手蒙着脸，还在作坊里瞎撞，几个警察抓住他，拉开他的手看了看，只见他一只眼被炸得血肉模糊，另一只眼也被血糊住了，警察们要架他出去，万能胶抹掉了那只眼睛上的血，咬牙切齿地大叫："我要看看琥珀坠！"外面的童哥听了，也叫喊着要看琥珀坠，警长已经听小叶介绍这琥珀坠了，心里也有些好奇："真是亡命徒！到这时还没忘了玩心跳呀，那就让他们看看吧！"

大家一起来到切割机旁，范新小心翼翼地摘下琥珀坠，轻轻一掰，琥珀坠"啪"地裂开，一滴红红的粘稠的液体流了出来，几个人的脸上出现了各种表情：惊异、失望、沮丧……

警长用手指沾了一点儿闻了闻："有腥味儿，可能是血。"

万能胶捂着眼叹道："这是血光之灾呀，咱们发的誓应验了！"童哥抖了抖腕子上的手铐，自嘲道："还有牢狱之灾呢，这不都是为了玩心跳吗？"

警长拿起那支炸了膛的手枪："这也是玩心跳吗？这是往悬崖下跳，有什么灾也是自作自受！"

范新搂着依偎在怀里的小叶，心有余悸地说："好险呀，我差点儿也跟着跳下去！"

（题图、插图：杨宏富）

老婆的锦囊妙计

□ 袁菽涛

阿P刚当上公司的总经理，就大事小事一大堆。这个阿P遇事又爱犯糊涂，好在有老婆小兰在旁边想办法出主意，才不至于弄得六神无主。

这天小兰又提醒他："做事要小心，不能犯错误。"阿P打了一个响指，得意地说："有老婆大人在旁边提点，还有什么事能难得倒我阿P？"话刚说完，电话铃就响了，阿P拿起电话，只听话筒里传出一个傲慢的声音："你好，P总，我是张小道，之前我爸给你打过电话。最近我请了一些歌星，想开个演唱会，你们公司给些赞助吧，二十万元不算多吧？明天我就去你们公司好吗？"话刚说完，那家伙就"啪"地一声挂断了电话。

小兰在旁边听了个一清二楚，她生气地问："谁是张小道？他凭什么那么霸道？"阿P哭丧着脸说："他就是我们主管局前任局长的儿子，这事前几天他爸给我打过电话。无非是请了几个二三流歌星，打着开演唱会的幌子，目的还不是想自己捞钱。这钱能随便给吗？不给吧，他老爸又对我有知遇之恩。明天这一关我怎么过啊？"

小兰想了想，戳了阿P一手指头，说："芝麻大个事就把你难住了？亏你还是总经理。今晚你该吃就吃，该睡就睡，这事我帮你处理。"阿P疑惑地点点头，还想再问，小兰却神秘地

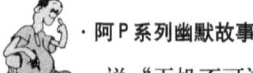

·阿P系列幽默故事·

说"天机不可泄漏，山人自有妙计。"他知道小兰做事向来是不到火候不揭锅，也就没有多问。

第二天，阿P上班前，小兰拿出四个锦囊递给他，得意地说："像张公子那种赖皮我见得多了，他无非就那么几个花招，对付他的办法我都装在锦囊里了。我在这四个锦囊上分别绣了一到四颗星星，遇到麻烦时按顺序打开。记住，不到关键时刻不能打开，不然就不灵了。"

阿P苦笑着问："能行？"小兰点头说："我敢打包票。"

上午，阿P刚到办公室，张公子就跟着秘书进来了，并且一开口就要钱。阿P支吾着正不知怎么应对，突然想到小兰给的锦囊，于是抱着试一试的念头，悄悄取出那个绣了一颗星星的锦囊，打开一看，里面竟然装着一颗大蒜。

这是什么意思？阿P想了想恍然大悟，原来小兰是要他装蒜呀。明白了，于是他先装作很认真地问了演出的事，然后就开始天南海北地跟张公子神侃海吹起来，从赵歌星的绯闻说到李歌星的丑事，张公子几次想开口，都被阿P抢了话头。正说得唾沫横飞，秘书过来催他："总经理，今天早上不是还有个重要的会议吗？再不出发就迟到了。"阿P这才装作突然记起的样子，一拍脑袋，一脸歉意地对张公子说："你看我差点把这么重要的会都给忘记了，实在是太忙了，你改天再来好不好？"

张公子只得答应改天再来。

这以后接连十多天，张公子来找阿P时，阿P都让秘书以开会、出差等借口推脱了，心想，我阿P有老婆的锦囊妙计，还会玩不过你？

可这天他刚到办公室，张公子就直接闯了进来，十分不满地说："总经理大人，见你可真难啊，今天咱们必须得好好谈谈！"阿P一边假装热情地跟他握手一边暗暗叫苦，对了，这不是到了小兰说的关键时刻吗？

他拿过公文包，趁张公子不注意，偷偷打开那个绣了两颗星星的锦囊，一看里面竟然装的是沙子。沙子？傻子！明白了，小兰让他装傻。于是阿P热情地问张公子："你一定是无事不登三宝殿，今天来有何贵干？"

张公子一听，气得直翻白眼，他居然把给赞助的事忘记了，但为了要钱，张公子只得忍气吞声地说："还不是为那二十万的赞助费啊？"阿P装作恍然大悟地说："嘿，你看我把这事都忘了，今天下午我们召开公司董事会研究一下，你过两天再来吧？"

"求求你快点，两天后演出就要开始了。那些歌星都要求提前支付出场费，否则就罢演。"

第二天上午，张公子再次把他堵在办公室里："你们研究得咋样？

给不给钱，你痛快点。"阿P暗暗叫苦，看来不得不再次求助于小兰的锦囊，他一边敷衍张公子，一边悄悄打开绣了三颗星星的锦囊，里面是半块饼。明白了，小兰是要他装病，为了二十万不被"抢"走，装病就装病吧。阿P马上捂住肚子，痛苦地叫了一声："哎哟，胃痛犯了，哎呀，痛得要命，秘书，马上给我备车，我得上医院——"得，张公子又白跑了一趟。

第三天下午还没有下班时，阿P就接到了电话，是老张局长亲自打来的："小P啊，当上总经理，成了大忙人了？今晚是我的生日，你来帮我撑撑台面如何？千万别抹我的面子，我知道你借口多。"

阿P知道一定是谈那二十万赞助费的事。明天演出时间就到了，今晚再拿不到赞助费，演出也就只有泡汤了。所以老张局长亲自上阵。可阿P去了，不给钱肯定说不过去，可人家话都说到这个份上了，他还想得出什么借口？没办法，阿P只好硬着头皮上了。

来到饭店，阿P一看，果然，桌子上只有张公子和他爸爸老张局长，这哪里是什么生日宴会，是逼他签字的鸿门宴还差不多。

刚寒暄了几句，张公子就掏出已经填好数目的赞助款发票，递到阿P面前。而老张局长呢，一边给阿P夹菜，一边假装训儿子说："P总答应的事还能不兑现吗？你就不能等到饭吃完再说？"

菜吃了三两口，酒喝了三五盅，阿P脑袋直冒汗，这下怎么办？自己是招架不住了，关键时候，对了，不是还有一个老婆的锦囊吗？想到这，阿P假装上卫生间，兴奋地摸出那个锦囊，可打开一看，什么也没有。

奇怪，这是什么意思？

回到饭桌上，阿P还在揣摩那个空锦囊是什么意思。老张局长赶紧招呼："服务员，上酒。"

看到酒瓶，阿P恍然大悟，突然

明白小兰的意思了，于是他来了个反客为主："这顿饭我请了，算是报答老领导。老领导知道我酒量不好，但为了祝贺你的生日，今晚我就舍命陪君子了。"说完，打开酒瓶，倒了三盅酒。老张爷儿俩不知是计，以为阿P答应了，就陪他海喝起来。

不一会儿，阿P就烂醉如泥了。张公子着急得不行，老张说："快把收据拿出来让P总签字。"阿P嘟囔道："对，签字，说好我请客的。"说着醉眼朦胧地掏出笔来，在收据上胡乱签了个："同意报销来客接待费二百五"，连名也没有签就又趴在桌上睡着了。

得，这事最终还是泡了汤，老张局长还得让儿子送阿P回家。

一回到家，小兰就指着醉醺醺的阿P一顿好骂："你成天不务正业，就知道搞些莫名其妙的东西，真是丢人现眼。"这哪里是骂阿P，分明是说给张公子听嘛。张公子见势不妙，赶紧灰溜溜地离开了。见张公子出了门，假醉的阿P一个跟头从床上爬了起来："老婆，你那个空口袋是让我装疯（风）对不对？"小兰在他额头上戳了一手指头，笑了："孺子可教也。"

阿P得意洋洋地说："笑话，我是谁？我阿P还用人教？"

（题图、插图：顾子易）

老茶馆里品故事　优秀作品月月评

请您评评这期《故事会》（本期期数：10）里的故事——

哪篇故事的情节最吸引您——最佳情节奖（奖项编号1）

哪篇故事让您觉得最有趣——最佳情趣奖（奖项编号2）

哪篇故事让您懒得看，还抽空倒了杯水——最佳广告时段奖（奖项编号3）

评选方式：编辑短信306+奖项编号+期数+故事篇名所在的页数，比如：你想选本期第35页起刊登的那篇故事为最佳情趣奖，只要发送30621035到3883752（移动用户）/9866752（联通用户）就可以了。每次评选只要1元钱，您就有机会拿走茶馆本期的特色奖品——最新大片DVD光碟共10张哦！本次活动另设一等奖1名，奖金800元，二等奖5名，奖金100元，参与奖200名，各获精美礼品一份。

历期评选结果和中奖读者名单可以上故事中国网（www.storychina.cn）查询！

客服电话：010-6786 8800（移动）、010-8298 8818（联通）

阅读彩信版《故事会》，移动编辑短信81发送到80013981——用手机享用丰盛的故事大餐，获赠精选图铃，每月4期哦！信息费：5元／月。

老实人不老实

□ 顾金

伍老汉进城买空调，选好机子付过钱，只等商场派人来送货了。

送货的是大李和小金，他们见伍老汉一脸的老实相，不由乐了起来。

一上车，大李便问："大爷，您买这空调商场给您打折没有？"

"打折？没听说打折啊？"

大李和小金对视一眼，就笑开了。小金一脸诚恳地说："大爷，看来您这次真是亏大了！这样吧，既然商场没给您打折，我们给您打折，今天送货安装只收您老200好了。"

伍老汉一听，高兴地说："好，谢谢师傅，干脆中午也在我家吃饭吧！"

于是大李和小金收了200元，又吃了饭，才腆着肚子离开。两人刚要上车，却见伍老汉也往车上爬。

大李奇怪地问："大爷，你上车干吗？"伍老汉说："跟你们回商场啊！你们不是说，买空调应该打折的吗？我想问问还能不能再打个折。"

大李和小金一听，吓坏了：这送货安装是免费的，伍老汉如果真去问，那收费的事不就暴露了，那自己的饭碗还能保住吗？这么一想，两个人急了，大李忙说："大爷，您就别去了，去了人家也不会再给您打折的。"

"那不行，你们送货安空调都给我打个折，为啥他卖空调就没有优惠呢？我今天一定要问清楚！"

小金一看这情形，赶忙掏出收的那200元，递上来说："大爷，您跑一趟多累啊，干脆这送货费安装费我们也不收了，算是商场给您的优惠！"

哪知伍老汉却不接钱，认真地说："别，师傅，这是你们的工钱，我一定照付，但多收我的钱，我就一定要讨回来。"说着就又要往车上爬。

大李和小金这下更急了，赶忙又从钱包里各掏出100元钱，递上来说"大爷，这是中午的饭钱，也都给您了，这下总行了吧？"

说罢，把钞票往伍老汉手里一塞，"嗖"地爬上车，一溜烟就不见了。

给我服务费

□吴 为

小王开完会，就打车往火车站赶，堵了好几次车，才赶到。他将打车费给了司机，便顺手去推车门，没想到外面有人轻轻帮他拉开了。

小王见是个老头，忙说了声"谢谢"，就抬脚下车。谁知那老头却挡住他的去路，双手摊开，谦卑地笑着说："先生，你还没给我服务费呢！"

"服务费？"小王一愣。老头解释道："不多，一块就够了。"

"请原谅，我的零钱坐出租车时用完了。"

"用完了？不会吧，你找找看。"

小王没办法，只好翻起口袋来，可真邪门，几个口袋都翻遍了，就是没有零钱，他想了想，就抽出一张一百块的大钞，递给老头。

可老头不乐意："我没那么多钱找给你，你再翻翻公文包！"

小王只觉一阵血往脑门冲，但还是压着火翻起了公文包，可还是没找出零钱，于是，他再次请求老头原谅，哪知老头却火了："你接受了服务，就得给服务费，否则你别想离开！"

小王这下按捺不住了，吼道："谁要你服务的？快给我让开，不然我不客气了！"老头笑了起来，不紧不慢地说："想跟我打架是不是？瞧你一个有风度的年轻人，不怕丢份吗？"

小王这下憋了个大红脸。

正在这时，后面响起了刹车声，小王闻声，紧走几步，赶到了那辆车门边，将车门拉开了，腰弯成九十度"请——"还用手照了照车门，不让里面的人碰着头。下来的是个女士，想不到今天给她开门的竟然是一个风度翩翩的先生，顿时心情大好，甩手就给了小王五块钱。

小王忙说了声"谢谢"，转身递给老头，说："找我四块钱！"

你还敢抽吗

□ 李朝勇

老赵头开了家小卖部，兼营"礼品回收"。这天晚上，他正要关门，就见公安局李科长的夫人急匆匆地跑来，气喘吁吁地说："先前我退给你的那条芙蓉王呢？我不退了。"

老赵见李夫人脸色不对，也没多问，就找着那条烟退给了她。见人走远了，老赵头急忙拉下卷闸门，回到仓库里忙活开了。

原来他刚才偷梁换柱，另拿了一条烟退给了李夫人，他现在要把李夫人真正要的那条芙蓉王找出来。

原来，有一次，老赵头在别人拿来的烟里，发现了好多卷成筒的百元大钞，他见这回李夫人火急火燎的样子，心想：难道这烟里也有名堂？这么想着，他兴奋地找出那条烟，拿出一盒，掂在手里，可左瞧右看，都没发现什么异常。他想难道现在塞钱的手法也精巧了？干脆，把所有的烟盒都打开，一个个检查。可是，直到他拆到最后一盒烟，也没发现什么。

老赵头叹了口气，这烟是不能卖了，就留着自个儿抽吧。这么想着，他就点燃一支烟抽起来：第一口，味道有些怪；再一口，嗯，尝出意思了；第三口，果然不错。老赵头越抽越舒服，甚至有些飘飘欲仙的感觉了。

这天一大早，李夫人来买酱油，见旁边没人，老赵头忍不住问道："上次您拿回去的烟快抽完了吧？"

"抽？哪还敢抽啊？"李夫人话一出口，就发觉自己的失言，慌忙打住，她上前一步，在老赵头耳边悄悄说道："可吓人哟。我们老头子抓毒贩子得罪了人，听说毒贩子要害他，就在送的烟里掺了什么海洛因，所以我才把烟要回来，送去化验，结果根本就没有什么海洛因，虚惊一场……哎呀，老赵头，你脸色怎么这么难看？唉……不好了，快来人呀，老赵头晕倒了！"

看谁笑到最后

□申之珉

侯三平时老爱戏耍别人，没想到这次竟被猴子耍了。这不，侯三在猴岛游玩，拿在手里的钱包一不留神竟被山上的猴子抢去了。

侯三这下傻眼了，包里虽说钱不多，可毕竟心疼，况且这钱损失得也太窝囊了。望着那上蹿下跳的猴子，侯三急火火地找到附近的工作人员，请求抓到那只猴子。哪知人家指着"游人须知"无奈地说："游客不可在此随意打开包……"侯三又气又恼却还没辙："得，咱自己抓！"

侯三气喘吁吁爬上山崖，可这偌大的猴山到哪里去找那只猴子。侯三东走走西瞧瞧，最后只得垂头丧气地往山下走。他此时又累又乏，正要找地方歇口气，就听得近处一棚内有音乐响起，他知道又是猴戏开始了，于是便信步走进去坐了下来。

这场节目是猴子杂技，只见那些披红挂绿的大猴小猴，在驯猴师的指挥下，翻跟头，走钢丝，还不时做出些滑稽的动作，逗得台下笑声阵阵。

"下面请看我们最惊险刺激的节目——'猴掷飞刀'，由我们猴岛大明星贝贝先生表演……"主持人话音刚落，只见台上这贝贝先生，先滑稽地朝台下观众敬个礼，便在饲养员的指导下抓起飞刀朝一块大木板上掷去，"砰！"飞刀钉在了木板上，顿时台下响起一片叫好声。

侯三哪有心思看什么表演，他歇够了，就起身要走，可走了两步就见所有人都在鼓掌看着自己，这是咋回事？只听台上的主持人说："感谢这位朋友的配合，我们请他上台！"原来人家把自己当成表演嘉宾了，侯三还没来得及推辞，就不容分说地被两个驯猴师架上了舞台。

上了舞台，侯三便被按在了木板上，捆了手脚蒙住眼睛。只听主持人说："我报完三个数，贝贝就向这位先生掷飞刀了！"

什么？猴子向人扔飞刀？侯三这下也害怕了，想挣扎可四肢都被绑住了，只好连连摆头求饶。

紧张的鼓点声响起，台下更有小朋友紧张得捂住了眼睛，只听主持人"三"字刚出口时，那贝贝就一个箭步冲上去，把手中的飞刀交给了驯猴师，让他们把刀插在侯三脖颈旁的木板上。

这下全场炸了锅，大家都被贝贝的恶作剧逗得笑个不停。在一片叫好声中，驯猴师给侯三松了绑，谁知绳索刚解开，那侯三却"扑通"一声倒在了台上。

众人围上前去，只见侯三翻着白眼，口吐白沫，面色青紫，原来侯三被吓晕了！

在众人的提醒下，工作人员用力掐住了侯三的人中，好长时间，才听侯三痛苦地"哼"了一声，慢慢睁开了眼睛。

此时，猴岛管理部门的领导也闻讯赶来了，见侯三已无大碍，这才松了长气。他一边斥责现场工作人员，一边向受了惊吓的侯三赔着不是。经过商讨，双方最后达成一致：由猴岛方面一次赔偿游客侯三500元的精神伤害、医疗、营养等方面费用，此事算是了结。

侯三被猴岛方面专车送到了住处，他洗完澡，往沙发上一躺，嘴里得意地嘟哝道："要不是那小子掐我人中太狠，我起码还得再坚持半小时才醒……猴子耍人这套破把戏还想蒙我？哼，什么猴子明星？我是猴精呀！看你们今后还昧我的钱包不？嘿嘿。"

去找女朋友

□吴 港

何向明是个盲人，他刚交了个女朋友，叫李婷。这天，李婷给何向明带来一只导盲犬，说："它叫小忠，已经认识我家了，以后你只要对它说'去找我女朋友'，它就带你去我那儿了。"

这天，何向明下班后，就对小忠说："去找女朋友！"小忠一听，立即带主人上了路。

他们走到一个街心公园，小忠突然停住了脚步，"呜呜"了两声，就向左边拐去。何向明已经去过两次女友的家了，他记得到了这个地方应该是右转才对，小忠怎么向相反的方向走呢，何向明犹豫了片刻可还是跟着小忠走，边走边提醒："小忠，咱们这是去女朋友家，你可不要搞错了啊！"

就这样走了十多分钟，何向明感到自己来到了一个完全陌生的小区。这时，只听前面不远处一个沙哑的声音说："臭狗狗，磨蹭啥？天都快黑了，赶快回家！"小忠呢，一个劲儿地把他向这个方向拉。何向明心里挺纳闷：这声音听着应该是个老太太，她和我女朋友有啥关系？何向明拉紧绳子想拽住小忠，可小忠却不听使唤把他向前拖。

就这样，何向明被小忠拖到一户人家的门口。小忠扑上去，使劲用爪子挠起门来。不一会儿，门打开了，只听里面的人问："请问您找谁？"何向明一听声音，不正是刚才那个老太太吗？正在这时，小忠突然挣脱绳子，"呼"地一下钻进门去，很快，院子里传来两只小狗打闹的声音……

第二天，李婷问何向明昨晚为什么没去？何向明解释说："都怪我，我本应该告诉它'去找我女朋友'，可昨天偏偏没说'我'字，结果小忠误会了，就带着我去给它自己找了个女朋友。"

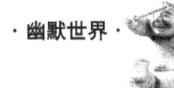

如此介绍

□冷　空

张大头是个肉贩子，这些年卖肉赚了些钱，可事业成就了，家庭还没着落。没办法，他嘴拙，向来不善言谈，更不会推销自己，姑娘连瞧都难瞧他一眼。

不知怎的，婚介公司发现了这个"结婚困难户"，便派出他们最优秀的业务员李铁嘴，发动大头参加他们组织的"牵手俱乐部"。

大头在找对象这方面对自己实在没有信心，但李铁嘴向他保证，只要大头按他说的去做，不用十天就可以交到女朋友。李铁嘴说："你要学会推销自己。"说着，翻开会员们的资料让大头看，大头顿时被吓住了，因为俱乐部的会员个个不平凡：男士都是有房、有车、博学多才，女士都是温柔、性感、气质绝佳！

"诀窍就在这里，"李铁嘴告诉大头，"你要会说，比如有房，土房也是房；有车，三轮车也是车！说自己丰满性感的，那是胖子，说自己博学多才的，那多半是杂货铺的修理工⋯⋯"大头被搞得晕晕乎乎，怯生生地问："那，那不是骗人吗？"

"不是骗人，只不过换个说法，而且这个说法越有创意越好，以前我们有个会员在车祸中失去了双腿，只能靠自制的木板车挪动，你猜他怎样介绍自己？'以车代步'，结果他的电话都快被姑娘打爆了。"

大头点点头，似有所悟，便交了钱，穿戴齐整地去参加活动。

活动开始了，第一个节目就是做自我介绍，轮到大头了，大头忙站起来，擦擦头上的汗，按照事先想好的词，大声介绍说："我就是那个三十岁出头儒雅的大头，家里两室三厅，外带一个猪圈！刚买了新车，有三个轮！我单枪匹马开了个加工销售一体公司，温柔地杀些年轻、性感、气质佳的牲口，弄成肤白、细嫩的肉，挂在苗条的铁钩上批发零售！"

看热闹

□梁京英

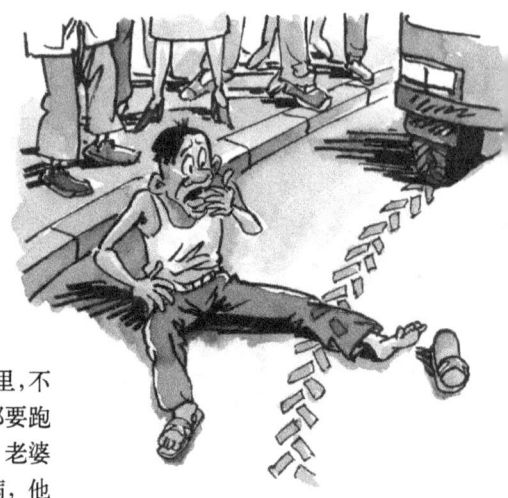

瘸腿张最爱看热闹,方圆十里,不管发生个啥热闹事,他都要跑过去瞧瞧,为这个他没少误事。老婆跟他生气,要他改掉这个坏毛病,他却振振有词"这哪里是坏毛病,你说有了热闹事,没人去看怎么能热闹,我这是为人家做贡献;再说了,热闹看多了,说不定还能看出门道呢。"

这天晌午,瘸腿张正在理发店剃头,刚剃完半边脑壳就见何胖子气喘吁吁地跑进来说道:"东坡小路上发生命案了,一辆电动三轮车把一头正在吃草的羊给撞死了,可热闹呢!"

"嘿!这个新鲜,不行,一定要去看看!"瘸腿张一把扯下脖子上的毛巾,脸上的头发茬都没顾上抹掉,顶着半个脑袋的头发就蹿出去了。

穿胡同,过小巷,路人看到他的阴阳脑袋都笑个不停,可瘸腿张哪里听得到,一门心思只是往村东头的小路赶。眼看快到了,就在这时,对面开来一辆电动车,车上的司机见路上跑来这么个发型怪异的瘸子,稀罕

劲儿上来了,就忍不住多看了两眼,这一看不要紧,竟没注意到迎面开来的另一辆车。还好司机反应快,就听"嘎"的一声,方向盘一转,一个急刹车。车子是绕过去了,可车子前面却有人一声惨叫,原来他把瘸腿张给撞上了。也怪瘸腿张,不看车不看路,埋着头只顾一瘸一拐地往前跑,宽宽的大马路,偏偏就这样给撞上了,而且撞的还是那条好腿。

这下是真热闹了,不一会,瘸腿张就被路人围了个严严实实,瘸腿张是腿又疼心又悔,平时都是他看别人热闹,哪想今天是别人看他的热闹。

何胖子知道瘸腿张出了车祸,更是后悔得直抽自己的嘴巴子,原来,那村东的小路上根本没什么车撞羊,全是他跟瘸腿张开的玩笑。

(本栏题图、插图:顾子易 王 俭)

392 2007 6月

SEMIMONTHLY
上半月刊

STORIES

欢迎登录本刊主办的"故事中国网"（www.storychina.cn）

故事会

STORIES

2007年6月
上半月·红版

主 编：何承伟
常务副主编：吴 伦
副主编：姚自豪（上半月·红版）
副主编：夏一鸣（下半月·绿版）
本期责任编辑：周 吟
电子邮箱：keyin118@163.com

红版发稿编辑：
姚自豪 吕 佳 郑继文
特约编辑：
范大宇 崔新三 申之珉
美术编辑：李宝强
电脑制作：郭瑾玮
通 联：归依玲

本社办公室电话：021-64375030
上半月刊编辑部电话：021-64332325
下半月刊编辑部电话：021-64336469
（上海市绍兴路74号 邮编：200020）
主管、主办 上海文艺出版总社

制作、发行总监：张 凯
电话：021-64313938
广告业务：上海故事会文化传媒有限公司
广告总监：张 淮
广告业务：021-34010383
广告投诉：021-64333738
广告经营许可证
沪工商广字3100320050022号
发行：中国图书进出口上海公司

吓死我了

猎人看到天上有只鸟，连忙举起枪瞄准，可猎人连开了三枪都没打中那只鸟，他正准备开第四枪时，发现那只鸟掉下来了。掉在地上的那只鸟看子弹没打中自己，便"噌"地一下站起来，抖抖身上的灰，拍着胸脯说："吓死我了，吓死我了！"

（哲 哲）

重大新闻

一天早晨，小明气喘吁吁地跑进教室，大声叫道："重大新闻，重大新闻！老师说今天不论是晴天还是雨天都要测验！"

同学们哄然一笑，说"这算什么重大新闻？"

小明一本正经地说道："你们还不知道吧，今天既不是晴天也不是雨天，外面下雪了！"（董 行）

（本栏插图：包丰一）

以免误会

凯瑟琳在家大扫除，在阁楼上发现一把旧猎枪，她不知如何处置，便打电话给父母。

凯瑟琳的父母建议道："把枪交给警察局。"接着凯瑟琳的母亲又补充说："记住先打个电话通知一声，不要拿着枪就走进去。"（吴 均）

动 作 慢

深夜，夏令营里突然响起了紧急集合令，带队老师要求学生三分钟内到操场集合，于是老师一个帐篷接着一个帐篷地督促同学动作快点。突然，老师发现小明还在穿袜子，就叫道："不要穿袜子，快去集合！"等老师检查完别的帐篷时，看见小明还在帐篷里面，就冲着小明叫："还不快去集合，你在干什么？"小明惊惶失措地回答道："我在脱袜子！"

（成 辉）

妙 语

有一个有钱人请霍夫曼到他家作客，吃完饭，这位有钱人得意地领着霍夫曼参观他的豪华住宅，边走边装作漫不经心地说："我一个人需要三个仆人服侍！"

霍夫曼不甘示弱地说："我单洗澡就有四个人来服侍，一个给我放好浴巾，另一个试水温，还有一个检查水龙头。"

有钱人听后甘拜下风，问道："那么第四个呢？"

霍夫曼不紧不慢地说："噢，第四个人，他是最关键的——他代我洗澡。"

（秦 英）

缠人的电话

一家放款公司的男员工打电话问一位女士："你的房子有没有二次房贷？"女士回答："没有。"

男员工又问："你想整合所有的债务吗？"女士说"我没有欠债。"

男员工又继续问："你想装修一下房子、添置些电器吗？"女士坚决地回答说"不想！"

男员工仍不死心，接着问："你结婚了吗?想找男朋友吗？"

（武俊浩）

可怕的噩梦

大学宿舍的一间房里住着六个女生，一天早上，宿舍里年龄最小的一个女生一睁开眼就对大家说："昨夜我做了个噩梦，梦见一个长舌獠牙的吸血鬼在我身后拍我的肩膀，可把我吓坏了。"说完后，这个女生发现其他室友没啥反应，便问："难道你们不觉得这梦很可怕吗？"这时只听年龄最大的一位女生说："昨晚我也做梦了，梦见商场里所有衣服都不打折了……"她的话还没说完，大家都异口同声地说："这个梦真是太可怕了！"

（朱玉强）

欣然同意

吉姆和朋友一起野营，吉姆很懒，当朋友对吉姆说："给你钱，买点肉去吧。"吉姆说："我太累了，你去吧。"于是朋友就去买肉了。

朋友买肉回来后对吉姆说："现在肉买来了，请你把它煮熟吧。"吉姆回答说："不，我不会做饭，你做吧。"于是朋友就开始烧肉。

这时朋友对吉姆说："请你去打点水来。"吉姆回答道："不，我不想把衣服弄脏。"于是朋友又去打水。

最后朋友说："饭做好了，来吃吧。"吉姆愉快地说道"好，我来吃，你知道的，我不喜欢总是说'不'。"

（王　孜）

笔名

女儿考试卷发下来了，考得很差。妈妈看了一下女儿的试卷，发现她都是因为粗心做错的，这让妈妈很生气，而最让妈妈生气的是，女儿竟然粗心到连自己的名字都写漏了一个字。

妈妈指着试卷问女儿是怎么回事，女儿看了看试卷上的名字，回答道"哦，那是我的笔名！"

（宋　凯）

彩 排

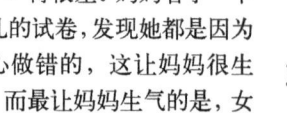

春节快到了，这天晚上电视台正好在播春节联欢晚会联合彩排的新闻，儿子看到后对爸爸说："爸，您该给我压岁钱了！"爸爸说："这还没过年呢，你着什么急呀！"儿子说"这两天我零花钱快没了，您就照着压岁钱的标准先给我吧，咱们也彩排一次！"

（木　几）

屁股出去玩了

丹丹感冒了，妈妈带她去看病。医生对丹丹说："小朋友，你生病了，要在屁股上打一针哦！"丹丹很害怕打针，她眨巴眨巴眼睛说："屁股没来，它到别的地方玩去了！"

（张　亮）

每天都是父亲节吗

这天早晨，孩子问爸爸"爸爸，为什么今天你做早餐呢？妈妈生病了吗？"爸爸随口答道："亲爱的，今天是母亲节呀！"孩子疑惑地问道："哦，那么其他日子，每天都是父亲节吗？"

（芳 华）

十卷墙纸

个人决定装修他的卧室，但他不清楚需要多少卷墙纸，后来他得知隔壁邻居刚刚装修过，而且这邻居家的房间和他的一模一样，于是这个人去问邻居："你装修卧室买了几卷墙纸？"邻居答道："十卷。"于是这个人去买了十卷墙纸，但是装修完了，他发现多出了两卷纸，这个人便去质问邻居："你说要买十卷墙纸，但我装修完却多出了两卷！"

邻居说："真有意思，这么巧啊，我也是的。"

（黄 浩）

遗嘱

位老太太决定立份遗嘱，她告诉律师她有两个要求：第一，她想火葬；第二，她想把骨灰撒遍一幢购物商场。

律师惊奇地问："购物商场？为什么要撒在购物商场？"

老太太说："那样，我就能确保我的女儿们每星期看我两次了。"

（何举鹏）

买 枣

这天，小刘看到一个老太太在卖新枣，新枣看上去很新鲜、很水灵，小刘打算买一些，他问卖枣的老太太："这新枣多少钱一斤？"

老太太说："八元一斤。"

小刘惊道："这新枣晒成干枣后才卖五元一斤，况且，要多少斤新枣才能晒出一斤干枣！你这价也忒离谱了吧？"

卖枣的老太太说："你说是干瘪瘪的老太太值钱呢，还是水灵灵的大姑娘值钱？"

（文 信）

骗局或许并不高明，但善良的人们总是愿意去施予爱心，社会需要金子般的心来守护，金子般的心也同样需要社会来呵护。

别伤害了
金子般的心

□ 何长安

天傍晚，我下班回家，正匆忙走着，突然一个陌生男子上前拦住我，手里捏着一张十元钞票，神神秘秘地问我可不可以帮他一个忙，我一下子警惕起来，以为他要耍那些街头骗子的把戏，刚想赶紧离开，那个男子似乎看出了我的戒备心理，他神情急切地说："你放心，我不是骗子。"

我说了一声："抱歉，我没时间。"就抬腿要走，那男子拦住我，笑笑说："你听我说，你要是不帮我，你就伤害了一颗金子般的心。"我一听便好奇地停住了脚步。

于是，男子告诉我，他刚才在街头的拐角处看见一个小女孩，大概十二三岁的样子，他看见小女孩站在寒风里瑟瑟发抖，以为小女孩迷路了，上前一问才知道，原来那个小女孩在等人。小女孩说她是个卖花姑娘，一个女人买了她的鲜花，给钱的时候发觉身上没带钱包，女人把花拿走了，要小女孩站在那里等一等，说很快就把钱给她送来，可小女孩等了好几个钟头，那女人也没送钱过来。

男子望望我，接着说："很显然，那个女人骗了小女孩。"男子说他劝小女孩赶快回去，不要再等了，说那个女人多半是骗她的，可是小女孩不肯，因为她不相信那个女人会骗她。男子说他实在不忍心看着小女孩在寒风里受冻，男子想替那个女人把钱给小女孩，谁知小女孩怎么也不肯要。

我不解地问："你的意思是……"男子接口说道："小女孩不相信这个世界上有欺骗，纯真的心就像金子一样，我不忍心她金子般的心受到伤害，想保持这个世界在她心里的完美，所以，我找你帮忙。"男子微笑着把那张十元钞票递给我，"你拐过这个街角就看见她了，拜托你过去把钱给她，就说是那个阿姨有事来不了，托你转交的呗。"

我很感动，对男子说："既然这样，就让我来为那个骗人的女人埋单吧！"但是男子却坚决不肯，固执地认为这钱应该由他来出，硬把钱塞到我手里，高兴地说："这下我可以放心地回家了。"

我紧紧握了握男子的手，和他道别后，拿着男子给我的钱，走过拐角，果然看见一个衣着单薄的小女孩，手里拿个空花篮，站在寒风中往我这头张望。我快步走过去，告诉小女孩，说那个阿姨因为有事来不了，特地委托我将钱送来。

"真的吗？"小女孩看着我手里的钱，迟疑着不肯接。

我急忙说："真的，那个阿姨没有空，让我给你送来的。"

小女孩看看我手里的钱，又看看我，说："我不相信。"

我坚定地说："真的，我不骗你！"

"那她应该记得她买了我五十朵花啊！"小女孩嗫嚅道，"每朵两块钱，一共应该是一百块啊……"

原来是这样。我心想，那个好心的男子真是太粗心了，怎么就没问清楚那个女人买了多少花该给多少钱呢，差点就露馅了。

为了不让小女孩起疑心，我故意装作恍然大悟的样子，拍拍脑袋，嘴里嘀咕着说："啊呀，我真粗心，怎么把十元钱当作一百元的给你了！"我从包里摸出一张百元钞票递到小女孩手里，小女孩接过钱，迈着欢快的步

·我的故事·

子走了。看着小女孩的背影，我感到自己做了一件大好事。

半个月后，我在街头意外地看见了那个好心的男子，我刚要过去和他打招呼，却见他突然拦住一个女人，比划着跟人家说些什么，我看见他的手里捏着一张十元的钞票。那个女人和我当初一样，起初还有些戒备，但是听男子说完话，很快就变得高兴起来，接着和我当初一样，她先是拒绝接受男子的钞票，尔后被那男子的真诚态度所打动，有些难为情地拿了那张钞票，和男子握了握手，愉快地往

街头拐角处走去。

果然，那个小女孩正站在那里，翘首张望。和我当初一样，那个女人快步走过去，要给那个小女孩钞票，小女孩先是不肯接，当那女人很快弄明白小女孩不接钞票的原因后，也和我当初一样，她装作恍然大悟的样子，从包里摸出一张一百面额的钞票，这下，那个小女孩收下了钱，她向那个女人鞠躬、道谢后，迈着欢快的步子离开了。那个女人和我当初一样，舒了口气，一副很开心的样子。

我尾随着那个小女孩，在走过几条大街后，看见她走向那个男子，从身上掏出那张刚刚到手的百元大钞递给男子，男子高兴地蹲下身子跟小女孩说着什么。我气坏了，当即掏出笔和纸，写了一行字，然后叫住刚好路过身边的一个小男孩，让他帮忙把纸条送给那个男子。

小男孩纳闷地问我："你是不好意思跟那个叔叔说话吗？"我摇摇头说："是他不好意思跟我说话。"小男孩很乐意帮我这个忙，他按照我说的，把纸条塞给那个男子就走开了。

那个男子打开纸条，看了一眼，就警觉地四处张望，他的神情有些慌张，赶忙牵着那个小女孩匆匆离开了。

我在那张纸条上写着："别伤害了金子般的心！"

（题图、插图：安玉民）

编读聊天室：众手浇开故事花

编辑们在编辑每期《故事会》的这段时间里，总会有许许多多事情值得回味；我相信，你们这些喜爱《故事会》的读者们，在每期的阅读中，也都会有不少感想萦绕心头……

读者小燕：我是北京密云县的一名忠实读者，非常喜爱看《故事会》，每期买回来后，我都会用很好的纸细心地把杂志包好。3月上半月的那期杂志我不小心遗失了，于是我几乎找遍了我们这儿的所有书报亭，可都已经卖完了，我几个晚上都没睡好……不知道这种情况下，我可不可以打电话给你们《故事会》，要求寄给我一本呢？

编辑部 《故事会》有您这样忠实的读者呵护，我们十分感谢，也会更加努力把《故事会》办得更好！一般情况下，遇到《故事会》期刊购买、邮寄等问题或疑惑，您可以根据《故事会》版权页上刊登的通联方式致电咨询。

·快乐辞典·

物 极 必 反

◆ 话只说一遍的是皇帝，话说两遍的是宰相，话说四遍的是太监，话反反复复说个没完没了的，那是老婆。

◆ 一个人说了算是专横，两个人说了算是平衡，三个人说了算是制衡，大家说了算是失衡，大家说了都不算的，那是我们村里的规矩。

◆ 挂一个头衔的是主事的，挂两个头衔的是干事的，挂三个头衔的是说事的，挂四个头衔的是惹事的，挂一大串头衔的是蒙事的。

◆ 治一种病症的药是好药，治多种病症的药是去痛片，包治百病的是假药，药到病除的是毒药。

◆ 体重五十公斤的骨感女人在减肥，体重六十公斤的性感女人在减肥，体重七十公斤的肉感女人在减肥，体重达到二百公斤的女人就不减肥了，她们在申请"吉尼斯纪录"。

◆ 一个和尚吃一桶水，两个和尚就得吃一担水，三个和尚就得用一缸水，十个和尚就得挖一口井，一千个和尚就要建一个水厂，用水的和尚又不知道节约用水，南水就得北调了。

◆ 信息传播速度：报纸不如电视，电视不如广播，广播不如网络，网络不如女人的嘴。

◆ 错了马上认错的是员工；错了保持沉默的是主任；错了也能找到理由的是经理；错了也不承认错的是总经理；错了众人还一再说没错的，那是董事长。

（推荐者：张　杰）

"晒幸福"虽然和"晒工资"等时下流行词一样，听上去有点时尚新潮，但它却饱含着一种深深的传统情结……

晒幸福

□孙秀利

饭桌上的亲昵

小金大学毕业参加工作后，找了一个女朋友叫成音，女朋友是个时髦的都市女孩。

春节快到了，小金要带成音回乡下父母家过年，一来让父母见见未来的儿媳，二来也让成音体验一下乡村生活。

这天，小金和成音两人买好礼物，坐了火车转汽车，又步行了好几里才来到小金老家的小山村。

成音长这么大从没徒步走这么远的路，累得她浑身散了架，一到小金家，就像一堆烂泥样瘫软在烧得热乎乎的火炕上，嗲声嗲气地喊小金帮她捶腰揉腿，还缠着要小金亲吻她算是慰劳，小金当着自己父母的面，哪好意思表现出过分的亲昵，一时闹得好不尴尬。

父母望着天仙般的儿媳妇，乐得嘴都合不上了，围前围后地忙个不停，先是父亲拖着一条有点瘸的腿烧了一盆热气腾腾的开水，端来让未来的儿媳妇泡脚解乏，热水盆都放到成音的脚边上了，成音却撒娇地一伸腿，对小金说："来，你帮我洗！"小金犹豫了一下，还是蹲了下来，用手试了一下水温后，捧起成音的双脚放进水盆里慢慢地搓揉起来。父亲见了，看不懂了，因为乡下的规矩都是

女人替男人洗脚，现在咋倒过来了！

小金刚给成音擦干脚上的水，母亲就把香味扑鼻的猪肉炖酸菜、小鸡炖蘑菇等家乡特色菜摆了一桌子，成音瞅瞅这个，看看那个，不知先吃哪道菜好，突然，她小嘴一撇说："亲爱的，我也不知哪道菜好吃，你夹好吃的菜喂我吧！"听她这么一说，小金父母全都停下筷子，怔怔地看着小金和成音，小金迟疑了一下，还是夹了一块鸡肉放进了成音的嘴里，成音边嚼鸡肉边对小金说："真香，你夹的菜吃起来就香！"说着，撅起油光光的嘴唇"叭"地在小金的腮帮子上亲了一下，这把老两口看得一愣一愣的。

什么是"晒幸福"

第二天一大早，母亲悄悄把小金叫到了身边，劈头就问："你媳妇平时就对你这样，还是特意在我们面前显示你俩感情好？要是平时对你那样，你们婚后的日子还怎么过啊！"

小金一笑说："老妈，你就把心放回肚子里吧，其实成音是个挺贤惠的女孩，在你们面前表现出来的亲昵行为是情之所致的自然流露，也是都市人正在流行的'晒幸福'，用咱老家的话讲，就是显摆幸福。"

母亲似懂非懂地摇摇头："现在的年轻人真是越来越看不明白了，真正处得好干吗非要在人前显摆呢，有

晒粮食晒衣服的，没听说还有晒幸福的，晒得我和你爸心里怪别扭的。"

这天下午，小金陪成音到村外欣赏雪景，小金拐弯抹角地劝成音在父母面前不要表现得过分亲昵，因为父母看着心里别扭，成音眨巴着眼睛反问道："怎么，我晒咱俩的幸福，二老应该看着高兴啊，怎么会别扭呢？"

小金长叹一声说："我爸妈老两口一辈子没有什么感情，我害怕咱俩的行为刺激了他们。"

成音听了，不理解地摇摇头说："多可悲啊，他们老两口一辈子也没有晒幸福的机会了。"

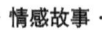

说到父母的情况，小金顿时失去了继续赏雪的兴致，他带着成音闷闷不乐地往家走去。

真正地"晒幸福"

小金和成音牵着手走到家门口时突然愣住了，他们看到小金父母坐在暖洋洋的墙根下，父亲斜歪在母亲的怀里，微闭着眼睛，满脸的幸福惬意。原来母亲正在用一根火柴棍给父亲掏耳朵眼呢。掏完耳朵眼，母亲拍拍父亲的花白脑袋，轻声说："老东西，好了，累坏我的腰了。"父亲却赖在母亲怀里不起来，哼哼着说："老婆子，太

舒服了，要不我给你捶捶腰补偿一下算是扯平？"

母亲假装生气地拍了父亲一下说："我这一辈子侍候你家老的又侍候小的，算是交给你们家了，你怎么扯平？"父亲得寸进尺："既然扯不平，那就再服务老东西一次吧，我的后脊梁又痒痒了，给我挠挠吧。"

母亲说："儿子不是给你买挠痒棍了吗，自己挠去。"父亲却说："那玩意儿硬邦邦的，哪有你的老爪子舒服，快来吧，别拿五作六了。"

于是，母亲把手伸进了父亲的衣服里，轻轻地挠起痒来，老两口全是满脸满脸的幸福。

父亲舒服得摇头晃脑直哼哼，母亲嗔声"呸"了一口："老东西，美得你！"说完在父亲的身上掐了一下，父亲假装很疼的样子跳了起来，一瘸一拐地边跑边喊"老太婆要害我，要害我喽！"

母亲笑骂道"这个老东西，还赖我呢。"母亲说着话，不经意地一回头，看到了站在那儿发呆的小金和成音，母亲爬满皱纹的脸上竟浮出几许红晕，她不好意思地说："没事干，我们俩在晒太阳呢。"

成音和小金开心地笑起来，成音一把拉过小金的手，说"你看，你看，谁说咱俩的行为会刺激他们二老啊，他们这才是真正地在晒幸福呢！"

（题图、插图：安玉民）

说大事、小事,普通人的身边事
讲闲话、实话,老百姓的心里话

有钱了,买房了,装修了,操心了,出汗了,人累了,腿酸了,心烦了,头大了,动嘴皮子了,用心思了,抹眼泪了,酸甜苦辣全来了,千奇百怪的故事发生了……

"装修"引出的故事

里。这当儿,小郑望着刚卸下的堆成小山的两方沙子,有点傻眼:将近3吨重,怎么弄到5楼上去?

就在这时,"叮铃铃……"来了一个十多人组成的车队,看他们的打扮,像是附近郊区的农民,这些人就是"背楼"的,也就是帮户主把装修材料弄上楼去的,居民们称他们是"飞虎队"。为首的一个被人称作"胡总",他和小郑讨价还价,说是搬这些沙子要150元,他说:"嘿嘿,小兄弟,6000斤啊!你这又是5楼,每斤每层才收你5厘钱!"

•第一个故事•

想出了一条离间计

小郑新买了一套房子,想好好装修一下。你别以为小郑多有钱,他可是被银行每月"按"在地上再"揭"一层皮才买的房子!

不装修不知道,原来装修房子竟需要这么多的原材料,平时光看人家屋里风光了,不知道人家辛苦都在墙

小郑被他弄糊涂了：买这些沙子才花140元，搬运费怎么也不能比买价还高呀！最后好说歹说，小郑付了140元。

讲好了价钱，"胡总"指挥那帮人搬了起来，一眨眼，两方沙子像长了腿一样飞上了楼。

"飞虎队"干完了活，拿了钱走了，这时，小郑的手机响了，是同事打来的，几个同事和小郑一起买的

房，经常互相传递信息，同事在电话里说："'背楼'了没有？哦，你给了多少？140元？你呀，太实心眼了，人家两方沙子只给100元！"

小郑后悔不迭，他想啊想，终于想出了一条计谋：这支"背楼"队伍里有个姓赵的，说话有点娘娘腔，人称"假娘们儿"。小郑的计划是：使离间计，瓦解这支"背楼"团队！

这天，水泥商要送来一车水泥，事先，小郑特意嘱咐水泥商天黑后送货，然后，趁"胡总"不在，小郑悄悄找到"假娘们儿"，拉到一边过话儿。小郑递上一支烟，替他点着了，说："赵哥，傍黑要来一车水泥，'胡总'不在，你能当个家不？"

"假娘们儿"眼一瞟，说："哟，这话儿说的，咋当不了家？你以为他是头儿啊？呸！谁也没选他！"就这样，两人一拍即合，密谋停当。天黑以后，一辆载着水泥的车悄悄停到了楼下，"假娘们儿"带着一个民工神不知鬼不觉地把这档活干了，小郑递上了一晚上的劳动所得：每人20元。

第二天上午，这"离间计"的成效就立竿见影了：每次来料，楼下就聚集成两帮人马，一帮以"胡总"为首，一帮由"假娘们儿"率领，小郑在中间主持召开"竞标会"——谁出的价低让谁背，这样一来，总有一帮人马灰溜溜地离去，鹬蚌相争，获得实惠的是小郑。

装修结束，小郑和几个同时买房的哥们儿在一起吃饭庆祝竣工。席间，小郑得意地向众人炫耀他的离间计，不料大伙儿交流时一对账，天哪，别人的"背楼"费用竟然都比小郑的便宜！其实，"假娘们儿"和胡总"竞标"时一唱一和，那是在演戏给小郑看，表面上看价是往低处走，其实价早就抬高了。小郑恨不得一下子钻地板缝里去，郁闷极了。

这天，小郑准备搬家了，搬家公司的车子还没到，突然来了一队三轮车，为首的就是那个"胡总"，他笑吟吟地对小郑说："郑师傅，今天我们兄弟是来给你帮忙的，一是恭贺乔迁之喜，二嘛……嘿嘿，我们好像还欠你点背楼费啊，呵呵……"

●第二个故事●

好一个有才的张经理

郭女士的丈夫是个局长，最近，郭女士把乡下单身一人的父亲接进了城，一家房地产开发公司的老总史经理知道这事后，当即提供了一套三室二厅的公寓房给郭老汉住。房是新房，尚未装修，史经理又马上找了一家装修公司，他对那公司的负责人说："用最高的标准，最好的材料，最好的工人。我先给你预付一半款，装修好后，如果郭大爷他老人家住着满意，我还有奖金。"负责人连连点头，

要史经理放心。

谁知消息不知被谁走漏了，一些人不愿意了，包括赵经理、钱经理、宁镇长、顾乡长、林区长、秦主任等，或亲自登门，或打来电话，都表达了强烈的不满，都表达了同样的意思："郭姐，反正你得给我匀出一间、两间的让我装修，不然我就呆在你家不走了！"郭女士没办法，只好想了个折中的法子，大家这才皆大欢喜。

这天中午，郭女士下班回家，见一个三十多岁的男人站在院门口等，这人她认识，是兴达公司的张经理，张经理一见郭女士立刻嚷开了："郭姐呀郭姐，你太不像话了！老爷子装修新房，为什么不吱一声？拿我们兴达公司当外人是不是？我们杜总去参加广交会了，昨晚，他从广州打来长途电话，把我大骂了一通，他下军令状了——如果老爷子新房装修我们出不上力，我这个经理就不用干了，所以，你无论如何也得让我们出钱装修一下。"

郭女士是真为难了，说："张经理，实在是没地方了，你要不信，咱们一块儿去新房那看看……"于是，张经理开车拉着郭女士，来到新房。这房子也就100个平方，却挤着20多个干活的，电锯声、电钻声、敲打声乱成一片。郭女士领着张经理，一边看一边介绍："这大客厅，是赵经理找

的人在干；小客厅，是钱经理找的人在干；大卧室，是宁镇长找的人在干……"最后来到卫生间，郭女士说："你知道开发区的秦主任吧？他只捞到了一个卫生间，这里，是他找的人在干。"

张经理见这房子实在没啥地方可以供人装修了，只好垂头丧气地送郭女士回家，但他仍不死心，还赖在郭家磨蹭着。正在这时，楼上传来了郭老爷子的咳嗽声，郭女士突然灵机一动，说："对了！我娘死得早，我爹在乡下苦了一辈子，哪也没去玩过。我们两口子忙，一直想陪老爷子出去玩玩，也腾不出工夫。张经理要是方便的话，找个人陪我爹四处转转？"

张经理一听，大喜过望："方便！方便！他愿去哪玩，我亲自全程陪

同！"说着，张经理就要带郭老爷子走，郭女士要给老爷子拿换洗衣服，张经理嚷道："不用了，我给老爷子里里外外买新的！"就这样，张经理当天就陪着郭老爷子出门旅游去了。

二十多天后，新房装修好了，张经理也带着郭老爷子旅游回来了。郭女士一看，不对呀，怎么多了一个徐娘半老、风韵犹存的女人？怎么回事？郭老爷子吞吞吐吐地向女儿道出了来由：

郭老爷子村里有个卖豆腐的女人，年轻时得了个绰号叫"豆腐西施"。前几年，她男人当包工头发了财，不要她了，和她离了婚，一双成年的儿女也跟着爹进了城，家里只剩下她一人，仍然卖她的豆腐。郭老爷子常去买豆腐，一来二去，两人有了

好感，谈起了"黄昏恋"。前不久郭老爷子进城，那女人哭了一宿，还真有点生离死别的样子。这次，郭老爷子出来旅游，张经理心细如发，从老爷子的口中打探到了这事，于是，他立即更改行程，去了郭老爷子的老家，给两人办理了结婚证，把"豆腐西施"一块带回来了。此外，郭老爷子说城里污染严重，恐怕住不惯，张经理就在当地找了家装修公司，把老爷子乡下的老屋装修一新，说："老爷子，您和老伴，城里乡下，愿住哪就住哪，缺什么，有什么事，只管开口！"当然，名片他是早给老爷子了。

郭女士是个孝女，见鳏居多年的父亲老来有伴，她打心眼里替父亲高兴。原打算雇个老阿姨服侍父亲，这下也不用了，自己能少操多少心啊！另外，父亲在乡下呆惯了，进城后一直嚷嚷不舒服，空气刺鼻子，水也不好喝，想回去，现在乡下老屋也被张经理装修一新了，老两口回去住她也放心了。

一周后，郭女士在饭店摆喜宴，为父亲举办了婚礼，她那位当局长的丈夫也出席。兴达公司的杜总向局长敬酒时，郭女士乐不可支，直夸张经理会办事。杜总敬酒回来后，笑眯眯地拍了拍张经理的肩膀，说道："你小子，太有才了！"

张经理确实有才，但他的"才"用在歪门邪道上了，他后来和郭女士的

丈夫——也就是那个局长越挨越近，生意也越做越大，最后违法乱纪，被判了重刑，当然，那是后话了……

•第三个故事•
这里的装修静悄悄

小民买房已经两年了，因为装修要花一大笔钱，手头紧，所以一直是个毛坯房，可最近要结婚了，不装修不行，但装修起来却有个大难题：这里的住户都已经入住两年了，现在他单独装修，不把人吵死才怪呢；而且，楼下还住着顾大爷和他的老伴，顾大爷有心脏病，听不得噪音，他自己家装修那阵子，就和老伴躲到了乡下，可现在没法躲了，去年他中风偏瘫躺在了床上，一直到现在还起不来，吃喝拉撒全靠老伴伺候。

小民正在为这事为难，顾大爷的老伴却找上门来了，大娘说："小民，你只管装修吧，自从老头中风后，不知怎么回事，他的耳朵也聋了，噪音再大，他都听不见。"

小民一听，心里踏实了，但他怕影响其他户主，还是再三叮嘱装修工：声音尽量轻些，午休和晚上绝对不能干发出噪音的活儿，邻居们都很感动，他们没想到这里的装修居然是静悄悄的。

这种静悄悄的装修毕竟影响了进

度，眼看结婚的日子快到了，可工程只完成了三分之一，小民急呀，邻居们知道这事后，都不好意思起来，便一起找到小民，说："你别顾忌太多，让装修的抓紧干吧，别到结婚时房子还没完工呀！"小民听了这话，感动得眼窝湿漉漉的，他点点头，说："好吧，我听大伙的。"

第二天，装修队就开始放手干了，噪音一天到晚响个不停，邻居们听着这噪音，不但心里不烦，反倒松了一口气，大家都盼着吃小民的喜糖呢！

可就在装修快要完工的前一天，突然出事了，当时还没下班，小民不在，装修的工人正在房里干活，突然门外传来敲门声，开门一看，是楼下的大娘，大娘对工人说："我家老头子快不行了，帮我送医院吧……"工人们立即拨打120，将顾大爷送进了医院，经抢救终于脱离了危险。

小民听到消息后马上赶到了医院，顾大爷刚刚苏醒，见小民来了，不好意思地笑笑，说："小民，大爷吓着你了。"小民赶紧说道："大爷，您别说话，好好休息。"大爷说："我没事，这种病喘过气来就好了，你快去忙装修的事吧。"

小民听了大爷的话，似乎想起了什么，猛然一惊，忙问大娘："大娘，您不是说大爷聋了吗？"大娘这才道

出了实情："小民，你大爷没聋，他是怕耽误你装修，才这么骗你的。"

小民一下愣住了："您是说这些日子里，大爷一直忍受着我家的噪音？"大娘说："不，要这样他早就没命了，他特意让我买了一对耳塞，天天塞在耳朵里，可就在今天，女儿打来电话，非要和他说话，结果他一摘下耳塞，就听见楼顶发出一阵电钻声，他一下昏倒了……"

小民听完，眼泪涌了出来……

•第四个故事•

墙洞里的秘密

王二小在城里打了几年工，手里有了一些积蓄，就找到二手房交易公司，购买了一套二室一厅的旧房。

王二小从交易公司拿了房子钥匙后，首先请人设计了装修方案，接着便开始做一些装修前的粗活：敲掉地砖，拆除隔墙。为了省钱，这些粗活他自己做，只请了一个乡下的泥瓦匠帮忙。晚上，王二小回乡下老家去拿东西，给他帮忙的那个泥瓦匠一个人住在那房子里。第二天早晨，王二小从乡下回到城里，打开房子一看，我的天哪，给他帮忙的泥瓦匠倒在血泊之中，死了！

房子才开始装修，就死人了，出这样的大事，把王二小吓得魂飞魄散，他赶紧打电话报了案。

只片刻工夫，警察就来到了现场。经勘察，死者是被人用刀子捅死的，死亡时间大约在夜里十二点以后。是谁杀了一个身无分文的泥瓦匠呢？警察忙活了好几天，一无所获。

王二小在得到警方允许后继续装修他的房子，这一天，他在拆除一处隔墙时意外发现墙壁里有一个暗洞，用手一摸，里面空的。一个普通的住房，在墙壁里弄个暗洞做什么呢？王二小有些不解，就把这个发现告诉了警察。

一个月后，王二小的房子装修好了，就在这个时候，警察上门来了，警察一进门就笑吟吟地说："谢谢你，王二小同志，你为我们提供了线索，让我们破了大案，你可以获得五万元的奖金。"

王二小一听，惊呆了。

原来，王二小把发现暗洞的事告诉警察后，警方立即进行了调查，很快得知这房子的旧主是市博物馆一名叫刘三的职工，现已迁往深圳居住，他在那里花两百多万元买了一套高档住房。一个普通职工怎么会那么有钱呢？于是警察对他进行了侦查，事情很快就水落石出了：三年前，市博物馆有两件价值连城的国宝被盗，当时公安局悬赏五万元作为提供线索的奖金，可是三年过去，没有任何线索。这次王二小装修房子，泥瓦匠被杀害，而旧房又是博物馆职工住过的，墙壁里又有暗洞，警方觉得疑点很大。

于是，警察到深圳找到了刘三，几经审讯，刘三供认了：三年前，刘三神不知鬼不觉地偷盗了博物馆的两件国宝，得手后，他把其中一件以五百万元的价格卖给了文物贩子，另一件因没找到合适的买家，只好在住宅的墙壁里开了一个暗洞，把东西藏了

百姓话题

起来。刘三在盗窃国宝后想金蝉脱壳，便以身体不好为由，辞了博物馆的工作，举家迁徙，远走深圳。在去深圳的前夜，他把那件珍宝从墙洞里拿了出来，和其他贵重物品一起装进了一只箱子里，可到深圳后，打开箱子一看，什么物品都在，唯独那件宝物不见了。原来刘三自从盗取国宝以后，因惶恐而患了梦游症，在去深圳的前夜梦游时，又把宝物从箱子里拿出来放回了墙洞里。

刘三没办法，只好偷偷从深圳返回，趁夜深人静时打开房门去墙洞里取宝物，不料突然听到身后有人，刘三没想到屋里会住着装修的人，为防止露出马脚，他毫不犹豫地一刀捅了那个泥瓦匠……

不久，王二小从乡下搬进了城里的新房。在搬家时，王二小去了那个泥瓦匠的坟头，跪下磕了三个头，然后又去了泥瓦匠家，悄悄地把公安局奖给他的五万元奖金放在泥瓦匠爹娘的炕头上……

"想出了一条离间计"作者：无字仓颉；"好一个有才的张经理"作者：老三；"这里的装修静悄悄"作者：王国玫；"墙洞里的秘密"作者：邓耀华。

(题图、插图：刘斌昆)

·本刊信息传真·

2007年《中国最有影响力的故事》征文启事

四大奖励措施 稿酬外追加千字1000元奖金

为鼓励多出优秀作品,《故事会》杂志社决定继续举办2007年"最有影响力的故事"征文大赛，并对优秀作品实行四大奖励措施：

1. 入选作品除在杂志上发表外，还将收入《〈故事会〉2007年最有影响力的故事》一书。2. 入选作品可得两笔稿酬：在《故事会》杂志发表的作品，首发稿酬每千字400元；获《〈故事会〉最有影响力的故事》优秀作品奖，再追加每千字1000元。3. 入选作品均颁发奖励证书。4. 本刊将邀请有关作者参加优秀作品改稿会以及年底的颁奖大会，所有费用均由编辑部承担。

征稿范围：1、具有现实感、新鲜感且可读性强的中短篇（包括超短篇）原创作品；2、故事性强、有口传性、能引起读者兴趣的推荐作品。

超短篇（如幽默故事）的字数一般在1500字以内，短篇（如中国新传说）的字数一般在5000字以内，中篇故事的字数一般在15000字以内。

来稿方法：1. 从邮局寄发，请在信封上注明"征文大赛"字样，本刊地址：上海市绍兴路74号《故事会》杂志社，邮编：200020。2. 从网上传递，可寄以下信箱：wulun@vip.sohu.net，请在主题上注明"征文大赛"字样。此外，重点作者的稿件可直接与有关责任编辑联系，本期责任编辑的信箱是：keyin118@163.com。

群众演员

□ 孙新峰

声惨叫，身子转了两圈，晃晃悠悠地倒在地上。

这一下现场可炸开了锅，杀手混在人群里逃跑了。餐厅里好多人都目睹了这一场面，全都吓得直发抖，其实，在目击者中，最紧张、最害怕的要数张永忠了，他差点怀疑杀手是来杀自己的。为啥这么想？做贼心虚呗。不久前，张永忠和一位姓钱的老板同时竞标一个工程，钱老板私下专门找他谈过一次，说掌握了他包养情人的证据，威胁他退出竞争，不然就把这件事捅给他老婆。换个人，也许不大在乎，偏偏张永忠最担心的就是这个，他是靠老婆的背景起家的，老婆一翻脸，他一切都玩完。

张永忠越想越怕，不由恶向胆边生，于是派了个叫黑子的心腹把钱老板杀了，没想到不到三天警察就把案子给破了，把黑子抓了起来。

自从黑子被抓，张永忠就没睡过

餐厅外的枪案

张永忠是个民企老板，这天中午，他去一家叫"大观园"的酒店吃饭，正吃着，从大门口进来了一个人，在他身边的一张桌子上坐了下来，也不点菜，一副若有所思的样子。服务员拿着菜谱过来了，这个人说："不急，不急，我还要等个人。"

张永忠忍不住多看了他两眼，因为那个人长得跟他挺像的。没坐多大一会，那个人起身又出去了，不料刚出餐厅大门，突然从一旁窜过来一个青年，掏出枪来，照着那个人就扣扳机，随着几声枪响，那人嘴里发出几

踏实觉，生怕黑子把自己给供出来，要不是家大业大，他早就逃跑了，可奇怪的是，警察从来没找自己问过话，看来，黑子一人把罪扛了，只要黑子不松口，警察就奈何他不得……

张永忠正在胡思乱想，几个胆大的食客嚷嚷着要出去看看情况，张永忠也跟着去了，可没想到外面的情况突然起了变化：从马路对面的一辆面包车里走出一个中年妇女，她穿着一件有很多兜的马夹，拿着话筒，叫了起来："对不起，让大家受惊了，我们是在拍戏。"

原来是虚惊一场，大家悬着的一颗心这才放了下来，有人还认出这女的就是市电视台的一位编导，接下来就热闹了：地上的"死者"首先爬了起来，接着，摄制组的其他成员也过来了，大家都很高兴，唯独女导演板起了脸："这个镜头要重拍！"

摄影师不解地问："为什么呀？"

"群众的表现都很真实，问题恰恰出在演员身上。"女导演对着那个扮演死者的演员，不客气地批评起来，"余斌，我都不知道怎么说你，给你说的戏都当耳边风了？中枪后身子一震，往后一栽就完事了，可你看看你，两手乱舞，嘴里乱叫唤，还转了两圈再倒下，都打哪学的？"

那个叫余斌的演员不服气地说："当年周润发在《上海滩》里就是这么

死的嘛，我觉得非常经典；再说，直挺挺地倒下，磕着脑袋咋办？"

女导演一听气坏了，让制片给了他钱，打发他走了。赌气归赌气，这戏还得拍呀，女导演决定现场招募演员，她把这个意图向围观的食客、路人说了，又介绍了剧情："这个镜头不长，杀手想杀一个有黑道背景的老板，不过，认错了人，开枪后就趁乱逃跑了。"她这么一说，大伙也就明白了，难怪只要现场招募一个群众演员就行了，于是不少男士抢着报名，愿意被"干掉"，还纷纷表示不要报酬。

女导演说："我们的男二号……噢，就是剧中的那个老板，他没来，被杀的这个人得跟他长得有几分相似才行，还得有派头。"

现场很热闹，惹得张永忠也起了戏瘾。刚才那一幕弄得他心惊肉跳，加上这几天一直紧张兮兮的，他很想在这么一个机会中松弛一下神经，于是他便挤上前去，对女导演说："你看我怎么样？我跟那个叫余斌的有点像，也有老板派头吧？"女导演眼睛一亮："太好啦，就是你啦！"

警察来了

剧组大概防着第一遍拍摄出意外，早就准备了另外一件布了弹点、血包的服装，当下就给张永忠换上了。当然，现在没法偷拍了，所以，需要大量的群众演员配合，围观者正好都能派上用场。女导演又给群众演员说起戏来，大家刚才都有了一次经验，不一会儿就领悟了。

一切准备完毕，女导演一声"开拍"，张永忠从餐厅大门里走了出来，然后，杀手突然冲上前，连开数枪，只见张永忠身子猛然一震，身上出现了几个血洞，接着，瞪大了眼向后仰倒下去……与此同时，行人四散惊逃，杀手混进人群……

这次镜头拍得比第一遍要细致，先拍全景，然后摄影师抱着机子一路推过去，最后还给张永忠来了个特写，随着一声"OK"，整个镜头终于完成了，女导演高兴地说："非常成功，非常到位！"话刚说完，一辆警车飞驰而至，一个警察下了车，走到女导演面前，劈头就埋怨上了："表姐，你们到底在玩什么玄虚？"

来人是市公安局刑警队的副队长，叫王鹏，还是女导演的表弟。女导演带着歉意说："我们只是想追求真实的效果，所以进行了偷拍，没想到把你们给惊动了。"

王鹏说："你们拍这种镜头，事先得给派出所打声招呼呀，弄得我们多被动。"

女导演说："这个镜头不长，很快就能抢拍完……刚才有个演员演砸了，我生了会儿闷气，才通知得晚了。"

原来，"枪案"发生不久，有人给110打了电话，110马上通知刑警队出警，警察刚走到半路，又接到通知，说是电视台在拍戏，弄得大家个个闹脾气，有人还往电视台打电话质询，得知是王队长的表姐在拍外景，也就不啃声了，大伙也就收队了。那会儿，王鹏正在看守所提审黑子，不知道这事，不久，一位同事打电话告诉他了，王鹏心里挺别扭的，就开车过来了。

这不是什么大事，在表姐保证下不为例后，王鹏也不好再说什么。这时，他发现了扮演中枪者的群众演员，

十分意外地说："这不是张老板吗？你还有这爱好？"

张永忠有点尴尬，他讪笑着说："好玩，好玩。"王鹏说："那你们继续玩吧。"说完，他驱车走了。

谁玩进去了

下午，王鹏赶到了电视台，找到了表姐，把张永忠演的那一段翻刻了一盘，带回了局里。

王鹏再次来到看守所提审黑子。这个黑子就是王鹏带人抓的，抓来后经过审讯，知道黑子跟钱老板无冤无仇，根本找不到杀人动机，后来，王鹏怀疑是张永忠雇凶杀人，而且，把这个话也向黑子挑明了，可没想到黑子的嘴非常硬，坚持说自己想抢劫钱总，没得逞就把人杀了，没有任何人指使他。王鹏因为没证据，怕惊动张永忠，所以，一直没有跟他接触。

那黑子到底是怎么想的呢？很简单，一是张永忠给了他五万块钱，黑子缺钱用，五万块对他是个大数目；二是张永忠曾威胁他，如果泄露半点口风，就把他一家都杀了，还说已经提前做了安排，自己坐牢之日，就是黑子家灭门之时，所以，黑子不敢把张永忠供出来。

这会儿，黑子见王鹏又来了，仍是一副死猪不怕开水烫的架势，王鹏开门见山，说："我来是想告诉你一件事，张永忠死了，就是中午我审你的那会。"黑子听了，脸上一惊，不过，马上又平静下来，冷冷地说："你以为我是三岁小孩呀？"

王鹏不急不恼，说了起来："今天中午，张永忠在大观园酒店门前遭到袭击，身中六枪，当场死亡。杀手当时趁乱逃跑了，我们正在布控缉捕，抓住他只是迟早的事，因为他的相貌被拍摄了下来。这事说起来也巧，当时，对面有个人拿个数码摄像机拍街景，正巧把这一幕拍了下来，我们已经请人把录像带刻成了光盘。走吧，一块去看一看。"

王鹏把黑子带到了一间会议室，打开电视，把碟片放进影碟机中，中午枪杀那一幕被播放出来。黑子看得眼都直了，这不是张永忠还能是谁？身上打了那么多洞，死不瞑目，真是太惨了。

王鹏看了黑子一眼，问："你现在还愿意自己扛罪吗？"

黑子愣了愣，摇了摇头。现在，张永忠已经死了，再替他掩护值吗？还不如把责任朝他身上推呢，没准自己还吃不了枪子儿，于是黑子说："我交待，都是张永忠逼我干的……"

张永忠做梦也没想到自己把自己给玩进去了。审讯结束后，王鹏马上通知人去抓张永忠，然后又给表姐打了个电话："表姐，你那个镜头还是另找个人重拍吧！"

（题图、插图：刘斌昆）

偷车

□ 方冠晴

这点儿事

· 中国新传说 ·

浓郁的喜剧氛围让你身临其境，夸张而滑稽的场景让你忍俊不禁，如果你好久没有开怀一笑了，那就赶快走入这个热闹的剧情中感受一番吧！

有苦说不出

在偷车贼中，刘顺是个响当当的人物，如今，他的弟子门徒都一大帮子了。

近日来，却出现了一件怪事，一辆半新不旧的富康车总是在刘顺地盘上跑，车后窗还嚣张地贴着一幅标语："偷车的龟儿子，有种你来偷车试试，老子灭了你！"

刘顺见了虽然气愤，但他还是一直忍着，一来，他一贯只偷名车，对这种富康车不屑一顾；二来，他知道这辆富康车不容易偷，人家敢公然叫阵，肯定早有防备。

刘顺忍着，可他的小徒弟却忍不住了，当天晚上，小徒弟就一个人偷车去了，但这一去就没有了消息，直到天亮，小徒弟还没回来。

好些天后，刘顺突然接到警察打来的电话，说他的侄子偷车时被抓，经审判后被关起来了，因为天冷，要刘顺送几件衣服过去。刘顺惊得半天说不上话，他只好收拾了几件衣服，还带上了一只烧鸡给小徒弟送去，号子里没什么好吃的，给小徒弟捎上

点，安慰安慰，人家才不会供出他刘顺来。

刘顺见到小徒弟时，只见小徒弟整个人像霜打的茄子，蔫头耷脑，连两只手都藏在桌子底下不敢露出来。刘顺将带来的衣服放在桌上，又将带来的烧鸡推到小徒弟面前。

小徒弟显然饿极了，一见烧鸡立马低头就啃，也不用手拿，只一味地用嘴去啃，猪拱食似的，结果肉一口也没啃到，倒拱得烧鸡满桌子打滚。

刘顺看到小徒弟这副窝囊相，顿时来气了，当着警察的面又不好说别的，就训斥道："你手断了？不知道拿着烧鸡？"

小徒弟哭丧着脸，结结巴巴地说："我手上有东西。"

刘顺一听更来气，手上有东西？不就是戴了一副手铐吗，戴上一副手铐就不敢拿出来见人，有这样的羞耻心还怎么成就一名出色的偷车贼？

刘顺抓住小徒弟的胳膊就猛地往外拽，怒道："我就不信戴着手铐就拿不了烧鸡！"

刘顺这一拽，没能将小徒弟的双手从桌子底下拽出来，倒磕得桌子"咚咚"直响。

刘顺低头一看，也傻眼了，小徒弟的两只手上并没戴手铐，而是紧紧地握着一只小车的方向盘。刘顺那个气呀：说去偷车，却偷来一个方向盘，

还宝贝似的攥在手里，这徒弟脑子进水了还是咋的？

当着警察的面刘顺又不敢直接说破，只得拐弯抹角地骂："好小子，你是贼性不改，偷了个方向盘就当宝了，抓在手里舍不得扔？"刘顺这一骂，小徒弟臊得满脸通红，头快低到裤裆里去了。

警察不知就里，上前说："你也别骂了，怨不得你侄子，他也想将这方向盘扔了，可扔不掉呀！人家车主在方向盘上抹了强力胶，你侄子一上手就粘住了，挣了一夜都没挣脱，眼睁睁地等着被抓。这不，卸下方向盘才将他从那车上带出来的。这车主真有意思，算是给你侄子吃足苦头了，别的不说，蹲在号子里，双手粘在方向盘上挪不开，吃饭解手都不方便。你想想看，一双手上整天粘着个方向盘，怎么可能方便呢？"警察说着说着也忍不住笑出声来。

刘顺气得不行，这富康车主是有意与他们结梁子了，不但写出那样气人的标语来，还用这样的手段来整偷车人，看来，不使点厉害的，人家还不知道马王爷长几只眼了！

大意失荆州

刘顺揣着一肚子气回到家，他的大徒弟说："师傅，这事在道上都传开了，说是人家在车窗上贴标语主动挑战，师傅好些日子不敢搭理人家，好

不容易师弟出手了，却被人家整得出尽了洋相，这件事都成道上朋友的笑柄了。"

刘顺恨恨地说道："放心吧，我会出手教训那不知天高地厚的车主，别的不说，贼争一口气，他那么张狂地耍我徒弟，我要他没地方买后悔药去，我今晚就去顺了他的车。"

"顺"是他们的行话，就是"偷"的意思。

大徒弟立即说："不劳师傅动手，人家整了我师弟就是打了我的脸，我今晚去会会那辆破富康！"刘顺想，大徒弟尽得自己真传，偷车技术远在小徒弟之上，由他出马应该不会有什么闪失，便点头应允了。

当天晚上，等到夜深人静时，大徒弟来到小区，见小区的保安正坐在值班室里，栅栏门也关着。大徒弟不慌不忙点了一支烟就去敲保安室的门，保安打开门，他一口烟喷在保安的脸上，保安当即就迷糊了。大徒弟将保安扶到椅子上坐下，取了钥匙，开了栅栏门，这样，待会儿他开车出来就畅通无阻了。

大徒弟在院子里找到那辆富康车，没费吹灰之力就让车内警报器变了哑巴，然后打开了车门，坐上了驾驶座，脱下衣服，往方向盘上一盖，再拉衣服时，衣服就已经牢牢地粘在方向盘上了。

大徒弟不由轻轻地笑了，不就这

点把戏？蒙上一件衣服就搞定。接着，大徒弟将手伸向线路盒，他多了个心眼，没敢用手去碰，而是取了一把钳子，钳子一挨着线路盒，就听"嗒"的一声，一个铁夹子猛地夹过来，一下子就将钳子夹得牢牢的。好险，要是用手，自己已经被夹住了，大徒弟顺利地打开了线路盒，拉出电线，三下五去二，两秒

钟就接上了线，只听"嗡"的一声，车子的引擎就响了起来。

"小样，就这点机关也想算计我？也只能算计计我师弟那号角色！"大徒弟笑起来，往椅背上一靠，长长地吁了一口气。一口气还没吁完，就听"啪啪啪"三声，椅背旁边猛地弹出三根钢条，牢牢地将他绑在椅子上，他顿时动弹不得。

大徒弟这下着了慌，大意失荆州啊，怎么就没想到椅子上还有机关？挣是挣不脱了，看来要想逃就只能卸下座椅了，好在大徒弟还有一只手没被绑住，他也算有能耐，卸了两个小时，人累得快虚脱了，手也磨破了皮，总算将椅子卸下来了。

大徒弟好不容易连人带椅子下了车，就听三楼有人冲他喊："大哥，你不偷车了？忙活这么半天，就为偷一把椅子？不划算啊！"

大徒弟气得直咬牙，看来，人家一直在窗口瞧自己的笑话呢！但此刻大徒弟也顾不得这么多了，迈步就跑，可屁股上兜着那么重的一把椅子，哪跑得动！

大徒弟一迈步，椅子磕着腿，人就跪下了，而那车主还在喊："大哥，你可得抓紧时间跑，我现在开始打电话报警，我估计得不错的话，警察还有五分钟就到。五分钟之内，你要是逃脱了，那椅子就归你了。"

大徒弟哪受过这般奚落，但没法子呀，逃命要紧。他爬起来又跑，那样子滑稽得很，背着把椅子，弯腰弓背屈腿，迈着小碎步，像只乌龟。大徒弟刚挪到小区门口，一辆警车已经在那里等着他。

刘顺见大徒弟去了好几个小时还没有消息，他在家里就坐不住了，毕竟有前车之鉴啊，他得赶去看看。也巧，刚到小区门口，刘顺碰上大徒弟背着椅子被警察押着往警车上挪，那样子要多丢人有多丢人。

大徒弟瞥见了刘顺，垂头丧气地摇了一摇头，尽在不言中啊！

刘顺愣了半天神，怎么大徒弟也栽了？刘顺气得直咬牙，贼争一口气，他说什么也得偷了那辆富康车。

刘顺憋了整整一天的气，这天晚上，他亲自出马了。他知道，两个徒弟既然都栽了，对方就有过人之处，大意不得，所以刘顺做了充分的准备。

偷车这点儿事

富康车上又重新装上了方向盘和座椅，防盗警报灯也重新亮了起来，刘顺不费吹灰之力，摆平保安，打开栅栏门，破了警报器，打开车门，包住方向盘，椅子是有机关的，他拿个扳手，捣一下椅背，"啪啪啪"，三根钢条弹了出来……一个个机关都被刘顺破了，姜还是老的辣，刘顺心想：

"小样！你的车我就不客气地开走了，也算是你整我两个徒弟的代价！"

刘顺轰着油门，车子嗡嗡作响，可就是不挪动半分。怎么回事？他将油门往下再送了送，车子还是不动弹。

邪门了，这是什么破车？刘顺一脚将油门踩到底，引擎嗡嗡叫得要多响有多响，按理，这样踩油门，车子早像兔子似的跑起来了，可这车硬是趴在原地没动静。

刘顺偷了这么多年车，还没碰到过这种事，他只得停下来检查，刚低头察看呢，就听"嗒"的一声轻响，车门被锁死。

不好，有人遥控锁车了，刘顺立即去推车门，车门纹丝不动。

车开不走，车门打不开，刘顺只能像两个徒弟一样，眼睁睁地被捉了。

不一会儿，警察来了，车主也来了，将刘顺戴上手铐押下车时，刘顺还心有不甘，对车主说："算你狠！我们师徒三人都栽在你手上了，只是你也别得意，老子今天是运气差了点，碰到你的车子坏了，要不然，车早被老子开走了。"

车主一听乐了："贼大哥，你以为你开得走我的车？那我还敢贴那样的标语满街招摇？实话跟你说吧，你就是鼓捣上一年，也甭想让这车挪动半步。我这车就只有一个车壳和一个引擎，是专引你们这些贼上钩的摆设，这哪是车，道具罢了。"

刘顺懵了："怎么可能？那你平时怎么开得动它？"车主笑吟吟地打开了旁边的一个车库，刘顺往车库里一望，顿时傻了眼，车库里停着一辆富康，从外型到车牌号，与这辆车一模一样！

刘顺千算万算没算到人家有这一手，怪不得师徒三人都栽了，自己是在对一堆废铁下手，这跟头栽得离谱

了……

打不开的门

后来，师徒三人被释放出来，三个人又迫不及待地要去偷那辆真富康，这辆车没偷出来，他们没脸在道上混。当夜，他们就动手了，三个人径直去了车库，刘顺开车库门，两个徒弟望风。

刘顺是开锁的高手，他深得师傅"八秒圣手"的真传，无论多么难开的锁也不过八秒钟就能打开，很少失手。这天晚上却怪了，刘顺一打开锁，车库门内立即就响起"嗒"的一声轻响，门又重新锁上了，他开了几次都这样，刚打开就又被锁上，就是开不了门。

刘顺心里发毛了：这车库的锁是咋的，难道里面有智能机器人，专管上锁的？看来，这车主名堂多，不好对付。

刘顺窝着气，心想："既然老子不能开门偷车，你车主也别想开门用车！"他冲大徒弟做了个手势，大徒弟立即明白了师傅的意思，去附近的店里偷来了一个氧焊机，刘顺也顾不得有没有动静，操起焊嘴就将车库门的四周全焊死了。

第二天早晨，刘顺特意去小区等着，看车主如何费力开门。这一等就等了一天，因为这天是周末，车主不出门。

刘顺好性子，又等了一天，他铁了心要看车主如何气急败坏。

这天早上，车主总算下了楼，来开车门，一见车门被焊死了，气得骂娘，没办法只得请人来切割车库的门。看着车主在那里忙活，刘顺心里总算平衡了一些。

大家七手八脚地切开了车库的门，打开门，只见一个老人颤巍巍地从车库里走了出来。刘顺在远处一望，眼瞪直了，那老人竟然是他的师傅"八秒圣手"！

车库里突然走出个人来，车主他们也愣住了，只听"八秒圣手"可怜巴巴地对车主说："我不就是想偷你一辆车为我的徒子徒孙们出口气吗，再重的罪也不是死罪呀，你居然下这样的狠手，将门焊死，想将我活活地饿死闷死在里面？一天一夜啊，我这条老命差点就没了。早知这样，你前天晚上发现我进了车库，想开门抓我，我出来就是了，我一再地锁什么门啊！"

听了这话，刘顺差点就晕了过去，他眼睁睁地看着师傅被大家送往派出所。

唉，师徒三代都想争一口气，却都将自己送了进去。

（题图、插图：魏忠善）

（本栏目欢迎来稿。来稿可从邮局寄发，也可从网上传递。如为电子邮件，请发以下信箱：keyin118@163.com）

才艺展示

□ 李 勇

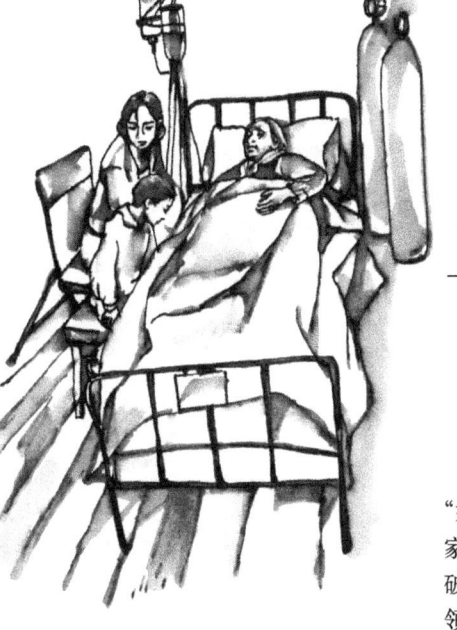

宋洁英是个退休的音乐老教授，这天，是她的七十大寿，儿孙们都回来为她庆祝。生日宴席过后，儿孙们争先恐后地给宋洁英表演才艺，为老寿星助助兴，儿孙们个个都多才多艺，看得老寿星连连竖起大拇指，点头称好。

这时，小女儿的儿子、刚会说话的鹏鹏忍不住了，缠着非要表演节目，小女儿看鹏鹏那傻劲，不禁笑了，说："你会表演什么呀？别瞎掺和了，哥哥姐姐们都是请名师培训出来的。"小家伙一听委屈得眼泪都出来了，说："我就要表演，我就要表演嘛！"

外婆宋洁英笑着对小外孙说：

"好好好，现在就让鹏鹏表演，来，大家欢迎。"说着鼓起掌来，小家伙这才破涕为笑，他有模有样地理了理衣领，站成一个标准的立正姿势，清了清嗓子，就声情并茂地唱了起来，不过，小家伙没有歌词，只是哼唱，刚唱没多久，大家一个个脸上的笑容都僵住了，宋洁英的脸色也是越来越难看，小家伙可不管这些，哼唱的声音更大了，小女儿连忙上前去捂住鹏鹏的嘴不让他再唱，就在这时，只见宋洁英浑身哆嗦着，忽然身子往前一栽，倒在地上。

这下，儿女们可慌了，他们知道宋洁英的心脏病又犯了，不敢耽搁，赶忙拨打了120急救电话，大家忍不住指责小女儿两口子说："今天是妈妈的寿辰，你们怎么让鹏鹏唱这个呢？"小女儿恨得将鹏鹏狠狠打了几下，小鹏鹏被妈妈打哭了，他并不知道，他外婆突然晕倒，全是因为他哼唱的歌——那是办丧事时放的哀乐。宋洁英七十大寿的生日宴会，小外孙竟唱起哀乐，她不犯病才怪呢！

救护车将宋洁英送到医院抢救，一家人也都跟着去了医院，大家瞪着小女儿两口子，仍是责怪的眼神，小女儿两口子又气又委屈，他们压根不知道儿子鹏鹏会哼唱哀乐呀！

宋洁英的心脏也是老毛病了，经过抢救，很快便醒了过来。她笑着对大家说："不要怪鹏鹏，小家伙什么也不懂，无知不为过嘛，要怪就怪我的心脏不好，一时没有思想准备，呵呵。" 宋洁英让小女儿单独留下来陪她，小女儿来到床边，低下了头，宋洁英叹了口气，说："当初就是不听我的话，现在见到差别了吧。你看看，你哥哥姐姐的孩子，哪个不是能歌善舞、多才多艺？这与家庭的文化氛围是分不开的，小鹏鹏竟然张嘴就哼哀乐！"

小女儿叹了口气说："唉，妈，我真不知道鹏鹏怎么会唱哀乐的，我们没教过他呀！"忽然，小女儿一拍脑袋说："妈，我想起来了，可能是我们家旁边办丧事请来的乐队，这几天从早到晚都在演奏那个哀乐，鹏鹏他……"宋洁英点点头说："我说呢，原来是这样，以后你们夫妻俩对鹏鹏可要多费点心思啊……"小女儿连连点头说："妈，您放心，我们以后会多管管鹏鹏的。"宋洁英没再说什么，摆摆手叫小女儿离去。

小女儿是宋洁英最疼爱的女儿，可是没想到，最伤她心的也是小女儿，因为她不顾宋洁英的反对，执意和一个家境贫寒的普通工人结了婚，小女儿说，她永远不会后悔，因为她为了爱情。

小女儿回到家，把鹏鹏又狠狠地训了一顿，并且教鹏鹏唱了一首欢快的歌曲，要他第二天去唱给外婆听，算是赔罪。

第二天，儿女们又都来到宋洁英身边，小女儿把小鹏鹏拉到宋洁英跟前，说："快给外婆唱个好听的歌！"话音刚落，这时，宋洁英突然笑呵呵地阻止道："不，我想听我们的小鹏鹏再唱一遍哀乐，别的歌我现在不要听！"儿女们一听这话，都呆住了，他们心想："这下糟糕了，妈妈莫不是被昨天的事情气傻了吧？"儿女们惊得手足无措，不知道该叫鹏鹏唱哀乐呢还是不该。

小鹏鹏可不管大人们那么多，外婆叫他唱他就唱，这次他唱得比昨天更流畅更响亮，哀乐被他哼唱得有板有眼，宋洁英听了开心地大笑起来，连声说道："好，好，唱得好……"说完，掏出十万块的存折对鹏鹏说："快拿去，这是奖给你的，小鹏鹏实在唱得太好了，外婆听着真高兴！"小女儿吓呆了，其他儿女们也呆住了，大家都以为宋洁英这回病得不轻了，小女儿从鹏鹏手中拿过存折，说："妈，您……没事吧？您别吓我们啊，这钱我不能要……"

宋洁英把存折塞到小女儿手中，笑着说："你们以为我气得神经出毛病了吗？唉，你们也太不了解我了，其实昨天我一得知鹏鹏是因为听了家附近办丧事放的哀乐，便会哼唱了，今天特意再叫他唱一次，他竟唱得更好了，我心里那个高兴呀，这孩子，有天赋！鹏鹏家最困难，我不能委屈了这个小外孙啊！"宋洁英说着，转向小女儿两口子，"这十万块给你们，你们拿去好好培养小鹏鹏！"

十万块钱拿回去，小女儿两口子

为儿子鹏鹏买了一架高档钢琴，然后为他请了一个音乐教师，鹏鹏开始了正式的音乐训练。

鹏鹏先学钢琴，后来他又学了大提琴，几年下来，没想到比鹏鹏要早学的几个儿孙竟然都比不过鹏鹏了，宋洁英兴奋地对小女儿说："不错，我这小外孙啊，有出息！"

当鹏鹏十一岁的时候，这一年，外婆宋洁英去世了，就在这一年，鹏鹏获得了省少儿大提琴比赛的第一名。在外婆宋洁英的追悼会上，鹏鹏一曲低沉凄婉的哀乐，让所有的人都为之动容，只是很少有人知道，鹏鹏正是在牙牙学语时哼唱了一曲将外婆刺激得昏倒的哀乐，他才被发现具有超常的音乐天赋。

（题图：谢　颖）

登录故事中国 参加故事接龙比赛

故事中国网(www.storychina.cn)每个月都准备了精彩的故事接龙等你来参加！本期的开头是这样的：

这天下班，办公室里的几个同事商量去酒吧放松放松，硬是把"妻管严"大刚也拉上了。

在酒吧，大刚心不在焉地喝了一杯啤酒，正想早点回家，突然从旁边冲过来一个打扮时髦的青年女子，一把搂住大刚的脖子，张开嘴，死命咬了一口！然后头也不回地跑了出去。等大刚和同事们回过神来，那个女子早已不知去向，大刚的脖子上却留下一道月牙型血痕，牙印个个清晰可见。

晚上回到家，大刚吞吞吐吐还没开口，眼尖的老婆已经看见了他脖子上的血痕，冷笑道："嗬，亲爱的，你交桃花运了哦……"

聪明的读者，你将如何把这个故事续写下去，让它有一个意料之外、情理之中的结尾呢？欢迎登录故事中国网(www.storychina.cn)提交你的答案，经网友评选为最佳接龙的作品，还将获得奖金和奖品呢！说不定下一次的故事高手就是你！

请您品尝

□ 左文萍

林帆从技术学校毕业后，进了本市最大的超市"益万家"，在面点部工作，接替了一位刚退休的女工。林帆每天在浓香四溢的面包房里烤面包，然后将每种面包切一些，放进货架旁的几只塑料盒中，供顾客免费品尝。

时间久了，林帆注意到一个老太太。她从来不买面包，却几乎天天光顾。来做什么呢？每次她都熟门熟路地走到货架旁，拿起一支牙签，开始"品尝"。别人品尝只是一两块，而她一连尝了十几块，塞得嘴里鼓鼓的，等她把面包都"品尝"了一遍后，才挎起购物篮蹒跚离去。

每次老太太一离开，林帆只得重新切些面包填进盒子里。时间一长，林帆不乐意了：这老太太不是天天来吃白食吗！有一天，在老太太"品尝"的时候，林帆故意站在离她不远处微笑着观赏，希望老太太能有所觉悟，

可老太太却视而不见，不紧不慢地"品尝"完后，才抹抹嘴满意地离开。

又一天，老太太如期而至，正"品尝"到兴头上时，林帆径直走了过来，不客气地说："我说老太太，这里是让免费品尝，品尝，可不是管饱！都像您这样，我们还做不做生意呀！"

老太太抬起头，满脸通红，表情尴尬，仿佛被噎住了似的，这下顾不上"品尝"了，慌慌张张地挎上购物篮逃似的离开了。林帆见老人这样子，一时间心里倒有点过意不去。

接下来的几天，林帆依旧烤面

包、切面包，每天忙得不亦乐乎，但潜意识里总觉得哪里不对劲，一想，那个老太太已经好几天没露面了，不过这个念头在脑子里一闪，转身也就忘了。

有一天，林帆被经理请进了办公室。经理姓苏，三十多岁，平时因为不苟言笑，一张英俊的脸就少了些生动，而眼下林帆见他脸上挂满了霜，就预感到大事不妙。

果然，苏经理开口就问林帆是不是前几天赶跑了一位老太太，他见林帆低头不语，便很生气地开始训话，三句之内把问题上升到员工素质的高度上。

这下林帆接受不了，不服气地说："经理，这老太太天天来面点部白吃，每天吃掉的快够一只面包了，我看不下去才说她几句，要是顾客都像她这样，我们的面点还卖不卖啦？"

苏经理被她抢白得竟一时说不出话来，过了半晌，才叹了口气说："都怪我疏忽了，没有告诉你详情。你知道那个老太太是谁吗？"接着，经理语气沉痛地说："她是张庆的母亲。"说起张庆，整个"益万家"里无人不知。他原是一名普通的保安，有一次在超市门口见到几名歹徒公然强抢一位妇女的包，他气愤地挺身而出，与歹徒搏斗受伤过重，送到医院后抢救无效死亡，超市授予他"英雄保安"的称号。

林帆一听不由肃然起敬，但她还是不明白经理想说什么。苏经理见她不解，倒了杯水，给她讲起了下面的故事。

苏经理和张庆虽然是上下级，却是老同学、铁哥们儿。苏经理知道张庆家的光景，他有一个患有早期老年性痴呆的母亲，还有一个双目失明的妹妹，日子本就过得很艰难，张庆死了，更是雪上加霜，于是，苏经理积极向上级反映，要求除了支付抚恤金外，每月再给她们一定的津贴，上级批准了他的要求。

一天，苏经理揣上第一笔津贴来到了张庆家。老太太认得他，见了他又是让座又是看茶，可是当苏经理说明来意后，没想到刚才还高高兴兴的老太太竟一下子沉下脸"小苏，你们说庆子是英雄、是烈士，我这个当娘的咋能白拿公家的钱？"

尽管苏经理反复解释，老太太却坚决不肯收下津贴。后来，苏经理无意中听张庆妹妹说，老太太最喜欢吃超市里卖的松软的大面包了，但以前张庆买给她吃时，她却心疼半天，说面包太贵。苏经理听了这话心里一动，下一次去看望老人时，他特意提上了好几只大面包，没想到老太太还是拒绝。苏经理无奈地说："大娘，我和张庆是好兄弟，我不该替他尽尽孝道吗？您连这点东西都不肯收，这不是为难我吗？"

老太太叹了口气说："小苏啊，大娘我这辈子没白拿过人家的东西，让你破费，我心里怎么过得去？就这一回，以后再买这买那的，大娘可就不欢迎了。"

苏经理见老太太认真的样子，只好点头答应。忽然，他灵机一动，装作无意地说："大娘，去我们那超市购物，面包可以免费品尝呢。"

"免费？那不是白吃吗？"老太

太半信半疑，"人家卖面包的愿意？"

苏经理笑着说："看您说的，什么叫白吃嘛！顾客愿意免费品尝，是对我们工作的信任。卖面包的那个张大姐，因为顾客品尝得少，月末评比时没奖金，为啥？人家以为她服务态度不好呗，要不怎么没人去品尝呢？"

老太太瞪大了眼睛说："听你这话，是给人吃得越多越好了？"

"可以这么理解！"苏经理笑了笑说，"您老可一定得去捧捧场啊，让人家张大姐也挣点奖金！"

"那……我也去品尝品尝试试？"

苏经理很高兴地说："欢迎欢迎啊！"于是从此以后，老太太每次去超市，都兴高采烈地直奔面点部。面点部的张大姐早得到苏经理的关照，她每次一见老太太都热情地说："大娘，可把您盼来了！刚做好的面包，您快尝尝！"老太太很实在，一边品尝，一边以为自己在"帮人家挣奖金"，于是喜滋滋地"品尝"得可卖力呢！

当然，老太太"品尝"面包的经费全是由苏经理掏的腰包，这事早就不算什么秘密了，甚至连面点部的许多老顾客都有耳闻，大家彼此心照不宣，只有老太太一个人不知情罢了。

苏经理对林帆说："后面的事你应该猜到了。张大姐退休后你顶了她的班，我因为工作忙一直忘了嘱咐你，这不，前几天你两句话就把老太太呛跑了！"林帆怎么也没想到这中间还有这样的故事，她被深深震动了，后悔自己的冒失，赶紧央求道："经理，都是我不对，麻烦您再跑一趟，把老太太请回来吧！"

苏经理叹了口气"其实，这事儿也不能全怪你。唉，你不知道老太太脾气多么偏！"

林帆脑子转得很快，她连忙说："您就说我是新来的不懂规矩，要是她不来光顾了，您就要炒我的鱿鱼！"经理一听乐了："那我就试试吧！"接下来的几天，林帆一直期待着老太太的身影再次出现。

一天早晨，林帆在切供顾客品尝的面包时，一抬头，惊喜地发现老太太正朝面点部走来，林帆迎上去招呼道："大娘您来了！上次是我做得不对……"老太太没说话，只是朝林帆神秘地一笑，然后回身摆摆手，只见又有三位老人走了过来，这时，老太太热情地握着林帆的手说："闺女，甭怕，大娘不怪你，只是小苏脾气大，说你服务态度不好，非要炒你鱿鱼，我寻思着，不能让你因为我丢了工作，你看，我找了几个老姐妹来给你捧场，看谁还说你服务态度不好！"

还没等林帆反应过来，老太太就热情地招呼起来："张姐，你尝尝这个！李姐，这个低糖……"几个老人开始还怯生生的，后来似乎被老太太的热情感染了，也就放开吃起来。

林帆望着眼前这情形，差点没晕倒。下班后，林帆找到苏经理汇报情况，苏经理一听也傻眼了，两人大眼瞪小眼地坐了半天，突然，苏经理喜笑颜开地对林帆说："有办法了，你明天到老太太家去一趟……"

听完苏经理的详细交代，林帆第二天就去了老太太家。一进门，林帆就笑着告诉老太太：由于老太太对他们面点部工作的大力支持，工作人员一致推荐她为这个年度的"明星顾客"！而且，只要老太太愿意，面点部还想聘请她当特约宣传员。

老太太听得一愣一愣的，林帆接着说："'明星顾客'可以长期享有我们每天免费送三只面包的待遇，作为特约宣传员，您则需要向您的亲朋好友宣传我们的产品，当然，我们会按月支付给您薪水。"

老太太惊喜地问："还有薪水啊？"林帆说："当然有啊，您是在工作嘛！"从此，老太太就经常招呼老姐妹们到自己家里品尝面包，她还不忘本职工作，经常向老姐妹们推荐、宣传"益万家"的面点……

"益万家"面点部又恢复了正常的营业秩序，苏经理和林帆都很高兴，因为发给老太太每个月的薪水，和当初苏经理为她申请的月津贴额一模一样。

（题图、插图：谭海彦）

生活中往往有很多误会,误会
产生了故事,故事解释了误会……

就是
不还给你

□ 童存云

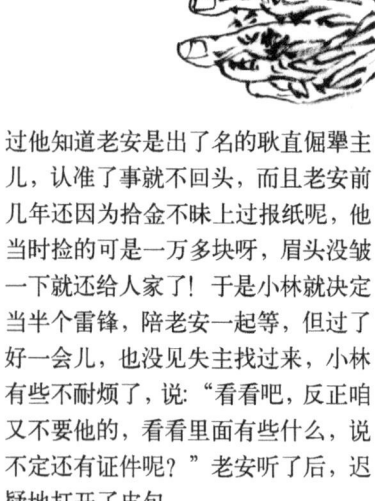

老安是个铁矿工人,这天,他上
完大夜班后,已经是早上七点
多了,他不由得加快了步伐往回赶,
因为家里的病老婆子还等着他回去做
早饭呢。

老安他们厂子远在郊区,往来车
辆少,老安又不会骑车,每天都步行
上下班。走着走着,老安忽然看见前
面的路边上有一个断了带子的漂亮小
皮包,老安快步跑上前,捡起了皮包。
这时,跟在他身后的同事小林既羡慕
又嫉妒地凑上前来,怂恿老安打开皮
包看看,老安却摇了摇头说:"那怎么
行?这是人家的皮包啊!人家丢了钱
包不知急成什么样子了,我还是在这
里等他来找吧!"

小林心里骂了一句"傻帽儿",不
过他知道老安是出了名的耿直倔犟主
儿,认准了事就不回头,而且老安前
几年还因为拾金不昧上过报纸呢,他
当时捡的可是一万多块呀,眉头没皱
一下就还给人家了!于是小林就决定
当半个雷锋,陪老安一起等,但过了
好一会儿,也没见失主找过来,小林
有些不耐烦了,说:"看看吧,反正咱
又不要他的,看看里面有些什么,说
不定还有证件呢?"老安听了后,迟
疑地打开了皮包。

这是一款女式坤包,里面有一部

手机、一千多块现金和一张五千元的活期存折，还有一张身份证。老安看了看身份证，原来失主是一个漂亮的姑娘，名叫晋素素，就住在前面不远的村庄里，王庄村126号。不知为什么，老安看了这个身份证后脸色变了变。

这时有个姑娘骑着电动车一路东张西望地找过来了，小林一看，这不就是那个失主晋素素吗？老安也看到姑娘来了，但他却一闪身躲到小林的身后，并飞快地把皮包塞进了肥大的工作里。小林不由得糊涂了：这老安，不是要等失主吗？现在人家来了他怎么这样？晋素素看见了他们，忙停下车子急切地问："两位大叔，有没有捡到一个皮包？"

"没有，就算有皮包掉在地上，我们也看不到。"老安似乎很气愤，小林愣住了，他搞不懂老安哪根筋不对了。

"是吗？"晋素素怀疑地看了看老安肥大的工作服，忽然像变戏法一样从衣服口袋里掏出一部手机，打起了电话。老安的身上马上响起了"老公老公我爱你，阿弥陀佛保佑你"的手机铃声，老安一惊，忙下意识地按住了衣服。

晋素素举着手机冷冷地问："请问大叔，既然你没捡我的皮包，我的手机怎么会在你身上响起来了？"老安头一扭，说："对，皮包是我捡了，我就是不还给你，怎么样？"小林知道老安的偏犟劲上来了，也不好说什么，气氛变得十分尴尬。

晋素素说："安大叔是吧？你就是这铁矿的工人吧？不如我们一起去见见你们领导吧！"老安工作服上的一个"安"字出卖了他，那是老伴见他老是和别人穿错工作服，给他绣上去的。别看姑娘岁数不大，为人处事还挺老练。小林想，这下老安该把皮包还给姑娘了吧？可没想到，老安冲晋素素一挥手："你只管去告状吧，我不怕！我今天就是不还给你！反正我

是捡的又不是偷的！不犯法！"

"你……什么素质！"晋素素气得柳眉倒竖，老安听了也反唇相讥："姑娘也懂得什么叫素质？"小林见两人吵了起来，情况有些不妙，他突然想到一个主意：厂长一直把老安拾金不昧的事挂在嘴边，总是对他另眼相看，认为老安老实可靠，老安也很听厂长的话，现在何不把厂长喊来看看？老安总不愿意自己的良好形象在厂长面前毁于一旦吧？想到这里，小林转身就往厂里跑去。

一到厂长办公室，小林就赶紧上前一五一十地把老安的事情说了一遍，厂长听了小林的话，半信半疑地走了出来，顺着小林手指的方向，他果然看到老安和一个姑娘在激烈地争吵着什么，旁边已围好几个看热闹的人。厂长的脸一下子黑了，对小林说道："这个老安！一点都不注意影响！你去把他叫来！"小林答应着，飞快地去了，他想，这下老安可要把皮包还给人家姑娘了吧。不一会，小林就把老安拉来了，紧跟其后的，当然就是失主晋素素。

厂长怒声说道："究竟是怎么回事？老安你说说！"看老安的样子似乎很委屈，老安张了张嘴，却没发出任何声音。晋素素看了老安一眼，说"他不肯说，还是我来说吧！我是晚报的实习记者晋素素，因为要写一篇毕业论文，题目叫——关于飞来横财，所以我才故意把皮包带子割断扔在路边让人捡，看看捡到皮包的人会做出哪些反应。不瞒你们说，我在皮包上放了微型追踪器，不管谁捡到了我都能找到他，不出我所料，没有人不爱钱的，当我以失主的身份找来时，这位大叔就死不认账。"

"误会，误会！"厂长对老安说，"还不快把皮包还给人家姑娘！要不扣除你一年的奖金！"老安听了，有些不服气地对晋素素说："姑娘只知道我捡到皮包不肯还你，但你可知道我为什么不肯还给你？要知道我曾经捡到过一万多块钱都没起过贪念！"晋素素听了，饶有兴趣地说："是吗？大叔有什么想法只管说出来！"

老安说："姑娘是住在王庄村126号吗？如果我没记错的话，就你家一户住在远离村子的后山脚下吧？"晋素素说："对呀，没错。有什么不妥吗？"

"前几天夜里下着小雨，我同事先下班走了，由于路滑，他骑车经过你们家院子外的山路上摔了一跤，把腿给摔断了，他说明明看见你家的灯亮着，可他喊了几百声'救命'，可怜嗓门都喊哑了，你家竟然没有一个人出来看他一眼！等我下班看到同事时，他在雨里已经痛苦呻吟了半个多小时了。我当时特别气愤，特地用手电筒照了照你家的门牌号，就是王庄村126号！我气不过还捡起一块砖头，扔向你家楼上一个亮着灯的窗户！玻璃碎了还有人探出头来骂了几声，估计那个人就是你吧！当时我也懒得理你，背上同事就走了……"老安说着瞪了晋素素一眼，"我今天捡了皮包就是故意不还给你的，想让你知道，每个人都应该有乐于助人的精神。"

晋素素听了老安的话，抱歉地说："大叔，您说得很对！是我不好……"老安听了爽朗地一笑，把皮包递给晋素素说："姑娘知错能改就好，皮包还给你。"晋素素向老安道过谢，骑着车离开了。

其实，晋素素那晚确实没有听到老安同事的呼救声，她当时正戴着耳机听摇滚，而她父母也不可能听到老安同事的呼救声，因为她的双亲是聋哑人……

（题图、插图：魏忠善）

哈啰早上好！

□ 张庆萍

小娇是个学生，从她家到学校乘38路公交车，要经过梅一、梅二、梅三这3个公交站台。为了最大化地利用时间，小娇总是在公交车上吃早餐。

这天早上，公交车上的乘客特别多。小娇好不容易挤进车里，却发现连个吃早餐的空间也没有，她只好作罢。等小娇稳下神来，一抬眼发现旁边挤着一个满脸大胡子的外国人，和小娇一样，他被夹在人缝里动弹不得，脖子前的摄影器材被挤得架了空，堵在他的嘴巴前。

也许是小娇认为大胡子是个热情的老外，也许是因为小娇觉得他俩"同病相怜"，看见大胡子看着自己，小娇随口向他说了声："哈啰，早上好！"

让小娇没想到的是，大胡子看着她，却没有回话。小娇很是尴尬，她想："我主动向他问好，为什么他一点回应都没有呢？莫非他听不懂中文？"于是小娇又友好地笑着说："Hello, Good morning!"

奇怪了！大胡子还是没有开口，只是直愣愣地望着小娇。

小娇有些生气了，大胡子竟然对她两次主动问候都不理不睬，这不是一种无声的蔑视吗？就算他不想搭理小娇这个小女生，他至少可以随便地向小娇点点头，或者他总可以应景性地哼一声吧！

小娇狠狠地白了大胡子一眼，把头扭向一边，闷闷不乐地望着窗外。

几分钟后，车到梅一站台，不少乘客下车了，大胡子也随着人流匆匆下了车，车厢里一下宽松了许多，还空出了几个座位。

小娇坐在座位上，一边取出早点，一边在心里劝着自己：不要因为这个高傲无礼的外国佬影响了自己的心情，赶紧吃早餐吧。

不一会儿，公交车到了梅二站，小娇突然发现，站台边竟然站着那个高大的大胡子。大胡子眼巴巴地望着越来越近的公交车，招着手，那意思很明确，他要乘车。小娇奇怪地想：大胡子前一站下了车，怎么又神出鬼没地站在这一站台上等车了呢？他飞过来的吗？

公交车停下来了，大胡子跳上车，不停地东张西望，当他看见小娇，高兴地拉开嗓门，大老远就朝小娇喊道："哈啰，早上好！"

小娇糊涂了，心想："刚才我主动招呼他，他不理不睬的，现在咋会对我这么热情呢？哼，不可能！先前他不理我，我干吗要理他？"小娇冷冷地扭过脸去，没有理睬大胡子。

"哈啰，早上好！"大胡子似乎毫不理会小娇的冷漠，他来到小娇面前，挤在小娇旁边的座位上，用一口流利的中国话说："你好，我必须向你道歉，也必须向你说明，刚才你向我问好的时候，我不能回答你。"

小娇说："不能回答我？难道我的问好会给你带来麻烦吗？"

"当然不是，但是你要知道，今天我感冒了，站在车上的时候，一口痰堵在我嘴里，我不能张口说话，车厢里又那么拥挤，我脖子上挂满了东西，连点个头都办不到，当时虽然我朝你笑了笑，可那些该死的摄影器材挡住了我微笑的嘴巴，你没有看见。我知道你一定以为我不理你，生我的气了吧！"

小娇恍然大悟，随后又好奇地问道："那么你又是怎么出现在这里的呢？我明明看见你下车，莫非你飞过来的？"

大胡子咧了咧被浓密胡须包裹着的嘴巴，脸上露出孩子般的天真和得意之色，说道："我当然不能飞过来，但我可以坐的士过来。我提前下车是为了找一个垃圾桶，把堵在嘴巴里的痰吐掉。"

小娇忍不住连珠炮似的问道："打的士过来？这一站是你的目的地啊？那你为什么又上了这辆公交车？"

大胡子憨厚地说："不，这不是我的目的地，我的目的地是梅三站，我打的士过来是为了能拦截住你。"

"拦截我干什么？我欠你什么东西吗？"小娇又糊涂了。

大胡子赶紧摇摇头说："不，你当然不欠我什么，但我欠你一个非常重要的东西，所以我必须还给你。"

"你欠我东西？"小娇歪着头看着大胡子问。

"对，我欠你一个真诚的问候，那就是——哈啰，早上好！"

（题图：谢 颖）

一定得

金牌

□ 时英友

王小玲是一家保龄球馆的服务员，对待工作兢兢业业，对打保龄球也很内行，很受大家的欢迎。最近几天，她发现有一个十五六岁的中学生隔三差五地来球馆，匆匆打上两局后，就背上书包离开。

王小玲发现这个中学生打保龄球很有天赋，是棵好苗子，她很想找个机会好好培养他。

这天，中学生又来了，接连两局打得都很糟，他泄气地一屁股坐到旁边的沙发上。王小玲见状，走上前对中学生说："投球时，应该左脚撑地，右手出球，像你这样一撇是很难打好保龄球的。"

听了王小玲的点拨，中学生两眼放光，腾地站起来，又打了两局，成绩果然有所提高。中学生兴奋异常，对王小玲说："大姐，我拜你为师，你收我为徒吧！"王小玲笑呵呵地答应了。

在和这个中学生交谈中，王小玲得知：这个中学生叫陶小军，他的父母离婚了，他一直跟爸爸一起生活，爸爸叫陶大强，是在菜市场卖肉的。一次，小军的同学过生日，请小军和几个同学打保龄球，从那以后，小军竟对保龄球着了迷，可是他爸爸怕影响儿子学习，禁止小军打保龄球，因此，小军只能偷偷摸摸地来保龄球馆。

拜王小玲为师后，小军每天都会

准时来练球，他学得很认真，也确实很有天分，加上王小玲耐心地教导，小军的球艺突飞猛进，很快他的成绩在整个保龄球馆没人能超越了。

这天，小军正在练球。突然间身后传来一声大喝："好你个小兔崽子，果然在这里，看我不拧断你的胳膊。"听到这一声吼叫，小军扔下球就往王小玲身后躲："王老师，我爸爸来了。"

王小玲转过身，只见一个肥头大耳、一身油腻的中年汉子，气势汹汹地走了过来。

王小玲笑吟吟地迎上前说："你就是小军的爸爸、陶师傅吧？"陶大强愣了愣神，王小玲接着说："小军时常在我面前提起你，说你是个好爸爸，杀猪卖肉供他上学很不容易。"

听王小玲这么一说，陶大强尴尬地笑了，不好意思对小军使用"武力"了，只是气愤地说："这小子居然迷上打这玩意儿了。"

王小玲接过陶大强的话茬："打保龄球有什么不好？强身健体，比迷恋上网、打游戏机强百倍呀！"陶大强不服气地说："可这玩意儿不能当饭吃呀？"

"谁说不能当饭吃了，三百六十行，行行出状元。姚明有啥？不就是球打得好吗？人家都打到美国去了；刘翔跑得快，现在谁不知道他！"王小玲这么一说，陶大强无言以对了。王小玲接着又说："小军很有天赋，进

步很快，说不定将来能拿到金牌，成为世界冠军呢！"

听到别人夸儿子，陶大强脸上绽开了笑容，他讪讪地说："不管咋说，也不能把读书给耽搁了。"

"你爸爸说得对，打球不能耽误学习，以后只准双休日才能来打。"王小玲转过身对小军眨眨眼说，"今天就这样了，跟爸爸回家去吧！"

小军听话地背起书包跟着爸爸走了。走到大门口时，小军回头冲王小玲扮了一个鬼脸，王小玲脸上也露出了欣慰的笑容。

市保龄球队开始了一年一度的队

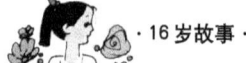

员招选，王小玲准备让小军报名，可小军却突然不到保龄球馆来了，王小玲心急如焚，她来到菜市场找陶大强想问个究竟。

陶大强光着膀子正在卖肉，看见王小玲就打招呼说："哎哟，王小姐，来点什么样的肉，肥的还是瘦的？"王小玲直截了当地问陶大强："小军去哪儿了？"陶大强不紧不慢地说："明年要考大学了，他被我关在屋里读书呢！"

"陶师傅，你好糊涂呀！"王小玲急得直跺脚。陶大强不高兴地说："王小姐，你就别蒙我了。你们保龄球馆也挣我不少钱了，还不满足呀？我已经打听明白了，保龄球属于非奥运比赛项目，即使以后能拿到金牌，成了冠军，国家也难以安排工作。我自己卖了一辈子的肉，可不想让儿子再来接我的班。"王小玲急得脸都红了，开导他说："陶师傅，你怎么能这么说呢？拿到金牌，那是为国家争荣誉，为国争光啊！"

陶大强说："他小子要是日后真能拿到金牌，证明他还真是那块料，国家不安排，我也认了。我是怕他到时候金牌没拿到，书也没念成，脚踏两只船，最后掉河里去了。"

陶大强说得不无道理，可王小玲实在不忍心看着小军这块打保龄球的料就这么浪费了，于是王小玲信誓旦旦地说："我相信小军有这个本领，他

一定能得金牌的。"陶大强哈哈大笑："王小姐，你当我是三岁孩子呀！冠军是那么容易当的？这比中五百万大奖还难，小军没那么好的运气。"王小玲知道和陶大强是说不通的，不过一转念她又有了主意："陶师傅，咱俩打个赌，就赌小军能不能得金牌！"

"赌什么？"陶大强来了兴趣。

"依你说，赌什么都行。"

陶大强眼珠子骨碌碌地转了几圈，不怀好意地盯着王小玲说："你要是输的话，就给我当老婆，给小军当后妈。"这时旁边早已围了一大帮看热闹的人，听了陶大强的话，顿时哄堂大笑起来。王小玲的脸腾地红了，可是为了小军，她豁出去了，坚定地点了点头说："行，我答应你！"

陶大强拉开嗓门说："大家可都听见了，到时候可要给我做证呀！要是小军拿不到金牌，她就是我老婆了。"说完话，他丢给王小玲一串钥匙，又把家庭地址说了出来，而后大笑着说："你先去认认门啊！"

王小玲接过钥匙，不顾四周异样的目光，匆匆离开了菜市场，来到小军的家，当她打开小军家的门，小军一见王小玲就欢呼起来："王老师，我知道你会救我出去的。"

两个月后，小军顺利地被市保龄球队录取，半年后，小军被省保龄球队看中，接着又被国家队选中，备战半年后的亚运会。眼看小军节节进

步，王小玲喜悦无比。

亚运会到了，小军乘飞机去了遥远的赛场，王小玲心情激动地等待着，可就在比赛的头天晚上，小军突然给王小玲打来长途电话。沉默了好一会儿，小军才开口说："王老师，我很感激你，没有你，就没我今天。"王小玲觉察出小军情绪有些反常，就说："小军，你今天怎么啦？明天就要比赛了，早点休息吧！"小军却接着又说："王老师，你和我爸爸打的赌我已经听说了，其实我真的希望你能成为我的妈妈啊！我、我不想拿金牌！"小军哽咽起来，王小玲心里一颤，她知道这时候最要紧的是稳住小军的情绪，她安慰说："我会考虑这个问题的，但是小军，老师和你说过，男儿当自强，你现在在代表国家参赛，你要想着为国争光才对，不可以胡思乱想。"听了王小玲的话，小军高兴起来，欢快地说："王老师，我不会让你失望的。"

第二天的赛场上，小军不负众望，发挥出色，果真获得了冠军，拿到了金牌。坐在电视机前的王小玲看到小军走向领奖台，国歌奏响的刹那间，她的泪水止不住流了下来……

几天后，小军凯旋，陶大强乐坏了，把儿子的金牌挂在自己的脖子上，宴请亲朋好友。酒桌上，想起那个赌约，面对王小玲，陶大强有些难为情，他问："王小姐，这次小军要是

没得金牌，你就不怕我缠着你吗？"

王小玲莞尔一笑说："我说过，小军肯定能得到金牌，若是赛场上得不到，我就奖给他一块。"说着话，王小玲竟从自己的脖子下面掏出一枚闪亮的金牌，和陶大强脖子上的一个模样，场上的人都愣住了，目光一齐转向王小玲，还是小军反应快，大声叫了起来："王老师也是冠军，这块是她曾经得的金牌。"大家这才醒转过来，这时掌声雷动，经久不息，陶大强把手都拍红了，可他还是一个劲地拍着……

（题图、插图：安玉民）

谁动了
他们的苹果

没有苹果的树

威廉是小镇上的伐木工人，他和妻子收养了四个孤儿。

威廉一家人的开销都是依靠他伐木的微薄收入来维持，虽然日子过得十分清苦，可威廉夫妻俩很疼爱这些孩子，他们想给这些可怜的孤儿温暖的家和爱。

威廉的妻子和孩子们最喜欢吃苹果，可是家里这么穷，平日里能填饱肚子就不错了，哪还有余钱去买苹果吃！威廉对此一直耿耿于怀，觉得委屈了妻子和孩子们。

这天，威廉从林场回来，兴奋地告诉妻子，他伐木的时候偷偷捡回来一棵苹果树苗，他准备在自家的小院子里种上这棵苹果树，等苹果树长大了，结了果子，大家就有苹果吃了。

妻子和孩子们听了都十分开心，他们满怀期待地等着苹果树结出果实。

转眼秋天到了，这棵苹果树真的结出了果子，果子不多，只有五六个，小小的，羞涩地躲在大片大片的绿叶子里面，妻子和孩子们发现了这些小苹果，都开心地叫出声来："我们有苹果吃了！"然而，开心了没几天，一场突如其来的灾难降临了。

一天清晨，大家一觉醒来，发现院子里的苹果树被洗劫一空，那些微微变红的、一家人还未舍得摘下的苹果，还有那些青涩的小苹果，都被摘了个一干二净。

望着没了苹果的树，孩子们哭了，他们忘不了那些美味的苹果，每天吃饭的时候，餐桌前总是弥漫着沮丧的气氛。

美味的苹果泥

日子一天天过去，在一个风雪交加的夜晚，威廉家因为买不起煤，屋里没有烧壁炉，孩子们冷得抱成一团。

这时，威廉夹着满身的雪花推门进来了，脸上绽放着灿烂的微笑，他拍拍手，大声说道："亲爱的，我回来了，看看，我给你们带什么回来了？"威廉边说边从怀里掏出一个半透明的玻璃瓶，他轻轻拧开瓶盖，一股诱人的苹果清香从瓶子里飘出来。

"苹果泥！"孩子们齐声欢叫起来，是的，正是他们向往已久的苹果泥，小镇上有好几家店里都有卖。苹果泥是那么清香诱人，孩子们每次路过这些店子，都会在装着苹果泥的玻璃瓶前久久逗留，他们觉得哪怕能多闻一会儿苹果的香味也是幸福的。

妻子从厨房里走出来，惊喜地问道："你、你怎么有钱买这个？"

威廉兴奋地说："哦，今天我们发工钱了，而且今天是你的生日呀，所以我就买了一瓶苹果泥，你不是最喜欢吃苹果的吗，快！快来吃吧！"

妻子责怪威廉说："你把工钱全买了这个？我知道你是为了给我庆祝生日，但现在我们的生活多困难呀，哪有闲钱来讲这种浪漫！"

威廉柔情地看着妻子说："我知道，你和孩子们都一直期待着吃苹果。请相信我，困难只是暂时的，下完这场雪，春天就会来临。"

夫妻俩说话间，一瓶苹果泥早被几个孩子吃了个底朝天，妻子只是象征性地尝了尝味道。

这瓶苹果泥吃起来虽然还有些青

酸涩口，但在那个时候，算得上是非常美味的了。

冬去春来，院子里的苹果树又绽出了新芽。这时威廉在一家运输公司工作了，收入比以前高了很多。

秋天快到的时候，他家的苹果树又开始结子了，小小的苹果像去年一样羞涩地躲在枝叶间。孩子们说应该把篱笆扎得高些，这样，小偷就没法偷他们家的苹果了。妻子却笑着说不用了，小偷不会来偷了。

果然，那年他们家的苹果都顺利地进入了一家人的肚子里。

打那以后，每年妻子过生日，威廉都会拿出自制的美味苹果泥为妻子庆祝，也正因此，威廉的苹果泥才会越做越好，并且开始卖自制的苹果泥了。不久，威廉家做的苹果泥在小镇上美名远扬。

一辈子的秘密

多年后，威廉夫妻俩收养的这些孤儿都长大成才。孩子们大学毕业后，有一年冬天，他们回来为母亲庆祝生日，院子里的苹果树已经非常高大，结满了甜美的苹果。

饭桌上，孩子们吃着父亲亲手做的苹果泥，回想起以前的日子都感慨不已，只是孩子们不明白的是，他们的母亲怎么知道那个小偷第二年不会再来偷苹果呢？

看着威廉在厨房里忙碌的身影，

妻子微笑道："你们不知道吧，那个偷苹果的人就是你们的父亲呀！"

孩子们听了都惊诧不已，他们的父亲怎么会去偷自家的苹果呢？

原来那年林场的主人没再雇工人伐木，威廉突然间失了业，他不想因为自己的失业让家人担心，于是，每天都以上班的名义在外四处寻找新的工作，由于一直没有拿到薪水，但为了不露馅，威廉只好偷偷地摘走了院子里的苹果，做成苹果泥，然后在那个刮风下雪的夜晚拿回家，假装自己把薪水全买了苹果泥。

刚刚走进餐厅的威廉听到妻子的话，惊奇地说："你怎么知道的？我还以为这个秘密你们一辈子都不会知道呢！"

妻子笑着说："你第一次做的苹果泥那么难吃，还有些是青苹果做的，哪个小店卖这样的苹果泥不倒闭呀？"

威廉的脸红了，讪讪地说"那些年，你带着孩子们，跟着我吃了那么多苦，可我呢，什么都没有，唯一能给你的，只有坚持下去的信心。我宁愿在那样的风雪天一直在路上逛，也不愿意让你知道我失业了，不愿意你和我一起承受痛苦……"威廉的话很朴实，没有一句甜言蜜语，妻子的眼眶却早已湿润了。

（推荐者：小　雨）

（题图、插图：佐　夫）

·外国文学故事鉴赏·

□叶 子 改编

老乞丐的

那只狗

纳拉扬，印度知名作家，生于印度南部的一个婆罗门家庭。1935年发表第一部长篇小说《斯瓦米和朋友们》，此后又创作了大量长篇和短篇小说。纳拉扬是英语小说家，但作品内容则具有浓厚的印度民族特色。

每天清早，一个双目失明的老乞丐都会由一个老婆婆领到市场街道口坐下来乞讨，到了中午，老婆婆准时给老乞丐送来吃的，然后收起他讨到的钱币，晚上再来搀他回去。

这天，老乞丐正在吃他那少得可怜的午饭，一只流浪狗摇着尾巴走近了老乞丐，老乞丐挥动着手问道："是谁？"狗上前舔着他的手心，老乞丐便扔了一些食物给狗，狗感激地吃了。

从此以后，狗每天都到老乞丐这儿来，从早到晚坐在老乞丐身边，守

着老乞丐收受钱币。经过一段时间的观察，狗懂得了：路过的人一定得扔下一个钱币！于是，如果有人不扔下钱币走了，狗就会追上去，用牙齿拉着他衣服边角，把他拖回到老乞丐身边，等他向碗里丢下些钱才放开他。

常来这儿的人中，有个专爱捉弄人的顽童，他喜欢戏弄老乞丐，还常常想拿老乞丐的钱币，老乞丐只能挥舞着手中的竹竿，毫无办法地呼叫着，每逢礼拜四，这个顽童就会到这儿来，这一天老乞丐就不得安宁了。

这天，顽童又得意洋洋地来了，

· 外国文学故事鉴赏 ·

老乞丐发觉他来吓得哭起来:"啊呀,天哪,今天是礼拜四了!狗,狗,你在哪里?快来呀!"老乞丐向狗发出一种声音,把它叫到了身边。顽童把手伸向碗里拿钱时,那狗"汪"一声扑向顽童,咬住他的手腕,顽童吓得"哇哇"大叫,使劲挣脱,没命地逃跑了,狗还不肯罢休地在他身后追,一直把他赶出市场。市场里一个卖带子的小贩见了,惊讶地说:"瞧!这只狗对这老家伙的感情多深啊!"

一天,那个老婆婆没按时来给老乞丐送饭,就在老乞丐焦急地等待时,一个邻居走过来告诉他:老婆婆今天上午死了。

老婆婆死了,老乞丐失去了这世上唯一关心他的人,老乞丐不由得大声号哭起来。那个卖带子的小贩走过

来,送给他一条白带子,说:"我把这条带子送给你,你系在狗的脖子上,今后就让狗领着你好了。"

从此以后,狗取代了老婆婆。老乞丐每天把狗拴着,不让它自由活动,如果狗看见同类本能地跳起来,猛然拉动了绳子,老乞丐就会给它一脚,骂道:"混蛋,想把我摔死吗?老实点!"几天下来,狗就乖乖地任由老乞丐摆布了。

老乞丐整天由这只狗领着,不停地走来走去,他一生中从没像现在这样活动过。他每天沿着街道走着,一听到有人声,就停下来伸手乞讨,店铺、学校、医院、旅馆,没有他不到的地方,要狗站住,他就拉一下绳子;要狗走,就吆喝一声,人们纷纷给他投去钱币。

老乞丐被一种强烈的金钱欲支配着,他想乞讨到比以前更多的钱,因此他觉得休息就是浪费挣钱的机会,于是他让狗领着走动,有时候狗想停下脚休息,或者它稍微慢一点儿,老乞丐就会用竹竿驱赶狗,狗被抽打得哀鸣呻吟,老乞丐边打边骂:"混蛋,别叫!我给你吃的,你还想偷懒?"狗在老乞丐

54

残酷的控制下蹒跚地走着，就这样，一天又一天，一月又一月，狗的胯骨凸出来了，皮毛也失去了光泽。

卖带子的小贩见这只可怜的狗奴隶般地干活，感到很心痛。一天，老乞丐拉着狗在乞讨时，狗看见马路上有一块肉骨头，它想过去咬那块骨头，绳子被绷紧，老乞丐的手被拉疼了，他立刻收紧了绳子，用脚踢狗，狗被踢得"汪汪"哀叫，但又不愿意放弃那块骨头。

这时，卖带子的小贩看不过去了，他走过去一剪刀剪断了绳子，狗跳了过去，衔起了骨头。

老乞丐手里的半段绳子还在晃荡，他突然感到失去了狗的带领，只得停在原地，不知怎么移动了，他急得不停地叫着："狗儿！狗儿！你在哪里？"卖带子的小贩悄悄离开，嘴里喃喃地说："你这个狠心的魔鬼！你再也没法折磨这可怜的狗了！它自由了！"狗飞快地跑了，它自由地四处奔跑，眼里闪耀着欢快的神采。

离开了狗，老乞丐不知道如何找回家的路了，他摇晃着手里的竹竿，哀嚎着："我的狗在哪里？我的狗在哪里？我要是再逮住它一定把它杀了！"他摸索着过马路，有十几次差点儿被来往车辆撞倒，他跌跌撞撞走了很久很久，才摸回他住的那个角落，身心俱惫地倒在麻袋做的床上。

差不多有二十天人们没有再看见老乞丐和那只狗。人们想 那只狗一定是逍遥自在地到世界各处游荡去了；那个老乞丐，可能永远不会再露面了……

出乎人们预料的是，第二十一天，人们突然又听到了老乞丐拄着竹竿发出的声音，又看见那只狗领着他走上了人行道。卖带子的小贩不禁喊起来："瞧！他又找到了那只狗把它紧紧拴住了。"

小贩跑过去问老乞丐："这些日子你到哪儿去了？"老乞丐高声说："你知道发生了什么吗？这只狗逃走了！我只得缩在我那角落里，本来再过一两天我就要死了，可是，这家伙回来了。"小贩吃惊地问："什么时候回来的？"老乞丐恶狠狠地说："昨天夜里。半夜里我躺在床上，它走来舔我的脸，我真想把它杀了，我狠狠地揍了它一顿，叫它一辈子都忘不了。不过，我还是饶了它，它不过是一只狗嘛！只要能在马路上找到一点废物充饥，它就会逃跑，瞧瞧，又是极度的饥饿再次把它赶回到我的身边，这次，它再也不会离开我了，瞧！我有了这个！"老乞丐说着，得意地摇了摇他手中那根拴住狗的铁链条。

狗的眼睛里露出了绝望的神色，老乞丐用力拉了一下铁链，用竹竿捅捅狗，大声吆喝道："蠢货，走啊！"狗只得乖乖地慢慢向前移动步子……

（题图、插图：佐 夫）

他心比镜明，刀比枪快，为了达到心中的目的，他付出了很多，究竟是什么让他这样义无反顾……

飞刀绝技

□安昌河

双眼被熏瞎

安州城百里地盘上有一个老大叫张宰匠，张宰匠原来是个宰牛的屠户，他宰牛与众不同，既不捆绑牛，也不要帮手，而是用飞刀。他这手绝活是他家五代祖传下来的。宰牛时，只叫人把牛赶着奔跑，等到牛跑得起了性子，张宰匠从裤腰上抽出三把刀子，两把刀先出去，正中牛的后腿，后腿中刀，牛身一趔趄，脑袋一昂，这一昂，张宰匠的第三把刀子出了手，没入牛的喉咙，正中心脏……据说这样宰杀牛，牛的血液鲜活奔腾，肉才好吃。

张宰匠后来做起了生漆、土纸等生意，势力渐渐壮大后，他还收服了地方上的土匪流寇，成立了帮会，维

护了一方百姓的安宁。

这天，张宰匠接到一桩大生意，一个生意人在安州购买了大量的生漆和土纸，请张宰匠派人将货物押运到目的地。张宰匠精选了三十名干将，由自己的表弟带队押送货物，谁知这

一去，竟是人货两空。原来押运队在快到目的地时，遭遇了劫匪……除张宰匠的表弟，其他三十人无一生还，个个都是被一枪毙命，不是正中眉心，就是穿胸而亡，那些货也不见了踪影。究竟是哪里的劫匪如此大胆，而且手段如此高超狠毒？

张宰匠没有立即追寻凶手，而是开香堂公审他的表弟。张宰匠指责他表弟是内奸，喝令手下把他的表弟拖出去三刀六眼处死。

张宰匠的表弟是二当家，性格豁达，为人耿直坦荡、重义气，大家不相信他会是内奸，大家对张宰匠如此武断的行为非常不满，因此迟迟没人动手。张宰匠大怒，当即抓起飞刀"呼"的一声，刺进了表弟的胸膛。

杀了表弟，张宰匠哀叹一声"都怪我，用错了人，现在货物被抢，又死了这么多人，叫我如何面对众弟兄啊！"

大家见张宰匠不问青红皂白杀了他表弟，心里都愤愤不平，但又不敢明说，只是冷眼看他如何收场。

"我既用错了人，办错了事，就该接受惩罚。"张宰匠悲叹道，"依照帮规，我该被香烟熏瞎双眼，你们去准备香吧！"大家心怀愤懑，听他这么说，谁也没有劝阻，而是很快弄了好大一捆香来。

张宰匠跪在香堂前，脖子上吊着一个五十斤的大石锁，他的脑袋被吊得向前耷拉着，在他的脑袋下方，燃烧着一把土香，香烟袅袅，直冲他的双眼。

张宰匠跪在那里，经过十二个时辰，人被烟熏得晕头转向，摇摇欲坠，等众人把张宰匠扶起来一看都吓了一大跳，只见张宰匠的双眼活像两只溃烂了的桃子，不住地往外淌着血水。

内奸被查出

张宰匠眼睛瞎了，自然不能再做老大。三当家许老三当仁不让地接替了老大之位。

许老三精明强悍，他当上老大后，不顾其他人的反对，很快在安州城开办了烟馆和妓院。张宰匠虽然表示愤懑，却无能为力。

第二年，许老三又准备开赌场。开张那天，许老三举办了隆重的庆祝仪式，并且请到了安州城的城防司令刘雅图和他的狗腿子陆昌星，而且当众宣布，大老板是陆昌星，许老三自己只是二老板。帮会的弟兄们一听感到奇怪了，自己帮会开赌场，当家做主的怎么会是城防司令的狗腿子呢？首先提出质疑的是张宰匠。

今天许老三并没有邀请曾经的老大张宰匠参加庆祝仪式，是张宰匠自己一路磕磕绊绊摸索来的。张宰匠挤出人群质问道："陆昌星他有什么资格当我们的老板？"许老三喝道："你是什么东西？还不滚远点！"张宰匠

说:"我曾是帮会的龙头老大,是安州城一个讲正义有良心的老大哥!"许老三嗤笑道"你现在不过是个没用的瞎子!"

张宰匠冷笑道:"我这个瞎子可是心里亮堂得很!你们老实跟我说,这计划是从什么时候开始的?"许老三吼道:"啥计划?你胡说什么?"

张宰匠大笑三声,拱手向前来道贺的客人请了个安,对许老三说"我不是告诉过你,我虽然瞎了,但心里亮堂得很!今天我就当着四方英雄、八方豪杰和各路兄弟、众乡亲说说我心里的亮堂事,说得好,大家帮我动动手,锄奸灭害;要是说得不好,我自刎谢罪!"接着,张宰匠便说了起

来:那次货物被抢,三十个弟兄被害,并非他表弟过错,而是帮会里出了内奸,这个内奸向劫匪透露了行动的时间和线路,以及人员和装备。劫匪之所以留下他表弟一条性命,不过是想嫁祸他表弟,因为这样,才能顺带牵连到他张宰匠,等摆平了张宰匠和他表弟两个,那个内奸才可能当上帮会的老大。

"你简直是胡说,是血口喷人!"许老三边骂边要上前揍张宰匠,但被众人挡住了,各路兄弟齐声呐喊,要许老三让张宰匠把话说完再做决断。

张宰匠继续说道:"那日押运货物,我表弟带了三十个人十把大刀二十支枪,这些枪虽然被抢走了,但是

我赶到现场时还是被我捡到了残余的子弹。"张宰匠说着从怀里摸出那颗子弹,"就是这颗子弹,让我察觉出了我们当中有内奸,因为这颗子弹是哑弹。当时管理帮会枪支弹药的是谁?就是我们现在的老大,许老三!"

"你胡说八道!"许老三额头上冒出的密密麻麻的汗珠暴露了他的心虚。

"我胡说八道?"张宰匠冷笑道,"那么为什么押运队临行前,我表弟要试枪,你却不让呢?还说什么安州城是片清净地,动了枪怕会吓着老百姓……"还没等张宰匠说完,许老三就气急败坏地掏出枪来对着张宰匠,只听一声枪响,可是倒下的不是张宰匠,而是许老三。

张宰匠冷静地问道:"何人救我?"

"我,安州城城防司令刘雅图。"站在一旁的安州城城防司令刘雅图手里的枪口正冒着烟……

究竟会是谁

原来是刘雅图刘司令救了张宰匠,张宰匠朝他抱拳作揖道:"多谢刘司令。"刘雅图问:"我有一事不明,你既然由哑弹知道了你们帮会另有内奸,为何还亲手杀死你表弟呢?"

"刘司令问得好!"张宰匠说,"为何你刚才要一枪打死许老三,不留下活口呢?"刘雅图一时语塞。

张宰匠说,杀死他表弟并非他个人的主意,而是他表弟苦苦哀求的。那日,他表弟身受重伤,危在旦夕,即便能抢救过来,也是废人。他表弟性情刚烈,是个宁愿站着死、不愿躺着活的汉子,况且那些死难的兄弟,都和表弟情同手足,眼见弟兄们赴难,表弟哪肯苟且偷生?于是苦苦哀求张宰匠了结他的性命。表弟还告诉张宰匠,那些劫匪非同一般,使用的都是好枪,而且枪法精准,没有一两年的正规训练是不可能有那手段的。张宰匠说:"说得明白一点,那些杀人劫货的人不是劫匪,而是正规军人!"

"军人?哪里来的军人?"刘雅图惊讶道,"你千万不要乱说话!这可是要负责的!"

张宰匠说:"我表弟还告诉我,他在倒地那一刻,还看清楚了为首那人的一个特征。"

刘雅图问:"什么特征?"

张宰匠说:"这两年来,我一直在寻找有那个特征的人。"

站在一旁的陆昌星嘀咕道:"你一个瞎子,怎么寻找?"

"现在我终于找到了,此人善使双枪,出枪快如闪电,枪法精准无比。"张宰匠说,"他现在就站在我面前,歪着脖子。对,我表弟在倒地那一刻,发现为首的那个人是个歪脖子!"听了张宰匠这话,人们不由把

目光投向刘雅图刘司令。刘雅图歪着脑袋哈哈笑起来"说什么笑话？我要是害人的人，为何要出手救你？你不感恩，反倒狗咬吕洞宾！"张宰匠说："许老三早就是你的绊脚石了，他太贪婪，一天到晚老是跟你讨价还价，你早想除掉他了！"刘雅图陡然发觉，他面前张宰

匠的双眼竟然明亮如炬，直透他的心底。陆昌星机灵地给十多个随从使了眼色，这些随从悄悄靠近张宰匠，正要动手，说时迟那时快，只见张宰匠反手一挥，几道白光闪过，那些个随从全部喉咙中刀，倒地身亡。

"出来混讲的是义气，做事情要正大光明，你连这点都做不到？这世上有你们这些人，还不把好人害尽？"张宰匠手一挥，陆昌星扑通倒地，口吐白沫，身子蜷成一团，顷刻间就死了，奇怪的是他身上并没中刀，原来是被吓死的。

"刘司令，以前要对付你，我肯定是自寻死路，但是现在不一样了。"张宰匠说，"为了对付你的快枪，我迫使自己弄瞎眼睛。这耍刀和耍枪一样，最高的境界不是用眼睛和手使唤刀枪，而是用心，我做到了，你的狗腿子陆昌星的死，不就证明了吗？"

"未必！"刘雅图冷笑道，"你是个精明的家伙，却也愚笨，要知道枪是最伟大的发明，它的威力你马上就知道了。"刘雅图说罢，猛地拔枪，但枪刚出盒子却"啪"一下掉在了地上，刘雅图"扑通"一声跪下了。

这时人们惊愕地发现，刘雅图的两只手腕和两个膝盖，各中了一刀，只见张宰匠从屁股后面又摸出一把刀，"嗖"的一声，刀子尽没刘雅图的咽喉……

（题图、插图：黄全昌）

高手

□ 暗　刃

小柯、大毛还有阿成在县城里同一所中学念书，他们都有一个爱好，就是喜欢吃螺蛳，只要一有空，便聚在一起到路边的小吃铺里过过嘴瘾。

由于大家都是穷学生，所以一盘螺蛳往往是掏空了三个人口袋才凑出来的。螺蛳一摆到桌上，三人立刻如饿狗扑食，抢得乌烟瘴气，谁的动作慢了那是铁定吃亏！

三个人中，数小柯吃螺蛳的技术最娴熟、速度最快，只见他三根手指稳稳地擒住螺蛳的屁股，将嘴对着螺蛳的口上这么一吮，"咝"的一声，那鲜美的螺蛳肉就乖乖地滑到了他的嘴

巴里，同时，他会得意洋洋地瞟一眼正满头大汗地用牙签挖掘螺蛳肉的大毛和阿成，然后又迅速地朝下一个目标抓去。这样一来，每次一盘螺蛳几乎一半都落进了小柯的肚子里！

不久班上转来一个叫"傻蛋"的新同学，他很快便和小柯他们打成了一片，刚来第一天他便大大方方地请大家吃螺蛳！螺蛳端上来以后，小柯他们先是按兵不动，静静地观察着傻蛋，只见傻蛋笨拙地抓起一个螺蛳用牙签找起螺蛳肉来，三人看在眼里，相视会心一笑，突然一哄而起，不到五分钟便将一盘螺蛳瓜分得一干二净！傻蛋看着小柯他们，惊呆了。

第二天晚上，傻蛋又请小柯他们吃螺蛳，小柯他们冲着傻蛋笑道："你先来，你先来！"傻蛋说了声："那我就不客气了！"然后便左右开弓，一手拿了一个，他先将左手的螺蛳放到嘴边"咝"地一吸，然后便将壳潇洒地一扔，紧接着再去抓另一个，与此

同时嘴巴已经在吸右手的螺蛳。整个过程简直是迅雷不及掩耳，直把小柯三人看得目瞪口呆，等他们反应过来才发现一盘螺蛳居然已经去了大半！

这下真是让这三人始料不及，刚开始小柯还不服气，又和傻蛋吃了几次螺蛳后，他终于承认：就算是再吃十年也练不到傻蛋那个速度，小柯他们以后再也不敢叫傻蛋吃螺蛳了！

过了几天，小柯三人嘴馋了，又准备去吃螺蛳，但钱却死活也凑不齐，无奈之下只好找来一直都不敢叫的傻蛋，傻蛋欣然应允。刚到小吃铺，傻蛋便觉得肚子有点不舒服，在他起身去厕所时还不忘叮嘱小柯三人：

"你们几个可要等我来了一起吃噢！"说完便一溜烟窜了出去。

没过一会，香气扑鼻的螺蛳就端上来了，小柯三人看着螺蛳开始唉声叹气，心想这下又要让傻蛋占便宜了。突然，小柯说"这傻蛋吃得太快，我们总是吃亏，不如今天要耍他，我们把螺蛳吃了，将空壳放在这盘子里！"大毛和阿成都拍手叫好，于是三个人风卷残云般地将一盘螺蛳吃得干干净净，然后又小心翼翼地将螺蛳的空壳满满当当地垒在盘子里，接着便乖乖地坐在那里等着看傻蛋出丑。

没过一会，傻蛋就风风火火地回来了，果然，傻蛋看着满满的一盘子"螺蛳"直夸小柯三人够义气。傻蛋稳稳地坐在凳子上，一副得意洋洋的表情，双手也跟着摆出了一个"预备"的姿势，傻蛋对大伙说"大家一起开始吃吧！"小柯三人忍住笑，说道："你先来，你先来！"

"那我就不客气啦！"傻蛋说完，双手就如机器一样开始工作起来，只见他将左手的"螺蛳"放到嘴边"嗞"地一吸，然后潇洒地一扔，接着便去吸右手的，与此同时左手已经向另一个"螺蛳"抓过去……傻蛋竟然没吃出来是空螺蛳？原来，傻蛋以前吃螺蛳那么快，都只是吸一下螺蛳，肉还没吃到就扔掉了。小柯他们这时才恍然大悟，这个傻蛋真够傻的呀！

（题图、插图：安玉民）

儿子的同学
来吃饭

有一个三口之家，爸爸下岗了，儿子在念书，一家人只靠妈妈微薄的收入维持着，夫妻俩每天都计划着从牙缝里节省，不必要吃的不吃，不必要穿的不穿，所有财力都要集中起来，准备三年后供儿子读大学。为了省钱，爸爸把每月一次的面条增加到了一周五次，直到周日，儿子放假回家，他才会买几块钱的大肉回来。

这天，爸爸刚买了面条回家，突然接到儿子的电话"老爸，今天多烧几个菜，我的一个同学要来吃饭。"说罢没等爸爸回话就把电话挂断了。

儿子的电话打乱了爸爸原先的计划，他把面条放进冰箱，重新奔向菜市场。爸爸想：儿子带同学来家里吃饭，在儿子的同学面前，千万不能丢脸。他在买菜的时候就计划好了菜谱：葱爆羊肉、香菇青菜、家常豆腐，外加一盘青椒胡萝卜，荤素搭配，色香味俱全，这应该上得了台面了。

回到家，爸爸开始洗菜，这时，他想给妻子打个电话，告诉她儿子的同学要来吃饭，但爸爸却又没打了，因为他想：这个电话的费用值两棵大葱呢，爸爸舍不得打了。爸爸系上了好久没用过的围裙，他心里突然涌上一丝幸福感，他很久都没有这么正儿八经地做过饭了。

爸爸在厨房间忙碌着，外面房门响起了钥匙声，妈妈回来了，爸爸告诉她今天儿子的同学要来家里吃饭，妈妈感到很突然，吃惊地问："怎么会突然要来咱家吃饭？"爸爸摇摇头说"我也不知道，不过肯定是有原因

的！"

妈妈这下紧张了，说："那今天咱就不要吃面条了，赶紧把面条藏起来，再去买点菜回来。"爸爸说："这就不劳夫人操心了，我已经把一切都准备好了。"妈妈冲丈夫一撇嘴，娇嗔道"贫嘴！"妈妈一边说话，一边麻利地拖起了地板。只要有客人来，妈妈一定会把房间里里外外都打扫干净，她一直非常注重维护家庭形

象。家里已经很长时间没有客人来吃饭了，为了减免不必要的开支，这家人总是很小心地回避各种社交活动。

爸爸搬出了折叠圆桌，这张桌子现在也很少用了，上面落满了灰尘，爸爸用热抹布擦拭后，这张桌子马上就鲜亮起来，桌子鲜亮了，房间也鲜亮了起来。

菜全都齐了。尽管只有四个菜，但却显得丰盛诱人。

爸爸倒了半杯酒，这次妈妈没有斥责爸爸，只是温柔地说，要他少喝点。酒味菜味混合在一起，凝成了一股喜庆的氛围，真可谓：有朋自远方来，不亦悦乎？

到了儿子放学回家的时间，门锁哗啦响动了一下，儿子傻笑着出现在门口，爸爸妈妈连忙朝门外看，怎么只有儿子一个人，儿子的同学呢？

爸爸问儿子："你的同学呢？"妈妈也问儿子："同学呢？"儿子傻笑几声，回答道："没有同学！"儿子的话让爸爸妈妈吃了一惊，而且顿时有些失落，这顿饭可是他们特意为儿子的那个同学准备的呀！

爸爸正要发作，儿子又说话了："老爸，今天可是你的生日啊，生日快乐！"说完，儿子打开灯，房间显得敞亮敞亮的。这一顿饭，一家人吃得温暖如春，只是爸爸喝得有点多了。

(推荐者：李　岱)

(题图、插图：谭海彦)

一个女人有六个手指，另一个女人也有六个手指，这两个素昧平生的女人都因同一个男人而历经命运的苦难……

□周丹

六指女人

1.租借妻子

林芳是个善良纯朴的女人，可近几天，她发觉有个男人跟踪她，她走到哪里，那个男人就跟到哪里，吓得她惶惶不安。这天，林芳去菜市场买菜，又发觉那人跟踪而来，林芳连菜也没敢买，刚想转身走出菜场，不料猛一抬头，只见那个男人已站在自己的面前，两眼看着自己。林芳吓得拔腿就跑，那男人竟紧跟不放，走到一个僻静处，他紧走几步，挡住了林芳的去路。

林芳紧张得声音颤抖地问："你、你要干什么？"

"大妹子，你别怕……"那个男人说，"我不会伤害你的，我有事情要请你帮忙！"林芳说："我能帮你什么忙？"那人冲口而出："我想租你做我一个月的妻子。"林芳生气地说："神经病！"随即拔腿要走。

那男人发觉自己的话说得太唐突了，忙一边连连道歉，一边递上自己的身份证说，他叫许果，眼下碰到一件为难事，求她帮忙。林芳见他态度恳切，不像有什么恶意，就跟他到路旁的一家冷饮店，听他细说情由。

许果说他和妻子刘爱美一直在爱城做服装批发生意，夫妻和睦，恩恩爱爱，不料五年前，刘爱美遭遇车祸死了，因为思念亡妻，他一直没有再

娶。他的岳父是妻子唯一的亲人，他一直向岳父隐瞒了妻子死亡的消息。现在岳父得了重病，医生诊断他可能只有一个多月的时间了，岳父希望在最后这段时光里能在女儿身边度过。明天岳父就要远道而来了，如果岳父知道女儿已经死了，肯定受不了这个打击，因此才请林芳帮忙。

许果说，在老人面前他们是夫妻，其实，只要林芳陪老人说说话，给老人做做饭，至于晚上，她可以对老人谎称去上夜班，然后回自己的家。许果说："如果你肯帮忙，我付给你一万元酬金。"林芳问："这管用吗？老人难道是瞎子？"许果说："不是瞎子，但他双眼生了瘤，跟瞎子差不多。"林芳说："既然这样，你又何苦跟踪我、找我呢？随便找个女人不就可以了吗？"

许果长叹一声，眼睛盯着林芳的左手说："自从岳父说他要来看我们，我就到处找你这样的人，你和我妻子不仅身高相貌差不多，更重要的是你和我妻子有一样的左手，我妻子的左手是六指，我自从发现你有那样一只左手，就开始跟踪你了。"林芳听了笑起来，伸出左手，她的左手也是六指。

许果见林芳已经默许帮忙，就带她到家里熟悉环境，详细介绍妻子的情况，又说了他岳父的情况：他岳父叫刘义山，是个因为抢劫杀人被判死

缓的人，在他入狱三个月后，女儿刘爱美出生。刘爱美在五岁的时候，随同母亲去劳改农场看过她父亲，后来母亲死了，刘爱美很怨恨父亲，就再没去看望过他。这么多年，刘义山除了知道女儿左手长有六指外，其他一无所知。刘义山因为改造得好，由死缓到无期，再改成有期……现在终于获得自由。

林芳得知自己是要给这样的人充当女儿，她犹豫了。许果一见忙要林芳不要担心，他说刘义山已经是个将死的老人，根本不可能再伤害谁，如今老人最盼望的是他几十年从没享受过的家庭温暖。许果动情地说："虽然一切都是他自作孽，但是作为小辈，我们可不能让生活对他这么残酷啊！"林芳被打动了，答应了许果的要求。

第二天，林芳随许果来到车站接刘义山。刘义山跟随人流从车站走出来，他戴着墨镜，头发花白，步履蹒跚，比林芳想象的要苍老许多。林芳见刘义山那墨镜光一闪一闪映着她，不由感到害怕慌张。许果快步上前，搀扶着刘义山，亲切地连声叫着"爸爸"。刘义山却不吭不应，神情木然。三个人去餐馆吃饭时，借着点菜的机会，许果悄悄对林芳说，要她不要紧张，尽快进入角色。可能是多年劳改养成的习惯，刘义山姿势端正地坐在那里，像个规矩的小学生。林芳见了，

突然感觉面前这个老人很可怜。

林芳给刘义山夹菜的时候，刘义山突然抓住林芳的手，林芳一哆嗦，想把手抽回来，许果赶紧在桌子下面磕了林芳一下，林芳僵直的手才软了下来，刘义山轻轻抚摩着林芳那六指左手，眼泪顺着他的面颊流了下来。林芳事先准备了很多应对刘义山的话，可是刘义山却一直沉默寡言。夜晚，林芳准备好了饭菜，伺候老人吃了，等他睡了，才悄悄离开了许果的家。林芳一回到家，见丈夫陈亮呆在家里发愣，他见林芳掏出一沓钱，顿时两眼圆瞪，问林芳是怎么回事。

对于丈夫陈亮，林芳的感情非常复杂。林芳的父亲是个老赌鬼，因为欠下赌债被人追杀，是陈亮从中调解，并且做了担保，才保住了林芳她父亲的性命，后来林芳的父亲患重病直至病逝，都是陈亮支付的医药费，帮忙安葬料理了后事。林芳觉得陈亮对她家有恩，为报恩便答应嫁给了他，可林芳没料到，陈亮也是个嗜赌如命的赌鬼。为了躲债，他带着林芳东躲西藏不停地搬家，每搬到一个地方，陈亮都会痛心疾首地发誓，一定要把赌戒了重新做人，可是很快这些誓言就会随着他赌桌上的吆喝声而被抛到九霄云外。林芳一直想要个孩子，当她好不容易怀上时，在一个寒冷的深夜，在外几天未归的陈亮突然回来，把她从床上拽起来就往外跑，

边跑边说他欠了人家很多钱，现在人家来追杀他们了。果然，两人刚逃到外面，就见一帮持刀执棒的人来了。两个人吓得落荒而逃，结果，虽然逃出了虎口，可林芳在逃跑的路上摔伤了身子，流产了，送到医院抢救，几天后，医生告诉林芳，她已经丧失了生育能力。

此时，林芳见丈夫追问这钱的来路，她没敢说是她给别人做"妻子"的佣金，只说是自己以前的储蓄。谁知陈亮一听，顿时紧张起来，问："你的储蓄单子上面用的是什么名字？"林

芳说:"梁娟。"

原来,林芳的真名叫梁娟。五年前,他们逃来爱城时,陈亮给她一张身份证,要她改名换姓成了"林芳"。来到爱城,陈亮比以前收敛了许多,不仅他自己深居简出,而且要林芳也没事就呆在家里,不要抛头露面,更不能暴露自己是梁娟,还一再要她去整容,去截除六指……林芳越想越觉得奇怪,明明是陈亮惹下祸事,干吗要让她来承担?陈亮为什么不去整容换姓、改头换面呢?林芳隐约感觉到其中另有文章。

2. 无奈毁约

第二天中午,林芳来到许果家,给刘义山烧了几个他家乡的小菜。这是林芳早晨特地买了一本菜谱、从上面找了几个刘义山家乡的菜品照着做的。许果说他有点急事要办,胡乱扒了几口饭就出门了。

林芳和刘义山坐下吃饭。林芳给刘义山夹了一筷子菜放到碗里,说:"爸爸,吃菜,看看我做得怎么样?"刘义山愣了愣,抬头看着林芳,林芳不知道他那墨镜后面是一种什么样的眼神,心里不免有点忐忑不安。

"这些菜你跟谁学的?"刘义山问道。从昨天见面到今天,在一天多时间里,这还是刘义山第一次跟林芳说话,林芳如实告知,是跟菜谱学的。

"这些年……你都是怎么过来的?"刘义山问。

林芳照着许果教的,说:"妈妈死后,我就被人家收养,然后到爱城读书,在这里安家……"刘义山声音哽咽地说"你……你,还怨恨爸爸吗?"林芳说:"过这么多年了,就算有,你也毕竟是我的爸爸啊!"刘义山不说话了,只是慢慢地扒着饭菜。

晚上,林芳回到家,见陈亮神情慌张,坐立不安,林芳正要问他发生了什么事,哪知陈亮突然怒吼道:"你今天一天都跑到什么地方去了?"林芳淡淡地说:"我能去哪?随便走走呗!"陈亮喝道:"叫你不要抛头露面你干吗不听!"

"你究竟干了什么?我们为什么要偷偷摸摸地活得像个地洞里的老鼠呢?"林芳眼泪都要出来了,"这样的生活我们还要持续多久嘛!"陈亮颓然坐下,捧着脑袋,长叹道:"那个家伙又出现了!"林芳问"你说什么?哪个家伙?"陈亮说:"就是曾经敲诈过我的那个家伙。"

林芳想起来了,原来在搬来爱城前,陈亮曾兴奋地告诉过她,说他就快要做成一笔大买卖了,等这笔大买卖做成了,他们下半辈子就可以好好享受幸福生活了。可是没过多久,陈亮又气恼地跟她说,那笔大买卖虽然做成功了,但是被一个家伙敲诈了……

第二天天一亮,陈亮就催促林芳

和他一块儿去美容院，说无论如何，今天必须把整容做了。林芳答应去做整容，但是要陈亮告诉她究竟发生了什么事。林芳委屈地哭道："你要我整容成为另外一个人，总得告诉我究竟是为什么啊！"

陈亮阴着脸问："还记得我们结婚的时候，你答应过我什么吗？"

林芳低下头，抹着泪，她当然记得，结婚的时候，陈亮向林芳保证要好好爱她，永远不会背叛她；林芳也答应陈亮，不该问的不问，不干涉他的事。

林芳说："明天去整容行吗？"她见陈亮不说话，接着说："那一万块钱不是我储蓄的，是我做家政人家预付的……你要我成天闷在屋里，我都快憋疯了，你知道我是个闲不住的人……我帮助的是个老人，我给他做饭，陪他说话。我现在就去跟人家说不做了，把钱退给人家。"

林芳赶到许果家，已经是中午了，她连忙钻进厨房就忙碌起来。林芳来之前，刘义山一直坐在阳台上，他听见林芳在厨房里忙碌，就站起身，来到厨房，站在门口看着林芳，说了一句："看样子你刚才哭过？"说完转身回到阳台，继续坐在那里。林芳愣住了，心想：刘义山不是眼睛不好吗？怎么看得见自己哭过呢？

林芳把许果叫进厨房，轻声地说："我可能要毁约了。"她说着拿过提包，取出那沓钱，递给许果。许果生气地说，林芳如果要毁约，当初就不应该答应，现在戏演到节骨眼上，她作为最关键的人物，怎么可以溜号呢？林芳只是不住地抱歉，要许果另想办法。许果显然想不出什么办法，他急得在厨房里直打转。过了好一会，许果问林芳："究竟出了什么事？是不是你的丈夫不答应？"许果顿了顿又说："如果真是这样的话，我可以去见见他，跟他说说，你看可以吗？"林芳未置可否，只觉得心中一片茫然，回到家中，丈夫陈亮不在，他在桌子上留了张纸条，意思是让林芳收拾收拾，做好离开爱城的准备，他很快就回来，回来就出发。看着纸条上的留言，林芳不禁想起了五年前的一个夜晚，当她回到家中，也看见这么一张纸条，也是这样的留言。当时陈亮回来，给她戴上口罩、眼镜和帽子，然后带她来到爱城，住进目前这个偏僻幽静的屋子。当时林芳以为陈亮会和自己一起藏匿在这个城市，但是他却说还要回到原来的城市和那些人继续周旋。林芳按照陈亮的吩咐，整天躲在这屋子里，饿了就吃方便面，无聊就看碟片，一个人呆了半年后，陈亮才来到爱城，但是两个人还是像见不得人似的。

几年下来，林芳从不习惯到喜欢上了爱城，她喜欢爱城的春夏秋冬四季分明，可现在，陈亮又要带她开始

"逃亡",可是又逃亡到哪里呢?何处才是最后的归宿呢?

陈亮回来了,他见林芳拿着纸条在发呆,走过去,把她搂在怀里,说:"我保证,这是我们最后一次!车票我已经拿到了,是明天凌晨三点的车……"不料,陈亮的话还没说完,身上的手机突然响起来,他一看号码,顿时脸色大变。林芳抢过手机一看,只见手机上的信息是:"你走不了的!"陈亮刚夺过手机,电话来了,陈亮打开手机盖,怒吼道:"那些钱,已经全被你弄走了,你还想要什么?"

"我什么都不要。"电话里传出一个瓮声瓮气的声音,"我告诉你,别做傻事,你是走不掉的!只要你敢离开,前面的路上马上就有警察等着

你!"

"你究竟想要怎么样?"陈亮小声哀求道,"你说,你究竟想要怎么样?"电话断了,陈亮瘫坐在床上,垂着脑袋,过了好久,他才无奈地说:"不走了。"

3. 险遭毒手

第二天,丈夫陈亮突然一把将妻子林芳搂在怀里亲了又亲,然后对她说:"钱不要退了,你继续去照顾那个老人家吧,早去早回,注意安全。"陈亮的举动让林芳感到诧异:他怎么突然变得这么温柔了?林芳心里想着,就去了许果家,林芳一到那儿,就见刘义山刚刚起来,许果正在忙着打电话。林芳发现,自从把刘义山接到家中,许果就抛下了生意,几乎全天陪在刘义山身边,跟他说话,给他端茶送水,林芳见他对老人这么孝敬,大受感动。

这天晚上林芳回家较早,她怎么也没想到,她刚一打开房门,脑袋就被什么东西猛地一击,她顿时失去了知觉。等林芳醒来,她发现自己被捆了个结结实实丢在床上,丈夫陈亮则

坐在一旁，脸色铁青，正大口大口抽着烟。

"把我松开，你这是在干什么……"林芳挣扎着叫喊。陈亮随手抓起一个布团，塞进林芳嘴里，然后坐下，一边抽烟一边说："我知道，你肯定想知道这究竟是为什么，我本来是不想告诉你的，但是也不想让你死得不明不白，我现在就说你一直在问、一直想知道的事吧。"于是陈亮便说了起来。

好多年前，陈亮就混迹于赌博场合，参与豪赌，但久赌必输，为了翻本，他跟"放水公司"借了一大笔高利贷，但是很快又输了个血本无归。放水公司那些人可不是好惹的，眼看期限到了，陈亮急得如同热锅上的蚂蚁。一天晚上，陈亮到一家小酒馆去借酒浇愁，正喝着，又进来一个人，坐在陈亮对面也喝起酒来，边喝边看一本书。喝了一阵，那人起身走了，却将书遗落在陈亮面前。陈亮拿起一看，是一个日本人写的小说，他刚想丢了，可小说上的一句题签"杀妻骗保"吸引了他，陈亮一口气将那本书读完，付了酒钱，立马赶去找放水公司的人，说他现在正有一桩大事要做，希望他们同意缓期偿还借款。放水公司的人倒是很欣赏他的坦荡，当即同意了。

第二天，陈亮先后在五家保险公司为妻子买了高额保险，极度需要钱

· 社会长廊　生活广角 ·

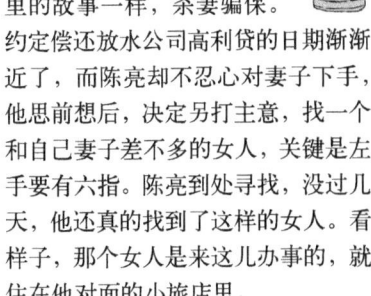

的他疯狂地决定像那本小说里的故事一样，杀妻骗保。约定偿还放水公司高利贷的日期渐渐近了，而陈亮却不忍心对妻子下手，他思前想后，决定另打主意，找一个和自己妻子差不多的女人，关键是左手要有六指。陈亮到处寻找，没过几天，他还真的找到了这样的女人。看样子，那个女人是来这儿办事的，就住在他对面的小旅店里。

陈亮当即将妻子送到爱城，藏匿起来，当他回到家中，见那女人还住在小旅馆里。一天傍晚，陈亮骑车从那个女人身边经过时，故意摔倒，并说他的手摔伤了，没法骑车，求那个女人帮忙，帮他把自行车推到他家去，女人答应了。等到进入家中，陈亮突然凶相毕露，将那女人捆绑起来，塞住嘴巴，囚禁起来。陈亮将那个女人囚禁了一周，没见有人寻找，一切风平浪静。一天晚上，陈亮约了几个朋友在茶馆打牌，中途他借口上厕所，悄悄赶回家中，将那女人敲昏，松了绑，然后把液化气罐挪到一旁，点燃床单。当陈亮离开现场回到牌桌上时，他家已经成了一片火海。液化气罐爆炸惊动了邻居，等到消防队赶到时，陈亮的家已经化成了灰烬。

等到消防队员将大火扑灭，找到了一具已被大火烧得面目全非的尸体，尸检人员从那只已经差不多炭化了的左手上，发现了六指，由此断定

这就是陈亮的妻子，于是陈亮如愿以偿地拿到了一大笔保险赔偿金，这让他笑得咧开了嘴，可是，还没等陈亮笑咧开的嘴合拢，他突然接到了一个电话，那人在电话里阴阳怪气地说，倘若陈亮不把赔偿金的一半作为封口费转入他提供的账号里，他就要将陈亮杀人骗保的事情报告给公安局，他还叫陈亮到当初捡到书的那个小酒馆去，拿一样东西。陈亮去了，果然看见他曾经坐过的桌子上有一封信，陈亮拿起信，打开一看，是一个小本子，本子里记的是一组时间，每个时间后面，标注的都是陈亮在这个时间干了什么：陈亮何时去买的保险，买了几家，金额多大，什么时候把妻子送走的，什么时候将旅馆里的那个女人骗入家中的等等，陈亮顿时吓得魂飞魄散。陈亮终于明白自己掉入了一个局，一个陷阱，现在成了人家手中的一枚棋子，一个提线木偶。陈亮万般无奈，只得将保险赔偿金的一半划入那人提供的账号里。那人似乎还守信用，此后再没出现过。

陈亮来到爱城，以为新的生活就要开始了。他要妻子去整容，去截除她的六指，他要妻子完全抛弃从前的影子，成为一个全新的林芳，却不料妻子一推再推，不愿意变成另外一个人。现在，那个该死的敲诈者阴魂不散，不知从哪个地沟里又冒了出来。

陈亮说到这里，站起身，拎起一只塑料桶，屋子里顿时弥漫起一股子汽油味。

林芳惊恐地望着陈亮，陈亮说："我叫你不要到外面去抛头露面，你不听，你管不住自己的两只脚。如果你被人家逮住，我就完了！"陈亮咬咬牙，恨恨地说，"你死了，这家伙就没了把柄，一切就都结束了。"林芳终于明白了一切，她恐惧地闭上双眼，就在陈亮要倒汽油时，"咚咚咚"传来一阵敲门声。

陈亮问："谁？"

外面的人说："我是雇林芳的东家，听说她不干了，我是来要回工钱的。"

陈亮说："她不在。"

"我看见她进来的，她不干，就得把工钱退给我！"外面的人叫嚷起来。

"好！来得好，正好给你做伴！"陈亮凑在林芳耳朵边低声说了这句话，然后站起来拿起一根棒子，一下把林芳打昏过去……

当林芳从昏厥中醒过来的时候，感觉自己的手能动了，脚也能动了，她捂着脑袋坐起来，看见许果正站在自己面前。

林芳惊奇地问："我怎么在你家里？他呢？"

"死了。"许果说，这两天他察觉到林芳神情有些不对劲，估计出了什么事。林芳道别回家时，他就一直跟在她后面，到了她家的窗台下，听到了他们的谈话。当听到她丈夫陈亮决定要下手害她时，许果敲了房门，来救林芳。许果说他知道陈亮不是善类，在敲门时他在墙角处抓了一把石灰。当陈亮打开门，刚要挥棍击打许果时，许果抢先撒出石灰，迷住了陈亮的眼睛，就在他给林芳解身上的绳索时，陈亮倒了汽油、点着了火。许果说他不想救陈亮这个恶棍，就背着林芳逃出屋，然后打车回了家。

林芳问："现在怎么办？"许果说他不想跟警察打交道，他告诉林芳，说他的妻子刘爱美不是死于车祸，她是突然失踪。许果说，刘爱美较任性，常常要小性子，当时他因为一点小事和刘爱美发生争吵，刘爱美嘴巴一撅就离家出走了。因为以前刘爱美经常搞这些小动作，许果也没在意，可是一周过去了，一个月过去了，一年过去了，直到现在，杳无音信，肯定是遇害。林芳一听，马上把陈亮说的害死那女人的事和许果妻子失踪的事情一联系，不由自言自语道："难道……难道陈亮害死的那个女人就是刘爱美？"许果一听，突然抱着脑袋，眼泪夺眶而出。

林芳叹道："恶有恶报，他也算是偿命了吧！"许果抹掉眼泪说"现在这些都不重要了。重要的是我那可怜的老岳父，他现在……现在……"林

芳说："你放心吧，我现在也无处可去了，我就好好配合你，把这场戏演下去！"许果说："如果你不嫌弃，你可以……可以跟我……咱们不演戏，真正地生活在一起，你可能无法理解，从见到你的第一眼起，我就、就对你有感觉……"

林芳痛苦地耷拉下脑袋，她做梦也不会想到，曾经口口声声说爱自己的那个男人，突然会面露狰狞要杀死她！如今对于所谓的爱情，林芳觉得那是一把让她感到恐惧的刀子，听了就感到害怕。林芳抹了沫眼泪说："我心里很乱，让我静静。"这时，就在隔

壁传来刘义山那苍老的咳嗽声。许果附在林芳耳朵边说，他的岳父可能会告诉她一些事，她听到后，要及时告知他。

林芳问"什么事？"许果说"很重要的事情，这是他一辈子的心病，也是我们未来的希望。"

4. 又遇恶魔

第二天一早晨，林芳就开始做饭，做家务，刘义山走过来问道："今天夜班怎么回来得这么早？"林芳笑笑，说她从今天起，就开始休假了，不是休息一天，而是长期休假了。

吃过早饭，刘义山要林芳歇一歇，父女俩拉拉话。林芳不知道刘义山要跟她说什么，心里有点忐忑不安。这时许果正坐在一边看电视。刘义山见林芳坐得离他有点远，就拍拍椅子，示意她坐得近些。林芳就挨着刘义山坐下，刘义山抓起林芳的左手，抚摩着上面的六指，问她怎么不去截了，一个女孩子，留着六指，就不怕人家看了笑话？

林芳说："妈嘱咐过，叫我留着，说以后见了面，你才认得我。"

刘义山点点头，叹口气说"那是冬天吧，你娘带你来看我，我要看看你的六指，开始你不让，把手藏在袖口里，当时你娘让你把手伸出来让我看，还让你今后千万要把六指留着，说我见了才认得你，我当时说啊，女

孩子家的，截了吧，免得人家见了笑话，你还记得你当时跟我怎么说的吗？"林芳摇摇头。

"当时你就哭了，哭着冲我吼，说你坐牢都不怕人家笑，我生个六指还怕人家笑吗？"刘义山又叹息道，"你当时才五岁啊……"林芳也落下了眼泪。刘义山问林芳知不知道他究竟是怎么入狱的，林芳说她听说过，好像是抢劫杀人。

刘义山说："起初说好只是抢劫，不杀人，可是后来他们开始杀人了，一杀人，就乱套了。"接着老人断断续续讲了那段往事。刘义山说他们一共七个人，去抢一个金矿，抢了好多金子，七个人背不动。因为枪声招来了警察，追捕中，他们与警察发生了枪战，结果七个人被打死了六个，就刘义山一个人活了下来。说到这儿，老人哭了，他跟林芳说，他感到身体有些不舒服，要去睡一下，等他起来再接着给她讲。刘义山还拖长声调大声说，他有一件埋藏了许多年的事情，要跟女儿说说，因为再不说，他就要埋入泥土里去了，这世上就没人知道了。

许果之前是坐在电视机前，一边听刘义山说话，一边看新闻。过了一段时间后，许果走到刘义山房门前看看，刘义山还打着呼噜，许果想，看样子老人一时半会儿不会起来，就对林芳说，他要出门探听一下昨天晚上

失火的事。临走时，许果悄悄对林芳说："你千万别出去，别再惹下祸端来。等我岳父起来了，听他告诉你些什么，等我回来告诉我。"

许果出门不久，林芳打开了电视，电视里说，在一处出租房里，昨夜发生了大火，但没有提及人员伤亡的情况。

林芳心想，难道陈亮没被烧死？就在林芳猜测的时候，刘义山起来了，林芳关了电视，倒了杯水端了过去。

刘义山让林芳坐到身边说："孩子，我问你个事情，你得老实回答我。"林芳说："爸爸，你说吧，有什么事？"刘义山摇摇头，叹道："你不能叫我爸爸，你不是我的女儿。"林芳吓了一跳，嗫嚅着说："爸爸，你开什么玩笑。"

就在这时，许果走了进来。刘义山抚摩了一下林芳的左手，起身缓步回到自己房里去了。许果走到林芳身边，悄声问："他告诉你什么了？"林芳说："他没告诉我什么啊！"许果哪里肯信，他一把将林芳拉进里屋，继续追问："你必须老实告诉我，刚才他都跟你说了些什么。"

林芳说："他真没跟我说什么。"许果发怒了，他强压怒火说："不可能，他究竟和你说了什么？快告诉我！"

"我跟你说了，他什么也没跟我

说过！"林芳也生气了，"你不相信，我走就是了！"

林芳说着抬脚就要开门出去，许果上前一步，抓住林芳衣领，把她摔在地上，随即扑上去，骑在林芳身上，双手掐住她的脖子，嘴巴凑在她耳朵边，恶狠狠地威胁道："你快跟我说实话，那些金子都藏在哪里了？"

"什么……金子？"林芳被掐住喉咙，说不出话来。许果咬牙切齿骂道："你想独吞金子？你个臭婊子！"

就在这时，刘义山在外面大声吆喝起来："人呢？女儿，你到哪里去了？"许果凶狠地小声警告林芳："听着，小心点儿给我应对，否则莫怪我心狠手辣！"说罢，许果松了手。林芳被折腾得剧烈地咳嗽起来。听到咳嗽声，刘义山在外面大声叫道："女儿，女儿……"林芳一边应着，一边理了理头发衣领，走出里屋，将刘义山搀扶到椅子上坐下。

刘义山坐下后，对林芳和许果说："坐吧，坐吧，你们两个都坐，现在我就跟你们说那件事。"刘义山等许果他们坐下之后，开始说了起来。刘义山说他们去抢金矿，是他的把兄出的主意。刘义山说他的这位把兄，足智多谋，工于心计，就因为他的足智多谋，他们才轻易地从金矿抢出了黄金，可是，在逃亡中，他的这位把兄被警察打死了，死在他的怀里。

许果问："你的那位把兄在临死

的时候，跟你说什么话没有？"

"说了，怎么会没说呢，他一直说到他咽气。"刘义山说，他那位把兄也为把他们带上邪路感到后悔，那位把兄告诉刘义山，要他有朝一日出去后，帮他找找他的儿子，然后把他们留下的东西分一点给他儿子。

许果急切地问："什么东西？"

"金子。"刘义山说，他们抢劫成功后，在警察四面追捕中，就把金子藏在了一个十分隐秘的地方。现在在这个世界上，只有他刘义山知道那金子藏在什么地方。

"什么地方？"许果霍地站了起来，那表情好像要从刘义山的牙缝里把话撬出来。

"你终于原形毕露了。"刘义山长叹道，"你想要知道金子藏在什么地方，不难，咱们做个交易吧，你得把你究竟干了些什么，统统给我说了。"

许果阴笑道："你是怎么看出破绽的？"

刘义山抓过林芳的手，轻轻抚摩了一会儿，说："我是摸出来的。爱美五岁的时候探望了我一次，我摸了她的手，摸了她的六指，这么多年过去了，我没忘记，见你们面的时候，我就隐约察觉到这个女儿不是我真的女儿，后来摸了她的手，我才确认她真不是我的女儿。"

林芳问："我们的手有什么区别吗？"

"女儿的手我虽然只摸过一次，但已长在了我的心头，是不是女儿的手，做父亲的轻轻一摸就知道。"刘义山叹息说，"当时我不揭穿你们，是想知道我的爱美在哪里，许果你把她怎么了！"许果说："你先告诉我金子在哪里！"

"你不说我也知道，你把我女儿害死了！"刘义山说，"你想要金子，我就告诉你，那些金子，我全丢进我那位把兄家的茅厕里了。为了不被人家发现，我推倒墙壁盖了起来……现在你知道金子的下落了，你得告诉我爱美在哪里，告诉我，你是怎么害死她的！"

5. 尘埃落定

卑鄙者也有坦诚的时候。许果望望正襟危坐的刘义山，又扫了一眼畏缩在一旁的林芳，哈哈一阵大笑，然后踱开方步，侃侃而谈起来。许果说他对于刘义山的情况非常清楚，他知道刘义山一直隐藏着那些金子的秘密。他知道刘义山在劳改农场表现良好，并多次获得减刑，很快就可以出来。他认为刘义山年老多病，离死期不远，刘义山藏匿的金子自然会落在刘义山亲人手里。许果打听到刘义山的唯一亲人就是他的女儿刘爱美，于是许果拿出惯用的伎俩，骗取了刘爱美的信任和爱情，成了她的丈夫。许果多次旁敲侧击，让刘爱美向她父亲探听金子的秘密，不料刘爱美发誓永远不原谅父亲，更不稀罕父亲那些抢劫来的金子。这使许果大失所望，气恼却一时又无可奈何。许果想，如果让刘爱美活着，就不可能得到金子。

也叫无巧不成书，一次偶然的外出，他看见了一个叫梁娟的女人，也就是现在的林芳。许果见她和刘爱美长得有几分相似，尤其她们的左手都是六指。在对梁娟的调查中，许果知道了她的处境，得知她的丈夫是怎么样的一个人，于是许果开始构想了一个自认为完美的计划：就在陈亮因为高利贷而走投无路的时候，许果恰到好处地给他送去了那本"杀妻骗保"的小说。许果知道陈亮可能不忍心对妻子下手，就把刘爱美送到那个城市，送到陈亮跟前，许果骗刘爱美，让她在那个小旅馆等一个客商。刘爱美上当了，在那旅馆一等再等，结果等来了陈亮这个恶徒……陈亮除掉了刘爱美，他得手了，成功地骗取了巨额保险金，就在陈亮得意的时候，一个敲诈者出现了。

听到这儿，林芳再也忍不住大叫起来："原来那个敲诈者是你……一切都是你在捣鬼！你真卑鄙！"

"卑鄙？"许果却哈哈大笑起来，"谁不卑鄙？你就完全是清白的吗？想想你跟陈亮这些年的表现，你纵容他，顺从他，依赖他……你还骂我卑鄙？要不是我，你早被他烧成灰了。"

许果走过去，给自己倒了一杯水之后，又得意地说，刘义山虽然在千里之外的劳改农场，但对刘义山的一举一动他许果一直了如指掌，他知道刘义山即将出狱，知道刘义山几十年来一直没有女儿的消息，如果现在得知女儿的消息一定高兴万分，一定盼望和女儿一起度过晚年，一定会把他秘密藏匿的金子交给女儿，于是，许果就主动写信跟刘义山联系，果然很

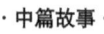

快就收到刘义山的回信。

就在刘义山即将到来之际，许果就找到了他早就跟踪到手的林芳。

刘义山听到这儿，不由呵呵笑道："你的确很会谋算。那你能算得出来，接下来会发生什么事吗？"许果眼露凶光说："很简单，你必然死去！怎么死，你自己选择，没人会怀疑你是怎么死的，你这么老了……"

"那么她呢？"刘义山指指坐在一旁的林芳。

许果说："她早已死于大火了，她也死了，不过我可以让她活过来，只要她愿意跟我，我可以带她去整容，然后到国外，享受沙滩和阳光！"

刘义山问林芳："你愿意吗？"

林芳两眼喷火："我就算死，也不会跟一个恶魔在一起！"

刘义山说："好，有骨气，是个好孩子，你不会死的。"

许果看着刘义山："你什么意思？"刘义山冷笑道"什么意思？接下来的事情，一定会按照你谋算好了的发生吗？你爹那么精明，结果还不是死路一条？"

"我爹？"许果惊愕地看着刘义山，"你知道我是谁？"

"我怎么可能不知道呢？"刘义山说，"你爹是我的把兄，他把他的聪明遗传了你，可是你和他一样，没用到正处，他还给你遗传了一样东西，他临死的时候千叮咛万嘱咐，要我出去后帮忙照顾他的儿子，我问我怎么才能认得出是他儿子，他摸着自己的耳背，说他儿子的耳背也和他一样，有个瘊子。"

许果惊异道："你的眼睛……"

"狱警们捐钱让我住进医院，不仅割除了瘤子，还医治好了我的眼睛。本来还得在医院观察一段时间的，但我等不及啊，我想早点看到我的女儿。"刘义山取下墨镜，擦拭着泪水说，当他察觉到林芳不是自己的女儿时，就故意装着还被蒙在鼓里，想要知道他们这么做的目的究竟是什么，自己的女儿刘爱美究竟在哪里……

刘义山说："昨天晚上你们出去，我就跟着你们，然后报了警。陈亮没死，他只是被烧得面目全非，现在可能还在急救中。"刘义山看着许果，说："事情不会按照你谋划好了的发展，你谋划的是个恶毒的阴谋，是邪恶的……"刘义山的话音未落，突然大门一响，冲进来十多个警察，将许果团团包围住了。

望着瘫软在地上的许果，刘义山说道："你把林芳拖到里屋威胁她的时候，我就通知了警察。至于金子的事情我忘记给你说后面的事了，它们是国家的，是偷藏在那里的赃物，在出狱的时候，我就交代了。"

（题图、插图：杨宏富）

　　血饮尊，一只诡异的魔力花瓶，它魔力乍现的那一刻，会让许多女人心驰神往……

血饮尊

□ 种豆人

　　郑旺是个收废品的，他刚才在路边的垃圾箱里捡到了一个漂亮的玉石花瓶。这个花瓶浑身碧绿晶亮煞是好看，只可惜在瓶口处有一个米粒大的小豁口，豁口下面还有一条不大明显的裂缝。

　　郑旺收完废品回到家时，孩子已经睡了，郑旺把从田野里采来的油菜花插在花瓶里，老婆见了，脱口骂道："谁让你瞎买东西了！这个花瓶得花多少钱？"郑旺连忙赔笑着说："这不是买的，是我捡的。"老婆听了，这才露出笑容，她摸着花瓶问道："在哪捡的？还怪好看的！"郑旺心疼地看着老婆，十年前的老婆可是当地有名的

　　大美人，既温柔又漂亮，是郑旺死缠烂打、最终战胜所有的对手抱得美人归的，可这十年来，却让老婆一直跟着自己吃苦，现在老婆眼角已爬上了不少细纹，身材也变得臃肿，头发干枯蓬乱，穷苦的生活让她变得暴躁粗俗了。

　　老婆摸着漂亮的花瓶，一不当心，她的手被瓶口上的豁口划破了，伤口虽然不大却流出不少血，鲜血顺着花瓶的裂缝往下淌，还滴了几滴到瓶子里。郑旺吓坏了，连忙找来一张创可贴给老婆贴上，两口子便坐下来吃饭，刚吃完饭忽然就停电了，家里又没有蜡烛，两口子只好摸黑上了床。

　　郑旺觉得今天老婆对自己特别温柔，简直就像换了一个人，这让他受宠若惊。半夜里来电了，睡得正香的

郑旺被老婆摇醒："他爸，他爸！快醒醒！"郑旺睡眼惺忪地问："什么事呀？"老婆急切地问："你采回来的油菜花是什么颜色的？"郑旺觉得好笑，油菜花还有别的颜色？他伸了个懒腰，慢吞吞地说道："不就是黄色的嘛！"

老婆结巴着说："可、可是……你现在抬头看看！"郑旺抬头看了看放在床头柜上的花瓶，也愣住了：灯光下，那束油菜花不知什么时候变成了鲜艳欲滴的大红色！

两人不由面面相觑，不料郑旺一看到老婆，他表情变得更加古怪，瞪

着老婆半天说不出话来。老婆连忙问"怎么了？我脸上有什么？"见郑旺迟迟没有回答，老婆便自己去照镜子，镜子里，老婆看见了十年前的自己——白里透红的脸蛋儿，大而有神的眼睛，性感美丽的红唇，乌黑柔顺的秀发……甚至连身材都变得玲珑有致！

这不是梦吧，老婆狠狠地掐了一下自己，有疼的感觉呀！她久久地站在镜子前舍不得离开，贪婪地欣赏着自己二十岁的容颜。这时只听郑旺焦急地叫道"老婆，儿子呢？我们儿子哪儿去了？"老婆这才发现儿子不在小床上，被子里只有儿子的几件衣服。两口子这下急坏了，连忙找遍了家里的角角落落，却始终没找到孩子的影子，老婆急得直掉眼泪，哭喊着儿子的名字，整个人就快崩溃了，还是郑旺冷静，他说不如打电话报警，老婆扑到电话机旁正准备打110，却听郑旺大叫道"老婆，别打了！你快看！"老婆顺着郑旺的眼光看去，竟发现儿子躺在小床上睡得正香呢！天啊！这是怎么回事？

不管怎样，老婆总算松了一口气，她忍不住又站到镜子前，想再次欣赏自己的青春美貌，但她却惊恐地发现自己不但不美，相反，已经变成一个五六十岁的老太婆。她不由发出了一声尖叫，郑旺见了老婆的模样，同样是一脸的惊恐。过了好半天，

郑旺像想起了什么，他看了看那个花瓶，发现那束油菜花已经褪了色并且枯萎了，他不由指着这诡异的花瓶说道："一定是它在作怪，这东西不能留！"

老婆不顾一切地扑过去，一把抓住这个古怪的花瓶，冲着它一个劲地问："为什么？为什么！"忽然老婆手上的伤口又裂开了，鲜血流了出来，顺着花瓶的裂缝往下淌了进去，不一会儿，那条裂缝竟然愈合了，花瓶里散发出一种绿荧荧的光。有了鲜血的滋润后，那束油菜花居然又复活了，它慢慢地抬起了头，花瓣正在慢慢变红，变得格外美丽，格外诡异，同时，老婆的身体也在发生变化，她也在逐渐变年轻，变好看。这时花瓶上隐隐约约显了三个红字"血饮尊"，旁边还有一溜红色小楷，上面写着："血饮尊食血乃现魔力，必由女主供血，供血一次可重回十年前，唯不可流泪，流泪则衰老二十年。"老婆看后，不由狂喊道："我要重回到二十岁，我不要衰老！"只见花瓶上的字迹渐渐淡去，直至消失，而此时老婆已变得美丽动人，她如愿以偿回到了二十岁那年。

"老婆……"郑旺在叫她，声音里透着恐怖，老婆有些不耐烦地问："什么事呀？"她在想自己的心事：现在自己有了这个血饮尊，可以永远不老，是该考虑和这个收废品的老公离

婚了，找个有钱人。郑旺扯了扯老婆的衣袖又说："儿子又不见了！"老婆一听急了，她连忙往床上看去，这才发现儿子果然又不见了。老婆呆了一呆，她猛然想到自己已经回到了十年前，还没结婚呢，哪来的孩子？这一定就是儿子消失的原因！是要青春美丽永远不老，还是要儿子？郑旺的老婆犹豫了。这时，郑旺也想到了这一点，他绝望地看着老婆，等着她做出决定，他知道青春美丽对于女人，永远都是致命的诱惑。

半晌，郑旺觉得这样干等不是办法，他得想办法打动老婆，于是他起身找出了儿子六岁生日那天请人录制的碟片播放起来，电视画面中，儿子在笑，儿子在唱歌，儿子在亲爸爸妈妈……老婆慢慢地放下了血饮尊，看着儿子那张空荡荡的小床，她终于忍不住掉下了眼泪。天亮时，在老婆的哭声中，儿子已在床上酣睡了。儿子的失而复得，使老婆的心情很激动，她紧紧地搂住了儿子，狠狠地亲着他，此时，油菜花再次枯萎，老婆渐渐变老，又变成了五六十岁的样子，老婆摸了摸脸上的皱纹，痛苦地闭上了眼睛，她无力地对郑旺说了声："把它毁了吧！我不能没有儿子……"郑旺感激地看着老婆，母爱最终战胜了一切。

郑旺举起血饮尊用力把它摔在了

地上，只听"啪"的一声，血饮尊摔成了无数碎片，但片刻之后，它的碎片又聚集在一起，慢慢地恢复了原状。而就在这时，老婆脸上的皱纹逐渐减少，慢慢地回到原来三十岁的模样，只剩下眼角细细的皱纹，略微臃肿的身材，有些干枯的头发……跌落在地上的那束油菜花也变成了原来的嫩黄色。

郑旺这才明白，这个花瓶是毁不掉的，但每碎一次，它的魔力就会暂时自动消失。尽管如此，郑旺还是觉得这个魔瓶太可怕了，既然毁不掉它，那就赶紧把它扔掉吧！

这时，儿子醒来了，急得哭道："快八点了，妈妈，你们怎么不叫我？迟到了老师要骂的！"老婆这才回过神来，忙着帮儿子洗漱，郑旺则出去把花瓶扔了。

儿子是个非常懂事的孩子，他放学后总是会偷偷跑去捡垃圾，希望能帮帮爸爸。这天放学后，一到家，儿子就高兴地举起手中的花瓶说："爸爸妈妈，你们看！我捡到一个漂亮的花瓶！我还在田野采了油菜花，妈妈，这个送给您，将来等我长大了会送您更漂亮的！"

郑旺和老婆一见到儿子手里的花瓶，不由大吃一惊——那正是血饮尊！郑旺心里不由一紧，他忍不住对着儿子大声喊道："谁让你捡的！"

儿子本是一片好心，想不到爸爸竟如此大发雷霆，吓得他手一松，血饮尊"啪"地掉在地上摔碎了。郑旺连忙让老婆把儿子带走，自己蹲在地上看着血饮尊，打算等它复原后再次扔掉它，不料郑旺等了半天，却发现碎片还是碎片，一点复原的迹象也没有，郑旺做梦也想不到，儿子捡到花瓶以后，回家的路上尿憋不住，突发奇想把尿撒在了花瓶里，儿子以为，鲜艳的油菜花插在花瓶里也是需要肥料的，他不想让妈妈看到蔫了的花，血饮尊的魔力就这样被儿子那一泡童子尿给化解了。

（题图、插图：安玉民）

表演潜水的猫

有一只猫，它总爱吹嘘自己的优点，而百般掩饰自己的过失，生怕别人嘲笑它。

一天，这只猫好不容易捉到一只老鼠，可是一不小心又让老鼠逃掉了，猫说："我看它太瘦，不值得我下手，放它一条生路，等它长肥一点我再把它捉来。"接着，猫来到河边捉鱼，却被鲤鱼的尾巴劈头盖脸地打了两个响亮的耳光，猫强装笑容说："我并没有想捉它，捉它还不容易吗？我只是想用它的尾巴来洗洗脸，刚才我在阁楼上捉老鼠时把脸弄得太脏了！"

又有一天，猫掉进了泥坑，浑身糊满了污泥，当猫看到同伴们惊异的目光时，连忙解释道："最近身上跳蚤

多，用这办法治它们是最灵验不过的！"

后来有一天，猫掉进了河里，同伴们打算救它，猫却说："哈哈！你们认为我遇到危险了吗？我怎么会呢？河里多么凉快啊！我在游泳……"话没说完，猫就沉没了。同伴们说："我们走吧，待会儿它又会说它在表演潜水呢！"可惜这只猫再也没能潜出水面。

人如果总爱文过饰非，知错不改，往往会失去别人善意的帮助，甚至会失去自己的生命。

（推荐者：卜黎飞）

一声虎吼的力量

音乐家鲍勃·达林，在19岁的时候曾去过无数家音乐俱乐部求职，但都遭到了拒绝，理由是鲍勃患有严重的风湿性心肌炎，身子虚弱得连一阵风也能把他吹倒。鲍勃很不甘心，在离开最后一个音乐俱乐部时，他突然灵机一动，回过身来对着俱乐部大吼了一声，所有的音乐人都以为来了一只老虎，顿时整个音乐厅里一片混乱，当所有人都安静下来后，才发现那声虎吼竟然来自这个年仅19岁的体弱少年。

当时，这家音乐俱乐部的老板正好经过音乐厅，于是当场拍板留下了

鲍勃。原来,鲍勃从小就爱好音乐,还喜欢去树林模仿各种动物的叫声,他在嘈杂的音乐大厅里的一声虎吼,为他带来了好运,一年后,鲍勃·达林成为音乐界一颗耀眼的新星。

(作者:沈岳明;推荐者:蒋宁贤)

内心的羁绊

个猎手非常喜欢在冬天打猎。

这天,他惊喜地发现鹿留下的痕迹,便一路跟踪来到一条结冰的大河前。

猎手伏下双手和膝盖,想爬过冰面去猎鹿,当他爬行到将近一半的时候,他的想象力开始空前活跃起来。他似乎听到了冰面裂开的声音,他觉得随时都有可能跌落下去,一旦跌入冰下,他必死无疑。巨大的恐惧向猎手袭来,但他已经爬行得太远了,无论是爬到对岸还是返回去,都危险重重,他的心在惊恐紧张中怦怦地跳个不停,趴在冰面上瑟瑟发抖,进退两难。第二天,人们发现猎手冻死在冰面上了,而他离岸边仅仅只有一尺之遥。

很多时候,我们踌躇不前,并非因为外界的阻挡,而是受到了内心的羁绊。

(推荐者:卜黎飞)

画一根比对手更长的线

阿姗去一家公司应聘业务员,经过多番面试,最终剩下阿姗和一位男士留下来考察,公司将在他俩中择其一。

阿姗为了能战胜对手,她整日忙碌着,甚至她还把对手用的材料藏了起来。考察期很快到了,结果被公司留下的是那位男士,阿姗很难过,为什么自己这么努力,还是没超过对手呢?

回到家里,阿姗把结果告诉了父亲,父亲拿出了一支钢笔,在本子上画了一条约六厘米长的线,问"阿姗,你要怎么才能把这线弄短些?"阿姗说"擦掉一段不就短了吗?"父亲摇摇头,不准她用橡皮。阿姗又说:"把线剪成好几段,不就短了吗?"父亲还是摇摇头,也不准她用剪刀。阿姗问:"那怎么做呢?"父亲拿起笔,在那条线的下面画了一条更长的线,对阿姗说:"孩子,只有增长自己的线,才能战胜对手啊!"

(推荐者:亚波)

学写作文,可以从读故事开始

洗 澡

□ 张金初

于强的儿子十岁了，一直是自己洗澡，从来不要于强操心。这天晚上，于强老婆洗完澡，于强就赶紧叫儿子去洗。

儿子正津津有味地看着电视，漫不经心地说："你先洗，我等会儿洗。"于强见电视里正放着儿子最喜欢看的动画片，不忍心破坏儿子的快乐，就先洗澡去了。

于强洗完澡，发现儿子还在盯着电视看，于是就催他说："不早了，明天还要上学，洗澡睡觉！"儿子望望于强，一本正经地说："要我洗澡也可以，但我有一个条件。"

洗澡还讲条件，岂有此理！于强气得不行，但他努力压着心头怒火，和颜悦色地说："今天怎么讲起条件来了？"

"当然要讲！"儿子不容置辩地说："你帮我搓背。"

嗬，原来是这个条件啊！于强说："儿子，你都这么大了，自己的事自己做，怎么能叫爸爸帮你洗澡呢？"

儿子一听，嘟着嘴，不服气地说"刚才，妈妈洗澡叫你搓背，你怎么去了？妈妈难道比我还小啊！"

于强被问得哭笑不得，无话可说，只好答应了儿子的条件。

帮儿子洗好澡，于强累得腰酸背疼。见儿子上床睡觉后，于强就向老婆邀功道："老婆，我今天洗了三个人的澡。"说完，他喜滋滋地想等老婆夸他几句，不料，老婆抬头瞪着于强，像要把他吃了似的，过了好一会儿，只听老婆异常严肃地厉声说道："你要是敢给第四个人洗澡，我跟你没完！"

投稿万问

□ 圆 熟

去年，大东在县城小报上发表了一篇散文，差不多一年了，稿费一直没有踪影。

这天，大东发了封电子邮件过去催，不久后，他终于收到了该小报寄来的信件，打开一看，信封里有一本厚书，是《投稿万问》，另有一份近期的报纸，厚书里还夹了一张纸条，上

写："您好，您发表于我报第164期上的作品，稿费共计33元，因我报资金运转非常紧张，故将您的稿费购买了我们编写的《投稿万问》，希望您能喜欢。您若觉得不妥，请函告，我们将为您重新补寄稿费。"

大东哭笑不得，随手翻了翻这本《投稿万问》，再看后面售价，32元，大东想："算了，何必让人家补寄稿费呢，反正又不多，一来二去，懒得操那份心！"只是还有1元被小报扣掉了，大东心里怪不舒服的，他发了个电子邮件过去，索要1元差额款，本是逗逗乐子，哪想到很快就收到小报的回复："您好，很感谢您笑纳了《投稿万问》。关于索要差额款一事，恐怕您是误会了，请注意查查我们随寄的一份近期报纸，若没有收到，我们可以补寄，所以要说差额款，应该是您退寄我们0.2元才对。请速函告！"大东忙去找这报纸，翻了半天才找出来，一看，果然是1.2元。大东鼻子都气歪了，他走到电脑面前，"嗒嗒嗒"敲着键盘，快速回复道："尊敬的编辑，十分感激你们的提醒，0.2元退寄款已通过邮局汇出，请注意查收！"然后，大东真的朝邮局走去了，大东想与他们斗到底。

回到家后，大东一看电脑，对方竟然又回了封热情洋溢的信："您的汇款我们会查收！您这种高度认真负责的精神，值得我报借鉴。"

老刘喝酒

□ 展 楚

在单位里，老刘年纪最大，他的领导是个年轻人，很敬重老刘，只要有饭局就请老刘一块儿去陪客人喝酒，但老刘酒量小，只能喝一点点，不过他要是一天不沾酒呢，又会嘴馋。每次招待客人，老刘总是抢着开酒瓶给客人倒酒，老刘乐呵呵地说："我年纪大了，就该好好支持年轻人的工作，倒酒是应该的。"

这天，单位又来了两位客人，大家便去酒店喝酒。菜上来了，服务员送来两瓶高档白酒，老刘像往常一样拿起一盒酒，说："喝好不喝倒，就这一瓶酒，我们四个人喝完就算，不再开第二瓶。"

客人喜笑颜开地说："好，这样好！"于是，老刘打开精美的包装盒，取出酒瓶，然后仔细瞅了瞅酒盒，扔到了脚下，开始给客人们倒酒。

酒喝得很热闹，不到四十分钟，酒喝完了，客人们就叫上饭，可这时老刘却一反常态，说："四个大男人只喝一瓶，太少了，再来一瓶白酒。"没等大家反应过来，老刘又打开了第二盒酒，精美的包装盒被拆开了，不喝也得喝，老刘举着第二瓶酒，热情地给客人斟满。最后，大家好不容易才喝完这瓶酒，酒喝多了，人人都叫难受。

老刘醉醺醺地回到家，老婆埋怨道："你呀，明知道不能多喝，为什么还喝成这样？"老刘酒醉心明，结结巴巴地说："我、我开、开酒瓶，哪晓得第、第一瓶里没有奖，只好再开、开第二瓶！"说着，老刘得意地掏出一个打火机对老婆炫耀说："你瞧，我、我中奖了，第二瓶里有个打、打火机，哈哈……"

·幽默世界·

绝对放心

□ 杨世忠

林远飞是一家大集团的总裁，却十分惧怕老婆，他不敢明目张胆地花心，但暗地里，林远飞仍不时与女秘书们"野火烧不尽"。

终于有一天，秘密被老婆发现了，林远飞一边认错，一边诚恳表态："我一定换一个'恐龙'秘书，以后保证坐怀不乱。"

没几天，林远飞的新秘书上任了。可是出乎大家意料的是，这个秘书比以前的几个女秘书都更漂亮!

这天晚上，林远飞宴请李局长，由新秘书相陪。李局长一见新秘书，就笑眯眯地抓住她白嫩的小手不放。林远飞连忙握住李局长肥嘟嘟的大手，打着圆场说："李局长，我们谈正事吧!"李局长望着林远飞说："小林，你和新秘书搞到一起了，不仅如此，你还动了真感情。"林远飞连忙否认，李局长说："小林，你别遮遮掩掩的了，刚才我想和她开点玩笑，看你紧张的那个样子，你不是动了真感情还是咋的?"李局长说着，非要林远飞和秘书喝个交杯酒。林远飞尴尬地解释道："我们不能喝，其实她……"李局长打断林远飞的话，说："小林啊，你对待女秘书可没有心慈手软过啊，怎么今天一反常态了?"林远飞想接着把话说完，突然，李局长大笑一声说："来，大家一起喝酒!"

几十个回合后，林远飞和秘书烂醉如泥，李局长没有醉，他对身边的人说："小林不容易，老婆对他看得太紧，你去给小林和他秘书开间房，我给小林老婆打个电话，说小林和我们在一起打牌，事后注意统一口径。"

说来也巧，酒桌旁边有一个客人，是林远飞老婆的好姐妹，她连忙打电话给林远飞的老婆，把情况汇报了，没想到林远飞的老婆哈哈一笑说："我对林远飞绝对放心。这个秘书不是外人，是林远飞的亲妹妹。"

奇特的剪彩

□岳 勇

张海是一个前卫、新潮的青年画家，后天他将举办一次个人画展，很多名人、领导都被张海邀请来参加剪彩仪式，他的老师赵先生也在被邀行列。

画展这天，赵先生按时来到市书画院的展览大厅，现场来宾如潮，气氛热烈。过了一会儿，主持人宣布剪彩开始，赵先生和几位领导被主持人请到台上，一队礼仪小姐每人手里托着一个盘子，里面装着剪彩用具。

剪彩正式开始，礼仪小姐揭开盖着剪彩用具的红布头，赵先生正要去拿剪彩的用具，却被吓了一跳，原来礼仪小姐托盘里放的不是剪刀，而是一把明晃晃的菜刀！

赵先生不由倒吸一口冷气：怎么连菜刀都端出来了，这是剪彩还是杀鸡呢？举办单位是怎么搞的，居然闹出这样的笑话！

礼仪小姐察觉出赵先生的尴尬，在他耳边悄声说："这是主办单位特意设计的，您拿菜刀把彩带砍断就得了。"

赵先生这才恍然大悟，原来这是有意为之的，张海这小子，不愧是个前卫艺术家，连剪彩也搞得与众不同！

赵先生拿起菜刀，"叭"地一刀把彩带砍断了。乐声响起，台下掌声如雷，接着，观众开始进场参观画展。

这时，张海热情地过来招呼自己的老师赵先生，赵先生趁机把张海拉到一边，在他肩膀上擂了一拳，笑道："你小子，思想真是够超前的，拿菜刀剪彩，这样的新招亏你想得出！"

张海苦笑一声说："哪里呀，您没看见门口的广告吗？这次画展是一家菜刀厂赞助的。"

（本栏题图、插图：顾子易 王 俭）

《绝对小孩》：朱德庸20年最好玩的一本书　最新全彩系列四格漫画即将出版

给那些不想成为大人的小孩以及那些想成为小孩的大人！

罚跪

老师我们已经长大了，你必须要顾到小孩的自尊。①

所以希望你以后不要再叫我们罚站，罚蹲了。②

那罚跪呢？③

我想应该没问题，因为我老爸这么大了还是常常被罚跪。④

差别

我学校明天要大扫除。① 我的也是。

我们要带抹布、肥皂、刷子、水桶。②

我们只要带佣人。③

唉，贵族学校……④

393

2007
SEMIMONTHLY
下半月刊

6月
STORIES

欢迎登录本刊主办的"故事中国网"(www.storychina.cn)

故事会
—STORIES—

2007年6月
下半月刊·绿版

主 编:何承伟
常务副主编:吴 伦
副主编:姚自豪(上半月·红版)
副主编:夏一鸣(下半月·绿版)
本期责任编辑:邢 悦
电子邮箱:simyyue@126.com
绿版发稿编辑:
夏一鸣 鲍 放 王雅静 朱 虹
特约编辑:
范大宇 崔新三 申之珉
美术编辑:李宝强
电脑制作:郭瑾玮
通 联:归依玲
本社办公室电话:021-64375030
上半月刊编辑部电话:021-64332325
下半月刊编辑部电话:021-64336469
(上海市绍兴路74号 邮编:200020)
主管、主办:上海文艺出版总社

制作、发行总监:张 凯
电话:021-64313938
广告业务:上海故事会文化传媒有限公司
广告总监:张 淮
广告业务:021-34010383
广告投诉:021-64333738
广告经营许可证
沪工商广字3100320050022号
发行:中国图书进出口上海公司

分配不公

小齐是交响乐团的小提琴手，这天晚上，他陪着姥姥一起看他们乐团的演出录像，一边看一边给老人家讲解。忽然，姥姥打断小齐的话，问："那个吹号的小伙子和你谁的工资高？"小齐觉得很奇怪，回答说："我俩一样多。"姥姥生气地说："都已经市场经济了，你们那里怎么还吃大锅饭？"小齐更奇怪了，说："我们那里没有吃大锅饭啊。"

姥姥指着电视画面道："我看你总是一个劲儿地拉，可是他吹两下就放下了，过一会儿又吹两下，又放下了。他这么偷奸耍滑地干活儿，工资可一分钱不少拿，这不是吃大锅饭吗？"

(马树强)

(本栏插图：包丰一)

让太太开心

一个年轻的士兵住进了海军医院，因为行动不便，便请一位好心的女护士帮忙，将他口述给妻子的信记录下来。在信中，他说道："我住在海军医院，这里的护士都不漂亮。"护士听了很不高兴，抗议道："你这样说是不是有点不客气？"

"的确有点，"那个士兵笑着说，"不过，这样说，我的太太会很高兴的。"

(李长亮)

还是那么爱你

一天吃晚饭时，妻子对丈夫说："我们刚结婚时，你总是挑小块的烤肉，而把大块的留给我。可是现在，你总是挑大块的，把小块的留给我。你是不是不像以前那么爱我了？"

"胡说，"丈夫回答道，"亲爱的，我还是那么爱你，只不过你现在做的烤肉比以前好吃了。"

(叶 丹)

4

减肥妙法

小明非常胖，总想着要减肥。一天，小王告诉小明："书上说想要减肥，就要少吃高热量的食物。"小明听后兴冲冲地回家去了。过了一段时间，两人又遇见了，小王惊奇地问："你怎么又胖了，你没用我的方法吗？"小明沮丧地说："你的方法根本就不管用，你说要少吃高热量的食物，所以这段时间我每顿都把肉放凉了再吃，但我还是长了5斤肉。" （杨 锐）

禁酒演说的效果

倡导禁酒的演说家来到一家酒馆，向着里面喝酒的人演讲道"你们这个地方，谁最有钱？是酒馆老板！你们这个地方，谁有最大的房子？是酒馆老板！你们这个地方，谁穿得最好？也是酒馆老板！可是，酒馆老板的钱从哪里来的？是从各位身上赚来的……"他话还没讲完，就被几个酒保赶了出去。

几天后，演说家在街上碰见一个男人，那个男人激动地称赞演说家那天的演说非常精彩，使他受益匪浅。演说家脸上露出满意的微笑，问道："看来您已经戒酒了？"

"没有，我也开了家酒馆！"

（李云贵）

他什么都没听到

一个老太太气冲冲地到邮局来投诉："我早上出门了，等我回到家的时候，我看到门上挂着一张卡片，卡片说邮递员来我们家送包裹，但没人在家。可是我那老头子整个早上都在家啊，他说他什么都没听到。"

工作人员忙向她表示了歉意，并马上找出那个包裹给了她。"噢，太好了，"老太太喜形于色，"我们等这东西都等了好多年了！"

工作人员很好奇："是什么好东西？"

"老头子的新助听器。"

（张 铖 推荐）

邮包寄存处

戒 酒

有个牧师在做礼拜时，向人们宣传戒酒。他说："如果我有世界上所有的啤酒，我将把它们全部倒进河里。"

接着，他进一步强调"如果我有世界上所有的葡萄酒，我也将把它们全部倒进河里。"

最后，他说："如果我有世界上所有的威士忌，我也将全都倒进河里去。"

他讲完了，便在座位上坐下。

这时，领唱圣歌的歌手走上前台，微笑着宣布："下面让我们唱最后一首歌——《让我们欢聚在河边》。"

（叶 丹 推荐）

新娘子

欧洲冠军杯的决赛将在凌晨进行。丈夫怕错过比赛，临睡提醒妻子到时候把他叫醒看直播。

妻子问："明天看重播不一样吗？"

丈夫反问道："那新婚和二婚能一样吗？"

半夜里，妻子醒来，把丈夫推醒，大声地嚷道："快起来！看你的'新娘子'！"

（李云贵 推荐）

稳 定 性

数学老师在上课时告诉学生："三角形是很稳定的。"为了强调这一点，他对学生们说，"三角形的稳定性无处不在。不信，你们谁能举出一个反面例子？"话音刚落，一个学生低声说："三角恋爱。"

（孙 磊）

卧 底

相机和手机发生了战争，不久一架相机押着一名战俘，兴奋地进了司令部"报告首长，抓到一只手机！"

相机司令一看那名战俘，立即怒道："你看清楚，怎么把我们的卧底抓来啦？这可是一只能照相的手机！"

（张维路）

·笑口常开 轻松一刻·

钞票的唉叹

一张一元钞票与一张百元钞票在路上相遇了。

一元钞票对百元钞票说:"哎,伙计,你好,好久没见了。"

百元钞票得意地答道:"是呀,我去了好多地方,先是赌场,然后是饭馆、游乐厅、赛马场,还去了国外的航空公司。你呢?"

一元钞票叹了一口气,说"我倒也是去过不少地方,但是这些地方都差不多,无非是募捐箱、募捐箱、募捐箱……"

(邓 笛 编译)

松弛神经

丈夫老失眠,妻子看到几篇关于如何松弛神经、改善睡眠的文章,就决定在他身上试试。

上床以后,妻子柔声地对丈夫说:"亲爱的,想象你正坐在最爱去的那个湖边,日光暖洋洋的,微风轻拂。"

见丈夫的两眼渐渐合上,妻子心中一喜,继续说道:"你拿着鱼竿,鱼线上的浮子正在水中微微颤动……"

突然,丈夫一下子从床上坐起来,说道:"快拉,那是鱼咬钩了。"

(流 云 推荐)

快速学习法

驾驶教练在课堂上反复教一名女学员换轮胎,可是女学员还是似懂非懂。

谁知第二次课上,那个女学生就高兴地告诉教练:"我已经会换轮胎了。"

"真的吗?"教练很惊奇,"你学得可真快。"

"噢,上次上完课后,你教的内容我没完全记住。所以,出去旅游时,我就把我丈夫汽车轮胎里的气放掉了,然后在一边观察他换轮胎……"

(古 木 编译)

(本栏目欢迎来稿。来稿可从邮局寄发,也可从网上传递。如为电子邮件,请发以下信箱:simyyue@126.com)

绝对秘方

□ 魏柏林

去年冬天，下岗的表弟在小区摆了个米粉摊。为了造人气，他要我每天早上去他的摊位吃米粉，虽然是免费，可我吃起来并不痛快，说实在的，那味道确实不敢恭维。吃了不到一个星期，我便开了小差，为了不让表弟看见，我只好舍近求远，悄悄溜到别处去吃早点。

你还别说，这一开溜倒有了新发现，有家外乡人开的米粉摊，味道真是棒极了！一下就牢牢抓住了我的胃口，我一连吃了好几天。

这天，我又早早来到他家的米粉摊，点了一大碗，滋溜滋溜吃得正带劲。突然，一个熟悉的身影晃了过来，我一看，那不是表弟吗？一时间，我不由手足无措，看来回避是来不及了，只好主动搭讪说："呵呵，你，你今天咋没出摊有空来这儿呢？"表弟

淡淡地笑了笑："反正没啥生意，听说这儿米粉挺好吃，顺便也来尝尝。"为了掩饰尴尬，我附和着说："可不，这几天，我在这地方办事，也是顺道尝尝。"说着，连忙给表弟要了一碗米粉。

因为怕表弟见怪，第二天，我只好忍住馋虫，勉强去他那儿"捧场"。表弟见到我，怪怪地笑了笑说"这段时间表哥吃外乡人的米粉，怕是上了瘾吧？"

我不好意思地挠了挠头："上瘾倒未必，不过，他家的米粉倒是别有

风味！”

表弟撇了撇嘴，说："嘿嘿，说你上瘾还不相信，你想想，他家的口味为啥格外不同？内行都清楚，他家的米粉放了'特殊玩意儿'！"说着冲我努了努嘴。

听表弟这么说，我不禁大吃一惊，在汤里加"特殊原料"可不是闹着玩的，长期食用无异于吸毒"要真是这样，那可是犯法的呀！"

"那可不，表哥你也许不知道，他店里的炉灶都让人给拆了，说不定最近还要封他的摊位！"

尽管表弟言之凿凿，我还是不太相信。过了几天，我又去了一次外乡人家的摊点，到地儿一看，果然是炉倒灶塌，关门大吉，门扇上还歪歪斜斜地贴着一纸封条，看样子已被有关部门查封。我不禁怅然若失，在那里站了好一会。

春节过后，我外出办事再次路过那里，下意识地瞥了一眼，奇怪的是，那摊位竟然又热闹了起来！我走拢去一看，嗬，外乡人和他的妻子正忙得不亦乐乎，见到我，他俩热情地招呼说："新年好啊，今年咋没见您来呢？"我一时不知说什么好，只好支吾着说："有事有事！"

第二天早上，我还是忍不住来到他家的米粉摊，除了尝尝久违的味道，更想证实那条传闻的真假。可是我刚提起封条的事，旁边就有个食客

插嘴道："什么查封，还不是其他几家米粉摊眼红他们生意好，故意造谣，还趁着他们回老家过年，找人来把店给砸了。封条也是这些人自己贴的。"老板在旁边呵呵一笑，指了指墙上悬挂的"信得过摊店"的牌匾说："我要是真在米粉里下'药'，别说在这里一做几年，恐怕连几个月也撑不了，人家工商城管卫生的早端了我的摊子！"

听了这话，我还是有些不解：他家的原料和做法，与别家的都一样，无非是在米粉里加上一勺高汤，几丝干萝卜，再添点儿味精酱油什么的，咋味道就是与众不同呢？莫非真的有什么独家配方？我怀着好奇心，也想替表弟打探点"真经"，看到老板娘过来收拾碗筷，我趁机向她讨教。老板娘扫视了一眼在场的顾客，对我笑了笑说："您吃我家的米粉也不是一天两天了，有没有秘密配方，您还看不出来吗？"

老板娘的回答，反而将了我一军，看样子，这是商家秘密，我这样赤裸裸地打探，实在是自讨没趣！

不过，事隔不久，我却意外地得到了他家的秘方！

说起来也怪可怜的，表弟忙乎了半年，除了混了自己一张嘴，一分钱也没赚着，整日愁眉苦脸的，一有空便来找我帮他出出主意。我自然想起了外乡人的米粉摊，便建议他去跟人

家学学，把米粉的味道真正搞上去，这才是根本的出路！表弟挠了半天脑袋，嗫嗫嚅嚅地说："同行是冤家，我，我咋好意思去找他呢？再说，我，我还做了对不起他的事……"

"什么？"我一听不禁火冒三丈，立即联想到砸炉拆灶贴封条的事，"这么说，那些破事儿是你干的？"

"不，不光我一个，还有好几个同伴。"

"你，你们简直是无耻！"

一气之下，我将表弟臭骂一通，

见他耷拉着脑袋可怜兮兮的样子，不禁又心生怜悯。是呀，光骂他又能解决什么问题呢？我只好压住心中的恼怒，指着表弟的鼻尖说："做人啦，可不能这个样子！我奉劝你，老老实实去给人家道个歉，真心实意找人家讨教几招，兴许你这生意还能做下去，不然，你就别吃这碗饭了！"

表弟走后，我好几天没再去理他，反而天天在外乡人摊上吃早点。虽然这样，心里边还是放不下可怜又可气的表弟。有时候我真想碰碰运气，把老板的秘方讨到手，救表弟一把，可仔细一想，也难怪人家，是呀，教会了徒弟，饿死了师傅，这可是千年的古训，为人处世，谁没有一点保命的私心呢！如果外乡人真有什么独家配方，想必也不会轻易告诉别人，更何况我与他无亲无故！

这事儿一直闹得我寝食不安，正自苦恼，突然接到一家电视制片商的电话，他们相中了我的一篇小说，想买断小说的版权，并一次付清两万元的稿费。我不禁喜出望外，想也没想便同意了他们的条件。拿到这笔钱以后，我把表弟叫到家里，郑重其事地说："这几天我反复替你想过了，人家的手艺不会让咱白学，这么着吧，我刚收到一笔稿费，整两万块，你用它试试，看能不能买到外乡老板的独家秘方……"

表弟没等我话落地，连连摆手

说："不成不成，他家的秘方，别说两万块，就是再加十倍的钱也买不到手！"

我一听，不禁愕然"不可能吧？这么说，你去试过？"

"何止是试，半年前，我们卖米粉的十几个摊主，一共凑了二十万块钱，也没有买到手！正因为这样，我们才气不过，背后拆了他好几回炉灶！"

表弟的话像根针，把我满腔豪气戳泄得一干二净。现在我不得不相信，外乡老板确实有独家秘方，只是这秘方也太昂贵了，简直让人不可思议！

看来买他的秘方是天方夜谭，很不现实，如果能让他透露一点点诀窍，武装一下半瓶子醋的表弟也行啊！

第二天吃早饭，我有意去晚了些，趁顾客稀少的时候，便和老板套起了近乎："老哥，听说有人想买你的独家秘方，真有这事儿？"

老板还是那副笑容"多着呢，差不多天天有人上门谈这桩买卖，有出十万八万的，甚至有出二三十万的，呵呵，如今的人啊，尽在钱上做文章！"

"价钱不低呀，您咋就不卖呢？坐享现成的几十万，再怎么着，也比这天天起早贪黑舒服啊！"

"这我知道，可我这独家配方即使卖给了他们，我料定他们也做不好，岂不糟蹋了我家秘方！"老板边说边笑，神色有些诡谲。我很想乘机套出他话里的玄机，哪怕一点点，对表弟来说也是无价之宝啊！我便有意激他说："人家出钱，你卖秘方，能不能做好，那是人家的事，你又何必多虑呢？"

老板一时语塞，看了看周围，凑到我跟前，悄声说道："我看你是个明白人，也是个实诚人，明人不打诳语，实话对你说吧，我家的秘方只有一句话……"

说到这里，突然来了位顾客，老板连忙打住，起身忙他的生意，直到送走了客人，这才落座，见我拿着纸笔候着，笑笑说："您还惦记那句秘方吧，其实用不着笔写纸记，说出来您就知道了，通共也就几个字吧，您听好了：每碗都是做给自己吃！"

老板看到我很疑惑，便指着眼前的摊子说："其实，原料作料都和别人差不多，但我们总是记着：每碗都是做给自己吃，马虎别人，就是在马虎自己！你看这下米粉的水，为了让水质更好，我天天清晨都要走几里山路，去挑泉水来。您说，这样的秘方我能开高价卖吗？真要出售，又有谁信，又有谁肯啊？"

望着外乡老板憨厚的笑，我相信这是绝对秘方！

（题图、插图：安玉民）

□ 谢元清

阿P做好事

阿P最近在一家宾馆当保安，由于他工作认真，受到了领导的表扬。这下阿P的感觉好极了，无论大事小事、分内事分外事他都抢着干，成了单位里的服务明星。

这天中午，阿P正在值班，他忽然听到大堂东侧有人喊："救命，救命！绑架，绑架！"阿P一个激灵，拔出电警棍冲了过去："干什么，干什么？"

原来是一高一矮两位客人搀扶着一个又喊又叫的壮汉从电梯出来，见阿P跑过来，其中一个"啪"地拍了一下壮汉的脑袋，骂道："不会喝酒就别逞能，看看多丢人现眼！"另一个也忙着朝阿P打招呼："嘿嘿，对不起，对不起，我这位兄弟每次喝酒都非醉不可，我们送他回家。"

阿P人还没靠近，就被一股呛人的酒味熏得喘不过气来，再一看满脸通红的壮汉，他不由责怪道："嘿，不会喝就别逞能，赶快拉走，我们还要营业！""是，是，是！"两人一边点头哈腰赔不是，一边强行推着壮汉往外走。

哪知，那壮汉抱住一根柱子不松手，死活不肯再走一步，嘴里不停地喊着"绑架，绑架！救命，救命啊！"

喊声引来不少围观者，情急之下，那个高个子转身向阿P求救道："兄弟，太丢人了，麻烦你帮帮忙，我这位兄弟喝醉了蛮劲特别大，两个人都弄不走。"

大庭广众之下，见有人求助于自己，阿P觉得好有面子，他忙收了电警棍，胳膊一撸，走过来，一边拉，一边劝："好了，好了，喝醉了就回家休息，不要在这里撒酒疯！"

那壮汉又急又气，忍不住破口大骂："混蛋，我没醉，我没醉！"

阿P一听这话，笑了，说没醉的人十有八九是醉了，和醉鬼也说不清楚，得，来硬的，阿P招招手，叫过来一位保安，不管三七二十一，两人如老鹰抓小鸡一般拎着壮汉，没几下便把他弄出了门外。

这时，高个子已经拦下一辆出租车，阿P一看，使出吃奶的力气把壮汉往车上推。谁知壮汉也发起了憨劲，拼了命挣扎，一挥手，把阿P的眼镜都打飞了。阿P好不气恼，他一运气，"嘿"发出一声怒吼，硬是拦腰抱起壮汉，"哐啷"一声，把他塞进车里，随即，自己也瘫倒在地上。

出租车慢慢启动了，阿P抬头望望，怎么四下灰蒙蒙的？这才想起眼镜没了，用手一摸，还好就在身边，但镜片碎了。阿P不开心了，他爬起来就嚷："喂，我的眼镜，我的眼镜坏了！"靠近车窗的那高个子见了，忙从车上扔下一张钞票："对不起，对不起，你拿去修。"

阿P拾起钞票凑近一看，是一张百元大钞。心想：我这副眼镜买时只花80元，换个镜片顶多30元，要是占了这便宜，岂不是坏了我阿P的名声？于是他挥舞着钞票，一边追着，一边喊："喂，停车！停车！"

车上的人看来是急着要离开这地方，所以也不与阿P啰唆，又扔下来两张百元大钞，出租车很快进入快车道，转眼消失在茫茫车流中。

车子开出一段路，车上一高一矮两个人才长长出了口气。原来，他们是开地下赌场的，此行目的，就是要把那个壮汉绑架到乡下，逼他家人还赌债。刚才他们把壮汉骗到宾馆，强行灌下一瓶二锅头，看壮汉醉得像死猪般直翻白眼后，才一人一边架着，大大咧咧往楼下走去。殊不知，那壮汉也不是省油的灯，刚才还留了一手，是装醉的，一到大堂有人的地方就大叫起来，于是出现了起初大喊"救命"的那一幕。

两个绑匪见脱离了危险，便撕下了伪装，开始实施早已想好的方案。他们先恶狠狠地威胁司机："师傅，你知趣一点，我们的事你少掺和，到达目的地，给你双倍车钱！"随即又对壮汉说，"兄弟，对不住，还得委屈你一下，要不然你过收费站大叫起来，我们要砸锅！"说着掏出早已准备好的胶带，将壮汉倒剪着双手捆了个结

实，又像贴膏药一样在他嘴上贴了一块，看看还不放心，又绕着他脖颈扎了几圈。此刻，壮汉叫天天不应，叫地地不灵，只好规规矩矩地坐着，听天由命了。

两个绑匪看事情办得如此顺利，暗暗得意，忙点燃一支香烟，叫司机放起音乐，悠闲地享受起来。

哪知，好景不长，当小车开到一个"丁"字路口时，忽然一位交通民警跳到路中央，打出停车的手势。两个绑匪大惊，冲司机嚷道："别理他，冲过去！"可是这司机惟恐连此事，早就想"解套"了，此刻见有交警拦车，喜得就如抓到一根救命的稻草，赶忙"嘎吱——"将车子停了下来。

这时，那名交警笑眯眯走过来，朝车内探了探，正要说话，忽然看到后排座位上绑着的壮汉，不由吃惊地叫起来："你……你们这是干什么？绑……绑架！"此时，正好有一队巡警走过，听到喊声"呼啦"围了过来……

半路杀出个程咬金，两个绑匪措手不及，连人带车被带到附近的派出所。壮汉被带去做笔录，司机、交警和两个绑匪被带到另一个房间，绑匪们还受到了特别"关照"——戴上铐子，挂在窗户的铁栅上。此时，两个绑匪心里清楚：这事砸了！他们只是不明白，到底哪个环节出了差错呢？

两个绑匪正在叹息，忽然那名交警的手机响了，他掏出手机说了几句话，一会儿，阿P跌跌撞撞闯进门来，一见到两个绑匪，就叫叫嚷嚷地说："可追上你们了，这副破眼镜哪……哪值……"当他看到绑匪手上的手铐时，惊得结结巴巴说不出话来。

这时，那个交警扯了扯阿P的衣襟，笑道："舅舅，多亏了你心眼好，要不然，你纵容犯罪，人家一告，你就完了……"

这是怎么回事？原来，阿P见追不上那车，就想到了正在"丁"字路口值班的外甥，连忙挂电话给外甥，告诉他车牌号，让他帮助拦车，然后自己打的赶过来还钱。外甥办事也不含糊，三下五除二就把车拦下了……

弄清了真相，阿P嘻嘘不已，咂了老半天嘴，将三张百元大钞往绑匪兜里一塞，又吹起了牛："哼，想蒙我，连门都没有，知道我为什么不点穿你们吧，嘿嘿，那是放长线钓大鱼……"

外甥在一旁忍不住笑起来了："舅舅，你就别说了，再说下去，你们老板要扣你奖金了。"

阿P听了这话，才着急起来，跺着脚说："坏了，坏了，擅自脱岗，老板知道了是要扣奖金的！"他懊恼了好一会儿，才慢慢缓过劲来，心里想大不了炒鱿鱼，我阿P替天行道，为民除害，多了不起！他这么想着，又不由自主地吹起了口哨。

（题图、插图：顾子易）

· 中国新传说 ·

收藏，是一种爱的表示……

万爷的

收藏

□ 钱 岩

都说人比人气死人，可万老爷子就喜欢跟别人比儿子。他儿子很争气，早些年出了国，现在在美国开了一家公司，还拿到了绿卡，住的是带花园的别墅，单是小汽车，家里就有四五辆。娶个老婆，还是金头发蓝眼睛的呢。

去年，儿子把老爷子接了出去，让他到美国安享晚年。谁知万爷住了不到半年就回来了。大家都想不通：这老爷子，是不是脑袋里掺糨糊了？放着天堂般的日子不过。

万爷听了，感叹道："什么天堂日

子呀！简直就是活受罪！身边都是洋鬼子，一天到晚叽里呱啦，就没一个说话的人！儿子倒是能说中国话，可一天到晚忙生意，哪还有多少时间陪我？你们说，这时间长了，我还不憋屈死？说真话，在美国，我天天做梦都想着家乡啊！"

儿子孝顺，每个月都给老爷子汇来八百美金。八百美金，折成人民币就是六千多块！你说，一个住在乡下的老爷子，他一个月能花掉这么多钱？可让人想不到的是，万爷是个名副其实的"月光族"，每月的钱都不够他花。为什么？因为万爷爱上收藏了。

万爷收藏的物品不是字画古玩，也不是瓷器家具，而是村里人那些过

了时的农具、物品。大到掼稻的禾床，小到以前妇女纳鞋底用的顶针。只要让万爷看上，就舍得花钱把它给收购下来。万爷的三间房，其中一间快要被他的这些"藏品"堆满了。乡亲们没事也常来"参观参观"万爷的收藏，看着自己以前用过的物品，真是感慨万千。比如万爷收下的，以前老人孩子冬天暖手的火坛，你说，现在小年轻，谁还知道这个！

上个月，万爷花了一千多块钱从驼背五婶那收了一把柴刀。柴刀，以前农村人砍柴用的。现在都用液化气了，不砍柴了，谁还保留那柴刀做什么？只是，只是一把柴刀，他万爷也犯不着花一千多块钱买下呀！

可万爷一点儿也不后悔。笑道："你们觉得这柴刀不起眼，可美国人谁见过中国的柴刀？下回我上美国看儿子，准备就把这柴刀带上，让美国人开开眼。要是高兴，换他几百块美国钱，那还不是小菜一碟？"

几百块美国钱，就是几千块人民币呀！大家都咂嘴，不得不佩服万爷精明。美国人有钱，这柴刀在他们那就好比是古董。不过，这钱也只有他万爷能赚，唉，我们又没儿子在美国，柴刀带不到美国去啊！

村上的全福开始眼红了。这全福在村上开了一个小店，这些年下来也挣了不少，可就是不知足。全福想：这柴刀钱，可不能让他老万头一人独赚了。他一夜没睡觉，终于想出来个主意：自己悄悄到附近村庄去收柴刀。收来后再卖给老万头，一千块钱一把，赚他一笔。

第二天，全福店也不开，外出收柴刀去了。你还别说，这柴刀还真不好觅。跑断了腿，磨破了嘴，花了好几天工夫，全福才弄到五把柴刀。唉，五把就五把吧，好歹也是五千块。

每月8号，万爷就要进一趟城，取儿子给他汇来的钱。只要钱一到手，万爷就开始收购藏品。这天，万爷从城里回来，远远就看见村上的全福守在他的门口。正纳闷着呢，就见全福笑容可掬地迎了上来。万爷发现：全福怀里抱着五把柴刀。

万爷惊讶道："全福，你小子从哪儿弄到了这么多柴刀！"

全福笑道："万爷，听说您老在收购柴刀，准备贩到美国挣大钱。这不，为了支持您，我把家里翻了个底朝天，终于找着了五把柴刀……"

万爷笑着打断全福的话："拉倒吧，你家怎么可能有五把柴刀？想当初你父亲砍柴用的柴刀还是从我家偷的呢！你小子肯定是听说我在花大价钱收柴刀，就偷偷叫铁匠新打了几把，想糊弄我……"

全福一听，急了："老爷子，这您就冤枉死我了。不瞒您说，这五把柴刀都是我花大力气从别人那儿收来的。老爷子，您瞧瞧，这可是正宗的文物！你看，刀把都快磨烂了。"

全福的话可把万爷乐坏了，笑道："你这小子，没事收什么柴刀啊？难道你小子也跟我这老头子学，也爱上收藏柴刀了？"

全福忙赔笑道"万爷，我们哪能跟您学，您儿子是美国人了，您就是美国人的爹了。我们有这闲情也没这闲钱呀！再说，我们即使收了柴刀也卖不到美国去。我这是帮您老收的，您给个小钱吧。我也不多要，一把柴刀一千，五把，您老就给四千八得了！"说着，就抱着柴刀要跟万爷进屋。

"别、别……"万爷忙拦住全福，说道，"我说全福，我可没答应要收你的柴刀，你把它们都抱进来做什么？"

全福笑道"万爷，我知道您这是想压我的价，可我开的价已经够便宜的了。再说，您到美国去，一把柴刀是带，六把柴刀也是带。多带一把就多赚一份钱。虽然您儿子有钱，可天底下还有嫌钱多的吗？"

万爷听了全福这么一说，长叹一声："全福，你不知道。昨天我跟我儿子通电话，儿子说，到美国去，这柴刀根本就不准带上飞机！这你应该清楚，美国他怕恐怖分子呀，警惕性特高！"

全福有点不服气："这柴刀又不

是凶器！他美国佬要是扣您柴刀，简直就是不讲道理！老爷子，您别怕他们。"

万爷说："谁说柴刀不是凶器？这可是刀啊，是铁家伙！想当年，我和你父亲一起去砍柴，为争抢一捆柴，我们打起来了。结果，你父亲一刀就砍在我手臂上，当场就流血了。不信你看看，我手臂上的疤还在呢！"说着万爷就要捋袖子，让全福看那疤。

全福现在哪有心思看万爷的疤! 全福问万爷: "万爷,这么说,您不收藏柴刀了? "

万爷坚定地说: "不收藏了,这明摆着是吃亏嘛! "

可全福还是不死心: "我说万爷,我这五把柴刀都便宜卖给您,一把五百,行不? 不行,一把一百也成! "

万爷不屑道: "别说一百,你一块钱一把,我也不要! "

全福心里这个气呀,可脸上不敢表露出来,继续和万爷胡搅蛮缠。万爷最后实在被缠得没办法,答应十块钱一把,把全福这五把柴刀给收了下来。虽然全福很失望,但他也没吃亏。这五把柴刀,两把是人家送的,三把

是当废铁称来的,五十块钱也是赚了。

全福当然嫌赚少了,临走前,不甘心地问万爷: "万爷,您还对什么感兴趣想要收藏的,事先跟我说一声,我给您打听打听。"

万爷呵呵一笑: "全福,这我就不麻烦你了。我想收藏什么,事先跟你说,那我还能收藏得到? 你全福多精明! "

的确,大家都搞不清楚万爷下一个要收藏什么,特别是花多少钱去收。不过,万爷自己心里清楚得很: 谁家有困难了,他就会看上谁家的"古董"。

(题图、插图: 魏忠善)

靠山倒下之后

□ 唐雪嫣

靠山倒了

孙林是大一的学生。这天晚上，他正躺在宿舍的床上，失神地望着天花板。突然，桌上的电话响了，他一惊，忙从床上跳起来，拿起了话筒。只听得电话里一个低沉的声音说："你好，请帮我找一下孙林同学。"

孙林的精神一振，他听出来，这人正是他的资助者——陈洪源。

陈洪源是一家私企老板，当初孙林考上大学后，没钱交学费，眼看离自己的梦想越来越远。这时，刚巧陈老板听说了这件事，伸出了援助之手，才圆了孙林的大学梦。听说陈老板同时捐助了好几个学生，每个月初，他都会寄出生活费，可这个月都到了下旬，孙林也没收到钱。现在陈老板打来电话，应该就是为这事吧？

这时，电话那头的陈老板发出一声沉重的叹息，然后说出一番令孙林震惊的话来。原来，就在不久前，陈老板的一大笔资金被骗。现在，他的工厂破产了……

听到这个消息，孙林就像挨了一闷棍，脑子直发懵。他结结巴巴地问："那我……那我……"

陈老板的声音很低沉："我这次打电话，就是想对你们说声对不起，我实在没有能力继续帮你们了。"孙林急了，捏着话筒，语无伦次地说："那我……我怎么读书啊？我……我

怎么办啊？"电话那头沉寂了一会儿，陈老板接着说："我尽我最大的努力，给你们每人寄了一个月的生活费，以后，就要靠你们自己了。记住，你们能考上大学不容易，无论到什么时候也不要放弃……"

陈老板还在继续说着，可孙林已经什么都听不进去了，只觉得脑子"嗡嗡"乱响，好像有一万只苍蝇在围着他转。完了，这才是天降横祸，他进入大学还不到一年，学业刚完成不

到四分之一，可是靠山却倒了。他该怎么办？

再过几天，这个学期就结束了，等下个学期开始的时候，他就面临学费的问题，那可是一笔天文数字啊。几天来，孙林一直昏昏沉沉的，不知道自己该干些什么。

没有靠山的日子

一天傍晚，孙林漫无目的地走在大街上，望着喧嚣的城市，他感到浑身上下没有一点力气。他一屁股坐在马路牙子上，禁不住悲从中来，流下眼泪。

街上来往的行人很多，都好奇地看着他，孙林只顾伤心，也不管别人的眼光，越哭越厉害。这时，一个男人在他面前停下脚步，看了一会儿，走上前大咧咧地问："兄弟，什么事这么想不开？跟大哥我说说？"

听见他这么一问，孙林就像见了亲人一样，哭得更伤心了，哽咽着把事情原原本本地说了一遍。

男人听完，忽然伸出双手，在孙林的身上又摸又掐。没等孙林明白过来是怎么回事，男人又结结实实地给了他一拳头。

孙林吃了一惊，正想发问，却见男人满意地笑了，说："兄弟，这都什么时代了？想赚钱还不容易？跟我走吧，包你能赚到学费。"

这人告诉孙林，他叫王德龙，开

了一家"出气吧"。原本就是在店里面摆一些橡胶制的假人，还有一些旧家具，让一些心情不好的人到这里来，打打橡胶假人，砸砸家具，花钱买个痛快。不过最近这段时间，"出气吧"里生意清淡了许多，不少客人都说打假人没劲，要是能打真人才过瘾，还要求王德龙找两个人来挨打。王德龙一想这倒是个新点子，于是开出很高的价钱，找到几个人，但都干不了几天，就因为受不了皮肉之苦走了。王德龙只好天天自己上街招兵买马。他见孙林赚钱心切，身体又够壮实，便想让他去自己的店里做活靶子。

孙林这才恍然大悟，原来，刚才王德龙是试试自己是否够强壮。他犹豫了一下，可随即想到：只要能凑够学费，就算天天挨打又能怎样？想到这里，他把心一横，问："我可以去当拳靶子，但你能给我多少工资？"

王德龙说："我一天给你一百块，还包吃包住。怎么样？不少吧？"

一天一百块，一个月就是三千块，三分之二的学费赚到手了。孙林咬了咬牙，说："行！"

从那天起，孙林就成了别人的发泄对象。为了保护他不被打伤，王德龙专门为他配备了防护衣和头盔，可即使这样，每天"工作"过后，孙林的身上也要多上好几块淤青。这时候，他总是想起以前那些有人资助、无忧无虑的日子，现在如果能有人帮

他一把，或者给他一两句安慰的话，该有多好啊！

这天晚上九点多钟，来了一个年轻人，神情抑郁，嘴里喷着酒气，看上去喝多了，说要打人发泄一下。孙林急忙穿戴护具，准备上前挨揍，却听那年轻人说："等一等，不许你戴这玩意儿。"

年轻人冷着脸，一伸手从口袋里掏出一沓钱来，在孙林面前摆了摆，说："我今天心情不好，就是想真的打人，你要同意，就实实在在挨我三拳，这两千块钱就是你的了！"说完，手一松，百元的票子洒落一地。

孙林看着地上的钱，心怦怦地狂跳起来。只需要挨三拳，学费的问题就彻底解决了，就算被打得头破血流也值啊。他弯下腰去把钱捡起来，然后把护具甩在一边，说："你打吧。"

年轻人凶狠地扑上来，拳头狠狠地砸在孙林的脸上，这三拳真重啊，三拳过后，孙林满脸是血，再也坚持不住，扑通一声摔倒在地，昏了过去。

孙林醒来的时候发现自己正躺在医院里。学校同学和许多好心人听说他为了筹集学费，竟然去当别人的拳靶子，都纷纷看望他，还为他捐款。

谁才是靠山

这天，一位外校的学生来到了他的病床前，这人面色黝黑，衣着简朴，一看就知道也是乡下来的学生，他自

我介绍说"孙林你好，我叫黄伟，是林业大学的，我听同学说了你的事情。我想问一下，资助你的人是陈洪源叔叔吗？"

孙林挺奇怪，黄伟怎么知道自己的资助者的名字呢？他无精打采地点点头："是的，怎么了？"

黄伟疑惑地看着他："你确定是他？确定是他停止了对你的资助？"

孙林回答说："是，他说他的工厂倒闭了，他破产了，没有能力继续帮

助我。"

"是的，我也接到过他这样的电话。"黄伟挠挠头说，"其实，我也是陈叔叔资助的。上个学期快结束时，他也给我打过这样的电话。不过，后来他又开始资助我了。所以当我听说了你的事情后，我就奇怪，为什么他能继续资助我，却丢开你不管呢？"

孙林大吃一惊，急忙问："陈叔叔……他还在给你寄钱吗？"

"是啊。"黄伟说，"在开学之前，他把学费和生活费都寄给了我，并且来信说，他的工厂已经起死回生了，所以他会一如既往地帮助我。"

黄伟关切地说："我怀疑陈叔叔是不是把你忘记了？如果是这样，你提醒一下陈叔叔。他是好人，他还会继续资助你的。"

孙林不由得精神一振，黄伟的猜测不无道理，陈老板资助他们，本来就是出于善心，没有理由厚此薄彼，一定是哪里出现了疏漏。而自己虽然筹够了这学期的学费，可是下学期怎么办？总不能再去挨揍赚钱吧？想起这一个月的痛苦，他就有些不寒而栗。他跳下病床，冲出去找了个电话，拨通了陈老板的手机。他委屈地说："陈叔叔，我是孙林，我见过黄伟了。您的工厂已经渡过难关了吧？祝贺您啊，可是，您是不是把我忘记了？"

电话那边，陈老板沉默了片刻，才说："对不起啊，孙林，我并没有忘

记你，只是我考虑再三，还是决定不再资助你了。"

陈老板的声音不大，但听在孙林耳朵里，却仿佛晴天霹雳一般。好半天，孙林才支支吾吾地问："为……为什么啊？陈叔叔……我什么地方做错了吗？"

"小孙，你想过我破产的时候是啥心情吗？说真的，我连死的心都有！"陈老板说，"可是那时候，我资助过的学生都没有再和我联系，只有黄伟这孩子，专门写了封信来安慰我，鼓励我。看了他的信，我落泪了，我的勇气、信心又重新回来了。他是雪中送炭啊。"

孙林的脸一阵红一阵白，想找出什么话来说，可脑子里却一片空白。

"你知道吗，那时候我多么希望，你也能给我一封安慰的信，哪怕一个问候的电话，可是，你没有，一直都没有。"

陈老板的声音很平静，可孙林却觉得自己脸上火辣辣的。那时候，他只顾着沉浸在绝望里，只想着自己怎么渡过难关，他需要的是别人对他的安慰，至于安慰别人，他想都没想过。

陈老板的话还在不断地传进他的耳朵："现在，骗我钱的人抓到了，我的工厂又开工了，我也有能力重新资助你们了。但这段时间发生的事情，让我不得不好好考虑考虑啊。"

孙林听到这里，手一抖，电话掉了下去，一旁的黄伟急忙抓起电话放回去，嘴里关切地问着："怎么回事？陈叔叔同意再帮你了吗？"

孙林呆呆地站在那里，心里升起无穷的悔恨，为什么？自己明明得到了人家那么多帮助，可在恩人落难时，自己怎么连一句简单的安慰都忘了呢？

（题图、插图：魏忠善）

无来电显示

号码

□ 姜鹏飞

李娟的丈夫出国了，热闹的二人世界一下子冷清了下来。李娟每天下班回家后总感觉没事干，晚上睡觉还睡不着，搞得自己委靡不振的。

这天早上，她早早来到公司，办公室里就她和吕红两人。这吕红是今年刚来的大学生，平时叽叽喳喳说个不停，可今儿太阳从西边儿出来了，小姑娘低着头坐在那儿一声不吭，李娟进门时，她连头也没抬一下，原来正在看书呢。李娟心血来潮，轻手轻脚地绕到她身后，想趁她凝神看书时大叫一声，吓她一跳。

李娟刚要"行动"，谁知道吕红竟然"妈呀"一声尖叫，反把李娟吓得一屁股坐在地上。

"死小红！突然叫那么一声想吓死我啊！"李娟捂着胸口，还没缓过劲。

吕红看李娟吓成那样，也不好意思了，忙扶起李娟："娟姐摔疼了没？我不是有意的。都怪这本恐怖小说，越看越吓人，我忍不住就叫了出来。"

李娟好奇地问："啥？啥恐怖小说？"

吕红得意了，晃着自己手里的书道："娟姐，你落伍了不是？这可是现在最流行的恐怖小说，叫《无来电显示号码》，好多人看了都说写得跟真的似的，据说还吓死了好几个呢！"

李娟没看过恐怖小说，听吕红这么一说动了心，寻思反正自己晚上也无聊,不如也赶赶时髦。于是下班后,她也到书店买了一本带回家。

到了晚上,李娟忙完了家务事就躺床上看起书来。还别说,她刚翻了几页就来了兴趣,一下子进到故事情节里了,不知不觉地看了好长时间,等她放下书准备休息时,才发现已经是深更半夜了。

"啥恐怖小说啊?一点都不恐怖,不过还挺有意思。"她自言自语道。

她话音未落,床头柜上的电话响了,在寂静的夜里这铃声显得那么刺耳。

李娟正要接,突然发现电话上的来电显示屏上竟闪烁着"无来电显示号码"几个字!她不敢相信自己的眼睛,死死地盯住显示屏,脸色一下子变得苍白,呼吸也急促起来。这不是小说里的情节吗?李娟记得,那本恐怖小说里,几个女主人公就是在接到一个"无来电显示号码"的电话后死于非命的。这下,她真的感受到了这小说的恐怖!她越想越害怕,情不自禁地远离了电话机,双手紧紧捂住耳朵,紧闭双眼。

铃声仍然执著地响着,李娟仿佛已听到小说里的夺命恶鬼凄惨地召唤,一声接一声,离她越来越近了!

"冷静!我需要冷静!"她在心里默默告诫自己,头脑一下子清醒了许多。

她猛然想起,小说中提到只要把

电话线拔了就没事了。

"对!把电话线拔了!"李娟打定主意,把电话线一下子拔出来,铃声终于没有了。正当她长出一口气的时候,她的手机突然响了,手机显示屏还在一闪一闪的。

李娟哆哆嗦嗦地拿过手机,上面显示的还是"无来电显示号码"!此时她也顾不得那么多了,直接取下了手机的电池,这下终于没有声音了。

经历了刚才这一阵闹腾,李娟已是大汗淋漓,钻进被窝好长时间还难以平静,小说里的恐怖镜头一个一个在她脑海里出现,天快亮的时候她才昏昏沉沉睡着了。

第二天一早，李娟一上班就去找吕红，可办公室里的人说她今天一大早打电话请了病假，没来上班。

主任见李娟来了，拿来一堆文件要她整理。正在这时，李娟办公桌上的电话突然响了，吓得她把文件掉了一地。李娟壮了胆子去看电话的显示屏，上面赫然闪烁着"无来电显示号码"几个字！李娟的心都要跳出来了，哪还敢接？光在一边发抖。旁边的主任纳闷儿了："怎么回事儿，电话响了半天都不接？"说着一把接起了电话。

李娟眼睛盯着主任，想着会发生什么可怕的事。主任拿着电话，嗯了两声，瞪了李娟一眼："你丈夫的电话，这两口子搞什么嘛！"就把电话递给了李娟。

李娟接过电话，话筒里传来丈夫大明焦急的声音："娟，你昨晚上咋不接我电话呢？"

李娟一听，立刻来了火气："你，昨晚上的电话是你打的？"

"对啊，打家里电话没人接，打你手机也打不通，我还以为你出了什么事，今天要再找不到你，我就要报警了。"

"你还说！电话怎么显示不出你的号码？"

电话那头，传来了大明得意的声音："你说这个啊，我刚装了个新软件，能打网络电话，不过在对方电话上是显示不出号码的。嘿嘿，拿普通电话打国际长途多贵呀，网络电话能省好多钱呢！对了，昨天晚上找不到你，我急死了，就给你的同事吕红打了个电话，结果她也没接，真奇怪……"

（题图、插图：刘斌昆）

《第一推荐：22则最具人气的故事B》出版

这是一本由广大读者投票推选，十余名资深编辑初评，百余名著名故事作家、评论家、故事活动组织者等审定评议，从千余篇2006年《故事会》刊发的优秀作品中，精心挑选的22则最具人气的故事。它们或写实社会，令你直面人生；或幽默诙谐，令你忍俊不禁；或情真意切，令你怦然心动；或富含哲理，令你掩卷深思，代表了2006年《故事会》的整体水平……

一个故事，一次震撼。一个好故事更是能启心明智，让人受益一生。就让我们打开这个故事的宝盒，享受故事带来的感动和欣喜！

鬼保安

□叶 梓

吴金顺自己办了一家玩具厂，厂子在他的细心打理下经营得还不错，生意挺红火。

这天，吴金顺来到双桥镇，和当地的一家纸箱厂洽谈合同。这纸箱厂的厂长姓刘，眉角有道疤，人们都叫他刘疤拉。刘疤拉为人很热情，白天给吴金顺看完样品后，还拉着吴金顺在小镇上到处转转，尝尝特色小吃。晚上，就招呼吴金顺睡在厂子的招待所里。说是招待所，其实也就是两间平房，但里面有卫生间，被褥、枕巾也都是新的，特别是这段时间客人

少，招待所一到晚上就没人了，很清静，所以吴金顺觉得挺不错。

半夜里，吴金顺正睡得迷迷糊糊的，突然听到外面院子里有个低低的声音说道："娘，吃药啦！"

吴金顺冷不丁从床上坐起来，用手掐了一把大腿，确认自己不是在做梦。这时，院子里又传出一声："娘，喝水。"

吴金顺打了一个激灵，这下完全醒了，心想：坏了，这地方八成闹鬼了。吴金顺抱着被子在床上缩成一团，大气都不敢出。半晌，听外面没动静了，便壮着胆子爬起身，悄悄来到窗前。透过窗玻璃，吴金顺看到一个男人蹲在院子里，更为恐怖的是，院子里的大槐树下放着一口棺材，男人正往里面倒什么。接着，又有一个女声，细细的嗓子哼出歌儿来。

吴金顺的头发都要竖起来了，赶忙跳上床拉过被子蒙住头，这后半宿吓得都没睡，竖着耳朵留意外面的声

响，这一夜的风听着都有了鬼气。

好不容易熬到天亮，吴金顺推开窗子，却见院子里空荡荡的，什么都没有，没有棺材，没有人，不禁犯了迷糊。刘疤拉刚好过来陪吴金顺吃早饭。吴金顺一把将他拉进屋，问道："老刘，你这厂子以前是不是坟场？"

刘疤拉诧异了，说这可是他家的老宅改建的，怎么会和坟场扯上关系。吴金顺叹了口气，把昨晚遇到的怪事原原本本说了一遍。想不到，刘疤拉听完后竟然哈哈大笑起来。

他笑得岔了气，半天才缓过劲

来，拍着吴金顺的肩，说道："老吴，你误会了。这也怪不得你，我应该早点儿告诉你的。你昨晚上看到的是厂子里的免费保安，傻子刘二，人人都叫他'鬼保安'。"

"鬼保安？"吴金顺疑惑道。

"是啊。刘二这孩子小时候得了脑炎，后来病治好了，却成了傻子。人虽傻，却是个孝顺孩子。那年他娘病死了，他说什么都不让埋，硬说他娘只是生病睡着了，还会醒过来。每晚都给他娘端汤喂药的，守在棺材边一晚不睡。就这样，已经五年了。"

吴金顺听了不禁唏嘘，却也有些吃惊：这尸体五年不埋，岂不要腐烂？

刘疤拉解释说，棺材里当然不是真的尸体，她娘早埋了，里面躺的只是个穿衣服的假人罢了。每天晚上，只要把棺材放在树下，刘二就来守着，喂水喂药，还给他娘唱歌儿呢。白天他困了，有人把棺材抬走，他就回屋睡觉。厂子里管他吃住，就当是雇了个免费的保安，反正也不用付什么工钱。以前厂子总有小偷光顾，雇两个保安巡逻都不顶用。可自打这刘二来了，就再也没有遭过贼偷，连一个纸箱都没丢过。

"小偷们都知道，我这儿闹鬼呢。"刘疤拉窃笑着说。

听了刘疤拉的话，吴金顺若有所思。

第二天，吴金顺和刘疤拉签了合同。但在签下正式合同前，吴金顺提出了个附带要求：他想把刘二带走。因为觉得这孩子孝心可嘉，另外自己厂子里也经常丢东西，需要个尽职的保安看夜，而在城里雇个保安管吃住，每月少说也要七八百工资。刘疤拉心里老大不情愿，但转念想想吴金顺是厂子的大客户，得罪不起，以后还要长期打交道，也就只好忍痛割爱了。他对傻子刘二说吴金顺要带他娘去城里治病，刘二高兴得手舞足蹈，自然也就跟着去了。

吴金顺带着刘二，拉上了棺材准备回城。那口棺材只有一米半左右，是板子钉的，又轻又薄。

临走前，刘疤拉嘱咐吴金顺说，棺材走到哪儿，刘二就会跟到哪儿，到时候别让他饿着就行。刘二给他当了五年保安，到要走了刘疤拉心里多少有些不舍。吴金顺满口答应下来。

把刘二带进厂子，给他收拾了间屋子安顿下来，吴金顺马上辞退了原来的保安。到了晚上，吴金顺如法炮制，让人将棺材搬到厂子大院。工人们面面相觑，不知道吴金顺葫芦里卖的什么药。

第二天天还没亮透，吴金顺就进了厂子。一进门就看见院子里的棺材还在那儿摆着，刘二趴在棺材盖上睡得正香呢。吴金顺赶忙找人去看仓库里的玩具，一清点，发现又少了两箱。

吴金顺是又生气又心疼，他又不好向个傻子发作，便怒气冲冲地打电话给刘疤拉。刘疤拉听了，忙说道："糟糕，我忘了给你录音带了。"

"什么录音带？"吴金顺问。

原来这刘二长期看夜，睡眠严重不足，到了晚上，很容易睡着。于是刘疤拉专门找人录了盘带子，到了晚上就叫人拿个录音机放在棺材旁边，循环着放给刘二听。刘二只要一听这录音，马上就会跳起来。

第二天，吴金顺收到了刘疤拉快递来的录音带。放进录音机，听到里面只有一声："儿啊，娘心口疼。"

吴金顺把录音带放给刘二听。只一声，刘二马上脸色变了，发疯似的四处寻找娘的棺材。可找遍了整个院子，压根没有棺材的影子。刘二脸上渗出黄豆大的汗珠，大声喊着："娘，娘，你在哪儿？你在哪儿？"问了几声，刘二竟捶胸顿足，号啕大哭起来。

吴金顺呆住了，赶紧让人把棺材搬出来。一见到棺材，刘二欢天喜地地跑过去，端来自己吃饭的碗凑到假人跟前说："娘，吃药啦！"

周围的人个个目瞪口呆，吴金顺再也看不下去了，突然转身，快步走进办公室。刚进门，他就狠狠给了自己一巴掌，拿起电话，拨了号码，开口第一句话竟然是："娘，吃药了没？"　（题图、插图：刘斌昆）

·悬念故事·

妈妈在哪儿

□ 宾炜

一幅奇怪的画

孤儿院新来了个孩子，名叫小团，十二三岁。跟其他孩子一样，小团的性格非常孤僻，脸上难得一见笑容。跟其他孩子不同的是，小团是个哑巴，只能用笔与人交流。这孩子还有一点与其他孩子不一样，就是他会画画，而且画什么像什么。

孤儿院的院长是个慈祥可亲的老奶奶，院里的孩子都亲切地叫她婆婆。发现小团有这个爱好后，老院长亲自给小团买来画笔和纸。看得出来，小团学过画画，而且画起来显得很专心，就像一些专业画家一样投入，往往忘了吃饭睡觉的时间。他第一幅画整整画了三天，这才完成。

这幅画是个风景画，画面上有一个平静的小湖，漂着几片枯黄的落叶，湖堤上站着很多人，远处有山有树。看样子画里已经是冬天了，人们穿着厚厚的衣服，双手捂在衣服里，有的带着孩子，让孩子骑在头上，所有的人都在朝一个方向看着，人物的表情也都非常逼真。

老院长看了画，夸赞了几句，然后问他："小团，你的画叫什么名字呀？"

小团这次回答很快，不假思索在纸上写道：妈妈。

"妈妈？"老院长感觉很奇怪，"怎么会叫妈妈呢？"

小团像往常那样，咬着嘴唇，不肯说话了。老院长就没再问，眉头却皱了起来：这孩子是在街上流浪时，被警察发现送来的。问来问去，孩子就是啥也不说，警察不知道他家在哪儿，爸爸妈妈是谁，只好把他当作孤儿送到了儿童福利院。

这之后，小团几乎天天都趴在画

纸上，专心致志画他的画。可让人感到不解的是，他每次画的都是同一幅画。而且，画得越来越好，尤其是画中的那些人，越来越清晰传神，神态栩栩如生。在每幅画的下方，小团都要端端正正地写上两个字：妈妈。看过画的人都感到奇怪，问他为啥取这个名字，小团要么摇头，要么走开，就是不说。

这个孩子到底有没有爸妈，家住哪儿，谁也不清楚，只能等他自己说出来了。

画里画着谁

有一次，市里要举办儿童现场绘画比赛，老院长决定让小团去参赛。比赛现场在公园里，许多家长都带着孩子来参观，一百多个孩子一字排开，趴在地上画了起来。小团画的还是他那幅名叫"妈妈"的画，这幅画，他已经画了几十次、上百次，就算是闭着眼睛，也能画出来。不到一个小时，小团就把画画好了，比以前任何一次都要画得好。

小团把画画好后，摆上画架，等着评委来打分。这时，有一个男家长带着孩子来到画前。男人长得很高大，戴着墨镜。他双手抱着站在画前，脸带微笑，认真地看了一会儿，不由得赞道："画得不错呀，有前途！"可是看了一会儿，男人的脸色似乎有点僵住了，瞪着小团好半响，吃惊地问：

"这、这不是……"小团睁大眼睛瞪着他，嘴巴张着，却没有声音发出来。

男人话未说完，脸色一阵黯然，低头叹了口气，拉着儿子的手不声不响走了。

老院长感到奇怪，问小团："那个叔叔认识你吗？"

小团走到自己的画前，眼睛在画上搜索了一会儿，伸手指着画中一个人。老院长戴上眼镜一看，不禁一愣。小团指着的那个人，也是个身材高大的男人，最醒目的是鼻子上架着一副墨镜。老院长细细地瞅了又瞅，隐约觉得，小团画中的这个男人，居然跟刚才那个男人有点相似。

老院长心里一动，抬头看时，那个男人已没了踪影。再看画中的男人抱着双手，两眼看着前方，这动作跟刚才那个男人的动作一模一样。

老院长心里疑惑重重，正想再问小团，正好有个年轻的妈妈带着女儿一路看过来。她走到小团的画前，停下脚步认真地看了看，赞道："这孩子画得真不错呀！我看可以得第一！丫丫，你看，这个小哥哥画得多好！"

女儿听妈妈夸赞，也瞪大眼睛看着画，忽然拍手叫了起来："妈妈，你在画里呀！"

妈妈咯咯大笑："傻孩子，妈妈怎么会在画里？"

女儿上前伸出小手指，点点画中

一个年轻的女人："妈妈，这是你呀！这不是你那件红衣服吗？"

妈妈凑近仔细一看，惊讶地"咦"了一声，自言自语道："还真有点像，嗯，这丝巾是我的，这衣服也像……"扭头看着一边的小团，满脸惊诧："这画是你画的吗？"

小团点点头，也是瞪大眼睛望着她。这位年轻的妈妈就像看见了什么不可思议的事情一样，掉头看看画，又看看小团，脸上的笑容忽然僵住了，神

色显得极不自然，又有点慌张的样子。女儿突然兴奋地跳起来："啊，我也在画里，妈妈你看，我骑在爸爸的脖子上，对，这个一定是我，爸爸最喜欢让我骑了……"

妈妈怔了一下，飞快地伸出手捂住她嘴巴，然后一把拉起女儿的手就走。女儿不住扭头往回看："妈妈，这个哥哥为什么画我们呀？"

可妈妈有点生气地说道："那画的不是我们，走吧，咱们到前面看！"

老院长马上凑到画前，细细一瞧，果真在画里找到了一个年轻的妇女，围着一条丝巾，模样跟刚才那位妈妈也差不多。挨着她站着一个男人，看不清脸庞，脖子上坐着一个小女孩，脑后梳两条小辫子，扎着花儿，就像照着刚才的小女孩画的一样。

老院长拔腿就向他们追去。女人没走多远，老院长追上去问："同志，您刚才看的那幅叫《妈妈》的画，你认识那个画画的孩子吗？"

女人吓了一跳，接着想都不想，使劲摇头："不认识，不认识！我咋会认识他呢？"老院长焦急地说："那个孩子可能是个孤儿，我们正在想办法帮他找到亲人，可我们也不清楚他爸爸妈妈还在不在……"

女人显得很不耐烦，打断她的话说："你别问我，你别问我！我又不是警察，跟我说有什么用？"

老院长不肯轻易放过这个线索，

恳求道："同志，请您一定帮个忙，你认识这孩子的父母吗？"

小女孩忽然仰着脸说："妈妈，你忘了，我们见过那个小哥哥呀！"

"别乱说！"妈妈捂住她嘴巴，一张脸突然涨红，局促不安地说道："我告诉你吧，我见过这个孩子，也见过他妈妈，可是我真的不认识他们，他们也不认识我！"说罢，拉着女儿像躲贼似的跑了。

老院长追了两步，那个女人闪得飞快，一眨眼就消失了。老院长一跺脚，只好回去问小团："你一定要告诉婆婆，你认识刚才那个阿姨吗？"

小团摇摇头。她又问："他们好像认识你呀？那个阿姨说见过你和妈妈，是吗？"小团想了想，点点头。"在哪儿见的呀？你妈妈呢？"小团默默地盯着自己的画，没有再表示。

老院长虽然还是疑惑不解，不过她有点儿明白了，怪不得小团画来画去，只画这幅画，原来这幅画里大有名堂呀，画里有的人是他见过的。这样一来，总算对这孩子的身世有了点线索。

最后比赛结果，小团的画获得了一等奖，可小团似乎没怎么高兴。回去后，老院长把小团的画拿到房间，拿了个放大镜，一点一点地研究了好几遍，可怎么也找不出画里藏有什么玄机来。后来她突然想，小团把这幅画取名妈妈，难道画里就有他的妈妈？

妈妈在画里

她当即把小团喊来，和颜悦色地问："小团，婆婆知道你为啥把这幅画叫作妈妈了，因为你妈妈就在画里，对不对？"小团低下头，又重重地点一下。老院长指着画里的人问："那，妈妈是哪个？你告诉婆婆，我帮你去找妈妈！"

小团怔怔地看着画，咬着嘴唇，好半天既不摇头，也不点头。再问两句，他眼睛扑扑一闪，眼泪就流了下来。老院长知道再问下去，也问不出什么来了，只好让他回去。不过，既然知道小团的妈妈在画里，那就好办了。

想来想去，老院长决定求助社会，让大家都来帮助小团找到妈妈。她带上小团的画来到了市日报社。听说是这么回事，报社的记者都挺感动，答应一定要帮这个忙。

第二天，报纸就登出了这则奇怪的寻人启事，小团的画被印到报纸上，他的相片也印在了一边。上面介绍道：画里有小团的妈妈，请热心人帮忙替小团找出他的妈妈！

报纸出来后，引起了不少人的关注，纷纷打电话到报社询问详细情况。还有些热心市民跑到孤儿院看望小团，给他送去许多礼物。小团的画也被复印成几万份，贴满了大街小巷，这样一来，希望小团的妈妈看到

画后，能够主动来找小团。

报社的记者还发起了一个寻找画中人的活动，经过千辛万苦，竟然奇迹般地找到了好几个小团画里的人物，而且就在这个城市里。

可让记者们疑惑的是，所有被找到的画中人，开头都一致否认自己就是画里的人物，经过记者的耐心劝说，这才遮遮掩掩地承认。然而，就是没有一个人承认认识小团和他的父母的，至于小团为何把他们画到画里去，也都是吞吞吐吐说不清原因。经过细致的调查，记者发现，小团画里的人，在去年十一月里，都曾经去过城郊的湖边游玩。可是，这又说明了什么呢？记者们猜不出个所以然来。

大家都很关心小团，也对他的画很感兴趣：画里真的有他的妈妈吗？

可是不管是谁问他，小团还是不肯多说一句话，只承认画里有他的妈妈，可妈妈到底是哪一个，他就不肯再说了。

小团的事还引起了市妇联的关注。一天，一位领导来到孤儿院看望小团，还跟来了一大批记者，把小团围住了。妇联的领导拿着小团的画，和蔼地问："小团，你妈妈在哪里？哪个是你妈妈，你说出来，我们大家都帮你找！你难道不想见妈妈吗？"

小团眼圈一红，低下头用笔在纸上写道："想……"

"这就好了！"老院长松了口气，"小团，这位阿姨是市里的领导，快告诉阿姨，妈妈在哪？"小团抬头看了看围得严严实实的记者，又看了看老院长，满屋子的人都满怀期望地盯着他。他又低下脑袋，想了半响，在纸上歪歪扭扭写道："婆婆，真的要说吗？"

"说呀，说了你就能见到妈妈了！"

"我只跟你一个人说！"

在场的人都欣慰地笑了，这小家伙还是相信老院长呀！只要他肯指出来，那就容易了。

老院长笑着点头，把小团带进房间，关上门说"好了，这里只有我们，别人听不到！"然后翻出那张画，问他，"妈妈呢？"

小团死死地盯着那张画，嘴巴咬得紧紧的，眼眶里满是泪水。

突然，老院长似乎想到了什么，她颤抖着伸出手，试探着将手指指向画中的湖面，问小团："妈妈在湖里？"小团点了点头。

"妈妈死了？"

小团没有动，盯着老院长手指的方向，眼泪从眼眶中涌了出来。老院长一下子什么都明白了，猛地把小团搂在怀里，眼泪滚滚而下。想到外面还有领导和记者正在等着消息，她不由犯了难，怎么说呢？这个秘密太沉重了呀！

（题图、插图：谢　颖）

自投罗网

□ 童程东

早年，在海宁盐官城里有一个规模颇大的陈氏绸缎庄，大约占了全城大半的生意。绸缎庄的老板是个女子，名叫潘寿春。她的男人中年离世，只留下女儿玉亭。几年前，家里招了一个上门女婿，名叫徐信。徐信本是外省人，他和孪生兄弟徐阳两人屡考不中改做了生意。后来徐信进了陈家做女婿，负责打点门面生意。弟弟徐阳则做起了茶叶生意，常年奔走于江浙闽三省。

这日傍晚，徐信一边在柜上整理账目，一边搔头挠耳，翻来覆去思索着。原来，他平时瞒着妻子和岳母，在外吃喝嫖赌，肆意挥霍，亏了一大笔银子。最近，潘老婆子发现两宗账目出现了严重的亏空，便找到徐信问话。徐信惊恐之余，跪在丈母娘面前，谎称把钱借给了朋友，一个月后保证如数归还。潘老婆子沉吟良久，决定给女婿这个机会弥补，否则到时将徐信扫地出门。连日来，徐信为了此事寝食难安。

正当徐信苦恼之时，外面传来了擂鼓一样的敲门声。不一会儿，伙计前来通报是他的兄弟徐阳连夜来访。徐信心中一喜，忙出门迎客。

而此时，徐阳已经高喊着"兄长"，大踏步走了进来。由于长年在外，徐阳衣衫褴褛，满面风霜，尽显疲惫。

徐信连忙吩咐摆下酒菜，招待兄

弟。徐信见兄弟连夜来访，心中不禁暗暗高兴。几杯酒下肚，寒暄几句，徐信正想开口向兄弟借银子。不想徐阳却先开口了："兄长，不瞒你说，我的生意砸了。上个月刚从福建武夷山买进茶叶，不想遇到了连日的阴雨……唉，这在往年可是晴好的日子呀！我的茶叶在路上受潮发霉，血本无归，还欠下了一屁股的债。兄长，我今天来是向你借银子的。待我生意稍有起色，我就连本带利归还。"说完，他声音呜咽，双目含泪。

唉，真是屋漏偏逢连夜雨。徐信失望之下接连喝了几杯烈酒，一个念头在心中陡然升起。他盘算了一会儿，道："徐阳，兄长最近遇到了一点难事，这个月的账目尚未理清。你也是知道的，我的岳母是何等精明的人。我一时俗事羁绊，难以脱身。这样说吧，你我兄弟长相酷似，旁人难以辨认。你马上替我跑一趟杭州，去宴请那里的一批老客户，顺便把几笔生意谈妥。然后，你就在杭城悦来客栈秘密住下，不要露面，我自会找到你。到时，定能帮你渡过难关。记住，你现在已经成为了我，千万不能露出马脚。"

徐阳摆手道："兄长，办完事我恨不得早日回到海宁，拿了银子好去还债。怎么能安然住在杭城？"

徐信眉头一皱，说"为兄自有安

排，你不要再问。"

随即，徐信给徐阳换上自己平时的衣服，交代清楚绸缎生意场上的规矩。徐阳原本就是个生意人，一点就通。徐信见徐阳言行举止丝毫没有破绽，就连夜送兄弟去码头乘船前往杭州。

看着兄弟的船渐渐消失在夜色中，徐信立即回到柜上，美美地睡了一觉。一大早，他唤醒伙计收拾东西，说他要乘船到杭州谈生意。临行前，徐信亲自去拜别岳母，说十天后归来，到时定会报上账目，补上空缺的漏洞。而潘老婆子睡在床上，气喘吁吁，咳嗽不断，似听非听。

码头临别之时，妻子玉亭叮嘱徐信道："夫君，母亲身体一日不如一日，每天焦虑不安。你此去杭州，办好事务，尽量早回。"

听了妻子的话，徐信内心欣喜若狂：这老婆子，巴不得早死才好，就不用我亲自动手了。但是，他的脸上还是堆满了悲切和依恋，道："做生意的难免东奔西走，家里还需贤妻多多操劳。"

船行到临平，徐信就借故下了船。而后改乘小船，在离盐官十里远的老盐仓下船。此时正值黄昏，徐信一路步行来到盐官城外的九里桑园歇息一晚。那里，还有一幢小楼。自潘老婆子生病后，再也没有人去住过。徐信已经定好了如何去杀死岳母的方法，因为她严重的哮喘，窒息将是最为干净利落的。况且，潘老婆子还有一个古怪的习惯。她喜欢在完全黑暗的房间里服用汤药，然后入睡。她在睡觉的时候，也不喜欢有人去打扰。这样，潘老婆子的死别人很容易会认为是病发身亡，绝对不会想到谋杀。

两晚之后，徐信换好装束，开始行动。此时夜深人静，雾气开始在低空凝聚，伸手不见五指，徐信暗自庆幸遇上了一个好天气。他一路摸索着来到盐官城外的陈氏庄园，自己悄无声息地翻过后花园的石墙。接着，他在越来越浓的雾气中穿过假山石，来到了西厢房的卧室楼下。他先不急着动手，在花丛中蛰伏了一段时间。他知道潘老婆子睡得很晚，直到三更时分，楼上的咳嗽声渐渐小了起来，眼前的整个庄园已经完全处于黑暗之中，徐信感到信心十足。

徐信早就知道，那个服侍潘老婆子多年的管家婆五大三粗的，是个酒鬼，每天都是早早就入睡了。因此，房子里显得非常寂静。徐信熟门熟路地开门溜进房子，此时，不知

何处的一只老猫叫了一声，把他吓了一大跳。徐信停了一停，稍稍定下神来，然后脱下鞋子，提在手里，赤脚踏上木头楼梯向上攀登。他在上面的走廊里摸索了一阵，顺着那股浓重的草药味道，渐渐摸到了卧房的门前。

随后，徐信摸出私下里配来的钥匙，打开门，进去，在漆黑一团的屋子里蹑手蹑脚地绕过家具，来到床前。潘老婆子安静地、一动不动地躺在那里。徐信凝神闭气，在夜光中认准沉睡者的头部。然后，他轻轻举起了老婆子身边一个空枕头，先慢慢放低，紧接着便快速压下去。突然，被窝里伸出一双有力的大手，掐住了徐信的脖子。那人用含糊不清的语气说道："贤婿，你不去杭州，半夜三更摸

到老身床上做甚？"

徐信大吃一惊，连忙挣扎着想脱身，不想那双手如同铁链一样拴住了他。两人在床上一阵翻滚。那人猛地一个翻身，反而把徐信推到里床。忽然，床板一阵震颤，突然下陷。徐信身不由己，一下子落到一个长方形的木柜中。他举手四处击打，折腾了一阵，里面的空气慢慢稀薄。他只觉呼吸困难，眼前金星直冒。

此时木柜外面响起了最熟悉不过的咳嗽声，潘老婆子用沉重的语气说："天作孽，犹可恕；自作孽，不可活！"

管家婆过来，道："老夫人，你女婿的力气可真够大的，差点没把老婆子给憋死了。"潘老婆子道："跟老身斗，他还嫩着点。他那点把戏哪能瞒得住我。现在，你到杭州去一趟，找到他的兄弟徐阳……"说着，她向管家婆耳语一番。管家婆听得眉飞色舞，连连点头。最后，她还嘱咐道："你此去关系重大，切莫贪杯，记得速去速回。"

半个月后，管家婆带着徐阳从杭州回到盐官。徐阳一走进庄园，玉亭早已在那里等候多时。她娇呼一声"夫君"，就急匆匆迈着碎步奔过去。来到徐阳跟前，玉亭猛地站住，她仔仔细细地端详一番。忽然，她失声尖叫："不，你不是我的夫君！你究竟是谁？我的夫君到哪里去了？"徐阳摇

头轻叹，默然无声。

此时，管家婆扶着潘老婆子从里面慢慢出来。潘老婆子咳嗽着叫唤着："女儿啊，你且过来，让为娘向你道明一切。"

玉亭听完了母亲的讲述，呆立半晌，喃喃自语："知人知面不知心，想不到，他竟然会是这样的人，只是女儿和他毕竟有夫妻之恩，这该如何是好？"

潘老婆子叹了一声："都怪老身当年看走了眼啊。这样吧，你暂且和这徐阳夫妻相称，分房而居，其他的日后再作打算吧……"

徐阳走上前来，急切地问："老夫人，我兄长是否安好？他如今身在何处？"

潘老婆子微微一笑，道"你以后可得改口叫我岳母了。唉，同是一母所生，为何一个心狠手辣，一个宅心仁厚？我早就看出他有异心，你我联手试他一试，不想他果然起了杀心。他若不是丧心病狂，也还不至于此。你就安心地呆在我家吧，我会放心地把家业交到你的手里。至于你的兄长，他被关在城外的一座破庙里。相信他再也不敢前来见我跟玉亭了。从今往后，你们兄弟俩换换。你就是兄长徐信，他就是兄弟徐阳。让他去福建贩茶吧，尝尝这风霜雨雪，一路奔波之苦……

（题图、插图：黄全昌）

胜诉，

*600*万

初次交锋

年轻的詹妮芙小姐是律师界的新星，她打赢了好几起棘手的案件，因而在律师界小有名气。这次詹妮芙要帮一个叫康妮的姑娘打一场官司。

24岁康妮在一次车祸中失去了四肢，肇事的是一辆"全国汽车公司"的汽车。尽管有三个目击者证实：是急刹车时车尾打了个转，把人撞倒了，但对方律师利用警方所做的刹车痕迹等许多证明，巧妙地推翻了这些证言。而康妮自己也说不清她是自己滑倒的，还是被车子撞倒的，就这样败诉了。

一次上班途中，詹妮芙也遇到了类似的情况，如果不是躲避及时，同样的惨剧就会发生在她的身上。那个时候，她就清楚：是汽车设计的问题造成了康妮的车祸。同时，她从网上获悉：这家汽车公司近5年来共出过15次车祸，原因全都一样：产品制动系统有缺陷。于是，詹妮芙决定为那个与自己同龄的姑娘打官司。

她去找康妮。康妮一听说要重新开庭，立刻浑身哆嗦起来。

"请你看看我，律师。"康妮哭着说，"我每次照镜子都想自杀。可是，你知道我为什么没自杀吗？因为我没办法自杀，没办法啊！"

詹妮芙浑身一震。她明白了康妮的心情：把这个悲惨的少女再次抱到

法庭上去展览，还不如让她咽下一粒剧毒的氰化钾胶囊。于是她改变了原来的想法，径直去找全国汽车公司的代理律师马格雷，希望能在法庭外得到解决。

马格雷先生彬彬有礼地接待了她。詹妮芙指出，马格雷在上次法庭审理过程中，隐瞒了卡车制动装置的问题，而自己将根据新发现的证据，以对方隐瞒事实为理由，要求重新开庭审判。詹妮芙的这一枪，击中了马格雷的要害。但马格雷也不是寻常角色。他盘算了一下，说："你想怎么办呢？"

"汽车公司得拿出200万美元给那位姑娘。但如果你逼得我们不得不

去控告的话，我们将要求500万美元赔偿金。"

一阵沉默过后，马格雷点了点头，说："明天我要去伦敦，一个星期后回来。到时候，我也许会做出某种安排的。"

他们约定了会见的日子便分手了。但詹妮芙隐约觉得有些不安：事情似乎太顺利了！

到了约定的那天，詹妮芙打了几个电话找马格雷，他都没有接。

这给詹妮芙敲起了警钟。她意识到马格雷在耍什么花招。她开始回忆马格雷的言行举止，努力分析一切可能的原因。突然，她想到诉讼时效的问题。一查，果不其然，康妮案件的诉讼时效恰好是这一天到期，詹妮芙明白自己上当了。

但她还是给马格雷挂了个电话。这次这个老狐狸很痛快地接起了电话。而当詹妮芙提出当即解决的时候，马格雷哈哈大笑起来："你真有趣，小姐。诉讼时效今天到期，谁也无法控告谁啦！请转告你的当事人，祝她下次交上好运。"说完，他挂上了电话。

柳暗花明

詹妮芙手握着话筒，气得浑身发抖，脑袋里嗡嗡作响。她抬头看了看墙上的钟，已经下午4点了。如果上诉，必须赶在5点以前向高级法院提

出。她问秘书马丁："你准备这份案卷需要多久？""要三四个小时，小姐。"马丁说。

一定要找出个办法，詹妮芙心想。对，全国汽车公司在美国各地都有分公司。突然，她抬起头来问："夏威夷现在是几点钟？"

"上午11点。"

她兴奋得一跃而起。"就在那里起诉。如果没记错的话，他们在岛上有一家工厂。快去！"

当晚10点，夏威夷霍伊律师事务所的工作人员打电话通知詹妮芙，他们已经赶在下班前10分钟向当地法院提交了起诉书。

詹妮芙长长地舒了口气：这一局她赢了。

法庭影视

开庭的日子到了，在法庭上，马格雷看到康妮本人没有到庭，立刻得意起来，在法庭上做了一通十分精彩的发言。他以诚恳的语调，对康妮的不幸遭遇表示深切的同情。接着他指出，事故的根本原因在于康妮自己，卡车司机没有任何责任。随后他说，500万美元这个吓人的索赔数字，纯粹是向阔老板敲竹杠。

他的演讲无懈可击，颇有说服力，就连詹妮芙也不得不暗暗承认这位对手的厉害。

轮到詹妮芙发言了。她打量了一下陪审团，然后慢慢地说："没错，康妮不能到庭。不过在宣判之前，你们大家将会有机会见到她，并像我那样了解她。"人们听了一愣。

詹妮芙接着说："一个缺臂少腿的24岁姑娘得到500万美元以后能干什么呢？买戒指吗，她没有手；买舞鞋吗，她没有脚；买高级的轿车和华丽时装吗，可谁会邀请她去参加舞会？她用这笔钱能换取什么欢乐呢？"

詹妮芙的语气平静而又真诚。她的双眼缓缓地从陪审员脸上扫过。"我想向诸位讲明：如果我把500万美元送给你们中间的任何一位，交换的唯一条件就是砍去你们的双腿和双手，你们能接受吗？"

她的话锋一转，指出在上次审判中，全国汽车公司本来知道他们的汽车制动系统有缺陷，但他们对原告和法庭隐瞒了这一事实，而这一点是造成康妮悲剧的根本原因。

詹妮芙向法官走去，请求道："法官先生，由于康妮本人无法出庭，我要求准许我给大家看一些她的录像。"

"我不反对。"法官说，"被告的律师有异议吗？"

马格雷慢慢站起身，脑子却飞快地思索着。

"什么录像？"他问道。

"康妮在家里的一些生活录像。"

马格雷提不出反对意见，只好表示同意。

在此后的半个小时里，法庭上鸦雀无声。影片拍摄的是康妮一天的生活，是一个真实的、但令人惨不忍睹的生活现状。观众无需一丝一毫的想象力。他们在影片中看到，一个漂亮的无臂无腿的金发姑娘，被人从床上抱到厕所里，像个婴儿一样由保姆帮着大小便、洗澡、喂食、穿衣……

这部片子詹妮芙看过好多遍了，但是现在重看这些镜头时，她仍禁不住喉头哽咽，泪水盈盈。影片快结束

时，陪审团席上响起女人的尖叫声，男人的怒骂声，呜咽的抽泣声。听众中，一个女人高声大叫着奔出了房间，旁听的记者们则抢着跑出去发稿……

特大新闻

陪审团整整辩论了10个小时。

陪审长给法官送来一张字条，请求做出法庭裁决。

法官拿着看了一会儿，抬起头来说："请两位律师来一下，好吗？"随后，他对詹妮芙和马格雷说："我把陪审长刚才送来的字条向两位宣读一下：陪审团问，法律是否允许他们判给康妮的赔偿费超过她的律师提出的500万美元。"

詹妮芙一阵激动，马格雷则脸色发白。

"我现在通知他们，"法官说，"他们有权确定这笔费用的数目，他们认为多少合理，就可以确定多少。"

30分钟后，陪审团成员一个接一个回到法庭上，陪审长宣布："陪审团对原告表示支持，她应该获得600万美元的赔偿费。"

这是纽约有史以来人体受伤事故中最高的赔偿金额。

（作者：［美］西德尼·谢尔顿；推荐者：邓伟明）

（题图、插图：佐　夫）

·东方夜谈·

其实，世上最可怕的
并不是鬼……

血 疑

□ 肖杰鑫

周 伟是一个旅游爱好者。这天，他
打算晚饭之前赶到凤凰村，可
是山路不太好走，眼看天色将晚，离
目的地还有一段距离，看到路边有户
人家，窗里透出微黄的灯光，他想先
解决肚子问题后再赶路。

他上前敲了敲门，开门的是一个
老头，五十岁左右。周伟说明来意后，
老头就说："欢迎，请进。"随后欠欠
身让他进来，门就掩上了。

屋里很温暖，一切陈设都显得简
洁整齐，而且，老头看起来很健谈，不
像别的山民那样寡言少语，周伟一坐

下，他就热情地介绍起来："这栋房子
全是我的，就我一个人住，经常有路
人在我这里借宿。"

周伟听了，赞叹道："你们山里
人，真是太好客了！"

"小意思，出门在外都很不容易，
反正我这里有的是空房。你贵姓
——""我姓周。""哦，周先生，介绍
一下，这位是李先生，刚来不久。"老
头指指客厅坐着的一个年轻人。那姓
李的年轻人笑着朝周伟点头示意，周
伟注意到，他脸色苍白、瘦削，似乎
贫血得很厉害。

老头问他们是否吃点东西，年轻
人客气地说已经吃过了，周伟赶紧说
来碗面条。老头转身便到厨房去了。
周伟和年轻人攀谈起来。年轻人神情
忧郁，但言谈得体，知识渊博。周伟
喜欢上了这个年轻人，猜他的身份大
概是乡村教师。

不一会儿，老头端来了热腾腾的
面条，周伟道了声谢，就风卷残云一

般吃了起来。他实在是太饿了，一碗面下去，周伟额头上渗出了汗珠，显得很满足。

周伟小心翼翼地问："太棒了！大爷，我要给您多少钱？"

"一碗面能值几个钱？不要了，不要了！"老头显得很不开心。周伟心想：这老头脾气真大，于是连忙道歉。

老头面色好了许多，就问："你晚上就在客房住一宿吧，明天再走，我起得早，负责叫醒你。"

"不打扰了，我想喝杯水歇会就

走。"

"要走？凤凰村离这里还有一大截的路，中间还要过乱山冈，乱山冈最近正闹吸血鬼呢，晚上可别想经过那里。"

"吸血鬼？"周伟笑了，摇摇头说，"笑话！吸血鬼是洋货，中国有鬼的话也是僵尸。"

"真的，你还别不信，最近，乱山冈接连发现了好几具死尸，没有任何伤痕，只是在脖子上头有两个深深的牙印，你说，这不是吸血鬼干的是什么？告诉你，这里的人夜里都不敢过乱山冈。"

"我相信，外国如果有，中国也肯定有。"那个年轻人忽然插话说。

周伟争辩道："您知道吸血鬼是怎么来的吗？吸血鬼是来自于西方古代血统高贵的贵族，中国呢，你说是秦始皇，还是慈禧太后？"

老头还在贩卖自己的知识："听说人被吸血鬼吸了血之后，就会变成新的吸血鬼，也要吸人的血。"

周伟笑着说："按照这种逻辑，吸血鬼就会越来越多，'鬼'口大爆炸，而人却越来越少，最后上哪找人血来供应吸血鬼？"

"这个问题比较严重，看来吸血鬼要保护人类了。"年轻人很有幽默感。

大家谈兴正浓，周伟想，反正今天赶到凤凰村就是了，晚一点也不碍事，于是不再提走的话，三人继续闲聊。老头自称原来是这里的人，从小就在外面闯荡江湖，直到两个月前才回来买了这栋房子住下，可惜没有亲戚朋友，幼时相熟的人不是死了，就是搬到别的地方去住了，自己因为有点积蓄，日子也还过得去。

说话间，周伟注意到客厅一角放着一台电冰箱，感到有些新鲜。因为电冰箱在这样偏僻的山区是稀缺品，他多次听人说平时为了省电，都拔掉电源，把电冰箱当柜子使了。周伟征得老头的同意，打开电冰箱，发现冰箱的灯是亮着的。里面存放着些肉食和蔬菜，还有几个保鲜袋装着红色液体，好像是鸡血鸭血之类的，这里的人喜欢吃这种玩意儿。

周伟回头开玩笑说："如果吸血鬼来了，就用这些鸡血喂他，他吃饱了，可能就不会吸人的血了。"

老头明显不喜欢这个玩笑。周伟接着说："不过，吸血鬼只要人血，这个怕糊弄不了。"

年轻人道："没有证据表明，人血比鸡血好。"

周伟又说："你只知其一，不知其二。人失血过多就要输血，吸血鬼其实跟人差不多，他们由于本身丧失了造血功能，所以要不断吸人的新鲜血液。这就跟人喝水一样。"

年轻人说："你对这个好像很有研究。"

"不敢，不敢。"周伟回到座位上，显得很兴奋。那年轻人好像兴致不高，也许是身体太弱了，竟趴在桌上睡了起来。

老头看了看表，忽然说："你怎么确定那不是人血？"

周伟一时没听清他的话，这时他感觉有点累，肚子咕咕叫起来。他不好意思地问："有夜宵吃吗？我好像又饿了。"

"不行！"老头拒绝道。

老头的表情越来越严肃："你有没有献过血？不知道临抽血之前不能吃东西吗？"

"抽血？"周伟本能地想跳起来，却发现自己四肢乏力，怎么挣扎也起不来。

老头指着趴在桌上的年轻人，冷酷地说："我正愁只有这病鬼，抽干了也没多少血。没想到你这只肥羊就送上门了，方头大耳，满面油光。不错，不错，你的血要是AB型就好了，总能卖个好价钱。"

老头转身拿来一个大药箱，打开，里面有一套抽血用的器械，还有两个长长的锋利的假牙。他拿着绳子把周伟绑在椅子上，摸摸周伟的脖子，慢慢地说："乖乖睡一觉吧，等血抽干后，我就会在你脖子上面套上两个牙印，再把你扔到乱山冈……"说到这里，老头狞笑起来，"人们都会以为你是被吸血鬼吸了血。我就是这么

编读往来：你的问题我来答

安徽读者李德谱：听说故事创作中，有一种"三叠式结构法"，能不能详细介绍一下？

绿版编辑部：好的。三叠式结构法是民间故事常用的一种结构方法，以情节上三次大的反复为标志，如民间故事《巧媳妇》：其主要情节为三个儿媳接受三次考验，每次考验都是公公给儿媳出难题，三个儿媳以超众的智慧解答出来，但每次出题的方式和内容以及三个儿媳的回答都是不同的。故事在三次反复中向前推进。这种结构是故事讲述者在编讲过程中形成的，情节上反复三次，重复中有变化，易讲易记，适合一般人的欣赏习惯，逐渐发展成为一种固定的程式化结构。

福建读者冀仲君：我想向"第一推荐"栏目推荐故事，但不知道哪种故事比较适合？

绿版编辑部：谢谢您。"第一推荐"是我们今年推出的新栏目，向这个栏目推荐作品，首先是要求作品新，我们希望能通过这个栏目，将最新发表的优秀作品介绍给读者；其次是要求作品精，希望推荐的作品在故事性、情感性、情趣性上比较突出，能真正让读者喜欢。另外，我们也欢迎那些个性特点鲜明的故事，供读者和作者们欣赏和借鉴。

浙江读者苏小米：2007年4月绿版有则故事《雪狼》，新颖独特，然是好看。只不过我对故事中所说的那块金刚石有点好奇，一两千克拉的金刚石大概有多重呢？

绿版编辑部：你的问题很专业。众所周知，钻石重量是以克拉计算的，1克拉=200毫克=0.2克。一克拉分为一百份，每一份称为一分。0.75克拉又称75分，0.02克拉为2分。在其他条件近似的情况下，随着钻石重量的增加，其价值则呈几何级数增长；重量相同的钻石，会因色泽、净度、切工的不同而价值相差甚远。250吨钻石矿土中才能开采1克拉成品钻石。故事中的这块金刚石其实只是毛料，一两千克拉是指金刚石里面蕴含的钻石重量，而毛料的重量相对是比较重的，所以金刚石本身的重量远远不止这些。

（本栏目欢迎读者提供新鲜活泼、有代表性的问题，一经采用，即致薄酬。）

干的，没有人能看得出什么的。"

周伟感到头发昏，眼睛怎么也睁不开了，他这才知道老头在面条里下过药了。

老头自言自语道："放心好了，我的注射器是消过毒的。可能一开始有点痛，但忍住就好了。也许被吸血鬼吸血的体验就是这样的！"

……

不知过了多久，周伟突然醒了，抬头就见到老头那狰狞的嘴脸，他本能地挣扎着跳起来，才注意到原来他身上的绳子已经解开了。老头依然一动不动，周伟惊魂未定，好一会儿才大着胆子走上前：那老头已经死了，脖子上赫然有两个深深的牙印，牙印上有还未凝固的鲜红色的血珠。

而那个苍白的年轻人也不见了，只留下一张小纸条，上面是一行清秀温润的字：乱山冈不是我的家，请安心通过吧。

（题图、插图：魏忠善）

给欲望设定底线

一位商人带着自己十几岁的女儿去参加一场拍卖会。

女儿看中了一位音乐家收藏的塔罗牌。这副塔罗牌原价20元，商人问女儿愿意为这副塔罗牌付多少钱。女儿想了想说因为自己很喜欢这个音乐家，所以愿意多付100元。于是商人说："那好，100元加上原来售价20元，就是你的最高出价，也是底线，超过这个就放弃。"

竞拍开始了。女儿开始举牌。商人坐在她旁边，感觉出她很紧张，生怕别人和她竞价。这次竞拍者很多，对手并没因为她是孩子而放弃。

已经加价到一百元了，女儿小声嘀咕了一句：糟了，快到了!

这句话亮出了自己的底牌，商人知道这是拍卖中最忌讳的。他用胳膊肘碰了女儿一下，女儿意识到自己说错了，但已无力挽回。塔罗牌一路上涨，冲过120元底线，女儿还想举牌，商人抬手制止了她。

走出拍卖厅，商人安慰情绪低落的女儿："你虽然没得到那副塔罗牌，但你今天学到的东西比这副牌更有价值。人的欲望是无止境的，你今天学会为欲望设定底线，这很好，很多人失败就是没控制好底线，结果成了欲望的奴隶。"

（作者：林 夕；推荐者：冯国伟）

命运的门铃

有一个性子特别急的年轻人去拜访一位朋友，他来到朋友家楼下，按响了朋友家的对讲门铃。

门铃响了两声，里面没有动静，他等不及了，就返身回家。

刚刚走了几步，他觉得这样回去不甘心，于是又返回来重新按门铃。

这一次他还是没有耐心，门铃只响了两下，他又等不及了。

但是走了几步，他又返回来了。

这次他刚把门铃按响，还没反应过来是怎么回事，就觉得脖子一凉，浑身上下被冷水浇了个透!

原来朋友一直在家，几次来开门都没见有人，他怀疑有人捣乱，就从楼上向下泼了一瓢冷水，作为报复。

这样去按朋友的门铃会被泼一瓢冷水，那么按命运的门铃，又怎能不被命运浇一瓢冷水呢? 在命运的门前，不妨多拿一点耐心，哪怕多等一个小时，多等一分钟，结果可能会截然不同。

(推荐者：黄钰馨)

逻辑的力量

在美国的普林斯顿大学，一个男孩深深地爱上了一个女孩，但是，他一直不知道该如何向她表达。一天，他终于想到了一个接近女孩的好方法，于是，他鼓起勇气，向正在校园里读书的女孩走去。

他对女孩说："你好，我在这张字条上写了一句关于你的话，如果你觉得我写的是事实的话，那就麻烦你送我一张你的照片好吗?"

女孩立即想到，这又是一个想找借口追求自己的男孩。她想：无论他写什么，只要自己都说不是事实，不

就可以了吗? 于是，女孩答应了男孩的请求。

男孩把那张字条递给了女孩。但女孩看见纸条却皱起了眉头，因为她绞尽脑汁也想不出拒绝男孩的方法，只好把自己的照片送到了男孩手中。

男孩究竟写了什么呢? 其实，他写的只不过是一句极其简单的话："你不会吻我，也不想把你的照片送给我。"

这个智慧的男孩名叫罗纳德·斯穆里安。后来，他成了美国著名的逻辑学家，而那个女孩，成了他的妻子。

(推荐者：橙 橙)

如何打开那扇门

一个富翁有两个儿子，富翁老了，他一直在苦苦思索，到底让哪个儿子继承遗产？

想起自己白手起家的青年时代，他忽然灵机一动，找到了考验儿子们的好办法。

他锁上宅门，把两个儿子带到一百里以外的一座城市里，然后给他们出了个难题，谁答得好，就让谁继承遗产。他交给他们一人一串钥匙、一匹快马，看他们谁先回到家，并把宅门打开。

马跑得飞快，兄弟两个几乎是同时回到家的。

但是面对紧锁的大门，两个人都犯愁了。

哥哥左试右试，始终无法从那一大串钥匙中找到最适合的那把；弟弟呢，则苦于没有钥匙，因为他刚才光顾着赶路，钥匙不知道什么时候掉在了路上。

两个人急得满头大汗。

突然，弟弟一拍脑门，有了办法，他找来一块石头，几下子就把锁砸了，他顺利进去了。自然，继承权落在了弟弟的手里。

人生的大门往往是没有钥匙的，在命运的关键时刻，人最需要的不是墨守成规的钥匙，而是一块砸碎障碍的石头！　　（推荐者：黄钰馨）

· 沧海拾贝　人生百味 ·

纸片背后藏机遇

美国人爱德华·鲍克是个有心人。有一天，他看见一个人打开一包纸烟，从中抽出一张纸片，随手扔到地上。鲍克弯腰拾起这张纸片，只见上面印着一位著名女演员的照片，还有编号，他知道，这是烟草公司为促销而采取的一种手段。他仔细地看看纸片，发现它的背面竟然完全是空白。他想如果把纸片空白的一面印上相应的人物小传，价值就会大大提高。于是，他找到印刷这种纸片的公司，经理也觉得这个创意很好。

经理说："如果你写100位美国名人小传，每篇100字，每篇我就付给你10美元稿酬。你要尽快给我一张名人的名单，并把它们分类，分为总统、将领、作家、演员等。"

于是，鲍克开始了最早的写作任务。后来，业务量加大，他不得不雇人来写。从此，他踏上了编辑之路，创办了《妇女家庭》杂志。于平凡的生活中处处留心，你就可能捕捉到不易察觉的机会。

（作者：秦立明；推荐者：秦国贞）

（本栏插图：安玉民）

学写作文，可以从读故事开始

· 传闻逸事 ·

面王

□ 翟丙军

宋朝皇帝赵匡胤的御膳房里，有一个专门做面条的师傅，名叫王保久。王保久祖上是开面馆的，在他老家洛阳城里，只要一提起王家面馆的面条，人人都称是洛阳一绝。

这一年腊月，王保久经皇上恩准回乡省亲。回乡途中，他坐着八抬大轿路过一个小镇，从轿帘里看到当街有一座面馆，门脸儿不算大，只是门口的那块招牌却十分醒目，上书两个烫金大字：面王。王保久心想：我身为御面师都没有称王，你小小一个荒村野店，居然敢挂这样的招牌？于是他喝令停轿，带着一帮随从大摇大摆地走进面馆，想给他们点儿厉害瞧瞧。

因为不是吃饭时候，所以面馆里没有什么客人。王保久唤过伙计，说："给我来一碗龙须汤面，再来一碗羊肉烩面，每根面条粗细、厚薄都要均匀，否则，看我不摘了你们面王的牌子！"伙计瞥了王保久一眼，心想：这位客官可真够挑剔的。不过，开店至

今已有数年，什么样的客人没见过？所以店小二也不以为然，朝后堂吆喝一声："龙须面、羊肉烩面各来一碗！"

不一会儿，伙计就将面条端了上来。王保久拿起筷子在面碗里搅了一下，将筷子朝桌上一扔，对伙计喝道："把你们大厨给我叫来！"伙计不敢怠慢，忙去后堂把大厨请了出来。

大厨是一位眉清目秀的年轻人，他恭恭敬敬地向王保久躬身施礼道："这位客官，请问有何吩咐？"王保久撇着嘴冷笑一声："就做这样的面，也配称面王？"他大手一挥，朝他的那

50

帮随从一招手："把那牌子去给我摘下来砸了！"

王保久这话一出口，早有随从应声奔出门去。年轻人一看，急忙劝阻说："客官请息怒，这块招牌是镇上的乡民送给家父的，已经挂了几十年了，'面王'二字本是玩笑话，客官还是不要当真的好。"

王保久一听满面怒容："既然牌子是送给你父亲的，那好，你去把他叫来，我要跟他比试比试。他要赢了，我不但不砸你们牌子；还要敲锣打鼓给你们换一块纯金招牌，可若要比输了，哼，那就别怪我不客气！"年轻人见王保久不像是开玩笑，怕父亲不来，这块招牌真要被砸了，于是急忙点头说："客官请稍等，我这就去请家父来。"

不一会儿，年轻人就搀着一位满脸皱纹的老丈从门外走进来。老丈扫了王保久一眼，说："这位客官是看着小店的招牌不顺眼吧？可它实在是乡民们对老汉我的一点情谊，砸不得啊！"

"这么说，你是情愿跟我比试喽？"王保久趾高气扬地问。

"唉，"老丈叹了口气，"我还能比什么呢，早年终日拉面，两条胳膊早已积劳成疾，自从把面馆交给小儿后，我就再没动过面板啦！"

"你这话是什么意思？"王保久冷笑道，"该不是害怕与我比试，故意说得这么可怜吧？"

"那倒不是，老汉我一辈子与面为伍，只要功夫到了，身体的每一个部位皆可拉面。"老丈说到这里，想了想，说，"我这双手虽然不中用了，但是幸好还有一双脚，若是开门做生意，用脚拉面那是对客人的不敬，不过只是比试的话，倒也无妨吧？"

王保久一听这老丈要用脚和他比赛，差点没把肺气炸，可是按老丈现在这样子，不这么比还能怎么比？于是，他把外衣一脱，走到后堂灶房，和老丈比试起来。比什么？做"裤带面"。

裤带面的特点是面薄而韧，入口筋道，嚼起来有劲儿。做这种面，讲究的手法是揉、擀、抻、拉，反复加工，直到将一块面团抻拉得薄如锦缎，状如裤带，弹性十足，然后将它切成细条下入沸水，暴煮三滚，浇上调好的汤汁，才算大功告成。王保久和老丈面对面进行比试，各支一口大锅，各守一张面板，炉灶里柴火熊熊，面锅中沸水翻滚。

王保久自然不用多说，本来就是行家里手。单说那老丈，刚才还是颤巍巍一副老态龙钟的模样，可是一进后堂马上就来了精神。只见他不慌不忙地坐上板凳，脱去鞋子，让伙计挽起裤管，洗净双脚，然后就在脚上洒了一层薄薄的面粉，从面盆里夹起一块面团，双脚在面板上一沾，飞快地揉搓起来，时而双足并踩，时而虎步

拉抻，一块面团转眼之间就被他的双脚拉成了裤带形状的面条。

这些随从对做面的功夫是一窍不通，拍马溜须的本事却是登峰造极，他们根本不去看老丈双脚擀面的绝活，就盯着王保久喝彩鼓掌，还骂老丈说："这个老不死的，居然敢跟我们御面师争高下，也太不要脸了！"

那老丈本来气定神闲专心擀面，可一听"御面师"三个字，脸色不由微微一变，一紧张，一张面皮被抻成了两段。老丈停下脚，让自己稳稳神，想了想，弯下腰将抻坏的面皮往旁边一放，从盆里又揪下一块面团来，重新开始做。

不一会儿工夫，他们两个人的面都做好了，煮出锅一比较，老丈做的虽厚薄均匀，但与王保久的相比，却

失之筋道，入口虽滑溜，却少了几分嚼头。老丈满面戚容，摇头叹息："小老儿今天算是遇到高人了，这块招牌小老儿自己摘了它。"

王保久得意地穿起外衣，系上腰带，亲眼看着老丈的儿子摘下招牌，这才钻进轿子，启程上路。可是走出不远，他忽然惊出一身冷汗："天呐，真是活见鬼了。"原来此刻，他发现自己原先系在外衣上的腰带，此刻竟挂在轿帘一侧，随着轿子起落在他眼前一晃一晃，而系在他外衣上的，却是老丈先前做坏了的那半条裤带面。

王保久明白了，刚才比试时，一定是老丈听到那帮人喊自己御面师，为了给自己留面子而故意输给自己的。想想比试之前自己发过话，若是输了，要敲锣打鼓送他们纯金招牌的，自己腰带都莫名其妙被人家换去，这不算输那还有什么叫输？

王保久动了坏心眼，忙命随从掉头回去，可是当他们冲进面馆时，已是人去楼空，只有空荡荡的墙壁上还留着四句似诗非诗的顺口溜：半碗面条半碗汤，半条裤带惹祸殃；做面本是为糊口，何必非要争面王？

（题图、插图 黄全昌）

死亡游戏

□童树梅

第一起谋杀案

莎娃是713号列车的列车员。每次火车到站后,她都要对车厢逐节进行打扫。这天,莎娃扫到了列车最后一节,她漫不经心地推开车厢门,眼睛一下子瞪大了,半秒钟之后,莎娃发出一声尖利的大叫,原来车厢里倒毙着一只沾满污血的白猫!

尽管死的只是一只猫,可死状很恐怖,不像是恶作剧。警察接到报警后立即赶了过来,经勘查,这只猫被人用利器割断了咽喉。是谁这么残忍呢?警察忙碌了半天,可是找不到一丝有价值的线索,只有一样不起眼的东西稍稍引起了他们的注意,那是两张密密麻麻印满字的纸。

警察一看就被吸引住了,只见这两张纸的开头触目惊心地写着这样一行标题:第一起列车谋杀案——一只漂亮的白猫!下面内容则是作案人怎样捆好毫无防备的猫,然后一刀割断它的气管,看着它在血泊中挣扎着一点一点死去!

警察们读完后不寒而栗。这纸上描写得太细腻太血腥了,就像是眼前景象的翻版,显然这个"凶手"就是照着这些描写杀死了这只猫!这是个什么样的人呢?

警察调查了许久,案情没有任何的进展,渐渐他们就不闻不问了。死的毕竟只是一只猫,而生活中每天新发生的凶杀案他们还问不过来。谁知他们这种怠慢的态度激怒了极端的动物保护者们,他们一下子拥到警察局前,责问政府为何对生命漠视?警察们吃饱饭后到底在干什么?

眼看事态越闹越严重,官员们害怕了,这年头养宠物的人太多了,一旦激起公愤,场面将无法收拾,他们

连忙出面保证，一定会将凶手绳之以法的!

第二起谋杀案

然而，让警察们想不到的是，正当他们还在为那只可怜的白猫苦恼时，在713号列车上，又一只动物被残忍地杀死了。这次死的是一只黑狗，它被人用尼龙绳捆住爪子，凄惨地死在了一间包厢里。

再次接警的警察们大吃一惊，想封锁消息，但已经来不及了，嗅觉敏

锐的记者们已经报道了这起事件。动物保护协会这回真的愤怒了，他们开始酝酿大规模游行了!

警察们立即以从未有过的高效率开始了侦破工作，一方面安抚情绪激动的人们，另一方面放下手头上积压的凶杀案，十万火急地赶到713列车上着手调查。结果同上次一模一样，凶手干得漂亮极了，什么线索也没留下，除了用烟灰缸压着的两张纸。

又是两张纸! 警察们这回有了预感，仔细一读果然不错，这两张纸的标题是这样的: 第二起列车谋杀案——一只可爱的黑狗! 接下来依旧是让人不忍卒读的血腥杀戮过程。也就是说，凶手又按照纸上描写的屠杀过程实际操作了一次!

回到警察局里，看着外面激动的示威者们，警察们觉得郁闷极了。有个警察忍不住嘀咕道: "那么下次又会杀什么呢? 这些纸又是从哪里来的呢? "

他还要杀谁

警察的迷惑并没有持续多久，因为很快就有人在网上发布消息，并将这两起案件和一本名叫《死亡游戏》的书联系在了一起，说这两起案件和书上的情节有着惊人的相似。

警察们没有放弃这条线索，当即四下里找这本书，终于在一家小书店的仓库里找到了。书已出版一年多

了，可是购者寥寥，作者叫布依尔，一个名气微薄的三流作家。

警察们决定兵分两路，一路去调查作者布依尔；另一路的任务则是仔细阅读这本小说，看看从书中能找到什么线索。

找到布依尔的家并不是件难事，那是位于郊区的一幢破屋子。屋里只有布依尔的妻子玛莉和五个子女，个个衣衫破旧面色泛黄，看来这一家人活得十分艰难。

当警察表明了想找布依尔先生的想法后，玛莉立即怒吼起来："我还想找他哩，他已失踪好多天了，瞧，这就是我们的生活，没有吃的、没有穿的……这全是他写那本破书带来的，那本书出版后我们欠了一屁股债，可他一点也不想工作，他是个只会做白日梦的疯子！"

警察打断了她的喋喋不休，在征得她的同意后，开始仔细搜查布依尔的书房，结果真的找到了一样东西——一封很简短的遗书，上面写着：亲爱的玛莉、亲爱的孩子们，如果你们看到这封信，那你们的好运气就到了。我是个失败的作家，更是个无能的丈夫、父亲，可我又是多么希望你们能过上衣食无忧的日子啊，真的，为此即使付出一切我也在所不惜！

警察们不明白布依尔先生想说什么，那他现在又在哪儿呢？

而另一边，读小说的警察却给吓得够呛！书中说在713次列车上将发生一连串的谋杀案，先是白猫，后是黑狗，接下来的标题赫然是：第三起列车谋杀案——一个令人厌恶的红胡子老头。然后依旧是血腥暴力的描写，可怜的老头将像猫狗一样被割断喉咙！

警察跳了起来，驱车直奔那列充满恐怖气息的列车，凶手是个疯子，他既然已按书中描写杀了猫狗，那么接下来肯定会杀掉一个无辜的红胡子老头的，现在必须阻止任何长着红胡子的老头登上这趟列车。

是谁杀了他

实际上已用不着警察们阻止了，记者已经将这个令人恐慌的消息捅了出去，一时流言四起，人心惶惶！所有长着红胡子的老头都拒绝乘坐这趟列车，连染成红发的年轻人都不敢乘坐这趟列车了，他们害怕凶手看花了眼。这让警察们放下心来，因为书中描写的谋杀案在现实生活中已无法再现了，凶手找不到红胡子老头，那也应该不会实施他的凶杀案了。

警察向媒体信誓旦旦地保证说：连一只红色的苍蝇也不会飞上车的。可是这天，那人又在一间包厢里出现了，他掏出了那把让人胆寒的刀……血光四溅中，一个红胡子老头重重地倒了下来！

所有人全疯了，这凶手简直不是

人，他是一个幽灵！而接下来大家更为关心的是：下一个被杀的又将是谁？媒体更是不遗余力地把空气都炒热了，所有的报纸上都刊登了与案件有关的消息。极端动物保护者们早已失去了耐心，他们像潮水一样涌上街头，举行了声势浩大的游行示威，要求警察限期破案。更多的人不远万里地从四面八方赶来，参加那只白猫和黑狗的隆重葬礼，在它们的墓前献上鲜花、点上蜡烛、为它们通宵守灵……随着游行的持续和情绪的升温，大伙的口号渐渐发生了变化，他们已开始猛烈抨击政府了，说政府冷酷、腐败、无能，反对派甚至借此大做文章要求政府立即下台……

警察们感到了从未有过的压力，

怎么会呢？在他们的严密监视下明明没有红胡子老头上车的啊？他是怎么混上车的？又为什么要送死？凶手到底是谁？

就在这时他们却得知：那个死去老头的红胡子是假的，是粘上去的！更重要的是，经玛莉确认，"红胡子老头"正是她的丈夫布依尔！

到了此时警察们若有所悟，这一切都是布依尔自己安排的，说不定在网络上捅出这事的人也是他！

一切都真相大白了：在这一系列死亡游戏中，穷困潦倒的布依尔先生是导演，更是主演！他是这样一步步吊起人们的胃口的：先杀死猫，再杀死狗，然后在网络上炒作，最后在车厢里粘上红胡子自杀！难怪警察及所有人都看不到红胡子老头上车。他这样做的目的已经达到了：他的《死亡游戏》从滞销书变为十分轰动的畅销书！事实上不久以后，玛莉就收到了出版商送来的丰厚的版税，由于布依尔先生极富悬念的"出色表演"，这本书卖得火极了，所有人都抢着购买。

此间，街上保护动物的游行还在继续，而布依尔先生则在一个凄风苦雨的日子里孤零零地下葬了，没有人送花、点蜡烛，更没人为他守灵，陪伴他的只有那本《死亡游戏》。他的墓碑上刻着这样一句话：我要向被我杀死的可怜的猫和狗说声对不起。

（题图、插图：佐　夫）

无情未必不丈夫

□ 梅冰

张小翠是十里八乡数一数二的水灵女子，这天她到镇上买花粉，感觉身后有异样，一回头，见身后有个人正盯着她。

只见那人不急不慢地摇着一把大折扇，扇面上一只翩翩起舞的金色蝴蝶华丽夺目。

张小翠往前紧走几步，再次转过头去，那人却不见了。

张小翠匆匆忙忙逃回家中，反手掩上门，这才发现因为害怕衣裳全湿了，正有些后怕，一低头，看到手中的篮子里竟然有一封信，她战战兢兢地打开一看，不禁惊叫一声，险些晕倒。

小翠的爹娘听到叫声，从里屋跑了出来，一看女儿呆在那里，眼神直愣愣的，连忙扶住女儿，抢过她手中的信来看。

这一看，老夫妻也吓得面无人色，只见那张散着香味的信笺上写着一行字：明日花好，来会小翠。落款是：蝴蝶扇。

蝴蝶扇是什么人？是个恶名远播的采花大盗，仗着一身来去无踪的骇人武功，竟常常在光天化日之下，登堂入室偷香窃玉，不知有多少女子受了他凌辱，以至于众女子在闺房玩闹时，常常拿他起誓："要是我说谎，便让我出门撞见蝴蝶扇。"

如今这蝴蝶扇看上了小翠，无异于天降大祸。这一家人哭哭啼啼，惊动了左邻右舍，大家都跑来探望，其中有人一拍大腿说："嗨，哭顶什么事啊，还不快找石铁柱。"石铁柱是方圆百里最有名的大力士，曾经酒后兴起，单手扳倒一头大水牛。

第二天黄昏时分，好心的邻居都陪着小翠一家等着蝴蝶扇出现，个个心里七上八下。突然，檐上飞下一人，如一只蝴蝶轻轻落下。来人衣衫雪白，手摇折扇，扇面上一只金蝴蝶灿灿发光。蝴蝶扇来了!

众人顿时哗然，蝴蝶扇哈哈一笑，说："我那小翠姑娘呢? 可想死她了。"一边说一边往内大摇大摆地硬闯，众人在他眼前竟浑若无物。

忽然，蝴蝶扇面前闪出一人，这个人双拳紧握、豹眼圆睁，一身肌肉疙瘩像生铁铸就一样，拦在蝴蝶扇面前纹丝不动，此人正是石铁柱。

蝴蝶扇嘴角一扬，微微一笑说："原来请到救兵了，好好好，先打发了你这傻大个，再办好事也不迟。"说着一摇折扇直逼过来。

却见石铁柱浑然不惧，"呼"的一声，油锤大的拳头直击过去，蝴蝶扇手摇折扇，轻轻一挡，只听"嘭"的一声响，其中一人直飞出去，摔落在地，竟是石铁柱!

再见蝴蝶扇一击得手毫不耽搁，手中折扇往前一探，如毒蛇长信直取石铁柱的咽喉。

众人大惊，正要上前相救，就在这节骨眼上，蝴蝶扇的身形忽然顿了一顿，石铁柱哪能放过这大好机会，右手铁拳全力一击，正中蝴蝶扇胸口，只听得"咔嚓"一声脆响，蝴蝶扇胸骨尽裂!

还没等大伙回过神来，那蝴蝶扇忽然身形一晃，众人眼一花，人已无影无踪。

大伙这才齐声喝起彩来，其中一位浑身衣服缀满补丁的年轻私塾先生，还在一旁摇头晃脑地说："原来咱铁柱兄这是卖了个破绽，引那贼人上当啊!"

打跑了蝴蝶扇，小翠爹娘大喜。此时，村中的一个尖嘴媒婆却凑过一张老脸说："小翠爹娘，且莫高兴得太早了，你们想，那蝴蝶扇吃了这等大亏哪会就此罢手? 他肯定还会再来的，到那时候你家小翠仍免不了受辱一场。"

小翠爹娘一听心又凉了下来，惊惶地问："那怎么办?"

媒婆小声言道："把你家小翠嫁了石铁柱，而且事情办得宜早不宜迟，这样一来就不怕那蝴蝶扇了。"

夜深人静，一个黑影悄悄来到一户简陋至极的小屋前，紧张万分地轻轻叩响了门。屋内灯亮了，门开处，却是那位摇头晃脑一身寒酸的私塾先生。

私塾先生一见来者竟是小翠，口中不禁"咦"了一声，正要开口问，小翠已一侧身进了小屋，反手带上门，目光炯炯地问："我爹为了报答石铁柱的救命之恩，已决定将我许配给他，先生怎么看？"

那私塾先生一听先是愣了一下，转瞬间一抱拳，说："恭喜恭喜，这是好事啊，想那石铁柱一身是胆武功高超，小翠姑娘你跟了他倒不失为美事一桩……"

却见小翠柳眉倒竖杏眼圆睁，一咬牙压低声喝道："可我只想跟一个虽手无缚鸡之力但心意相通的……穷书生过一辈子，即使浪迹天涯也是十分的快乐！我问你，你敢不敢带我走？"

原来这身材修长的私塾先生一年前流落到了小翠所在的庄上，每天教几个孩童识字，混个半饱不饥的。

小翠先是看他孤身一人十分可怜，便时常偷偷为他缝洗衣裳、烧煮茶饭，时间一长交往一多，发觉与他言语相合心意相投，竟慢慢生出一丝丝说不清道不明的情愫来，只是那私塾先生依旧蒙在鼓里。今夜小翠是豁出去了，再不吐露心声，只怕从此就没有机会了。

那私塾先生听了小翠一腔热血的话，喉头不禁上下颤动起来，小翠正盼望他也说出一番慷慨激昂之话，不提防他冷冷开了腔："身为一个女子，深夜擅入一男子家成何体统？再说，父母之命、媒妁之言又怎能相违？我

已潦倒不可救药，就不害己又害人了，你赶紧回去！"

小翠一跺脚，含泪说："无情、无胆，你枉为七尺男儿！"

小翠出嫁的日子到了，在欢快的唢呐声中，一身新衣的石铁柱喜气洋洋地迎娶了新人。当听说小翠爹娘要把小翠许给他后石铁柱高兴坏了，说实话他早就看中花容月貌的小翠了。

小翠蒙着红盖头，端坐在马上，

石铁柱牵着马，告别了送亲的人群，兴高采烈地出了村子。大红盖头下小翠却眼神恍惚，似乎想着无穷的心事。

就在这时，眼前无声无息地出现一人，又是蝴蝶扇！

只听那蝴蝶扇哈哈笑道："傻大个，不要高兴得太早了，今晚新郎官还指不定是谁哩，只要是我蝴蝶扇看上的姑娘，从来都是非弄到手不可的。"

石铁柱不屑地说："你这个手下败将竟有脸找上门来，真是不见棺材不掉泪啊！"

蝴蝶扇大怒，说："你以为上次真的是你打败我的吗？今天这儿再无旁人，只怕没人暗中助你了。"说罢像只大蝴蝶一样"呼"的一声扑了上来。两人单掌相击，"嘭"的一声巨响，只见石铁柱立在原地纹丝不动，那蝴蝶扇却像一只折翅的蝴蝶一样斜飞出去，一路血雨飞洒，然后"扑通"一声跌落在地，爬起来，"哇"的一声又吐出一大口血，再想跃起，惊觉浑身上下竟无半分力气，他的一身武功尽废了！

蝴蝶扇双目喷血，咬紧牙关，"哗"的一把撕开衣服，拿出一块吸铁石在腰眼处一吸，再看吸铁石上，一根几乎看不真切的牛毛细针隐隐亮出光泽！又是牛毛针，上次落败、这次武功尽废全都是中了牛毛针！

蝴蝶扇声嘶力竭地凄声大叫："是谁？到底是谁放的暗器？"没有人回答他，只有身后的小树林中一个模糊瘦削的背影一动也不动地立着，一任山风吹乱长发。

三日后小翠回门回到娘家，第一件事便是找那私塾先生，可已是人去屋空，原来私塾先生已辞馆远走了。小翠发现在桌上压着一张信笺，急急拿起一看，却只有寥寥数行：

我本江湖中人，一年前，昔日爱侣因我而被强贼所害。我本已万念俱灰，欲平淡了此一生，但蝴蝶扇之流一日不除，有情男女就一日得不到安宁。我已害了一个女子，决不能再害第二个女子了。我去也，定除尽天下邪恶。

这是什么意思？难道看上去儒雅文弱的私塾先生竟会武功？

小翠惊讶极了，一抬头发现一面墙上有些异样，原来墙上伏着几只蚊子一直动也不动，在夕阳红光的照射下蚊子身上竟反射出点点刺目的光泽。

小翠小心翼翼地凑近一看，每只蚊子身上都插着一根牛毛一样的细针。

（题图、插图：黄全昌）

面试服

□ 杨汉光

李老师的女儿兰香快大学毕业了，可是工作还没有着落。听说今年找工作比找对象还难，这下可急坏了李老师。

李老师有一位老同学，在一家公司当经理，他问老同学的公司要不要人，能不能给女儿安排一个职位。老同学说他们公司每年都招一两个人，不过要求挺高的，他让李老师带女儿过去给他看看。李老师高兴极了，赶紧叫女儿请假回来。

兰香回来后，想买一套高档的衣服穿去面试。李老师说："又不是选美，要高档衣服干什么？穿朴素一点才好，一看就知道是干工作的。"

李老师带上女儿，穿着朴素的衣服到了老同学的公司。老同学挺热情的，闲聊一会儿后，就让兰香做一份试卷，做完试卷又问一些问题，还让兰香站起来走了两个来回。李老师满怀希望，老同学却说兰香虽然知识很扎实，但跟他们公司的要求还有一点差距。兰香问差在哪里，请经理讲明白，以便自己改进，早日找到工作。经理见她这么虚心，就坦率地说："你的气质还差点。"

李老师很不以为然，一回到家就抱怨老同学故意刁难人。兰香却说："我看那位经理不是故意刁难我，而是眼光太俗，没有能力透过朴素的衣服，看到我的好气质。没有好衣服穿，是永远不会被这种经理录用的。"

李老师鼓励女儿"别泄气，咱们找一个眼力好的经理再试试。"

兰香的嘴一下子撅得老高："爸

爸，要是一辈子碰不到眼力好的经理，那我就不工作了？"李老师知道，女儿还在念念不忘一套高档衣服。

女儿这次面试失败，真的是因为衣服不够高档吗？李老师将信将疑，第二天，他特意打电话问那位当经理的老同学"老兄，会不会是我女儿穿的衣服太朴素，影响了她的气质？"

老同学说："你的话有点道理。昨天一见面我就觉得你女儿穿得有点太简朴了，可能这个第一印象影响了我的判断。"

李老师赶紧问，趁兰香还没回学校，能不能让她穿上高档衣服再试

试。

老同学沉默片刻才说："看在老同学的份上，那就让你女儿过来让我再看看吧，不过别抱太大希望哦。我已经准备录用两个人，你女儿必须比这两个人好，我才能要她。"

李老师这回开窍了，他当即给了女儿一千元，让她去买高档衣服。女儿高兴得跳起来，风一样跑出去，没多久，又风一样跑回来。转眼间，女儿换了模样，一身光鲜，像个高贵的公主，要不是在家里，李老师简直不敢认了。

兰香抬头挺胸说："看哪个势利眼还敢说我气质不好？"

李老师也充满信心"走，我和你一块过去。"

兰香却伸手说"爸爸，再拿两千块来，这套衣服是三千块的，我已经答应店主，二十分钟内回去结账。"

李老师心疼得叫起来："你怎么买这么贵的衣服？你弟弟要是考上大学，我还没钱给他交学费呢？"

兰香解释说："要买就买最高档的，免得那家伙又说三道四。再说了，这套衣服并不贵，店主是你教过的学生，她优惠了我四百多元。"

生米已经煮成熟饭，李老师没办法，只好到服装店替女儿结了账，再带她到老同学的公司二度面试。

老同学站在门外，远远就问"老李，你女儿呢？怎么还不带她过

来？"李老师指指打扮一新的兰香："这不是我女儿吗？"

老同学惊得眼镜都差点掉下来，他扶着眼镜，把兰香看了又看，半天说不出话。

李老师故意模仿赵本山的口气问："老兄，要不要让我女儿走两步？"

老同学连声说："不用了，不用了，小兰一毕业就可以来上班。"

敲定工作后，兰香就回学校去了。不久，高考分数出来，兰香的弟弟上了一本线，大学是一定要读的了。这可难住了李老师，去哪给儿子找学费呢？李老师正为儿子的学费发愁，兰香就毕业回来了。李老师估计女儿刚刚参加工作，肯定要添置一些东西，又得花钱，于是愁上加愁。

当天晚上，兰香就问父亲，弟弟的学费凑够没有。李老师以为女儿想要钱，却不好意思问，就叹一口气说："唉，我知道你要钱买东西，这点钱，爸爸还是有的，弟弟的学费，你就不用操心了。"

兰香"扑哧"一声笑了："爸爸，我还真想为弟弟的学费操一回心呢。"说着，就拿出一沓钱，递给父亲，"这是五千元，你看能起点作用吗？"

李老师接过钱，吃惊地问女儿哪来这么多钱。

兰香得意地说："我把那套高档衣服租给其他同学穿去面试，面试过关的收一百元租金，不过关的收五十元租金。最少有三十个同学穿过那套衣服去面试，有些人还穿过几次呢。不瞒你说，我已经得了近四千元租金。"

李老师听得目瞪口呆，感叹这世界真是变得快，女儿变得更快。李老师很想再看看那套高档衣服，可是女儿笑吟吟地说："离校前，我已经把那套衣服转让给一位同班同学了，转让费一千五百元。"

李老师上下打量兰香，简直不敢相信这就是自己的女儿。

哲学先生评曰：一套面试服能改变一个人的命运，这是不是夸大了面试服的绝对作用？对此，我也不敢做肯定的回答。不过，我知道"面试"的学问确实很大，而且"第一印象"在面试过程中往往占有举足轻重的作用。有些面试者为获得主考官的好印象，大到面试时的简历、对话设计，小到指甲油的着色安排，无一不经过缜密的考虑与试验，衣服的重要性自然不言而喻。当然，也必须看到，面试只是一个人走入另一生活轨道的第一步，要想在以后的"考验"中攻城拔寨，单靠面试服的"一时之秀"还是远远不够的。它需要一个人及时更新常规思维方式，学会生存的智慧和本领，而就此而言，兰香的表现还是有可圈可点的地方。让一套衣服发挥更大的作用，得益的并不仅仅是兰香自己，这未尝不是一种生活的智慧。也许这便是本故事的意义所在。

（题图、插图：安玉民）

豆不是一般的豆，人不是一般的人，传说也不是一般的传说……

仙豆奇缘

□李昌国

引　子

在我国北方，有一条名叫滦河的大河。据沿河两岸的祖辈人流传，说是在滦河源头的一个山洞里，生长着一株神奇的仙豆秧。这株仙豆秧，每隔三百年开一次花，再过三百年才结豆荚，而豆荚需长三百年方可成熟。且每次开花后只结三个豆荚，一个豆荚里仅长三颗豆粒。也就是说，要经漫漫九百年才能结出寥寥九颗豆粒。这九颗仙豆可不是一般的稀罕之物。平常人，吃一颗，神清气爽；吃两颗，延年益寿；吃三颗，百病尽除；吃四颗，起死回生。

显然，这是一个颇具神话色彩的民间传说。可滦河下游的一个渡口摆渡人信以为真。他还真的缘河而上，去了滦河源头，寻找这传说中的仙豆，并由此蔓生出一段比这个传说还要离奇感人的《仙豆奇缘》。

1. 大鲤鱼牵线好姻缘

小孩没娘，说来话长。这事还真得从两个没娘的孩子说起。

这年阴历十月初一这天，渡口镇的钟镇长，带着七岁的独生女儿钟晴，坐渡船去滦河对岸给亡妻上坟。这滦河河面很阔，白浪滔滔，坐渡船的人不少，男男女女，叽叽喳喳。

当船行至河心时，突然一条金色

大鲤鱼从水中一跃而起，高达丈余，险些蹦到船上。人们不由一惊，心说如果在夏天，这河鱼晒鳞跳跃倒是常见的事，可眼下已是入冬时节，水冷天寒的，鱼怎么会跳出水面？住在河边的人家，都知道有抓"替死鬼"的传说。当他们看见河里出现反常现象时，有人就以为这是水鬼故意在作怪，想逗引人们误入圈套。所以，今天人们看到河里不合时宜地蹦出一条大鲤鱼，便纷纷躲闪着，惟恐被鱼带起的水花溅到身上，沾了晦气。

可小钟晴不懂这忌讳。她见一条欢蹦乱跳的大鲤鱼从河里蹦了出来，虽然被水花溅了一脸，但她只打了个激灵，随即就高兴得直拍小手，开心得在船板上又蹦又跳。哪知在这时候，人们为躲水花纷纷拥向船心，使渡船摇晃起来。只听"啊"的一声惊叫，接着听到"扑通"一声响。人们还没弄清是怎么回事，突然见钟镇长扑倒在船帮上，哭喊着"孩子、孩子"，人们才知道是小钟晴掉进河里了。

在滦河岸边长大的人，按理大都通些水性。可钟镇长不会水，眼睁睁地看着自己的爱女在急流里升降沉浮，忽隐忽现，两只小手还拼命地抓挠着向人们求救。他只好求会水的人救他女儿，并许诺用重金酬谢，还说谁救了他女儿，他愿将镇长位置相让。可此刻，人们只是你瞅瞅我，我看看你，却没人下水救人。其实这些

人不是故意见死不救，而是被刚才那条来得蹊跷的鲤鱼吓愣了。他们以为此时有人落水，明摆着是水鬼在抓"替死鬼"，谁敢下水送死！

就在人们心有余悸的时候，又听"扑通"一声，只见一个十来岁的小男孩又从船头掉进水里，转眼之间便没了踪影。于是，人们更加断定那条大鱼是个勾魂索命的不祥之物。

约莫过了一袋烟的工夫，渡船突然摇晃起来，接着从河里翻起一朵大水花，水花里伸出一只手来，一下扳住了船帮。人们不由大惊失色，连连往后躲。这时一直默默划船摆渡的老头猛地喊道："大伙快搭手拉一把，那是我孙子在水里救人呢！"

众人这才如梦方醒，赶紧七手八脚把人拉上船，一看正是刚才"落水"的男孩，只见他跟落汤鸡似的站在船板上瑟瑟发抖，胳膊里紧紧抱着那个落水的女孩小钟晴。

本已绝望的钟镇长，见此情景，一下子惊呆了。他傻愣了好一会儿，才猛地一下扑过去，把两个水淋淋的孩子紧紧地搂到怀里。

当天晚上，钟镇长带了钱和镇里的印章，来到老摆渡家里，兑现白天在船上的承诺。老摆渡默默地抽烟，过了好一会儿才说自己是个老摆渡，当不了镇长；孙子呢，是那年发大水，他从滦河里捞上来的一个没了爹妈的

苦孩子,将来长大了,只能接他的班当个小摆渡,也不是当镇长的料。至于这钱他更不能收,遇人落水,挺身相救,是行船摆渡人的本分。若因此就收受人家的钱,那不成了水贼海盗了嘛?

听了老摆渡的一番肺腑之言,钟镇长感激涕零。最后钟镇长紧紧地握着老摆渡的手,做出了一个再也不容推辞的决定,他说:"我女儿的这条命是您老的孙子从滦河里捞回来的,我这就做主把女儿小钟晴许配给你的孙子,十年后正式完婚!"

老摆渡这回没推却,而是呵呵笑着同意了。

2．小药王开出救命方

十年光景,一晃而过。老摆渡的孙子长成了结实英俊的大小伙子,早已从爷爷手里接过了篙桨,成了小摆渡;钟镇长的女儿小钟晴出落成了一个可爱的"小美人",水灵灵、粉嘟嘟的,真个是羞花闭月、落雁沉鱼。

怎奈是自古红颜多薄命,就在钟镇长和老摆渡紧锣密鼓地张罗着给小摆渡和钟晴完婚的时侯,钟晴姑娘竟撂倒在炕上一病不起。钟镇长急得几乎请遍了方圆百里之内的几十个郎中诊治,病情不但没能好转,反而日重一日。不到半年,就把"小美人"熬成了一把骨头架子,看着就让人心疼。钟镇长抱着一丝希望救女儿,不

得不从县城请来了"小药王"。"小药王"登门后,一阵望闻问切,便走出屋来对钟镇长摆了摆手说:"令爱跟几年前府上贵夫人得的是一路病症,无药可治,预备后事吧。"

"小药王"从不误诊,说话也不忌口。只要诊出病人是不治之症,便把手一摆,立马走人。因此,"小药王"又被人称为"摆手郎中"。也正因此,尽管"小药王"医术高超,名传方圆百里之外,可若不到万不得已的时刻,谁也不愿请他进门,怕就怕他那个"一摆手"。

钟镇长被"小药王"这"一摆手","摆"得头晕目眩,心乱如麻。只好让小摆渡代劳,送"小药王"过河回县城。

小摆渡遵命带"小药王"来到渡口,又恭恭敬敬地把他搀扶上渡船,也不等载别的客人,便起锚点篙,专程送"小药王"一人过河。

"小药王"独立船头,望大河东去,奔腾汹涌,远入天际,不由顿生几多人生感慨。不想,还没容他"感慨"出点滋味呢,就见小摆渡"啪"地扔下手中的桨,掀开船板,跳下船舱,举起一把斧子猛砍起船底来。开始,"小药王"还以为小摆渡是在修船呢,可工夫不大,就见船底被砍了一个大窟窿,河水翻滚着往船舱里喷涌。"小药王"惊愕地赶忙上前劝阻说:"小老弟快住手,再砍下去,船就该沉啦。"

小摆渡非但不住手，反而越砍越猛，边砍边咬牙切齿说："我就是要沉了这条渡船。"

"小药王"听了立马瘫倒在船上，试探着询问沉船的缘故。小摆渡毫不隐瞒地告诉他，沉船是为了要送他这位"小药王"见龙王爷。"小药王"一听这话反倒强硬起来，一下从船板上站起来，挺着腰板说："我一个江湖郎中，靠行医卖药糊口，虽无多大积德行善之举，可扪心自问，也未曾做过什么伤天害理之事，与你小摆渡更是远日无冤，近日无仇。你想要我性命，总得有个说道吧。"

"小药王"的一番慷慨陈词，还真把小摆渡给镇住了。就见小摆渡停下斧子，望着"小药王"，眼里含着泪说："谁都知道人活在世上，为人行事得凭良心、讲道理，可这世上的事情有几件是容你凭良心、讲道理的呀？别的咱不说，就说说脚下这条渡船的事儿……"接着小摆渡就将十年前他如何救人，如何订亲的事对小药王说了一遍。说完他抹了抹眼泪，叹了口气"这是一段多么美好的姻缘呀，可就在十年后，男大当婚、女大当嫁的时候，老天却

让那个长大的小女孩得了不治之症。你说这老天公平吗？讲道理吗？还有你'小药王'，在方圆百里之内也是个赫赫有名的人物，人们都传闻你有手到病除、起死回生的本领，可你今天竟然见死不救，一摆手了之。你说，那个已长大的男孩能放你过这滦河吗？"

"小药王"听到这里，终于明白了，心说：看这阵势，今天若是拿不出一个能救钟晴姑娘性命的秘方来，我"小药王"就得跟自己摆手，预备后事了。万般无奈之下，"小药王"这才打开药箱，取出笔墨纸砚，吩咐小摆渡舀滦河的水磨墨，开出了一帖神奇的秘方。

小摆渡得此秘方，如获至宝，趴在船板上给"小药王"连磕响头，千恩万谢。"小药王"这才对天出了一口长气，心说：谢天谢地，总算逃过了

这一劫。可等他把目光从天上收回落到船上时，不由得大吃一惊。只见从船底漏进的河水，已快涌满船舱。这下"小药王"彻底绝望了，他无奈地哀叹道："一纸秘方，助我闯过了小摆渡这一关，可它能堵住那船底的漏洞吗？看来是天要亡我呀！"

可是，在这危急关头，小摆渡却镇定自若，他先小心翼翼地收好秘方，然后轻轻一拎，把瘫软了的"小药王"扛在肩上，站在船帮上单脚扣住船沿，咬牙一用力，悬空的那只脚猛地往下一踹，便腾空而起，再看那船，一阵倾斜扣了过去，来了个船底朝天。小摆渡扛着"小药王"正好落在了翻扣的船底上。小摆渡将惊魂未定的"小药王"安置妥当，自己便脱了衣裳跳进水里，牵引着翻扣的渡船横渡滦河，把"小药王"送上了对岸。

3. 小摆渡踏上寻豆路

此刻，钟镇长正悲伤地吩咐下人们悄悄给女儿预备后事，突然见小摆渡风风火火地跑进来，举着一张纸狂呼乱喊："钟晴有救了！钟晴有救了！"钟镇长上前接过那张纸一看，只见上面写着：仙豆三粒，可治不治之症。据《本草纲目》记载："仙豆，生长于滦河源头之巴彦古尔图山，形似蚕豆，略小，色浅红。传闻九百年一熟，世人罕见，至诚至爱至信者方

可得之。"

钟镇长看后，并未露出惊喜之色，等他听说这方子是出自"小药王"之手时，才重重地点着头说："我女儿有救了，我女儿真的有救了！只是这滦河之源，远在塞外，离我们这里有千里之遥，长途跋涉，翻山越岭，险阻重重。想采此仙豆谈何容易呀！"小摆渡说："就是走到天边上，我也要把仙豆给钟晴摘回来！"

小摆渡不等过夜，略加收拾，便告别家人上路了。他一路风餐露宿，跋山涉水，也不知越过了几多险阻，闯过了多少道难关，从入冬时离家起程，一直走到腊月根下，终于到了塞外坝上。

腊月二十三小年这天，小摆渡进了滦源城。他一不上饭馆打尖，二不找客栈歇脚，只顾打听那仙豆的事。可一直到了掌灯的时候，街上的商铺也关了，货摊也收了，市也罢了，人也散了，小摆渡也没能打听出个所以然来。

说来也是，这年关跟前，生意人一个个都被那几个铜板支使得滴溜溜乱转，置办年货的主忙着又挑又选，谁有工夫跟他扯闲篇呀。再加上他是外乡人，口音方言不通。他问的话人家听不懂，人家告诉他的，他又听不明白。他想了想，只好先找个客栈住下再说了。可他一连走了好几家客栈，不是伙计放假了，就是东家回了

老家，一概不再收留住客。最后，一个小胡同里的马寡妇客栈收留了他。其实，这家客栈也不再做生意，伙计们都已放假回家了，除了东家，只剩一个无家可归的守更打杂的伙计老乐。

说到客栈东家马寡妇，三十上下，人长得体面，大手大脚，她可是个古道热肠、为人爽快的女子。她说谁出门办事，也不能顶着房子背着锅，便答应留小摆渡住下，客房里都已好几天不动烟火，就安置小摆渡跟老乐住一起。马寡妇还亲自下厨，给小摆渡做了一盆莜麦拨面鱼儿。

小摆渡痛痛快快地吃了一盆热热乎乎的拨面鱼儿，躺在热热乎乎的被窝里，却硬是翻去覆去地睡不着觉，心里老琢磨仙豆的事。老乐见小摆渡在那里一个劲地"烙烧饼"，以为是他出门在外睡觉"择席"，或年关迫近想家了呢，一问才知道，小伙子原来是在为那仙豆的事发愁呢。老乐猛地一拍大腿说："这事你问我呀！"

小摆渡一听一骨碌从炕上爬起来，两眼直勾勾地盯着老乐问："您老知道这事？"老乐不无卖弄地说："那我忒知道了。"

小摆渡听了欣喜若狂，听老乐说出一口家乡话，便知是遇上了老乡。细细一问，才知道这老乐本是唐山的一个说乐亭大鼓书的，早年流浪辗转到此，因坏了嗓子才做了客栈伙计。

因为他是说乐亭大鼓出身，人们便以"乐亭大鼓"的"乐"字为号，称他为"老乐"。久而久之，连他自己都快忘了自己姓甚名谁了。今天见小摆渡问他仙豆的事，顿时勾起了他的书瘾，于是张口就是一串俏皮话开场"盐由哪咸，醋从哪酸，王八盖子在哪晒干，这滦河究竟源自哪座名山……"

小摆渡见老乐要长篇大论地讲那个滦河故事，便连忙拦了他的话头，急切地说："老乐大叔，这故事咱先放一放，留以后慢慢讲，您老快先告诉我，这座山到底离这里还有多远？究竟在滦源城的哪个方向？"老乐见小

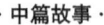

摆渡一副急不可耐的样子，只好强压下书瘾，简要地告诉他，这座山名叫巴彦古尔图山，由滦源城出北门，过河向北直行三十里，往西拐，再走十里就到。

小摆渡终于弄清了这座山的确切位置，兴奋得更加难以入睡，一晚上的辗转反侧之后，不顾老乐和东家马寡妇的好言相劝和再三挽留，趁城门未关之时，他连夜出了滦源城，要趁长夜赶路。他想，这山离这儿也不过四十多里的路程，不怕慢，就怕站，舍得这一宿觉不睡，待明天早上太阳升起时，便可抵达山下。不料，欲速则不达，他在摸黑走冰过河时，掉进了冰窟窿。

4. 马寡妇搭救有情人

第二天，太阳升起的时候，人们在城北的河岸上，看到了一桩怪事：只见一个小伙子，浑身上下一丝不挂，光着身子蹲在一个石堆前，伸着两只手做出烤火的样子。一些少不更事的年轻人，便围着小伙子看稀奇，还指指点点地说："看这人啊，数九隆冬的，蹲在这河边上，拿一堆石头当火烤，到底是疯子还是傻子呀？"这时，他们又看到有个人走上前，也蹲在那个石堆旁，掏出火镰边打火，边望着那个小伙子，嘴里喃喃地说："这柴堆也没着呀，我来帮你点火。"听他这么说，那些年轻人笑得前仰后合，这么说，那些年轻人笑得前仰后合，捂住肚子说这人更逗，打着火镰点石堆。这时就听那些上了年纪的老年人开口说道："你们懂什么，人家是在设法救人，你们反倒讥笑人家，在这人命关天的时候，你们真能笑得出来？"

这到底是咋回事呢？原来在这河沿边上，上了年岁的人大都听说过这类事情。隆冬季节，人们走冰过河时，一旦从冰窟窿掉下去，大多是凶多吉少，难以活命。原因是这冰下的河水是流动的，人一下去，就不定被冲到哪里，整个河面都冰封着，想救都无从下手。当然，也会有那水性极高、年轻力壮又机智果敢的人，能侥幸从冰窟窿爬上来。

上是上来了，但受此惊吓，加之连冰带冻，人早已麻木了。出于求生的本能，他便会脱掉冰冻的衣裳，在河滩里捡石头当柴，堆在一起。在他的心目中，这堆石头就是一堆柴火，所以说他就会蹲在那守着石堆当火烤。如果没人相救，这个人就会一直这么烤下去，直到冻僵冻透后，哈哈大笑而亡。你如果想救此人，就得石堆前，假意帮他点火，却又一次次把手中燃起的火种熄灭，以激怒对方，最后索性踢倒石堆，使对方勃然大怒。这时你便拔腿就跑，此人盛怒之下，便会拼命追你，直到他跑得大汗淋漓，寒气尽消，他就算得救了。不过救人者万万不可让他追上，否则就会被他狠狠地掐死。

看这情景，今天这个小伙子，一定是昨夜过河掉进了冰窟窿。他居然能从冰底脱险，摸黑从冰窟窿里钻出来，可见他水里的功夫了得。这种事情，在往日人们只是听说而已，今天能亲眼目睹，哪个不想看个究竟。不到一顿饭的工夫，消息就传遍了小半个滦源城。

人们纷纷出城，潮水般涌向这里。大伙焦急地关注着那个救人者，看着他按传闻中说的，一下又一下地打火镰燃着火绒，又一遍遍地用嘴吹灭，以故意激怒对方，可对方却无动于衷，直到救人者一脚踹倒石头堆，拔腿就跑的时候，对方依旧蹲在那里一动不动。人们开始扔小石块过去试探，也没一点反应，后来有人走过去，小心翼翼地用手试探着摸摸那小伙子的胳膊和腿，就像摸的是石头，凉冰冰、硬邦邦的，早冻挺了。人们说，看来，那个传闻的办法已救不了他的性命。可怜小伙子没淹死在河里却将冻死在岸上，白瞎他那一番苦苦挣扎和求生的念头了。

这时，马寡妇客栈的东家马

寡妇挤到了跟前，她对紧跟其后的老乐说："你近前仔细看看，是不是昨晚住咱客栈的那个客人。"

老乐上前一看，不由大吃一惊，心说，这不正是昨晚投宿咱客栈，后又连夜出城，赶着去寻仙豆的那个老乡吗。难怪自己和东家那么劝都劝不住呢，原来是有鬼催着他来这里送死啊。老乐不由心生酸楚，老泪纵横。可他又不想给客栈和东家揽这个累赘，便支吾着跟马寡妇说："这个人没穿衣裳，加上我是个迎风流泪眼，被这河风一吹，两眼一个劲地刷刷流泪，看不大清楚。"马寡妇不耐烦地说："有啥看不清楚的，我昨晚做的那盆荞麦拨面鱼儿还在他肚子里呢，差不了，背走！"说罢就把早已准备好的棉被扔了过去。

老乐愣在那儿傻傻地问："往哪背

呀？"马寡妇有意提高嗓门说："马寡妇客栈！"老乐听了连连摇头道"使不得呀，万万使不得呀。东家你要是怜悯他这个外乡人，就施舍一副薄板棺材，装殓了他，就地埋了也就是了。可你要是把他这个即将断气的人弄回客栈，以后咱这客栈还咋开呀！"马寡妇说："你咋知道我是要给他打理后事呢？"老乐疑惑不解地问："那东家你让我把他背回客栈干啥？"马寡妇紧咬着嘴唇，从牙缝里生硬地挤出了两个字："救人！"

马寡妇的"救人"两字一出口，引得一片哗然。就听有人窃窃私语，说这马寡妇一定是中邪了，一定是这个被冻死的人，昨晚曾投宿她的客栈，现在阴魂不散，附了她的体。要不然她怎么会让伙计把一个冻得硬邦邦的死尸背回客栈去救呢？可见多识广的老年人在一阵惊奇过后，却向马寡妇投去了敬佩的目光。

原来，人冻到这种程度，已形同死尸。但也并非是非死不可，如若真心想救此人，得将他放置在不见明火的温室内，由一个女人与他相拥而睡。先靠女人的体温慢慢暖化他冻僵的身体，再用女性肉体的天性，唤醒男人的本能，用阴阳交会法，驱除他体内的寒气，才可救得他性命。但施用此法，非至亲至爱的人不可。已婚的人，妻子自然责无旁贷。未婚的人，若有深明大义的哥嫂，嫂子亦可为之。然而这个小伙子远在他乡，就算家有至亲，却也天各一方，不能实施此法呀！可是，当马寡妇要让伙计把此人背回客栈，又声言要救人时，有人惊讶地猜度：难道马寡妇要自毁名节，以身相救这个外乡人不成？

就在人们议论纷纷之时，就见马寡妇眼含热泪，伤感地说："大伙也许还有人记得，十年前，也是这数九寒天的季节，我的男人就是在这里掉进了冰窟窿。当时我是亲眼看着他掉下去的，可我却没能救得了他。我趴在那个冰窟窿沿上守着，幻想着我男人会从那里爬上来，但他始终也没能爬上来。可今天这个外乡人爬上来了，为了求生，他得咋样地拼命挣扎呀，我男人当时肯定也跟他一样挣扎过，可没他命大。这个人既然有命从冰窟窿里爬上来，就说明他命不该绝，我们能忍心就这么眼睁睁地看着这个外乡人在此绝望而死，抱恨滦源吗？"

马寡妇语重心长地说完这番话，顾不上考虑人们作何感想，便让老乐把冻得僵硬的小摆渡背回了客栈，放到她的卧室。一切准备停当之后，她让老乐在外面反锁了房门，并吩咐他摘了客栈幌子，紧闭大门，不准放任何人进来打搅。

老乐按东家的吩咐，办好了一切事宜，便守候在室外，看好灶火供暖。第一天，室内鸦雀无声；第二天，屋里传出轻微的响动；第三天，就听门内犹如风雨大作，也似翻江倒海，直震得门窗哗哗乱响，连山墙都跟着阵阵颤动。直到掌灯时分，才听到门后风收雨住，归于平静。过一阵就听马寡妇从里面轻轻叫门，老乐赶紧开了门锁，只见马寡妇头发蓬松，面带红晕，边系衣扣边从屋里走出来。

第二天，太阳升天的时候，小摆渡从沉睡中醒来。当他看到照在窗户上角的一抹朝阳时，他觉着自己好像做了一场大梦。

5. 一条命换得神仙药

小摆渡大难不死，要拜谢马寡妇的救命之恩，可马寡妇却闭门不见。小摆渡在门前直直跪拜了三天三夜才起身告辞。不料，在他收拾了行装与客栈老乐辞行时，老乐却暴跳如雷，用手点着小摆渡的鼻子吼道："我老乐活了大半辈子，走南闯北的也算见过点世面，也曾见过忘恩负义的，可没见过像你这样忘恩负义的。你只知是我们东家救了你的命，可你知道我们东家是怎样救活你的命的吗？她是用一个女人的名节，换回了你的一条性命呀。你小摆渡就这么一跪一拜了事，便想拍拍屁股抬脚走人，可我们东家呢，你让她日后如何出得这客栈大门呀？"

听到这里，小摆渡才觉察到事态的严重性，便猛地跪倒在地，直给老

乐磕响头求教，自己到底该如何报答这非同寻常的救命之恩。

老乐见小摆渡是诚心诚意，这才换了口气说："古人云，滴水之恩，当涌泉相报。而这救命之恩呢，自然得重谢厚报。有钱人不惜重金酬谢，没钱人会甘愿为婢为奴，以效犬马之劳，到关键时刻，以命相报的人也是有的。可小摆渡你若要真心报答我们东家的救命之恩，一不必动用钱财，二不用为婢为奴，更不用以命相报。只需……"老乐说到此处，神秘兮兮地趴到小摆渡耳边，如此这般地嘀咕了一阵。

小摆渡听罢不由大吃一惊，先是面露难色，而后便慢慢地低下了头，以示应允。老乐见状喜形于色，赶忙去找马寡妇又如此这般地禀报了一阵，直说得马寡妇粉面含羞，心头撞鹿。

大年三十，家家户户放鞭炮，辞旧迎新。马寡妇客栈张灯结彩，宾客盈门，马寡妇和小摆渡拜堂成亲，这不仅一俊遮百丑，堵住了好事者的口舌，还成就了一对天作之合，又在滦河源头平添了一段动人的佳话。

然而，就在那一刻值千金的洞房花烛夜，小摆渡却拜倒在马寡妇的石榴裙下，长跪不起，声泪俱下地述说了自己为了搭救钟晴性命，是如何跋山涉水，又怎样闯过道道险阻难关，

来到这塞外滦源，以寻求仙豆……

马寡妇这位天生热心肠的女人，听不得这儿女情长、且又性命攸关的事情，早已哭得泪湿粉面，泣不成声了。她伸手拉起跪在地上的小摆渡说："你只管放心，我既然能救你的命，就不会让你撒手不管钟晴姑娘的命，寻求仙豆的事，我自会料理妥当。"

次日是大年初一，他们早起，吃过饺子，马寡妇吩咐老乐雇了一辆大马车，备了绳索斧头柴刀等物，又带了一些干粮，然后一把大锁锁了客栈

大门，去寻仙豆。

马寡妇、小摆渡和老乐一行，坐着大马车出了滦源城北门，过河直奔正北，而后向西，一路上也不用问路，哪里拐弯，哪里岔道，马寡妇都是了如指掌。正午时分，马车停在了巴彦古尔图山北麓的山脚下。

抬眼望去，就见此山拔地而起，直插云天。悬崖峭壁如斧劈刀削，古松怪柏横生倒挂，一条瀑布由岩缝泻出，飞流直下，落入山根下的万丈深潭。

马寡妇抬手指了指告诉大伙，那瀑布出自山崖上的一个石洞，此处便是滦河源头。相传九百年一熟的仙豆，就长在那个石洞里。而要到洞里摘得仙豆，须从山的南面阳坡爬上山顶，用绳索系着人顺山崖放下去才行。

马寡妇虽是女流之辈，却是一副大脚板。她健步如飞一路领先，披荆斩棘，小摆渡身背绳索，紧跟其后，老乐到底是上了年纪，紧追慢赶的，还是落在了后头。等三个人气喘吁吁，满头大汗地爬到山顶后，小摆渡便迫不及待地往腰里系绳索，要爬下山崖去那个山洞摘取仙豆，可马寡妇夺过绳索系在自己腰里，小摆渡又上前来抢，马寡妇一把攥住了他的手说："别再争了，要说水里的功夫，我服你，可这山上的本事，你就得让我了。因为我姥姥家就住在这山脚下，小的时

候我经常跟伙伴们偷偷地跑到山上来玩，曾偶尔去过那个山洞。"

马寡妇不容小摆渡再婆婆妈妈，吩咐老乐砍了木桩揳进地里，把绳索的一头牢牢拴住。接着，她便双手攥住绳索，让小摆渡和老乐慢慢把她放下山崖。小摆渡和老乐一寸一寸地放着手里的绳索，心就一点一点地提了起来，人就这么上不着天下不着地地悬着。这悬崖上凸下收、陡峭险峻，下面又是个深不可测的万丈深潭。稍有闪失，其后果不堪设想。

约莫过了一顿饭的工夫，二人觉得绳索略有松弛，随后又见绳索摆动了两下，大概是马寡妇已到洞里，这才略微松了一口气。时辰不大，又见绳索抖动了几下，二人知道是下面的马寡妇在让他们往上收提绳索。他俩赶紧屏气凝神地用力一拉，却感觉手里的绳索轻轻的，没有多少分量。等他们把绳索拉上山顶时，却见绳索上绑着马寡妇的头巾。小摆渡赶紧上前解下头巾，打开一看，里面包着六粒浅红色的豆子。他一下子明白了，这就是他苦苦寻觅，能救钟晴姑娘性命的仙豆。他赶忙重新包好豆子，加倍小心地揣进怀里。随后把绳索放下山崖，等马寡妇又从下面抖动了一阵绳索后，小摆渡和老乐这才小心翼翼地用力往上提拉绳索。

可没拉上几把，就觉得下面被卡住了。二人运了运力猛地往上一拽，

就觉绳索"嘣"的一下，断了。随之就听山崖下传来马寡妇的一声惨叫，两人一下跌坐在地上，四肢颤抖，四目相对，谁也说不出话来。等两人缓过神来，便连滚带爬到了山下，一路呼喊着向崖底深潭跑去。一直等候在山脚下的车把势，见状便知出了大事，也急匆匆地跟了过来，可近前一看，深潭四周堆积着一人多高的冰柱，根本无法详细查看。小摆渡几次想爬上冰柱看个究竟，老乐和车把势死死拽着，生怕他一不留神掉进深潭里。后来他们从就近村里找来人手打捞，可一直打捞到掌灯时分，只打捞上来一只鞋。

小摆渡在滦源城东门外，掩埋了这只鞋，为马寡妇堆起了一座空坟。他在坟前直直守候了三天三夜，直到圆了坟，他才跪拜辞别这座空坟，一步三回头地踏上了回乡之路。

6. 小夫妻同拜救命人

小摆渡归心似箭，日夜兼程。当春草发芽的时候，他终于踏上了故乡的热土，当他听到高一声、低一声的乡音，不由心潮涌动，热泪盈眶。眼看就到渡口镇了，他的心却猛地一下收紧了。他屈指算算，年前十月离家，如今归来已是年后早春二月，但不知卧病在炕上的钟晴，能否熬得了这小半年的光景。

小摆渡刚到村口，就被钟镇长家

的两个下人架着跑回了钟府。钟镇长一见衣衫褴褛、蓬头垢面的小摆渡，眼泪"刷"地就下来了。他指了指女儿的屋里，摆了摆手哽咽着说："快进去看看吧，牙关都闭了，再晚一步，恐怕你俩就见不上这一面了。"

小摆渡进得屋来，见钟晴姑娘静静地躺在炕上。面黄如纸，嘴唇青紫，二目紧闭，气若游丝。小摆渡只说了声"我来晚了"，便哭喊着扑到了钟晴姑娘身上。小摆渡正哭得昏天黑地、痛不欲生时，恍惚间听到耳边有个熟悉而亲切的声音在轻轻地唤他。他猛地止住哭声，抬头一看，只见钟晴姑娘睁开了眼睛，嚅动着嘴唇在跟他打招呼呢。

小摆渡顿时破涕为笑，赶忙从怀里掏出仙豆，取三粒放进药铫子里，文火煎熬。待仙豆熬好，小摆渡亲手调喂。三日后果见奇效，钟晴姑娘开始进食；到了三月头上，桃花开放时，姑娘能够起炕、下地走动。不到半年，病症尽除，钟晴姑娘又成了一个粉嘟嘟、水灵灵的小美人了。

接下来就是钟府里张灯结彩，大宴宾客。小摆渡和钟晴姑娘拜堂成亲，有情人终成眷属。本来，故事可以到此为止，不料想，婚礼上偏又横生出两段枝节，整得扑朔迷离，让人欲罢不能。

枝节一："小药王"出秘方救人，

功不可没，自然被奉为上宾，安排在婚宴首席。不想他酒后吐真言，说他当时出此秘方，完全是被逼无奈，为脱身自救，根据听来的传说，耍的一个瞒天过海之计。什么救命仙豆，纯属无稽之谈。至于说什么《本草纲目》记载，更是他编出来的。这本是"小药王"的肺腑之言，可人们以为他是装疯卖傻，故意掩饰，就越发相信他有起死回生的本领。此后每有病入膏肓、无可救药的病人，便会抬到他的堂前，求他妙手回春，直逼得他再也无法立足此地，只好偷偷卷了铺盖出外谋生去了。

枝节二：小摆渡和钟晴拜堂成亲，本该是：一拜天地，二拜高堂，夫妻对拜，送入洞房了事。可小摆渡却节外生枝，硬添一拜，要拜救命恩人马寡妇。此话一出，堂上一片哗然。小摆渡这才把自己怎么到滦源，怎么掉进冰窟，又怎么挣扎着爬出冰窟，马寡妇是如何舍弃女人名节、以身相救，之后，马寡妇又是如何亲自去滦河源头山洞里摘取仙豆，最后坠崖身亡等如此这般地诉说了一通。满堂宾客听了纷纷离座，一齐跪倒在地，深深拜谢这位未曾谋面的马寡妇。

钟晴姑娘听了，早已哭成了泪人。成亲的第二天，便要去滦源亲自拜祭那位舍己救人的马大姐。钟镇长和家人一再劝道："你重病刚好，尚需恢复些时日，由此到滦源远隔千山万水。即便坐车也要颠簸一两个月，凭你眼下的情况，根本去不了。"钟晴这才勉强压下了这个念头。草青草黄，寒来暑往。转眼就到了秋末冬初，钟晴又动了去滦源的念头。这回钟镇长也不再阻拦，而是雇了一辆马车送女儿、女婿去滦源拜祭恩人。

刚进腊月，小摆渡夫妇就到了滦源城外。小摆渡跳下车，扶钟晴下来，携手直奔恩人马寡妇的那座空坟。不料到了那儿，坟已被人给平了。小摆渡大惑不解 扒坟掘墓，非同小可，虽说是一座空坟，可它毕竟也是座坟呀！小摆渡随即带着钟晴进城，急匆匆赶到马寡妇客栈，找老乐问个究竟。没想到老乐却说，坟是他平的。小摆渡一听便急了眼，火冒三丈地手指老乐的鼻子问道："你莫非跟东家有仇？"老乐摇摇头。"有冤？"老乐又摇摇头。小摆渡一下瞪圆了眼睛吼道："那你为啥要扒坟掘墓？"老乐用手拍了拍小摆渡的肩膀说："你去东家的屋里看看，就啥都明白了。"

小摆渡领着钟晴来到东家的屋里一看，不由倒吸了一口冷气。原来炕上躺着的正是客栈东家马寡妇。

小摆渡愣了一阵后，赶紧对钟晴说："这

就是咱的救命恩人马……"不等小摆渡说完，钟晴早就跑到炕边，叫了一声："大姐！"便跪倒在地上连连磕头。

马寡妇赶紧伸手拉起钟晴，笑着说："这就是那个可爱的钟晴姑娘吧，怪不得小摆渡能为你出生入死呢，连我看着都喜欢得难舍难分呢！"钟晴倒也乖巧，贴骨贴肉地叫着大姐说："我们还以为大姐那啥了呢，原来大姐没那啥，这太好了！"

马寡妇听着钟晴嘴里的这个"那啥"，笑着瞥了小摆渡一眼说："看来你们当时是真以为我落下悬崖掉进万丈深潭了呢，哪会呢，甭说我从小就常到那个山崖峭壁爬上爬下，轻车熟路，就凭那个大绳索捆着腰，我也不会轻易地掉下去呀，当时我是用葛藤捆了一块大石头，又绑上一只鞋，扔下悬崖的。"

听到这里，小摆渡和钟晴不约而同地问道："为啥？"马寡妇说："诈死呗。"二人惊疑地问："为啥诈死？"马寡妇情不自禁地用手杵了一下小摆渡的脑袋说："我若不死，你会心安理得地回去救我这个钟晴妹妹吗！"听马寡妇说出这话，小摆渡和钟晴都陷入了沉思。

就在二人沉思不语时，突然发现马寡妇浑身颤抖，手脚抽搐，脸扭曲得狰狞吓人。

小摆渡赶紧奔出去找郎中，却被老乐拦住说："甭去找了，没用。前些日子，从外面来了一个叫什么'小药王'的郎中，在这滦源城里开了一个'摆手堂'，也不知治好了多少疑难杂症。可我把他接来给东家一看，他却说东家得的是什么'阴寒浸髓'，无药可治。并暗中跟我交代说，东家最多只能熬到大寒。让我给东家预备后事呢。"

小摆渡说什么也不愿意相信这是真的。他返回屋内，见马寡妇正安静地躺在钟晴的怀里，赶紧从怀里掏出那个头巾包着的三粒仙豆，马寡妇见了却摆手笑着说："没用的，我身上的病我知道，没药可治。也就是熬一天少一天的事，恐怕是过不去这个年了。"

钟晴紧紧地搂着马寡妇说："不会的，不会的，这仙豆可灵了，能治百病。我就是靠它治好的。"

马寡妇无奈地摇着头说："你的命是靠你俩的至情至爱，硬从阎王手里拽回来的，世上哪来的仙丹仙豆哇，你们去后面的麻袋里看看，里边是啥。"小摆渡过去一看，是一麻袋浅红色的豆子，和自己保存的三粒豆子一模一样。见小摆渡和钟晴还一脸迷惑不解，马寡妇干脆捅破了天"这还不明白，当时小摆渡千里迢迢的，就是奔着这仙豆来的，如果空手而归那还了得。所以，在上山那天出门临走时，我就偷偷在麻袋里抓了一把。"

小摆渡和钟晴终于明白了恩人马寡妇的一片良苦用心。

大寒这天，马寡妇几经折腾后，躺在小摆渡的怀抱里，咽下了最后一口气。

小摆渡夫妇披麻戴孝，守灵护棺。前来吊者不分昼夜，络绎不绝。马寡妇出殡这天，滦源城内，万人空巷。大街上家家摆祭，户户烧纸，为马寡妇送行，老年人摁着孩子向灵柩磕头叩拜。几个颇有名望的老秀才联手为马寡妇写了一副巨幅挽联：舍名节，救人命，千人景仰；破大俗，明大义，万古流芳。

此后，老乐又重操旧业，说起了乐亭大鼓。虽说是一副破锣似的沙哑嗓子，却凭着一部自编的《仙豆奇缘》，唱红了滦河两岸。

（题图、插图：杨宏富）

酒鬼球迷

□ 汪小弟

球迷阿宝因为要看晚上世界杯意大利和法国的决赛，所以下班铃一响，就兔子般地蹿出车间，骑上自行车急着往家赶。

一路上，他使出平时练就的车技，在自行车"洪流"中左避右闪地飞速穿行，不想就在过一个路口时，因为车速太快，车身擦过一个正在走路的中年胖子，那胖子一摇晃，竟然就倒在了地上。

阿宝吓得赶紧跳下车，把胖子扶起来，连连赔不是。

胖子气呼呼地说："难道你……你不知道，从背后铲人是……是严重犯规吗？"

他说这话的时候，满嘴的酒气直朝阿宝扑来。

得，这胖子不但是个酒鬼，还是个球迷！

阿宝连忙给他解释说："大哥，我真不是故意的，我今天是因为急……"

"急？急什么急？"胖子张着大嗓门嚷嚷道，"你急了就可以往……往我身上撞？你……你犯了规是要吃……吃红牌的……"

胖子啰啰唆唆还要说下去，阿宝只怕把时间给耽误了，拉着他的手说："这位大哥，我真不是故意要撞你，再说你自己今天也喝多了吧，走路摇……"

没想到阿宝这句话把眼前这个酒鬼球迷激怒了，他眼一瞪："你说什么，难不成我是假摔？"

□ 胡秀欣

挨打的滋味

出租车司机赵明是个暴脾气，这天他突然接到了儿子小光的电话，就听小光在电话里哭着叫道："爸爸，我在学校门口，有人打我！"

赵明急了，开着车没几分钟就赶到了学校。一看，小光正和一个个头和他差不多的孩子扭打在一起。

赵明顿时火冒三丈，好小子，你竟敢欺负我儿子！他跳下车，几步来到两个孩子跟前，将那个孩子用力一推。那孩子一屁股坐在地上，"哇"的一声大哭起来。赵明刚想再训斥几句，猛地眼前人影一闪，胸口就挨了重重的一拳。赵明一看，是一个黑黝黝的汉子。这汉子怒气冲冲，冲着赵明吼道："你凭什么打我儿子！"原来是孩子的父亲来了。赵明也不甘示弱，叫道："你儿子凭什么打我儿子！"你吼我骂，两个人便扭做一团。直到警察来了之后，才把两个人拉

开。再看这两个当爹的，那真是惨不忍睹啊。两个人满脸是血，尽管这样，两个人还是你不服我不让的。警察只好站在两人中间，了解情况。

他们各说各的理，正争辩着，猛听见身后传来"嘿嘿……"的嬉笑声。赵明扭头一看，见小光正和刚才打架的那个孩子搂脖子搭肩的，朝着他们乐呢。他顿时愣住了，问道："小光，你们……"小光和那孩子狡黠地一笑，说："我们俩根本没有打架，是故意装给你们看的！"在场的人都愣了，赵明气呼呼地问："你们为什么这样做？"小光低下了头，委屈地说："爸爸脾气不好，动不动就打我，可我又不能打你。"说着，他一指和他打架的孩子："小亮和我是同学，他爸爸也经常揍他。所以，我俩一合计，假装打架，把你们骗来，就是想让你们也尝尝挨打的滋味！"

天才诞生记

□ 马凤文

这天，约翰在网上看到一个帖子，说有个人在自家附近的一条街道上出了车祸，可没死，还成了一个数学天才。

约翰倍受启发，心想自己不妨也试试，兴许就能"一撞成才"。说干就干，约翰专程跑到那条马路边，只见路上车流像潮水一样，撞哪辆上都是九死一生。

约翰挑了老半天也没找到一辆不要他的命，又能帮他成才的车。眼看天要黑了，这种事情宜早不宜迟啊。约翰狠了狠心，闭上眼，咬着牙朝一辆汽车上撞去。只听"嘭"的一声，约翰心说这下撞上了，肯定是把自己撞死了。可睁眼一看，自己没被车撞到，反而是汽车撞到了树上。原来司机见有人撞过来，情急之下猛打方向盘，车子一拐正好撞到了树上。约翰看司机满脸是血，就猜到是怎么回事了，吓得赶紧溜了。

约翰闯了祸，一星期没敢出门，关在家里看电视。就在这时，就听得当地新闻节目报道说：一个司机为躲避行人撞到了树上，晕了过去，等醒来后发现自己竟具有了数学天赋，能一口气把圆周率背到小数点后一万位。约翰一看画面上的司机，不就是自己当天碰到的那位吗？

约翰打心眼里羡慕人家，心说，还得再试试，不过这回不能撞车了，现在司机都怕撞人，宁愿撞自己，我约翰可不做吃力不讨好的事。不如跳楼来得保险，选好楼层，既不会摔死，也不会撞到别人。

约翰家就住在三楼，探出头往下一看，高度正合适，便闭上眼睛，猛地跳了下去。就听"啊"的一声，约翰只觉身下软软的，睁眼一看，竟把一个从此路过的大胖子压在了身下。

大胖子被砸晕了，吓得约翰起身便跑。

这次又闯祸了，约翰还是把自己关在家里看电视。过了几天，当地新闻报道说，本市又出了一位天才，一个胖子被一个跳楼自杀者砸晕，醒来后发现自己竟有了音乐天赋，原本对音乐一窍不通的胖子能拿过小提琴就拉，还获了国际大奖。电视台还专门请了专家分析这个城市最近连续出现天才的原因。

约翰听到这里差点没气死，自己冒着生命危险没成天才，反而成全了别人。他不甘心，又想出一个办法，翻箱倒柜找出一把大锤子，抬手就往脑袋上一砸。还别说，这一锤打得恰到

好处，没要了他的命，只是砸晕了。

约翰醒来后，第一件事就让家人测试他的智商，儿子出了一道两位数加法让他算，他花了五分钟还是算错了，和以前一样；女儿拿过来一个乐谱让他弹，他觉得满纸都是小蝌蚪。足足测了几百个项目，约翰不是一窍不通就是毫无进展。

约翰失望至极，不觉有点饿了，他来到一家餐馆，要了好几个大菜，吃了个满嘴流油。结账时一掏口袋，发现竟忘了带钱，约翰心想，要是能不花钱就吃饭该有多好。刚想完，约翰只觉身体一冷，定睛一看，不知怎么的，自己竟穿墙而过，来到了大街上。

不久，当地电视新闻报道说：本市又出了一位神秘莫测的天才，吃霸王餐无数，无一次失手，很多餐馆因此关门，警方正在全力追捕这位名副其实的"白吃"。

您手中有没有得意之作？本刊辟有20多个原创性栏目，如中国新传说、悬念故事、我的故事、情感故事、幽默世界、16岁故事、海外故事和中篇故事等，总有一款适合您；读到或听到什么有趣事可以和大家一起分享吗？3分钟典藏故事、第一推荐、外国文学故事鉴赏和快乐辞典等都是本刊推荐性栏目，欢迎您拿出不平凡的真知灼见来。来稿可从邮局寄发，也可从网上传递。邮寄地址：上海绍兴路74号《故事会》杂志社，邮编：200020；如为电子邮件，请发以下信箱：simyyue@126.com。

我也要锻炼

□ 刘六良

宁大爷七十多岁了，脾气特别倔。这天闹感冒，他去医院看病，在路上遇到多年前的工友老翟。

自从退休后两人很少见面，宁大爷见比他还大一岁的老翟红光满面，精神十足，就问他是怎样保养的。

老翟告诉宁大爷，自己身体好不是靠保养，而是靠锻炼，他一年到头坚持在室外游泳，四季不间断。

"这大冬天你也下河游泳？"宁大爷有些不信。现在这大冷的天，他们这里零下二三十度，河里都冻了很厚的冰，能够坚持冬泳可确实需要很大的勇气。

"当然游啦！为了身体好怕苦哪成？"老翟说着拍了拍宁大爷的肩膀，"你比不了我的条件好，就别跟我学了！"

老翟说完就跟宁大爷告辞了，宁大爷望着他神采奕奕的背影，很不服气。想当年在厂里上班时，老翟的身体可一直不如他。宁大爷心说：什么叫我比不了他的条件好？我又不缺胳膊少腿，不就是游泳吗，谁不会！他想到这几年自己身体不好全怪自己缺乏锻炼，便决定也参加冬泳，把身体练得棒棒的，下次见到老翟好好气气他。

打定主意，宁大爷连医院都不去了，直接来到水上公园，这里有一处冬泳场地。在砸开冰面的湖水中好多冬泳者正游得热火朝天，不光有年轻人也有中老年人。

宁大爷走过去，脱掉衣服也下了水。刚下去，他就觉得寒气刺骨，浑身像针扎一样，加上有病，身体虚弱，根本游不动，脚下没根直往水底钻，

连喝了几口水。旁边的人赶紧将宁大爷抢救上岸，见他脸发紫身体抖成一团，人们忙联系他的家里人。儿子来了把宁大爷弄回家，一家人不解地问他为什么大冷的天要去冬泳，这么大年纪了这样多危险！

宁大爷躺在病床上，嘴里一直嘟囔着要游泳锻炼，还把遇到老翟的事告诉家里人。见说不服老人，宁大爷的儿子专门去老翟家，请老翟亲自来劝宁大爷别再参加冬泳这危险的活动了。老翟赶到宁大爷家，对卧在床上正输液的宁大爷说："我说了你比不了我的条件好，叫你不要跟我学，你怎么就不听呢？"

"我怎么比不了你条件好？我胳膊腿都没毛病，你能坚持游泳，我凭什么就不能？"宁大爷仍然不服气地问老翟。

"我坚持游泳是不假，可你哪知道，夏天我才在咱们这里游……"老翟对宁大爷说。

"那冬天呢？"宁大爷问。

"到冬天我就去海南岛我儿子那里游！"老翟回答。

绿版编辑部各编辑邮箱：
夏一鸣：gshxym@163.com
邢　悦：simyyue@126.com
王雅静：wyjing833@sohu.com
朱　虹：zhong98305@sina.com

画假画

□ 崔 陟

郁平原是有名的画家，近几年可是成了气候，画论尺卖，一尺好几千块呢！他家有个保姆，人勤快，嘴也甜，郁平原很是满意。

这天，他把保姆叫到跟前说"阿姨啊，你来我家有一段时间啦，干得不错，我打算给你发奖金，你看多少合适呢？"

保姆的心眼儿倒挺活络，就说："钱不钱的没啥，你给我一张画吧！"

郁平原一听，不由得倒吸一口凉气，心说你好精明，那画比钱还值钱啊！可今天这事又是他主动说的，不好驳回，只好拿起刚画的一张小画，是一棵牡丹，不过还没落款，也没有盖章，顺手交给了保姆。

他心说，往后你干得多好，我也不提给你发奖的事了。

保姆把活干完，高高兴兴地拿着画出了门，她来到一家画店。画店的老板姓胡，是郁平原的朋友，他接过画一看，像是郁平原的，可没款没章的，有点儿含糊。

他就跟保姆说："我去让郁先生看看，他要说是真的，我就收。"保姆当然不怕这个，就跟着胡老板又回到郁平原家。

郁平原画了半天画，这会儿正在书房的躺椅上打盹儿，胡老板把画递过去问："您看，是真的吗？"

郁平原睡眼蒙眬地扫了一眼说："没章没款，假……的。"

胡老板还没说什么，保姆在一边可不答应了，直着脖子就跟郁平原嚷开了："我说你这老头儿怎么回事？不愿意给我画别画，我也没说非得要。可我眼睁睁看着你画的，你凭什么给我画一张假画，这不是明摆着欺负人嘛！你得再给我来张真的……"

司马懿的胡子

□ 申之珉

王德戒是剧团的文武花脸，扮相好嗓子亮，在戏迷中颇有台缘。但做事丢三落四的，没少受领导的批评。

这天，有个老板从海外回乡，点名包了一场《空城计》。团长喜出望外，马上开大会做动员报告。末了，团长不放心，又再三叮咛扮演司马懿的王德戒说："老王，虽说你的戏不多，可有前后场，千万别出什么漏子呀！""没事！"

戏准时开演了。开头是个过场戏，只见王德戒扮演的司马懿威风凛凛地出了场，四句唱一过，接着就是一声断喝："众将官！西城去者！"这一嗓子立即就招来个"碰头好"，台下顿时掌声一片。也勾起了那位老板孩提时的回忆："对对，我当年和爸爸看的就是这个司马懿，演得好，好啊！"

团长看在眼里喜在心头，冲着下场的王德戒竖起了大拇指，并亲自给他递来一杯茶，鼓励道："老王，前场开得不赖，你就在这后台待着，到时候我让催场的叫你。"

王德戒得意地点点头，取下胡子喝了两口茶，然后朝戏箱上一靠，两眼一眯养起神来。也不知迷糊了多久，就听催场人喊道："王老师，王老师，该您上场了！"

老王一个激灵站了起来，整整衣冠正要上台，顺手朝嘴巴上一摸，顿时惊出一身冷汗：哎呀，胡子怎么不见了？

此时，催场锣鼓急促地响了起来，团长赶来问明情况，急得吼叫起来："真有你的！先找个戴上！"

一语惊醒梦中人。王德戒顺手抓起墙上的一副髯口朝耳朵上一挂，就急匆匆地上了场。此时，台上的司马昭正等得着急，见司马懿上来便急忙

校园另类假条

● 某男生闪了腰，第二天请同学递上假条："老师，我很痛，很痛，非常痛……"

老师批语：非常同情，顺利通过。

● 某才女偶感风寒，请同学带来请假条："日前偶染小恙，苦药难咽。友劝：良药苦口。吾不以为然，抛于下水道。悔矣！病渐沉疴，寒热交迫，四肢无力，执笔手抖。恩师若怜，乞准假！"

老师批语：晕！

● 某学生给英语教师的请假条如下："OK？"

老师批语：OK！

● 某学生给物理教师的请假条是这样写的：今早我起来洗漱，不幸被锁于厕所，现在还出不来，正和门搏斗。据我研究，锁没有锈，只是门下部截面有问题，导致滑动摩擦力过大。根据定理f＝μN，由于截面完全粗制滥造，属一级次品，f大于F（F是我的

力量），初步估计到下课我还不能出来。这张假条是我在厕所口述，室友在门外笔录，十分艰辛，请老师准假。

老师批语：唉，你写张假条也不容易，准了。

● 某生吃坏了肚子，写下这样一张有经济头脑的假条：好来饭店的饭全是垃圾，我吃坏肚子了！治疗小病只要百元人民币，治疗大病却要几千元人民币，后者成本太高！所以我决定用这节课去打吊针。

老师批语：真是学以致用的好学生！

● 某爱好美术的学生写了这样一张请假条：隐形眼镜掉了一片，您的五官在我眼里变得线条模糊，我不能用这种不负责任的眼光来玷污您的美，为了您在我心中的形象，准我一回假吧！

老师批语：太感动了，准假！

（推荐者：李长亮）

（本栏目欢迎来稿。来稿请投以下信箱：simyyue@126.com）

拱手禀报："父帅，现诸葛亮正在城楼抚琴，城门四处大开，不知何故……"

司马懿闻言"啊"了一声，捋髯沉思。谁知这么一捋，突感不对劲："咦，这胡子怎么捋不到头呀？"他偷偷垂眼一看：妈呀，原来刚才自己喝茶时，顺手将司马懿的胡子挂在自个戏装外面腰带上了，如今同新换的胡子上下连在了一起，竟成了一米多长的拖地胡子了！

演出在一片哄笑声中结束了。

那位老板在文化局领导的陪同下来到台上，当他与王德戒握手时，不知怎么冒出一句幽默："理解理解，你想我都离开这里几十年了，你司马懿的胡子能不见长吗？哈哈……"

手机下蛋

□ 高 琦

金大光这两年搞企业，赚了不少钱。他最大的爱好就是和朋友扎堆喝酒。为了避免打扰，他索性每次开喝前直接把手机关了，往右边裤兜一塞，然后再挥手开席。

金大光喝酒有个毛病，就是每喝必醉，而且一醉就丢手机。只不过他丢了手机从来不去找，顺手就买个新的，谁叫他有钱呢。

天有不测风云，春风得意的金大光突然破产了，一夜之间变成了一文不名的穷光蛋。一时间，要账的、逼债的全都找上门来，值点钱的东西都让债主拉走了，连刚买来的手机也抵给了人家，办公室里就剩下了桌子、凳

子和一只长沙发。这只沙发有点旧，因为金大光觉得躺着舒服，所以一直没换，而债主们没一个看得上眼。

妻子把自己的旧手机让他用，说没有手机就没了联系，就没了信息，还怎么能东山再起？

金大光回到办公室，把手机往兜里一揣，便躺在这只旧沙发上盘算自己下一步该怎么办。想着想着，他忽然有了点子，便去掏手机，可一摸裤兜却是空的，站起来浑身上下摸了一遍也没有摸到。金大光心想：怪呀，今天又没喝酒，怎么手机又丢了呢？

他突然想起今天手机没关机，忙拿起座机拨打了自己的手机号，仔细一听，铃声竟然是从沙发里传出来的。到跟前认真摸索了一下，才发现沙发靠背接缝处有一个不起眼的破洞。他忙弯腰伸手去掏，果然摸到了手机，可取出一看，不是正用着的那个手机，而是以前丢的一个。再伸手去掏，又摸出一个，还是原来丢过的。于是他伸手一个接一个地往外掏，竟从里面摸出了十多个自己的手机！这时金大光忽然明白了，原来自己丢失的手机，大部分都是自己躺下休息时，从裤子口袋里滑出来掉进沙发里的。

看着眼前这一大堆手机，金大光有些哭笑不得，这时候那只开着机的手机响了，传出了他原来最喜欢的铃声："恭喜发财，恭喜发财……"

（本栏题图、插图：顾子易 王 俭）

本期游戏难度指数：
★★★☆☆

填字游戏

横行

一、董文华演唱过的一首歌曲。

二、我国历史上的一段时期，在公元907-960年。

三、成语，形容极远的地方，或彼此之间相隔极远。

四、大学或中学校内全体学生的群众性组织。

五、我国著名运动员，1984年奥运会男子体操跳马冠军。

六、王小波的成名小说之一。

七、成语，形容聚集的人非常多。

八、民歌、民谣和儿歌、童谣的总称。

九、词牌名一，著名的有毛泽东的词《井冈山》。

十、旧时的官名，即一县长官的名称。

十一、世界名著，作者是司汤达。

十二、《故事会》栏目一。

十三、《故事会》主办的官方网站。

十四、《故事会》栏目一。

纵行

1. 王维《竹里馆》中的诗句，下半句是"明月来相照"。

2. 研究天体的位置、分布、运动、形态、结构、化学组成、物理性质及其起源和演化的学科。

3. 辛亥革命后的官名，为一县的行政长官，后改称县长。

4. 李清照《夏日绝句》中诗句。

5. 中国发行量最大的故事刊物。

6. 指解放后的中国。

7. 一种天然矿物中药，具有抗菌、解毒等功效。

8. 长江上游一段名称，是西藏和四川的界河。

9. 张九龄《望月怀远》中的诗句。

10. 个人或集体过去做过的比较重要的事情。

11. 美国国防部办公大楼。

12. 一首儿童歌曲。

13. 由尹力导演，刘恒编剧，陈坤、李冰冰等主演的电影。

(填字游戏题目由"故事中国网"www.storychina.cn提供。作者：何亚忠)

世界500强面试题

饮料促销

27个小运动员在参加完比赛后，口渴难耐，一起去超市买饮料，恰巧碰到饮料促销，凭三个空瓶可以再换一瓶饮料，他们最少买多少瓶饮料才能保证一人一瓶呢？

答案
世界500强面试题：18瓶。

填字游戏答案